Victor Ostrovsky, geboren 1950 in Kanada als Sohn einer Israelin und eines Kanadiers jüdischer Abstammung, verbrachte seine Jugend in Israel und wurde mit 18 Jahren der jüngste Offizier in der israelischen Armee. Er wurde Mitte der achtziger vom Mossad rekrutiert und arbeitete vier Jahre im Geheimdienst, bevor er desillusioniert die Organisation verließ und nach Kanada zurückkehrte.

Von Victor Ostrovsky ist außerdem erschienen:

»Der Mossad« (Band 77022)

Dieses Buch wurde auf chlor- und
säurefreiem Papier gedruckt.

Vollständige Taschenbuchausgabe Juli 1994
Droemersche Verlagsanstalt Th. Knaur Nachf., München

Titel der Originalausgabe »Lion of Judah«

Originalverlag Stoddart Publishing Co. Limited, Toronto
Aus dem Amerikanischen von Hans Heinrich Wellmann
Umschlaggestaltung Werner Rebhuhn, Cuxhaven
Druck und Bindung Elsnerdruck, Berlin
Printed in Germany
ISBN 3-426-60281-4

2 4 5 3 1

Victor Ostrovsky

Im Dienste des Mossad

Tatsachenroman

Knaur®

Für Bella, meine Frau und Verbündete,
und das, was uns am wertvollsten ist,
Sharon und Leeorah

Kapitel 1

Karl drückte die 9-Millimeter-Luger gegen seine Wange. Der kalte Stahl auf der Haut tat gut. Der Raum war überheizt. Die zerfallenen Holzscheite im Kamin glühten noch, und der Schnaps, den er hinuntergegossen hatte, erhitzte ihn zusätzlich.

Karl Reinhart war ein großgewachsener, schlanker Mann Anfang vierzig. Er stand jetzt am Fenster und wischte sich mit dem Handrücken den Schweiß von der Stirn, wobei er sein ordentlich gescheiteltes blondes Haar zerzauste. Er betrachtete den eleganten, aus dem 19. Jahrhundert stammenden Palast an der anderen Seite der Straße. Das eindrucksvolle Gebäude mit seiner bröckelnden Fassade war bis vor kurzem sein Reich gewesen, sein Zuhause. Das, was jetzt nur noch ein abgeschlossenes, verlorenes Relikt war, grau wie der Himmel des Frühherbstes, verkörperte für ihn alles, was ihm vertraut war. In diesem Gebäude hatte er fast zwanzig Jahre seines Lebens verbracht. Aus den Akten in den Kellergewölben hatte er seine Macht gewonnen.

Seine luxuriös eingerichtete Wohnung, die neben dem Haus der Deutsch-Sowjetischen Freundschaft lag, gehörte zu den Vergünstigungen, die mit seiner Ernennung zum Chef des Ressorts zur Koordinierung der Befreiungsbewegungen – der Abteilung C/5, wie sie bei der Stasi hieß – verbunden waren. Er war, anders ausgedrückt, der für die Unterstützung, Ausbildung und Finanzierung terroristischer Organisationen verantwortliche Stasi-Offizier gewesen. Noch immer konnte er kaum fassen, was geschehen war.

Er und seine Leute hatten eine fast unumschränkte Herrschaft ausgeübt, und jetzt hatten sie diese Herrschaft verloren.

Die Demonstranten – oder Bürgerkomitees, wie sie sich nannten – hatten das Gebäude vor einigen Tagen eingenommen. Seiner früheren Machtbefugnisse ledig, konnte Karl nur noch eines tun, um seine »Ehre« zu retten. Es gab kein Zurück mehr. Er würde Selbstmord begehen.

Niemand würde ihn vermissen. Und soweit es ihn betraf, würde er sich von einer zusammenbrechenden Welt verabschieden. Einer Welt, die vor seinen Augen unterging und nie mehr sein würde, was sie einmal war. Er hatte den Anruf erwartet, den er vor einigen Stunden erhalten hatte, und doch erschien er ihm immer noch auf seltsame Weise unwirklich. Der Anrufer, ein früherer Kollege, hatte ihn informiert, daß man ihn heute abend abholen würde, um ihn zu vernehmen. Ihn – den Stasi-Oberst Karl Reinhart. Er wandte sich vom Fenster ab und inspizierte den Raum. Alles war so, wie sie es vorfinden sollten.

Neben ihm auf einem Tisch aus Rauchglas stand eine fast leere Flasche Schnaps. Hinter dem Sofa stand ein Karton mit Dokumenten, jedes einzelne mit dem leuchtendroten Stempelaufdruck »STRENG GEHEIM« versehen.

Karl hatte bereits vor einigen Monaten erkannt, daß das Ende in Sicht war. Es war ihm klar, daß Honecker nach Beginn der Demonstrationen kalte Füße bekommen hatte. Seit Wochen hatten sie Akten verbrannt, die ihnen und Tausenden von Agenten überall in der Welt gefährlich werden konnten. Jeder schien damit beschäftigt zu sein, Wagenladungen von Geheimmaterial, das zu sammeln Jahre gebraucht hatte, nach Moskau zu schicken.

Das Klopfen an der Tür schreckte ihn auf.

»Einen Augenblick!« rief er, die Worte, als wäre er betrunken, undeutlich verschleifend.

Johanns Füße fielen mit dumpfem Aufprall vom Sofa. Er war sich nicht bewußt, was geschah.

»Hier ist die Polizei!«

»Gehen Sie zum Teufel!« entgegnete Karl.

Das Klopfen wurde lauter, ging in ein Trommeln über. Die Polizisten auf der anderen Seite sahen offensichtlich nicht, daß sie vor einer Stahltür standen. Karl wußte, daß sie einige Zeit benötigen würden, um sich Einlaß zu verschaffen. Bis dahin würde er tot sein.

Er trat näher an die Tür heran und rief mit erhobener Stimme: »Lang lebe die Deutsche Demokratische Republik!« Das Klopfen hörte auf, und Karl ging hinüber ans Sofa. Er ergriff die Pistole, wandte sich zur Tür und rief: »Leckt mich am Arsch!« Dann betätigte er den Abzug. Nach einigen Augenblicken der Stille begannen die Männer draußen noch heftiger an die Tür zu trommeln.

Sich umzubringen ist nicht so einfach, dachte Karl. Vor allem nicht, wenn man danach ein neues Leben beginnen will. Und das war seine Absicht. Das Foto, das mit seinen Papieren ordentlich auf dem Nachttisch im Schlafzimmer lag, zeigte einen Mann, der – abgesehen von der Tatsache, daß ihm der Hinterkopf fast völlig fehlte und sein Hirn auf dem ganzen Sofa verspritzt war – zu schlafen schien. Und tatsächlich hatte er geschlafen, als Karl ihm die Mündung seiner Pistole in den Mund geschoben und abgefeuert hatte. Dieser Ausländer, der einer Handvoll von Freunden als Johann bekannt war, besaß fast denselben Körperbau wie Karl. Nicht nur die Papiere im Schlafzimmer wiesen ihn als Karl aus; auch sein Foto war in jeder Akte zu finden, die Karls Namen trug.

Sobald die Polizei den Raum betreten hatte, würde sie den Fall ohne weitere Nachforschungen als Selbstmord deklarieren. Aber Karl war ein gründlicher Mann. Er betätigte jetzt – mit Hilfe eines Feuerhakens, um seine Hände nicht zu verbrennen – einen Hebel im Kamin. Ein Teil der Rückwand öffnete sich, und Karl setzte den Fuß auf eine den Schacht hinunterführende Strickleiter. Dann benutzte er einen zweiten Hebel, um die Wand des Kamins wieder an ihre ursprüngliche Stelle zu rücken.

Der Schacht war von einem Vorgänger Karls heimlich angelegt worden, um sich unerwünschter Personen zu entledigen. Nach weniger als drei Minuten erreichte Karl den Boden des Schachts. Er verließ das Gebäude über einen Hinterausgang, der in einen engen Durchgang führte. Mehrere Polizeiwagen fuhren vor, als er die Straße betrat. Feuerwehrleute mit Äxten sprangen aus einem antiquierten Löschfahrzeug und drangen in das Gebäude ein.

Passanten blieben stehen, um sich das Schauspiel anzusehen, aber niemand achtete auf Karl, der langsam davonschlenderte. Einige Minuten später erreichte er das Hotel Krantz, in dem er gestern ein Zimmer unter dem Namen Franz Tahler bezogen hatte. Der echte Tahler lag auf dem Grund der Mulde unweit des Städtchens Wurzen. Er würde erst in einigen Tagen gefunden werden – zu einer Zeit, da Karl längst in Sicherheit war.

»Geben Sie mir bitte meine Rechnung«, sagte er zu dem Mann an der Rezeption und legte seinen Schlüssel auf den Tresen. Der Mann faltete widerwillig die Sportzeitung zusammen, die er gelesen hatte, und schaute Karl über den Rand seiner Brille an.

Er öffnete eine Schublade unter dem Tresen und zog ein schmales Bündel von Kassenbons hervor. »Wollten Sie nicht bis morgen bleiben?« fragte er, Karl noch einmal einen Blick zuwerfend.

»Na und? Ich reise schon heute ab. Machen Sie mir die Rechnung fertig und lassen Sie mein Gepäck aus dem Zimmer holen. Ich nehme noch einen Drink in der Bar.« Karls Ton ließ keinen Zweifel an seinen Absichten.

Einige Stunden später saß er am Steuer des dunkelblauen, auf Franz Tahler zugelassenen Mercedes. Als er in den Rückspiegel blickte, sah er, daß sein Gesicht mehrere Blutspuren aufwies. Es sah aus, als hätte er sich beim Rasieren geschnitten. Der Scheißkerl hat sein Blut also nicht nur auf dem Sofa verspritzt, dachte er.

Am nächsten Morgen traf er in Hamburg ein. Es war 7.30 Uhr und Zeit, Tahlers Wagen und Identität zu verlassen. Er parkte den Wagen in der Domstraße, ein paar hundert Meter vom Rathausmarkt entfernt. Froh, seine Beine nach der langen Fahrt ausstrecken können, schlug er die Richtung zum Markt ein. Er hatte im Mercedes alles, was Tahler gehörte, zurückgelassen und nur seinen Mantel mitgenommen. Wenn man nach einigen Tagen den Wagen fände, würde nichts auf eine Verbindung zu dem nackten Mann am Grund der Mulde hinweisen. Karl war frei.

Mit dem Wagen, den er vor einigen Tagen gemietet und auf einem anderen Parkplatz abgestellt hatte, fuhr er ins Hotel Kempinski. Er hatte dort für eine Nacht ein Zimmer unter einem Namen bestellt, den er seit Jahren benutzte, wenn er in den Vereinigten Staaten operierte.

Der Mann, dessen Identität er jetzt angenommen hatte, war ein amerikanischer Staatsbürger mit einer herrlichen Wohnung an der Fifth Avenue. Die Wohnung, mit Blick auf den Central Park, war von der Stasi angekauft worden. Sein Bankkonto in den Vereinigten Staaten wies zwar kein Vermögen, aber doch einen ansehnlichen Betrag auf. Es war Karl in den letzten Wochen gelungen, alle Hinweise, die auf seine Identität schließen ließen, aus den Akten zu tilgen.

Ein wirklicher Schatz wartete auf ihn in seinem New Yorker Postfach. Während er und seine Freunde die Akten in Leipzig vernichtet hatten, war es ihm gelungen, eine Liste von Agenten in der ganzen Welt zusammenzustellen, auf die er jederzeit zurückgreifen konnte. Einige von ihnen hatten bereits unter verschiedenen Namen jahrelang in allen möglichen Ländern operiert. Außerdem besaß er eine Liste von Verbindungsleuten zu dem internationalen terroristischen Netzwerk, das er mit aufgebaut hatte. Bei kluger Verwendung stellten diese Listen einen wahren Schatz dar.

Sein nächstes Ziel war Paris, dann ging es weiter nach New York. Karl plante, sich in den nächsten Monaten zurückzuziehen, um die politische Szene zu analysieren und den Wert seines Kapitals in der sich neu bildenden Weltordnung abzuschätzen. Er war jetzt auf dem Weg, ein Kapitalist zu werden. Und da er professionell vorzugehen gedachte, wußte er, daß er dabei sehr reich werden würde. Nur mit Geld ließe sich in der neuen Ordnung Macht gewinnen – und Macht war alles, was er wollte.

Kapitel 2

Tel Aviv. 2. September, 17.50 Uhr

Wir werden nicht vor halb sieben da sein«, sagte der große Mann auf dem Rücksitz des dahinjagenden Volvo.

»Man wird auf Sie warten. Schließlich hat man Sie gerufen. Bei einem so knappen Termin sollten die Leute dankbar sein, daß Sie überhaupt kommen. Es geschieht nicht jeden Tag, daß der Chef des Mossad an einer ihrer Konferenzen teilnimmt.« Oren, ein schlanker, dunkelhäutiger Mann mit schütter werdendem Haar, saß neben seinem Boß. Obwohl er seit dem Tage, an dem Avraham Chef des Mossad geworden war, sein engster Mitarbeiter war, wußte Oren nichts von ihm.

»Ich habe Sie nie nach Ihrer Meinung über diese Leute gefragt, oder?« sagte Avraham.

»Nein.«

»So sagen Sie sie mir.« Er starrte durch die dunkel getönten Scheiben des Wagens, der gerade scharf nach links abgebogen war und jetzt gen Osten fuhr. Der Volvo war der zweite

Wagen eines Konvois von drei Autos, dessen Spitze von einem großen burgunderfarbenen Chrysler und dessen Ende von einem dunkelblauen Volvo gebildet wurde. Die beiden Begleitfahrzeuge fuhren leicht nach links versetzt, um einen möglichen Angriff abzuschirmen – eine Schutzmaßnahme, die die Fahrer ergriffen hatten, seitdem sie die grüne Linie zu den besetzten Gebieten überquert hatten.

»Wir müßten in zwanzig Minuten da sein«, sagte Oren. »Wir sind gerade in die neue Straße eingebogen, die durch Samaria führt.«

»Sie haben meine Frage nicht beantwortet«, sagte der große Mann. Er lehnte sich in die Ecke des Rücksitzes und sah Oren an.

»Was macht es schon aus, was ich denke?«

»Nicht viel. Aber ich möchte trotzdem Ihre Meinung erfahren.«

Oren überlegte, was sein Boß über die Sache denken mochte, um soweit wie möglich mit ihm übereinzustimmen. »Diese Leute sind die letzten wahren Patrioten«, sagte er. »Ich bewundere sie und beneide sie zugleich um ihre Überzeugung und um das, was sie tun. Sie haben den Mumm, das zu sagen, was die meisten von uns allenfalls zu denken wagen.«

»Ich hoffte, daß Sie so denken würden. So sind wir, die neuen Juden, in der einen Hand ein Gewehr, in der anderen einen Pflug. Wir schütteln die Tradition ab und verraten unser Erbe. Wir lassen uns auf faule Kompromisse ein und geben auf, was uns rechtmäßig zusteht. So weit sind wir gekommen. Aber dank einiger Idealisten und ihrer Visionen werden wir die Kraft haben, unseren Stolz zu bewahren und uns das zu nehmen, was unser ist.« Das Gesicht des Chefs war gerötet; er war offensichtlich von seinen eigenen Worten hingerissen. »Diesmal wird niemand uns nehmen, was uns gehört. Niemand!«

»Ich hatte keine Ahnung, daß Sie so denken würden«, erwiderte Oren und unterdrückte ein Lächeln. »Ich meine, Sie kommen aus einem Kibbuz, oder? Ich dachte, Sie wären einer dieser sogenannten Liberalen.«

»Ja, ich komme aus einem Kibbuz. Na und? Sie glauben doch nicht, daß Menschen, nur weil sie zusammenleben, der gleichen Meinung sein müssen? Wissen Sie, wie viele Männer aus den Kibbuzim wir in den Kriegen verloren haben? Kennen Sie die Prozentzahl? Natürlich gibt es einige im Kibbuz, die einen ›gerechten Frieden‹ wollen.« Seine Stimme klang zynisch. »Aber die meisten von uns wissen, was auf dem Spiel steht.« Er schwieg. »Wenn man das Land nicht behalten will, für das man sein Blut vergossen hat, ist alles umsonst gewesen.«

Avraham drehte sich um und sah wieder aus dem Fenster. Das Tageslicht verblaßte allmählich. Die Schatten wurden länger und länger, und die ausgetrockneten Hügel, an denen sie vorbeifuhren, färbten sich langsam graublau. Die letzten Strahlen der untergehenden Sonne ließen die Gipfel der Moave-Berge im Osten vor dem dunkel werdenden Himmel in majestätischem Rot erglühen. Die Straße war hier besonders breit und erschien um so breiter, als jeder Busch, jeder Baum und jedes Gebäude, das einst an ihrem Rand gestanden hatte, entfernt worden waren, um Terroristen und Steinewerfern die Deckung zu nehmen.

»Ich liebe dieses Land«, sagte Avraham leise, versunken in den Anblick der vorbeiziehenden Landschaft.

Als sie die Siedlung erreichten, war es dunkel geworden. Die drei Wagen rasten durch ein kleines Dorf und schreckten die Fahrer mehrerer Militärfahrzeuge auf, die langsam durch die engen Straßen fuhren, um die Einhaltung der Ausgangssperre zu überwachen. Der Ort war düster, nur hier und da schimmerte das gelbe Licht einer Straßenlaterne, das jedoch kaum heller war als der bleiche Halbmond, der sich in den klaren Himmel schob. Der rauchige Geruch der Holzöfen drang selbst in die versiegelten, vollklimatisierten Wagen ein. Ein hoher Drahtzaun vor einer Anhöhe im Norden des Dorfes war von Flutlicht übergossen, das die sich zur Siedlung ziehenden Hänge erhellte. Ein zweiter, innerer Zaun und eine ausgezogene Rolle Stacheldraht füllten den Raum zwischen beiden. Ein Wachtposten, der vor dem schweren Sicherheitstor stand, richtete den Strahl einer Taschenlampe auf den Fahrer des ersten Wagens. Ein zweiter Posten hielt einen schlanken, schwarzen Dobermann an der Leine. Der erste Posten richtete dann das Licht auf das Nummernschild und prüfte die Zettel auf dem Clipboard in seiner Hand.

»Es ist in Ordnung, mach das Tor auf!« rief er einer unsichtbaren Person in einem kleinen Häuschen auf der anderen Seite des Tores zu. Langsam öffnete sich das Tor mit einem hörbaren Quietschen. Sobald es weit genug offen stand, um die Wagen hindurchzulassen, bedeutete der Posten ihnen, weiterzufahren, und als der letzte Wagen das Tor passiert hatte, begann es sich wieder zu schließen.

»Es ist erstaunlich«, sagte Avraham.

»Was ist erstaunlich?«

»Sobald man drinnen ist, sieht es hier aus wie in jeder neuen Kleinstadt in Israel. Mit diesen Wohnhäusern aus Fertigteilen, den Bürgersteigen und ... sehen Sie, sehen Sie dort drüben!« Er wies auf eine kleine Reihe von Geschäften. »Sie haben alles, wie es scheint.«

Der Wagen glitt auf einen großen, asphaltierten Parkplatz und hielt vor einem Gebäude an, das wie ein Gemeindezentrum aussah. Mehrere Leute, die am Bordstein gestanden hatten, eilten auf den schwarzen Volvo zu, doch bevor sie ihn erreichten, sprangen vier Männer aus den beiden Begleitfahrzeugen und umstellten den Wagen des Chefs. Einer von ihnen beugte sich vor, um die hintere Tür des Volvos zu öffnen, und sagte: »Wir sind bereit, Sir.«

Avraham stieg aus dem Wagen und wandte sich an die

Männer, die ihn schützten. »Es ist in Ordnung, Jungs. Wir sind hier unter Freunden. Ihr könnt euch ausruhen.«

Ein hochgewachsener Mann in Khakihosen und einem weißen kurzärmeligen Hemd kam näher. »Hallo, Avraham«, sagte er und streckte die Hand aus, ein freundliches Grinsen auf seinem bärtigen Gesicht. Die gestrickte Yarmelke, die ihm etwas schief auf dem Kopf saß, wurde von einer Haarnadel gehalten.

»Hallo, Rabbi Gur, wie geht's Ihnen? Schön, Sie wiederzusehen.« Avraham nahm die Hand des Mannes und schüttelte sie wie die eines alten Freundes. »Es tut mir leid, daß ich nicht eher kommen konnte.«

»Ach was! Wir sind froh, daß Sie überhaupt gekommen sind.« Er legte seine Hand auf Avrahams Schulter und führte ihn in das Gebäude. »Kommen Sie, alter Freund. Alle warten auf Sie. Ich hoffe, Sie haben noch nicht gegessen. Wir haben etwas vorbereitet.«

»Nein, hab ich noch nicht.« Avraham drehte sich um und zog Oren an seine Seite. »Das ist mein Assistent Oren, Levi.« Und indem er sich an Oren wandte, begann er: »Und das ist Rabbi ...«

»Sie brauchen mir Rabbi Gur nicht vorzustellen, Sir. Ich kenne seine Werke und bewundere ihn seit langem.« Oren verbeugte sich höflich vor dem bärtigen Mann. »Ich freue mich, daß Sie wieder zu Hause und nicht mehr im Gefängnis sind, mein Rabbi.«

»Danke, mein Junge.« Der Rabbi lächelte. »Das ist nett von dir.«

Avrahams Leibwächter wurden in einen größeren Raum geführt, wo ihnen ihr Abendessen serviert werden sollte.

»Wir haben gedacht, es wäre Ihnen lieber, wenn sie nicht dabei sind«, sagte Gur mit leiser Stimme zu ihm.

»Das ist gut«, sagte Avraham und näherte sich einem langen Tisch, an dem vier Männer und zwei Frauen saßen. Drei der

Männer trugen einen Bart und alle vier weiße kurzärmelige Hemden. Die Frauen trugen weiße, hochgeknöpfte Blusen; ein weißer Baumwollschal verdeckte ihre Haare. Avraham lächelte ihnen zu, als der Rabbi ihn aufforderte, mit Oren an seiner Seite am Kopf des Tisches Platz zu nehmen. Gur übernahm die Vorstellung, bevor er sich Oren gegenüber niedersetzte.

Amnon, der einzige glattrasierte Mann, ein rechtsradikales Mitglied der Knesset, wandte sich an Avraham. »Wir wissen wohl, wie kostbar Ihre Zeit ist, und danken Ihnen, daß Sie so kurzfristig kommen konnten.« Avraham nickte.

»Ich möchte Ihnen versichern, daß wir Sie nicht hätten kommen lassen, wenn wir nicht der Überzeugung gewesen wären, daß die Sache von größter Bedeutung ist.«

In der nächsten halben Stunde wurde sehr wenig geredet. Aber als der Kaffee serviert worden war und das Küchenpersonal den Raum verlassen hatte, vergewisserte sich Rabbi Gur, daß alle Türen geschlossen waren. Niemand sagte ein Wort, bis er an den Tisch zurückgekehrt war. Er stellte sich direkt hinter Avraham und begann zu reden.

»Es ist zur Zeit ein Prozeß im Gange, der die Grundlagen unserer Existenz bedroht. Dieser Prozeß wird, falls es nicht gelingt, ihn aufzuhalten, mit Sicherheit alles vernichten, was wir im Laufe der letzten beiden Jahrzehnte mit unserem Blut und unserem Schweiß und unseren Tränen aufgebaut haben. Und nicht nur das: Er bedroht alles, was unser Volk in zwei Jahrtausenden voller Leid und Verfolgung erreicht hat. Ich meine nichts Geringeres als die Existenz des Staates Israel. Dieses Land – unser Land – ist nicht verkäuflich, so wie das Herz oder die Augen eines Mannes nicht verkäuflich sind.« Er begann, langsam um den Tisch herumzugehen und die Stimme zu heben. Die meisten Anwesenden verfolgten ihn wie hypnotisiert mit ihren Blicken. »Dies ist unser Land, das uns vom Allmächtigen gegeben wurde. Ohne dieses Land können wir nicht leben. Es ist unser Herz und unsere Seele. Solange auch nur ein Funken Leben in uns ist, dürfen wir nicht auch nur einen Meter dieses heiligen Landes preisgeben – und schon gar nicht, weil unsere Verbündeten es von uns verlangen. Vergeßt nie, daß diese Verbündeten sich von uns abwenden werden, sobald es ihnen angebracht erscheint. Wir sind für sie ›nur Juden‹ und werden es immer sein. Aber dieses Land ist ein Teil dessen, was unseren Vorfahren von Gott verheißen wurde. Es gibt keinen Raum für Kompromisse ...«

Avraham wurde unruhig. Er war nicht hergekommen, um sich einen Vortrag anzuhören. Er stand auf, den Rabbi um einen Kopf überragend. »Ich weiß zu schätzen, was Sie sagen, Rabbi, aber wenn Sie vorhaben, den bereits Bekehrten eine Predigt zu halten ... Ich habe viel zu tun.«

Der Rabbi lächelte etwas traurig. »Ich muß mich entschuldigen. Eine Sache der Gewohnheit. Wenn ich ein Auditorium vor mir habe, kann ich nicht aufhören. Verzeihen Sie mir.« Mit einem Kopfnicken erteilte er Amnon das Wort. Der jüngere Mann erhob sich.

»Ich komme gleich zur Sache. Wir sind in der Vergangenheit mehrfach von unserer Regierung gebeten worden, Geduld zu haben und keine militärischen Aktionen einzuleiten, die Israels Feinden einen Vorwand geben könnten, den Haß, den sie gegen uns hegen, zu schüren. Wir haben uns einverstanden erklärt, immer und immer wieder, unsere Jungs zurückzuhalten, die, wie ich versichern kann, bereit und willens sind, die Sache in die eigenen Hände zu nehmen. Mit jedem Tag wird es schwerer, sie zurückzuhalten. Mit jedem Zeichen der Schwäche seitens der israelischen Regierung drängen sie ungestümer darauf, endlich zu handeln, bevor es zu spät ist. Nun, diese Regierung ist nicht mehr im Amt.« Er wandte sich um und blickte Avraham an, der wieder ungeduldig zu werden begann. »Dank hilfreicher Menschen wie unserem heutigen Gast« – Amnon wies auf Avraham – »haben wir ein großes

Waffenarsenal zusammengestellt und sind bereit, die nötigen Aktionen in die Wege zu leiten.« Er sah Avraham jetzt offen an. »Wir haben Sie heute zu uns gebeten, weil wir Ihnen eine Frage stellen wollen: Wie können wir eine Friedensregelung verhindern, die von uns den Rückzug aus Judäa Samaria und dem Gazastreifen verlangt? Wir sind schon einmal zum Narren gehalten worden – damals, als Begin den Sinai zurückgab und wir unsere dortigen Siedlungen aufgeben mußten. Wir waren damals noch nicht bereit und hatten keine politische Schlagkraft. Die Narben bluten heute noch. Jetzt stellt sich die Situation anders dar. Wir *sind* bereit. Wir wollen handeln und zeigen, wer Herr in diesem Lande ist.« Er setzte sich.

Avraham erhob sich langsam, die Hände auf den Tisch vor sich gestützt. Er sah die Konferenzteilnehmer an, einen nach dem anderen, und als er mit jedem im Raum Blickkontakt gehabt hatte, wandte er sich an alle gemeinsam.

»Es ist mir eine Freude, heute bei euch sein zu können. Ihr seid die Führer der wahren zionistischen Bewegung, die neuen Pioniere dieses Landes. Ihr seid die Träumer, die Gläubigen, die den Traum von Eretz Israel bewahrt haben. So viele andere begnügen sich damit, von einem neuen Subaru oder einer größeren Wohnung zu träumen. Ich verstehe, unter welcher Anspannung ihr steht. Ich werde euch heute abend mit einem Aktionsplan bekannt machen, der bald Gestalt annehmen wird. Ihr müßt versprechen, mit keinem Menschen über das zu reden, was ihr heute abend hört, wenn ihr nicht kurz vor dem Sieg noch ein Unglück heraufbeschwören wollt. Zunächst müßt ihr begreifen, daß ihr nicht allein seid. Wir sind viele, und wir sind bei euch. Und wenn ich sage ›bei euch‹, meine ich nicht heimliche Sympathisanten, sondern aktive Kämpfer.« Der Chef des Mossad machte eine Pause. Wieder schweifte sein Blick in die Runde. Als er fortfuhr, fühlte sich jeder der Anwesenden persönlich angesprochen.

»Ihr wißt, daß gegenwärtig Bestrebungen im Gang sind,

eine friedliche Lösung des sogenannten Nahostkonflikts durchzusetzen, und in der Tat kann es nur eine Lösung geben, und diese Lösung heißt Friede.« Die Gesichter der Zuhörer verrieten Verwirrung. Die Überraschung war gelungen. »Maßgebliche Kräfte in der politischen Führung unseres Landes haben uns versprochen, daß nur um den Frieden verhandelt werden soll, nicht um Land gegen Frieden, nicht um Autonomie gegen Frieden, nur um Frieden gegen Frieden. Doch inzwischen sind die Männer, die uns dieses Versprechen gegeben haben, nicht mehr imstande, es zu halten. Sie sind wortbrüchig geworden mit dem Ergebnis, daß sich unser eigenes Land zu spalten beginnt zwischen denjenigen, die Judäa Samaria und den Gazastreifen für ein Friedensversprechen aufgeben wollen, und jenen, die das ablehnen. Jede Gruppe hat ihre Extremisten und ihre Gemäßigten, aber nur wenige sind bereit, grundsätzlich von ihrer Linie abzuweichen. Sicher ist nur, daß die gegenwärtige Regierung drauf und dran ist, unser Land für die dreißig Silberlinge zu verkaufen, die Amerika uns geboten hat.« Er unterbrach sich, um einen Schluck Wasser zu trinken. Alle Zuhörer verharrten stumm und bewegungslos auf ihren Plätzen.

»Ich kann euch im Augenblick nicht alle Einzelheiten des Planes mitteilen, den wir vorbereiten. Es ist ein radikaler Plan, der radikale Maßnahmen erfordert. Die Zeit, bisher unser bester Verbündeter, arbeitet nicht mehr für uns.« Er sah Amnon, den Knesset-Abgeordneten, an. »An Ihre Jungs wird die Aufforderung ergehen, sich am Kampf zu beteiligen. Jawohl, am Kampf. Ein Krieg steht uns bevor.« Allgemeine Unruhe erhob sich, als er das Wort ausgesprochen hatte. Fragen wurden laut.

»Gegen wen?«

»Was sagen Sie da?«

»Wie bitte?«

»Wann wird es Krieg geben?« fragte die größere der beiden Frauen, die aufgestanden war, um sich bemerkbar zu machen.

Avraham wartete einige Sekunden, bevor er beide Hände hob und um Ruhe bat. Schließlich schrie er: »Ruhe!« Als es im Raum still wurde, fuhr er fort:

»Wir werden nicht unser Blut vergießen, wie es die Absicht unserer Feinde ist. Es wird *ihr* Blut sein, das fließt – das Blut unserer äußeren und unserer inneren Feinde. Ihr werdet bemerkt haben, daß es in den letzten Monaten in der Armee Umbesetzungen und Truppenverlagerungen gegeben hat. Das ist das erste Stadium des Planes; es ist inzwischen fast abgeschlossen. In den besetzten Gebieten sind jetzt überwiegend gebietsansässige Soldaten und Offiziere stationiert – oder aber Männer, von denen wir wissen, daß sie mit unserer Sache sympathisieren. Natürlich gibt es immer noch einige, die dagegen sind; aber sie sind bekannt. Sie sind erfaßt worden, und wir werden uns um sie kümmern, wenn die Zeit dafür gekommen ist.« Die Teilnehmer der Tischrunde blickten überrascht auf.

Avraham fuhr fort: »Da viele Israelis es ablehnen, die besetzten Gebiete zu behalten – nicht aus Liebe zu den Palästinensern, sondern weil sie, wie der Prophet Jeremia sagt, lieber unter ihrem Feigenbaum und ihrem Weinstock sitzen –, werden wir ihnen entgegenkommen. Wir werden die Last auf uns nehmen, auch sie zu verteidigen. Wir werden der Schild sein, der Eretz Israel schützt. Wir haben das umstrittene Territorium nicht nur mit Leuten besetzt, die mit uns sympathisieren, sondern darüber hinaus einen großen Teil unserer militärischen Reserven in Gebiete verlagert, die von den Siedlern leicht zu erreichen sind.« Bei diesen Worten begannen die Anwesenden miteinander zu flüstern.

»In Kürze wird sich in Europa ein Zwischenfall ereignen, der zu starken Spannungen zwischen Israel und Syrien führen wird. Die Regierung wird zusätzliche Truppen an die syrische

Grenze schicken. Das in den besetzten Gebieten zusammengezogene Militär wird dann nur noch aus Männern aus den Siedlungen sowie aus ausgewählten Sympathisanten bestehen. Diese Einheiten werden Stellung an den Grenzen beziehen – und zwar an allen, auch an der grünen Linie.«

Amnon sprang auf. »An der grünen Linie? Warum an der grünen Linie? Das ist doch gar keine echte Grenze. Es ist lediglich die alte Demarkationslinie, die Israel früher vom Land westlich des Jordan trennte. Welcher Feind soll uns von Israel aus angreifen?«

»Wenn Sie mich ausreden lassen, werden Sie es verstehen«, erwiderte Avraham scharf. Er war es nicht gewohnt, unterbrochen zu werden. »Zu eben diesem Zeitpunkt wird eine ausgewählte Führungsmannschaft – darunter vielleicht sogar die hier Anwesenden – das Gebiet zu einem unabhängigen jüdischen Staat erklären.«

Die Männer und Frauen am Tisch waren sichtlich schokkiert. Auf diese Wendung war keiner von ihnen vorbereitet. Sie sahen einander ungläubig an. Doch als Avraham weitersprach, begannen sie zu lächeln.

»Wir, der neue, unabhängige Staat Judäa, werden dann Israel auffordern, mit uns in Verhandlungen über eine Föderation einzutreten.«

Die Zuhörer erhoben sich spontan, um Avraham zu applaudieren. Ihre Gesichter strahlten vor Freude. Nur ein alter Mann war sitzen geblieben, und als der Beifall verebbte, sagte er mit leiser Stimme: »Man wird es nicht zulassen. Sie werden uns zerschlagen. Sie werden eine Armee schicken und uns vernichten.«

»Welche sie?« fragte Avraham.

»Die Gojim«, sagte der alte Mann.

Avraham lächelte ihm zu. »Sie sind ein sehr scharfsinniger Mann, mein Freund.« Der alte Mann sah sich am Tisch um, als ob er sagen wollte: Seht ihr! »Aber«, fuhr Avraham fort, »wir haben das einkalkuliert und entsprechende Vorsichtsmaßnahmen getroffen. Schon jetzt steht ein Arsenal von Jericho-Zwei- und Drei-Raketen mit nuklearen Sprengköpfen auf dem Gebiet von Judäa – genug, um den ganzen Nahen Osten und den Rest der Welt in ein Schwarzes Loch zu verwandeln.«

Wieder erhob sich Unruhe unter den Anwesenden, aber diesmal schlug Avraham sofort mit der Faust auf den Tisch, um sich Gehör zu verschaffen.

»Ihr habt genug Zeit, darüber zu diskutieren, wenn ich fort bin«, sagte er. »So hört gut zu! Ich habe nicht die ganze Nacht Zeit! Wir werden aller Welt klarmachen, daß wir uns auf keinerlei Kompromiß einlassen und bereit sind, eher die totale Vernichtung in Kauf zu nehmen als uns zu ergeben. Das ist die Wiederauferstehung von Masada, mit einem Unterschied: Diesmal sterben wir nicht allein. Und wenn der politische Sturm sich gelegt hat, werden wir die gesamte arabische Bevölkerung aus unseren Gebieten in den Palästinenserstaat Jordanien umsiedeln. Wir werden der Puffer zwischen den feindlichen Arabern und Israel sein. Das Land wird uns gehören, für immer, und außerdem werden wir einen Bürgerkrieg vermieden haben.«

Amnon hob wie ein Schüler im Klassenzimmer die Hand. Avraham nickte ihm zu.

»Wie werden die Juden im Ausland darauf reagieren? Haben Sie das auch einkalkuliert?«

»Ja. Alles in allem glauben wir, daß nicht viel geschehen wird. Wie immer werden einige für uns und einige gegen uns sein. Immerhin geben wir ihnen eine neue Alternative: Die liberalen Waschlappen können sich an der Brust ihrer linken Freunde in Israel ausweinen – oder besser gesagt, in der ›Westlichen Provinz‹, wie sie dann heißen wird –, während die wahren Zionisten die Östliche Provinz begrüßen werden. Wir nehmen den sogenannten Liberalen die Drecksarbeit ab, damit sie sich ihr ach so gutes Gewissen bewahren können. Vergeßt nicht: Wir werden ein eigener, souveräner Staat sein, und Israel ist nicht für unsere Aktionen verantwortlich. Ich bin fest überzeugt, daß die beiden Provinzen sich in zwanzig oder dreißig Jahren zu einem einzigen großen Staat Israel zusammenschließen.«

Nach einigen Sekunden des Schweigens stand Rabbi Gur auf. »So wird der Traum von dem unseren Vorfahren von Abraham, dem Vater Isaaks, verheißenen Land von einem anderen Abraham erfüllt werden. Es wird nicht das erstemal in unserer Geschichte sein, daß wir in zwei Reiche geteilt sind. Vor zweitausend Jahren gab es unter ähnlichen Bedingungen schon einmal die beiden Reiche Israel und Judäa. Doch diesmal werden wir einander beistehen und kein jüdisches Blut mehr vergießen. In jeder Generation gab es Menschen, die uns vernichten wollten, aber der Herr – geheiligt sei sein Name! – hat uns geschützt. Und hier und jetzt, vor unseren Augen, wiederholt sich dieses Wunder.«

Er wandte sich an Avraham, der sich anschickte zu gehen.

»Was sollen wir tun?«

Avraham musterte die Gruppe am Tisch mit einem langen Blick. »Wenn die Zeit gekommen ist, wird jede Siedlung die benachbarten Palästinenserdörfer angreifen. Die Angriffe müssen so heftig sein, daß alle Palästinenser aus den besetzten Gebieten nach Jordanien fliehen. Je schneller dieses Stadium beendet ist, desto sicherer wird unser Plan gelingen.«

Avraham verabschiedete sich, schüttelte jedem im Raum die Hand. Er schwieg, bis der kleine Konvoi sich der »grünen Linie« näherte, die vor 1967 Israel von Jordanien getrennt hatte.

»Bald wird dies wieder eine Grenze sein«, sagte Oren.

»Ja, aber diesmal zwischen zwei mächtigen Verbündeten. Auf welcher Seite werden Sie stehen, mein Freund?« Avraham blickte ihn forschend an.

Oren zögerte ein wenig mit seiner Antwort, ohne daß Avraham es bemerkte. »Ich stehe da, wo Sie stehen.«

»Gut. Ich brauche Sie nämlich. Wir brauchen Sie.«

»Was geschieht mit denen, die Widerstand leisten?«

»Dies ist ein freies Land, Oren. Auch die neue Provinz wird ein freies Land sein. Jeder hat das Recht auf abweichende Meinungen, aber niemand darf aktiv gegen die Regierung vorgehen. Mit Aufrührern und Verrätern werden wir auf angemessene Weise zu verfahren wissen. Im Nahen Osten wird es fortan zwei Demokratien geben.«

Kapitel 3

Damaskus. 5. September, 17.00 Uhr

Shaby Tarik Talaat, ein kleiner, korpulenter Herr von achtundvierzig Jahren, verließ an einem heißen Nachmittag das Gebäude des syrischen Generalstabs. Sein tief zerfurchtes Gesicht war ungewöhnlich blaß. Er zweifelte nicht an der Richtigkeit der Information, die er gerade bekommen hatte. Es war reiner Zufall, daß er als Assistent des Stellvertreters von Ahamed Dayeb, dem Direktor des Büros für Nationale Sicherheit, an dieser Besprechung teilgenommen hatte. Dayeb war seit einigen Tagen erkrankt, und sein Stellvertreter – Shabys Boß – war in dringenden Angelegenheiten nach Paris gerufen worden. Als Vertreter der mächtigsten Abteilung der Sicherheitsdienste war Shaby mit großer Achtung behandelt worden und konnte Einblick in Dokumente nehmen, die ihm im Normalfall verschlossen geblieben wären.

Shaby war vom ersten Moment an klar, daß er auf eine Goldmine gestoßen war, und er hatte im gleichen Augenblick beschlossen, die Mine bis zum letzten Nugget auszubeuten. Stück für Stück wollte er die sensationelle Information verkaufen, erst eine Probe, um seine Kunden heiß zu machen, und dann scheibchenweise immer mehr, und sie würden zahlen, zahlen und nochmals zahlen ... Am Ende der Konferenz verließ er als erster den Raum, und nun war er der erste, der das Gebäude verließ.

Damaskus mit seinen engen Straßen ist keine Stadt für schnelle Fahrer und verlangt besondere Aufmerksamkeit. Shaby steuerte seinen schwarzen Peugeot 504 in gleichmäßigem Tempo durch die belebte Innenstadt, durchquerte den überdachten Midhat-Pascha-Basar und erreichte El Malek. An den Regierungsämtern und den neuen Gebäuden des Erziehungsministeriums vorbei gelangte er zum Faruk-El-Awal-Boulevard, in dem sich der Verkehr staute.

Die Hitze ließ nicht nach, obwohl die Temperaturen angeblich niedriger als sonst zu dieser Jahreszeit waren. Das dünne weiße Baumwollhemd klebte ihm am Körper. Es war wie in einem Türkischen Bad. Je näher er seiner Wohnung kam, desto größer wurde seine Angst. Shaby wußte sehr wohl, daß die Weitergabe von geheimen Informationen mit dem Tode bestraft wurde – und wenn herauskam, für wen er arbeitete, würde der Tod langsam und qualvoll sein. Nur sein unersättlicher Hunger nach dem guten Leben half ihm, seine Angst zu überwinden.

Shabys Gedanken schweiften immer wieder ab. Er stellte Vermutungen an, schätzte die Lage ein, rechnete Summen hoch. Er hörte nicht die Muezzins, die von den Minaretten herab die Gläubigen zum Nachmittagsgebet riefen. Es fiel ihm schwer, sich zu konzentrieren. Er hatte den starken Wunsch, Syrien zu verlassen. Er haßte das Land. Es war öde und langweilig. Er sehnte sich nach der glitzernden Welt Europas – den Geräuschen, den Gerüchen, den Frauen – ja, vor allem nach den Frauen.

Er stellte den Wagen auf dem Parkplatz vor dem Haus ab, in dem er wohnte. Der kleine, quietschende Fahrstuhl brauchte eine Ewigkeit, ehe er die neunte Etage erreichte. Überall wurde jetzt gekocht, und die Gerüche durchzogen das ganze Haus.

Es gab vier Wohnungen auf seiner Etage, zwei auf jeder Seite eines langen, trübe beleuchteten Flurs. Er zog eine Visitenkarte aus seiner Hemdtasche und ließ sie vorsichtig zwischen Tür und Pfosten niedergleiten. Wie hatte Brad gesagt? »Wenn die Karte keinen Widerstand trifft, hat jemand die Tür geöffnet und das Siegel zerbrochen, das Sie innen angebracht haben.«

Jeden Tag erwartete Shaby das Schlimmste, aber bis jetzt war es noch nicht eingetreten. Das Siegel blockierte die Karte. Er steckte sie wieder in die Tasche und öffnete die Tür mit dem Schlüssel in seiner schweißbedeckten Hand. Ein warmer Windstoß bauschte die Gardinen im Wohnzimmer hinter der Diele. Erschrocken fuhr Shaby zusammen. Dann schloß er rasch die Tür ab und legte die Kette vor. Wie eine drohende Gewitterwolke lastete über ihm das Gefühl nahenden Unheils.

Er würde sich heute nicht an den Zeitplan halten, sondern den Funkspruch früher übermitteln. Brad hatte ihm diese Option eingeräumt, allerdings mit der Maßgabe, nur im äußersten Notfall davon Gebrauch zu machen. Soweit es Shaby betraf, war dieser Notfall gegeben.

In den ersten paar Monaten hatte er geglaubt, seine heimliche Tätigkeit könne ihm zur zweiten Natur werden, man gewöhnte sich doch an alles ... Aber es hatte sich herausgestellt, daß dem nicht so war. Dies ist das letzte Mal, sagte er sich. Der Entschluß half ihm wenig. Die Angst umklammerte seine Brust und machte jeden Atemzug zur Qual.

Es mußte schnell geschehen; er hatte keine Zeit zu verlieren. Shaby trat in das Schlafzimmer, nahm die Lampe von dem Nachttisch aus Mahagoni und legte den Tisch umgekehrt auf das Bett. Dann zog er eine fünf Zentimeter lange Nadel aus seiner Brieftasche und steckte sie in eine winzige Öffnung auf der Unterseite eines der Tischbeine.

»Wenn man nicht weiß, wo die Stelle ist, findet man sie nie«, pflegte Brad zu prahlen.

Als die Nadel tief genug in der Öffnung saß, drückte Shaby sie mit dem Daumen nieder. Mit einem leisen Klicken sprang der innere Teil des Nachttisches heraus. Drei kleine schwarze Geräte kamen zum Vorschein, jedes in einem eigenen Fach. Eines ähnelte einem Taschenrechner mit einem kleinen Keyboard und mehreren farbigen Tasten, die nicht näher markiert waren.

Die beiden anderen Geräte waren von gleicher Größe – etwa zehn Zentimeter lang und sechs Zentimeter breit, nicht höher als ein Zentimeter – und besaßen keine Tastatur.

Shaby blieb einige Sekunden ruhig sitzen, um seine Gedanken zu ordnen. Dann nahm er die oberste Disk von einem Stapel in dem Fach neben dem Gerät, das wie ein Taschenrechner aussah. Die Disks waren schwarz und etwa so groß wie ein Fünfpfennigstück. Er legte die Disk an die Stelle einer zweiten, die er der Rückseite des Geräts entnommen hatte. Die alte Disk würde später im WC landen und fortgespült werden, die neue diente dazu, die heutige Frequenz und Nummer der Botschaft anzuwählen. Shaby tippte seine Nachricht ein:

Von Shaby
An Wache

1. Neues Terroristenteam etabliert sich in Europa.
2. Team soll geleitet werden von einen pro-syrischen Palästinenser-Offizier mit Decknamen FOX X FOX.
3. Baldige Aktivitäten in Zusammenhang mit bevorstehenden Friedensgesprächen geplant.
4. Frühere ostdeutsche Stasi hilft bei Operationen (soll Maulwurf beim Mossad haben).
5. Werde in einigen Tagen weitere Informationen haben.
6. Komme bald nach Europa. Werde zur Bestätigung Kontakt aufnehmen.

7. Erbitte Bestätigung einer Sonderprämie für Information.
8. ENDE X ENDE

Er drückte eine blaue Taste. Der Funkspruch lief über einen kleinen, oberhalb des Keyboards angebrachten Flüssigkristall-Bildschirm.

Als er sich vergewissert hatte, daß die Information klar und vollständig war, stellte er das Gerät wieder zurück in sein Fach, verband es durch einen dünnen schwarzen Draht mit der zweiten Einheit und drückte einen gelben Knopf. Sogleich begann der kleine Rechner die Nachricht zu kodieren und auf die Übertragung vorzubereiten. Shaby wickelte nun eine schmale Drahtspule ab, die am dritten Gerät befestigt war, indem er durch die Verandatür auf den halbkreisförmigen Balkon trat. Er schloß den Draht am gußeisernen Balkongitter an, das als Antenne diente, und blieb einen Augenblick dort stehen. Durch den Dunst des schwülen Nachmittags konnte er einen großen Teil von Damaskus überblicken. Fern im Westen lagen die weichen, gelben Schatten der Antilibanonberge, überragt vom Hermon, der ihm mit seinem weißen Gipfel wie eine in der Zeit erstarrte, schaumgekrönte Welle erschien. Das grüne Licht der Warnleuchte auf dem Gerät flackerte und zeigte ihm an, daß die Übertragung beginnen konnte. Rasch kehrte Shaby in das Zimmer zurück. Er hatte keine Zeit zu verlieren. Dies war der gefährlichste Teil der Operation, denn während der Übertragung lag die ganze Ausrüstung offen da.

»Vergeuden Sie keine Zeit«, pflegte Brad zu sagen. »Sie müssen damit so schnell wie möglich fertig werden. Wenn alles wieder im Tisch ist, kann nichts mehr passieren. Also beeilen Sie sich!« Die Worte klangen in seinen Ohren, als weilte Brad tatsächlich neben ihm im Zimmer, beugte sich über seine Schulter und gäbe ihm geduldig Instruktionen. Shaby drückte jetzt den roten Knopf. Während der Multiplexübertragung, die nur Sekunden dauerte, blinkte ein rotes Licht.

Shabys erste Übertragung war beendet. Jetzt mußte er zwei Minuten warten, lange einhundertundzwanzig Sekunden, bevor das grüne Licht aufleuchtete und ihm bedeutete, die Übermittlung zu wiederholen.

»Vergewissern Sie sich, daß sie angekommen ist«, hatte Brad immer gesagt. Shaby wartete. Sein Herz schlug ihm bis zum Hals.

Als eine Tür in der Nachbarwohnung zugeschlagen wurde, hatte er das Gefühl, mit kaltem Wasser übergossen zu werden. Er drückte den roten Knopf, die zweite Übertragung war beendet. Unverzüglich wickelte er den Draht wieder auf und verstaute alles im Tisch. Ein schwaches Klicken zeigte an, daß er in Sicherheit war. Als er den Nachttisch wieder umgedreht und an seinen alten Platz gestellt hatte, fiel er, in Schweiß gebadet, wie eine Marionette, der man die Schnüre gekappt hat, auf das Bett.

Ein anderer Ort, eine andere Zeit, aber nicht lange her. Shabys Gedanken drifteten ab. Rom. Sonnenschein. Ein Fetzen der Erinnerung. Was würde er darum geben, wieder dort zu sein! Er dachte an Carolyn, ihre weiche, milchweiße Haut und ihr langes, honigfarbenes Haar. Das Bild ihres vollendet geformten Körpers ließ seine Lenden schmerzen. Er konnte sich nicht erinnern, daß sie in jenen zwei Wochen je das Zimmer, ja, das Bett verlassen hatten. Abgesehen von den Trainingsstunden mit Brad war es ein einziger Wirbel der Lust gewesen.

Kapitel 4

Mossad-Hauptquartier, nördlich von Tel Aviv.
5. September, 17.45 Uhr

Gibt's was Neues?« fragte Arik, ein kräftiger Mann, fast 1,90 Meter groß und 120 Kilogramm schwer, dessen helle Haut durch sein krauses schwarzes Haar und seinen struppigen schwarzen Bart noch blasser erschien. Er hatte gerade mit einem Begleiter den Dekodierraum in der vierten Etage des fünfstöckigen und fünfeckigen grauen Betongebäudes betreten, das in einem Wäldchen hinter einem großen Einkaufszentrum an der Autobahn nach Haifa lag. Der Raum roch nach frischer Farbe und abgestandenem Kaffee, und das Licht war weiß und hart. Es herrschte eine niederdrückende, beklemmende Atmosphäre.

»Nein, nur der übliche Quark«, sagte Elbaz, ein Mann um die vierzig mit schütterem Haar. »Wie ist es draußen?«

»Wie in einer öffentlichen Toilette. Heiß, stinkend und feucht. Ich hasse diese Hitze.«

»Hier stinkt's nur. Wer ist dein Schatten?«

»Das ist Ran. Ein neues Mitglied unseres Teams«, sagte Arik und legte seine große Hand auf die Schulter seines schlanken Gefährten. »Er soll Avy ersetzen, sobald er sich hier auskennt.«

»Von wo kommst du, Ran?« fragte Elbaz, während er seine Sachen zusammenpackte, um zu gehen.

»Von den Fallschirmjägern«, sagte Ran, ohne dem Fragesteller viel Aufmerksamkeit zu schenken. Er war offensichtlich mehr an den Computern interessiert, die eine ganze Wand des Raumes einnahmen.

»Was, zum Teufel, ist los mit diesem Land?« fragte Elbaz. »Wenn man einem Mann fragt, woher er kommt, nennt er dir seinen Truppenteil.« Er sah Ran an und sagte: »Hör mir mal gut zu, mein Junge. Ich bin aus Petah-Tikva. Da lebe ich. Nun noch einmal, ganz langsam. Wo kommst du her?«

»Laß den Jungen in Ruhe«, sagte Arik. »Ich erinnere mich, wie du dich hier am ersten Tag eingeführt hast.« Arik ahmte ihn nach, ließ den Unterkiefer herunterklappen und riß die Augen in einem Ausdruck völliger Verwirrung auf. »Ach, was ist denn das?« Beide begannen zu lachen. Arik wandte sich an

Ran. »Laß dich von Elbaz nicht ins Bockshorn jagen. Er sieht nur so aus, als ob er intelligent wäre.«

»Natanya«, sagte Ran.

»Was?« fragte Elbaz, noch immer lachend.

»Ich komme aus Natanya«, sagte Ran lächelnd.

»Gut für dich, eine kluge Antwort. Ich wußte, daß du es schaffst.« Elbaz wandte sich an Arik: »Ein kluges Kerlchen hast du hier angeschleppt. Bei dem Grips wird Avy uns sicher schon bald verlassen, spätestens in... was? ...zwei Jahren? Aber wenn er wirklich hier ist, um Avy zu ersetzen, sollte er sich besser einen Schwanz aus Eisen zulegen. Oder hat er schon einen?« Arik und Elbaz brachen wieder in Lachen aus, und selbst Ran lächelte, obgleich er nicht recht wußte, wovon die beiden sprachen.

»Ist noch Kaffee übrig?« fragte Arik und ging zu einem kleinen Ecktisch, auf dem umgeben von einer Anzahl bunter Kaffeetassen eine große Kanne aus Chromstahl stand. Ohne auf die Antwort zu warten, sagte er zu Ran: »Solange du in diesem Dekodierraum bist, wirst du mir nicht von der Seite weichen und das Zimmer allenfalls verlassen, um zum WC zu gehen. Und berühre keines der Geräte, bevor ich es dir ausdrücklich erlaubt habe. Ist das klar?«

Ran war etwas erstaunt über diese plötzliche Flut von Instruktionen.

»Ja, Sir.«

»Hier gibt's keine Sirs!« bellte Arik. »Aber ich schätze deine Einstellung.« Er öffnete den Deckel der Kanne und sah hinein. Sie war leer. »Nun, wie du weißt, empfangen wir hier die kodierten Nachrichten der Mossad-Agenten in allen Zielländern.«

»Weißt du, was Zielländer sind?« unterbrach ihn Elbaz, der an der Tür stand.

»Natürlich. Alle arabischen Länder sind Zielländer«, erwiderte Ran etwas pikiert.

»Wolltest du nicht gerade gehen?« fragte Arik und blickte Elbaz an. Dann fuhr er fort: »Die meisten Zielländer liegen in derselben Zeitzone, um die Arbeit zwischen den einzelnen Schichten bei uns gerecht zu verteilen. Wir nennen sie die Küchendienst-Schichten, wie bei den Küchenbullen in der Armee. Wir arbeiten zwölf Stunden und gehen dann für sechsunddreißig Stunden nach Hause, dann wieder zwölf Stunden Küchendienst und so weiter. Noch Fragen?«

»Nein.«

»Wieso ist kein Kaffee mehr da, Elbaz?«

»Weiß ich nicht. Ich trinke Tee.«

»Ich rufe unten an und laß mir welchen kommen.«

»Viel Glück«, sagte Elbaz, der tatsächlich im Begriff stand zu gehen. Als er bemerkte, daß der an der Tür hängende Einsatzplan noch nicht unterschrieben war, sagte er zu Arik: »Würdest du bitte unterschreiben, damit ich mich auf den Weg machen kann? Es ist spät geworden, und die Welt erwartet mich.« Er wies mit einer komisch übertriebenen Geste nach draußen.

Arik setzte seine Unterschrift an die vorgesehene Stelle und übernahm damit offiziell die Schicht, woraufhin Elbaz ihnen zuwinkte und den Raum verließ.

Arik wählte die Nummer der Cafeteria und zündete sich eine Zigarette an. Als der Hörer schließlich abgenommen wurde, hörte er Lachen und laute Musik.

»Buckingham Palace«, sagte eine Stimme. »Was kann ich für Sie tun?«

»He, Avy«, sagte Arik. »Beweg deinen Arsch und bring mir Kaffee. Die Kerle hier haben alles weggeputzt, und ich verdurste allmählich.«

»Kannst du zwei Minuten warten? Ich bin gerade dabei, etwas für uns aufzureißen – zwei Miezen von der Computerabteilung, nach deiner Schicht.«

»Okay, ich warte. Ich hoffe, es lohnt sich.« Arik legte den

Hörer auf und wandte sich an Ran. »Wir sollten uns an die Arbeit machen.« Er rollte mit seinem Stuhl über den strahlend weißen Fußboden und tippte seinen persönlichen Kode ein, um Zugang zum Computer zu erhalten.

»Berichte mir«, sagte er, den Computer anredend. »Was hast du für mich aus dem Land der Toten?«

Ran sah ihn erstaunt an. »Das Land der Toten?«

»Zielländer, mein Junge, werden als Land der Toten bezeichnet, da die Leute, die von dort Kontakt mit uns aufnehmen, dem Tode vermutlich näher sind als jeder von uns.«

»Kapiert«, sagte Ran. Er setzte sich auf einen Stuhl neben Arik und zündete sich eine Zigarette an.

»Alle hier ankommenden Nachrichten sind kodiert und Multiplexübertragungen. Es gibt noch andere Arten der Kommunikation mit dem Land der Toten, aber dafür sind wir nicht zuständig. Wir sind nur eine Unterabteilung. Was im Rest der Abteilung geschieht, geht uns nichts an. Im Grunde geht uns der ganze Mossad nichts an. Ist bis hierher alles klar?«

»Ja.«

»Du mußt immer nur daran denken«, sagte Arik, »daß wir die Informationen in einem Rohstadium bekommen.« Er machte eine Pause und sah Ran an. »Wenn wir etwas vermasseln, geht die Information verloren.«

»Wenn mehrere Nachrichten zur gleichen Zeit ankommen – welche wird zuerst behandelt?« fragte Ran.

»Dafür haben wir einen Computer. Da die Agenten für uns von unterschiedlicher Bedeutung sind, haben sie unterschiedliche Bewertungskodes. Der Computer holt sich die Information aufgrund einer Kompilation auf den Bildschirm, die nicht nur die Bewertung des Agenten berücksichtigt, sondern auch die Frage, wie lange die Nachricht schon im System ist.« Arik wies auf den Schirm, auf dem gerade der erste Bericht erschien: »Das kommt von einem Agenten in Beirut. Er meldet die Versetzung eines PLO-Offiziers.« Arik bearbeitete die

Nachricht mit Hilfe eines speziellen Lichtgriffels. Die Schrift auf dem Schirm war weiß, der Hintergrund blau. Er trennte die Information, hob Teile des Berichts hervor, bezeichnete sie mit dem Griffel und berührte bestimmte Symbole auf dem Schirm, welche die hervorgehobenen Teile an ihren Bestimmungsort übertrugen.

Die nächsten Berichte enthielten für die Marine bestimmte Informationen aus Tripolis in Libyen.

Um 18.20 Uhr veränderte der Bildschirm plötzlich seine Farbe zu einem pulsierenden Schwarz und Rot. Abwechselnd erschienen zwei Meldungen in großen gelben Buchstaben: KODE SCHWARZ. – GEBEN SIE SICHERHEITSFREIGABE EIN.

Ran erstarrte, eine Zigarette angezündet in der Hand, während Arik, ohne lange zu überlegen, einen Kode eintippte. Sobald er die Return-Taste gedrückt hatte, begann der Drukker die Nachricht auszuspucken. Sie kam aus Damaskus.

»Was, zum Teufel, soll das?« fragte Ran fasziniert.

»Das ist eine mit Vorrang zu behandelnde Nachricht von einem unserer besten Agenten in diesem System. Ganz heiße Kiste.« Arik deutete auf das einen Stern umfassende, blinkende Viereck unten am Bildschirm. »Das bedeutete ›Übertragung außerhalb des Zeitplans‹. Seine normale Zeit ist von 20 bis 22 Uhr. Er kommt heute mehr als zwei Stunden zu früh.« Arik starrt gebannt auf den Bildschirm. »Scheiße! Ich hasse das. Warum hält er sich nicht an seinen Zeitplan?«

»Was machen wir jetzt?«

»Das fällt nicht in unseren Bereich. Bleib ganz ruhig sitzen und sag kein Wort. Stell keine Fragen, paß nur auf, verstanden?«

»Ja.«

Arik nahm den Hörer des an das Verwürflungsgerät angeschlossenen Telefons auf und wartete. Eine heisere Stimme meldete sich, und obwohl Arik fast jeden im Gebäude kannte, konnte er sie nicht erkennen. Der Verwürfler ließ jedes Geräusch flach und metallisch klingen.

»Ja«, sagte die Stimme.

»Rotes Leuchtfeuer für Treibholz.«

»Und?« sagte die Stimme ruhig.

Arik war nicht in der Stimmung für Scherze. »Und leck mich am Arsch.«

»Gern, mein Junge, aber ich brauche den Kode.«

Arik erkannte seinen Fehler und sagte: »Entschuldigung. Kode 27734.« Dann drehte er sich zu Ran um und sagte: »Wir brauchen noch jemand anderen aus dem Team, um den Computer bedienen zu können.« Er dachte laut. »Ich habe gerade Leuchtfeuer-Alarm gegeben. Der Raum dort« – er wies mit dem Kopf auf eine große braune Tür am anderen Ende des Dekodierraums – »wird bald voller Leute sein. Die Kommunikationsabteilung wird die zuständigen Herrschaften zusammenrufen und sie hierher beordern.«

Spontan wählte er die Nummer der Cafeteria. Ihm war eingefallen, daß Avy mit einer der Computermiezen anbändeln wollte. Wenn die Bonzen auftauchten, konnte sie das alle in die Bredouille bringen.

Das Telefon läutete mehrmals, bevor der Hörer abgenommen wurde.

»Jaaa«, meldete sich Dorons schläfrige Stimme.

»Wo ist Avy?« schrie Arik.

»Woher, zum Teufel, soll ich das wissen? Bin ich Avys Hüter?«

»Hör mir gut zu, Doron. Du findest jetzt Avy und bringst ihn auf der Stelle her, verstehst du? Such das ganze Gebäude nach ihm ab! Wahrscheinlich ist er mit einem Mädchen zusammen. Aber bring ihn her!«

»Okay, beruhige dich. Ich hole ihn schon. Aber was soll das ganze Theater?«

»Ich sag es dir, wenn du hier bist. Wenn du ihn in den

nächsten zehn Minuten nicht findest, kommst du ohne ihn her.«

»Bin schon unterwegs.« Die Stimme Dorons klang jetzt wacher.

Zehn Minuten später betrat Doron den Dekodierraum, gefolgt von Mark. Als Mark die Tür hinter sich geschlossen hatte, gab Doron Arik durch Zeichen zu verstehen, daß er Avy nicht gefunden habe.

Obgleich Mark der Leiter der Abteilung und damit Ariks Chef war, nannten sie einander, wie im Mossad üblich, beim Vornamen.

»Okay, da bin ich. Was gibt's?« Mark war an den Tisch getreten, auf dem das Kaffeetablett stand.

Arik riß das Papier aus dem Drucker und reichte es ihm.

»Oh, verflucht«, sagte Mark. »Haben Sie das schon an irgend jemanden weitergegeben?« Er blickte Arik fest an.

»Nein. Ich habe nur Leuchtfeuer-Alarm gegeben und den Text ausgedruckt. Danach habe ich mich wieder vor den Bildschirm gesetzt.«

»Ist schon jemand im Konferenzraum?«

»Nein, Sie sind der erste.«

Mark drehte eine henkellose Kaffeetasse, die mit lauter bunten Ballons verziert war, in der Hand.

»Wo, zum Teufel, ist der verdammte Kaffee?« fragte er, sichtlich verärgert darüber, daß die Kanne leer war.

»Ich hab Doron gesagt, er soll welchen holen. Die Jungs vom Tiger-Team haben die Kanne nicht nachgefüllt, als sie gingen.«

»Ich bin nebenan.« Halb zu sich selber fügte er hinzu: »Nicht einmal Kaffee hier! Sie wissen doch, Kaffee gibt's oben zusammen mit Zigaretten, Sex und der International Herald Tribune.«

Mark hatte die Schwelle zum Konferenzraum fast überschritten, als er sich umdrehte und Ran anstarrte, dessen Anwesenheit ihm offensichtlich erst jetzt zu Bewußtsein kam. »Wer ist das?«

»Das ist Ran, Avys Ersatzmann. Ich arbeite ihn hier ein.«

»Ist Avy noch da?«

»Ja.«

»Schicken Sie den Jungen nach Hause. Ich will ihn hier jetzt nicht haben, verstanden?«

»Wie Sie wollen.« Als Mark den Raum verlassen hatte, wandte Arik sich an Ran. »Tut mir leid, alter Junge. Du hast gehört, was er gesagt hat. Wir sehen uns übermorgen um sechs. Nun schieß in den Wind!«

»Was ist denn in euch gefahren? Ich bin vom Sicherheitsdienst überprüft worden.«

»Bist du dämlich oder was? Hau endlich ab!« Arik wandte sich wieder dem Computer zu.

Doron schaute durch die geöffnete Tür, als Ran gegangen war. »Soll ich Avy suchen?«

»Vergiß ihn. Hol erst einmal diesen verdammten Kaffee, dann können wir das Arschloch immer noch suchen.«

Im Konferenzraum hatte Mark die brisante Meldung gerade zum sechsten Mal durchgelesen, als Mousa eintrat, ein dunkelhaariger Mann, ungefähr 1,80 Meter groß und gebaut wie eine Brandmauer. Als Chef des Operativen Sicherheitsdienstes gehörte der ehemalige Shaback-Offizier[1] zu den Männern, die bei Leuchtfeuer-Alarm gerufen werden mußten.

»Wie sind Sie so schnell hergekommen?« fragte Mark. »Wohnen Sie nicht in Ramat Hasharon?«

»Ja, aber ich war im Gebäude, als der Aufruf kam. Ich war drüben im Jordanien-Ressort, in der Dokumentation.«

»Wenn das so ist – warum haben Sie dann so lange gebraucht?«

»Sind Sie immer so liebenswürdig bei Leuchtfeuer-Alarm?«

Mark ignorierte Mousas ironische Bemerkung und fragte: »Was ist denn so interessant im Jordanien-Ressort?«

»Ich hab nur einige Informationen zu den jordanischen Reaktionen auf die bevorstehenden Friedensgespräche geprüft.«

»Was für Friedensgespräche?«

»Was, zum Teufel, wollen Sie von mir, Mark? Sie wissen doch, die Sache, zu der uns die Amerikaner drängen. Können wir uns nun endlich mit dem beschäftigen, was hier anliegt?«

Mark übergab ihm die Meldung aus Damaskus.

Mousa las sie durch. Dann nahm er auf einem Stuhl neben Mark Platz. Nachdem er die Nachricht noch einmal gelesen hatte, blickte er Mark eine Zeitlang an und las sie dann ein drittes Mal. Schließlich legte er das Papier auf den Tisch und sagte mit leiser, befehlsgewohnter Stimme: »Wer hat das sonst noch gesehen?«

»Außer Arik und mir niemand.«

»Gut«, sagte Mousa. »Belassen wir es dabei.«

»Was reden Sie da? In ein paar Minuten wird dieser Raum gerammelt voll, und Sie verlangen von mir, diese Meldung geheimzuhalten? Was soll ich den Leuten denn sagen? Tut mir leid, der Leuchtfeuer-Alarm war ein Irrtum. Gehen Sie wieder nach Hause. Vergessen Sie's. Ich rufe Sie morgen früh an. Oder wie stellen Sie sich das vor?«

»Das einzige, was ich von Ihnen verlange, ist, daß Sie die Identität des Agenten nicht preisgeben.«

»Und wie steht's mit dem Chef des Tsomet[2]? Es ist sein Agent. Ich kann ihm die Sache nicht vorenthalten.«

»Ich glaube, Sie haben mir nicht richtig zugehört«, erwiderte Mousa. Er verlor offensichtlich die Geduld, und seine dichten Augenbrauen begannen eine einzige lange Linie zu bilden. »Der Chef des Tsomet ist mir scheißegal, genau wie Sie. Dies ist keine Bitte, Mark. Es ist ein Befehl.«

Mousa sah auf seine Uhr. »Lassen Sie jetzt Arik hereinkommen. Sagen Sie ihm, er soll die Sache für sich behalten. Er soll die Nachricht für das Forum ausdrucken, aber den Kodenamen des Agenten löschen.«

»Arik, kommen Sie rein«, sagte Mark über die Gegensprechanlage. Er wußte, daß es sinnlos war, mit Mousa zu streiten.

Als Arik eintrat, sagte Mark zu ihm: »Sie werden mit niemandem über diese Nachricht sprechen außer mit Mousa und mir. Ist das klar?«

»Ja. Aber was ist mit den Leuten, die auf dem Weg zu uns sind?«

»Das überlassen Sie gefälligst mir. Gehen Sie zurück in den Dekodierraum und machen Sie einen neuen Ausdruck der Nachricht. Tönen Sie ihn rot und löschen Sie den Kodenamen des Absenders.«

»Aber das ist gegen die Vorschrift. Es ist nicht unsere Nachricht, und ...«

»Tun Sie, was ich Ihnen gesagt habe!« fuhr Mark ihn an. »Wir haben jetzt nicht die Zeit, uns jeden Furz genehmigen zu lassen. Ich regle das schon. Bewegen Sie sich, Mann!«

»Okay, okay«, sagte Arik. Er fragte sich, was hier vor sich ging. Mark wird bekommen, was er will, dachte er. Aber dann speichere ich die Informationen in der Backup-Datei. Ich muß mich absichern.

19.10 Uhr

Mark saß am schmalen Ende eines langen ovalen Tisches, an dem zwanzig Leute bequem Platz fanden. Die Computer-Konsole neben ihm war mit einem großen Bildschirm verbunden, der hinter seinem Stuhl an der Wand befestigt war. Er tippte seinen Zugangskode ein und rief die Datei des Agenten »Foulplay« auf.

Ein paar Minuten nachdem Arik in den Dekodierraum zurückgekehrt war, kam Doron mit dem Kaffee.

»Wo soll ich ihn hinstellen?« fragte er und bedauerte sofort seine Frage.

Aber Arik blickte ihn nur an und sagte: »Wohin du willst. Und jetzt schaff mir Avy her, aber schnell. Meinetwegen kannst du jeden Damenslip im Haus nach dem Scheißkerl absuchen, aber schaff ihn her.«

Doron verzichtete auf weitere Instruktionen und ging. Im Schreibsaal in der zweiten Ebene sagte ihm ein Mädchen, Avy sei vor zehn Minuten mit Dina fortgegangen. Da Dina jetzt Essenspause habe und frühestens in einer halben Stunde zurückkomme, könnten die beiden überall stecken.

»Wenn du ihn siehst, sag ihm, er soll seinen Hintern unverzüglich zum Dekodierraum in Bewegung setzen, okay?«

»Sicher, kein Problem«, sagte das Mädchen und tippte weiter.

Auf dem Weg zum Fahrstuhl kam Doron an der Herrentoilette vorbei. Sie wurde kaum benutzt, da auf dieser Etage hauptsächlich Frauen arbeiteten. Aber war da nicht ein Geräusch? Doron blieb stehen und lauschte. Ein leises Stöhnen drang an sein Ohr. Er öffnete sanft die Tür und trat ein. Das Stöhnen wurde lauter. Vor der dritten Kabine – der einzigen, deren Tür geschlossen war – kniete er nieder, um unter die Tür zu lugen.

Avy hockte mit heruntergelassenen Hosen auf dem Klo. Dina saß, das Gesicht Avy zugewandt, nackt auf seinem Schoß. Ihre langen braunen Beine umschlangen seine Hüften, ihre nach hinten ausgestreckten Hände umklammerten seine Knie. Langsam bewegte sie ihre weichen weißen Hinterbacken auf und ab. Avy war augenscheinlich von ihren Brüsten fasziniert, die im Einklang mit ihren Bewegungen vor ihm auf und ab hüpften. Dina bewegte sich zunehmend schneller, ihr Stöhnen wurde lauter, hastiger.

Doron entfernte sich leise, doch als er wieder die Eingangstür erreicht hatte, rief er: »Avy, bist du hier?« Er wartete einige

Sekunden, und als er keine Antwort erhielt, wiederholte er seine Frage etwas lauter.

»Was... ist... denn...?« krächzte Avy in der verschlossenen Kabine, begleitet von Dinas »Komm, komm, komm...« Ihre Stimme war jetzt hemmungslos. Doron entschloß sich, noch eine Minute zu warten. Plötzlich verebbte das Stöhnen, und es war ein Flüstern zu vernehmen.

»Sieh zu, daß du deinen Arsch da rauskriegst, Avy«, rief Doron. »Arik verlangt nach dir.«

»Verdammt noch mal! Kann man hier nicht einmal ungestört scheißen?«

»Wenn du nicht selber bis zu den Augenbrauen in der Scheiße stecken willst, machst du dich besser sofort auf den Weg zum Dekodierraum.«

»Okay, okay, ich bin in einer Minute da. Du brauchst nicht auf mich zu warten. Ich kenne den Weg.«

Doron verließ die Toilette und ging zum Fahrstuhl. Bei nächster Gelegenheit muß ich unbedingt diese Dina kennenlernen, dachte er.

Als Doron in den Dekodierraum zurückging, ging es im Konferenzsaal bereits hoch her.

»Sind alle da?« fragte er.

»Fast alle«, sagte Arik. »Hast du Avy gefunden? Wir fangen in einer Minute mit den Übermittlungen an. Er muß den Bildschirm im Auge behalten.«

»Ja, ich hab ihn gefunden. Er ist hier, sobald er seine Hosen wieder hochgezogen hat, wenn du verstehst, was ich meine.«

»Der kleine Schweinehund«, sagte Arik mit einem breiten Grinsen. »Okay, Doron, geh jetzt rein und bereite die Verbindung vor. Benutz das neue schwarze Keyboard in der Ecke. Es hat direkten Zugang zur Kommandostation.«

»Geht in Ordnung«, sagte Doron. »Aber vergiß mich nicht da drinnen. Ich komme um vor Hunger.«

Kapitel 5

Mossad-Hauptquartier. 5. September, 19.40 Uhr

Niemand nahm Notiz von Doron, als er den Konferenzraum betrat. Mark saß am schmalen Ende des Tisches und starrte auf die Computer-Konsole links von ihm. Neben ihm hatte sich Dan niedergelassen, ein untersetzter Mann, dessen kugelförmiger Kopf ohne sichtbaren Übergang auf den Schultern saß, als hätte man ihn dort hineingehauen – daher sein Spitzname »Hammer«. Dan war der diensthabende Einsatzleiter der Nachtschicht. Rechts neben Mark und Dan saß Amos, ein großer, blasser und nervöser Bursche, der Chef der Rekrutierungsabteilung Tsomet. Neben ihm harrte Mousa der Dinge, die da kommen sollten, und vertrieb sich die Zeit bis zum Beginn der Konferenz damit, einen Bogen Papier in kleine Vierecke zu zerschneiden – wahrscheinlich in der Hoffnung, Rony, dem neben ihm sitzenden diensthabenden Psychiater, eine dumme Bemerkung entlocken zu können.

»Könnten Sie die Nachricht bitte vorlesen?« sagte Amos. Er drückte seine Zigarette aus und nahm sich aus Marks Packung eine neue. Sie hielten sich noch keine zwanzig Minuten in dem Raum auf, und schon war die Luft völlig verräuchert.

»Kopfleiste und Kode sind bestätigt worden«, begann Mark mit trockener und gleichmäßiger Stimme, während er unverwandt auf das Stück Papier vor sich blickte. »Die Nachricht ist sauber. Es gibt keine Notsignale. Der Stil wurde einwandfrei als Original identifiziert.«

Amos unterbrach ihn, das blasse Gesicht leicht gerötet. »Mark, wen, glauben Sie, haben Sie vor sich? Ein paar Schuljungen? Verschonen Sie uns mit dem Quark und kommen Sie zur Sache, um Himmels willen! Ich gehe davon aus, daß Sie diesen Unsinn längst geprüft haben. Die Nachricht, bitte! Es wird spät.«

Mark wollte ihm gerade antworten, als Arik hereinkam, ein großes Tablett mit einer großen Kaffeekanne, Tassen, Sahne und Zucker in den Händen. »Empfehlungen von Diamant«[3], sagte er lächelnd und ging wieder hinaus.

Mark ignorierte das Tablett und begann vorzulesen, während alle anderen, einschließlich Doron, ihren Kaffee umrührten.

»Erstens. Neues Terroristenteam etabliert sich in Europa. Zweitens. Team soll geleitet werden von einem pro-syrischen Palästinenser-Offizier mit Decknamen Fox. Drittens. Baldige Aktivitäten in Zusammenhang mit bevorstehenden Friedensgesprächen geplant.« Mark atmete tief ein und sah sich um. Alle am Tisch hörten ihm aufmerksam zu. »Viertens. Frühere ostdeutsche Stasi hilft bei Operation. In Klammern: Soll Maulwurf beim Mossad haben. Fünftens. Werde in einigen Tagen weitere Informationen haben. Sechstens. Komme bald nach Europa. Werde zur Bestätigung Kontakt aufnehmen. Dann schreibt er was von einer Sonderprämie, die er haben will. Das ist alles.« Mark schob Amos das Papier zu, als ob er ihn auffordern wollte, es selbst zu prüfen.

»Moment mal«, sagte Amos. »Das ist alles? Wer ist der Agent?«

»Diese Information ist im Augenblick nicht erhältlich«, sagte Mark. Man merkte ihm an, daß er sich in seiner Haut nicht wohlfühlte.

Wie ein Haifisch, der Blut gerochen hat, griff Amos ihn an. »Als Sie diese Konferenz einberufen haben, haben Sie Rotes-Leuchtfeuer-für-Treibholz-Alarm gegeben, ist das richtig?« Ein sardonisches Lächeln lag auf seinem Gesicht. Mark nickte. »Korrigieren Sie mich, wenn ich unrecht habe«, fuhr Amos fort, »aber Alarm für Rotes Leuchtfeuer wird gegeben, wenn eine Information über einen unmittelbar bevorstehenden terroristischen Angriff eintrifft. Aus diesem verdammten Papier geht eindeutig hervor, daß das der Fall ist. Treibholz bedeutet, daß der Agent mit unserer römischen Station in Verbindung steht. Dafür« – er starrt Mark an, bevor er mit der flachen Hand hart auf den Tisch schlug, so daß die Kaffeetassen zu klirren begannen – »dafür bin *ich* zuständig! Also: Wie heißt der Agent?«

»Es gut mir leid«, sagte Mark. »Ich kann Ihnen den Namen nicht geben.« Er starrte auf den Aschenbecher vor ihm und vermied es, Amos in die Augen zu sehen.

»Ich hoffe, Sie haben sich gut abgesichert, Mark, denn ich werde Sie rankriegen, Sie ganz persönlich. Doch abgesehen davon, wo, verdammt noch mal, ist die ursprüngliche arabische Nachricht?« Er wandte sich an Doron, der sich in seinen Stuhl zurücklehnte und sich auf seinen Kaffee konzentrierte. Wenn man in einer Auseinandersetzung zwischen zwei Chefs geriet, wahrte man am besten eine gewisse Zurückhaltung. »Sie«, sagte Amos, »gehen jetzt hinaus und beschaffen mir den Originaltext. Jetzt sofort!«

»Warten Sie auf mich im Dekodierraum«, sagte Mark zu Doron und versuchte, ruhig zu bleiben. Als Doron den Konferenzsaal verlassen hatte, wandte er sich an Amos. »Ich weiß, daß Sie ein großes Tier sind und mich mit einem Fußtritt in unsere Mailänder Station befördern können, wo ich dann für den Rest meines Lebens als subalterne Hilfskraft dahinvegetieren darf. Sie haben es mir oft genug angedroht. Aber solange ich Chef von Diamant bin, werden Sie meinen Leuten keine Befehle erteilen noch werden Sie mir sagen, was ich Ihnen wann zu geben habe. Und wenn Ihnen das nicht gefällt, mein Freund, können Sie mich am Arsch lecken und sich bei unserem obersten Boß ausweinen. Bis dahin ist das, was Sie haben, das, was Sie von mir bekommen – und nichts mehr. Was nun ›Treibholz‹ betrifft, so haben wir hier einen Neuen, der heute als Vertretung eingesprungen ist. Er hat einen falschen Kode eingegeben. Dafür übernehme ich die volle Verantwortung.«

»Also, was ist denn das?« sagte Amos mit einem spöttischen Lächeln. »Lassen Sie hier totale Nieten für sich arbeiten, wie? Was ist jetzt mit der Originalnachricht auf arabisch?«

»Ich verbürge mich für die Qualität der Übersetzung.«

»Glaub ich Ihnen. Doch bei einer so wichtigen Sache hätte ich mich gern selbst davon überzeugt.«

»Kein Problem«, sagte Mark und drückte einen Schalter der Gegensprechanlage. »Arik?«

»Ja?«

»Besorgen Sie mir das arabische Original der Nachricht.«

»Ich muß es aus der Übersetzungsabteilung im ersten Stock holen. Hoffentlich ist da noch jemand.«

»Okay. Holen Sie es und bringen Sie es her.«

»Schon unterwegs«, sagte Arik.

Wenige Augenblicke später betrat Avy den Raum, eine Tasse Kaffee in der Hand. Er ging zu dem Stuhl, den Doron gerade verlassen hatte, setzte sich schweigend nieder und begrüßte Amos durch ein kurzes Kopfnicken.

Mark bemerkte das Nicken. Avy war Amos' Protegé – vor allem deshalb wollte Mark ihn loswerden. Schnüffler aus anderen Abteilungen konnte er auf den Tod nicht ausstehen.

Ohne Amos zu beachten, nahm Mark eine Tasse vom Tablett. Er trank ein paar Schlucke und versuchte, die an der Oberfläche schwimmenden Kaffeekörner zu vermeiden. Dann wandte er sich an Dan. »Was liegt als nächstes an, mein Freund?« Dan hatte keine Gelegenheit zu antworten, da Amos statt seiner sprach.

»Von diesem Augenblick an ist die Angelegenheit keine Sache des Leuchtfeuer-Forums mehr. Sie untersteht jetzt meiner Abteilung. Wir treffen uns in, sagen wir, zehn Minuten in meinem Büro.« Amos schob den Stuhl zurück und steckte seine Zigarettenpackung in die Hemdtasche. Indem er sich an Mark wandte, sagte er: »Sagen Sie dem Jungen, er soll mir den Text bringen, sobald er zurück ist. Sie können nach Hause gehen, und Sie« – er wies auf Dan – »rufen Ihren Boß. Dies fällt nicht mehr in Ihre Zuständigkeit.«

»Warten Sie einen Augenblick.« Mousas Stimme war leise; er betonte jede Silbe. »Ich stimme nicht mit Ihnen überein, daß es keine Sache des Forums mehr ist. Die Bildung einer neuen Terroristeneinheit und die Warnung vor einem unspezifizierten terroristischen Angriff können kaum als Privatangelegenheit des Tsomet angesehen werden. Wie kommen Sie auf diese Idee, Amos? Bitte, erklären Sie es mir. Ich scheine es nicht zu begreifen.«

»Die Nachricht kam von einem Agenten!« schrie Amos. Mit Mousas Einmischung hatte er nicht gerechnet. »Für Agenten-Informationen bin ich verantwortlich, also fällt es in meinen Zuständigkeitsbereich. Sie kennen die Regeln genausogut wie ich. Wenn Ihr Schwanz in Brand geraten ist, sind Sie der Feuerwehrmann.«

»Es tut mir leid, mein Freund, aber ich teile Ihre Meinung ganz und gar nicht. Wir brauchen die Leute von der PAHA+. Also beruhigen Sie sich, okay?« Mousa lächelte. »Mißverstehen Sie mich nicht. Wenn Sie gehen wollen, tun Sie es. Dies ist schließlich ein freies Land. Aber was die Zuständigkeit betrifft, so gibt es mehr als einen, der dafür in Frage kommt. Vergessen Sie's also.«

»Darüber haben nicht Sie zu bestimmen«, sagte Amos, immer noch auf dem Weg zur Tür.

»In meiner Eigenschaft als Chef der Operativen Sicherheit habe ich Einspruchsrecht, wenn es um die Sicherheit von Mossad-Einsätzen, Mossad-Angehörigen und Mossad-Einrichtungen geht. Und soweit ich es sehe, sind im Augenblick alle gefährdet.«

»Das wird Sie noch teuer zu stehen kommen!« sagte Amos und verließ den Raum.

»Warum, zum Teufel, machen Sie so eine Affäre daraus?«

fragte Dan. Er blickte Mousa an, der sich jetzt aus seinem Stuhl erhob.

»Ich habe mich nur strikt an die Vorschriften gehalten, mein Freund«, erwiderte Mousa. »Holen Sie jetzt Ihren Boß.« Er wandte sich an Avy und sagte: »Und Sie lassen den Chef der Inneren Sicherheit herkommen. Außerdem rufen Sie die PAHA-Abteilung an. Sie muß sich auch mit der Sache befassen. Ich bin in meinem Büro, falls Sie mich brauchen.«

Avy wartete. Er war nicht bereit, Befehle von Mousa widerspruchslos auszuführen. Mark bemerkte es und sah ihn an.

»Los, Avy! Tun Sie, was er verlangt.«

Der Konferenzsaal leerte sich innerhalb weniger Sekunden. Mark blieb allein zurück. Er las die Nachricht noch einmal. Es kann immer noch ein Trick des syrischen Geheimdienstes sein, dachte er. Er rief die Datei des Agenten aus dem Computer auf und betrachtete wieder den großen Bildschirm, der jetzt bläulich hinter den weißen Buchstaben des Textes aufleuchtete.

Fast eine Stunde studierte er die Datei. Die Informationen, die uns dieser Kerl in den letzten beiden Jahren geliefert hat, sind phänomenal, dachte er. Er forderte Auskünfte über die Einsätze des Agenten an. Kurz darauf änderte sich die Farbe des Bildschirms, und gelbe Buchstaben erschienen auf rotem Hintergrund. Oben auf dem Schirm stand das Wort *Einsatz.*

Mark begann zu lesen. Rekrutierungsoffizier: Natan Stone (Kid). Mark kannte Natan, wenn auch mehr von Hörensagen, als einen Offizier, der Spezialeinsätze im Ausland leitete. Er war in Brüssel stationiert, konnte aber überall rekrutieren. Foulplay war in London rekrutiert, die Anwerbung letztlich in Rom zum Abschluß gebracht worden. Offensichtlich eine saubere Arbeit.

Mark forderte Natans gegenwärtigen Aufenthaltsort an, doch der Bildschirm blieb leer. Eine halbe Minute später klingelte das Telefon.

»Hier ist die Operative Sicherheit. Mit wem spreche ich?«

»Mark Arbel. Was wollen Sie?«

»Haben Sie Informationen über Kid angefordert?«

»Ja.«

»Sie haben keine Zugriffsgenehmigung für diese Daten. Was war der Grund für Ihre Anforderung?«

»Ich bin nicht befugt, das zu beantworten«, sagte Mark. Wie du mir, so ich dir, dachte er.

»Nun, Sie sollten sich im klaren darüber sein, daß über solche Anforderungen Buch geführt wird und später Fragen von höherer Stelle auf Sie zukommen.«

Mark legte auf. Er hatte es satt, daß jeder kleine Angeber, der ein Telefon bedienen konnte, sich aufführte wie der Chef des Mossad. Immerhin hatte er erfahren, was er wissen wollte. Nur bei Leuten, die für Al arbeiteten, den amerikanischen Zweig, war die Geheimhaltungsstufe so hoch. Mark wählte die Nummer 537. Das Telefon klingelte im Erdgeschoß.

»Sicherheit«, meldete sich eine verschlafene Stimme.

»Ist Natan Stone noch im Haus?« fragte er. Eine kurze Pause, dann sagte die Stimme: »Nein, er ist gegen sechzehn Uhr gegangen.«

»Danke«, sagte Mark und legte auf. Er war froh darüber, daß es ihm gelungen war, Amos auszutricksen, diesen aufgeblasenen Sack. Die Regeln besagten, daß ein Agent primär dem rekrutierenden Offizier unterstellt ist und dann erst – falls keine Versetzung stattgefunden hat – der Abteilung. Also war dieser Agent immer noch Kids Mann. Da er selbst kein Einsatz-Offizier war, hatte Mark immer gewußt, daß seiner Karriere im Mossad Grenzen gesetzt waren. Selbst sein Job als Leiter von Diamant, ein beachtlicher Posten für einen nicht der Operativen Abteilung angehörigen Offizier, war zeitlich begrenzt, bis wieder ein Einsatz-Offizier zum Zuge kam.

Glücklicherweise war die Position nicht sehr begehrt, da

wenig Glanz von ihr ausging. Weder rekrutierte Mark Agenten, noch hatte er Kontrolle über das, was sie berichteten und was das Büro ihnen an Aufgaben zuwies. Er stand lediglich einer Art geheimem Postamt vor, und die einzige Kompetenz, über die er verfügte, lag darin, Prioritäten zwischen den einzelnen Abteilungen zu setzen. Andererseits war er derjenige, der die Suppe auslöffeln mußte, wenn etwas schiefging.

Wie viele nicht der Operativen Abteilung angehörige Offiziere hatte er wenig Sympathien für die Einsatz-Leute. Er bezeichnete sie als Huren – ein Name, der haften blieb. Er pflegte jedem, der es hören wollte, zu sagen, daß alles nur Politik sei und ihn wirklich nicht interessiere. Was ihn freilich auf die Palme brachte, war das, was sie mit den Informationen machten, die er so sorgfältig gesammelt, verifiziert und bis aufs I-Tüpfelchen genau kompiliert hatte. Sie schrieben die sorgfältig formulierten Übersetzungen seiner Leute um, um ihre eigenen Standpunkte in den Vordergrund zu rücken und auf diese Weise ihren Willen durchzusetzen.

Doch wann immer es möglich war, zahlte Mark es ihnen heim – und dies sollte eine dieser Gelegenheiten sein. Mark kannte Natan. Natürlich war auch er eine Hure, aber eine Hure mit Format. Er war ein Mann, dem man vertrauen konnte. Dreiundvierzig Jahre und bereits eine Legende, wurde er von den anderen Huren als Freidenker abgelehnt.

Mark holte ein kleines elektronisches Telefonbuch aus seinem Aktenkoffer und tippte das Wort Kid ein. Er nahm den Hörer des neben dem Computer stehenden Telefons auf und wählte. Eine Frau meldete sich.

»Kann ich Natan sprechen? Es ist dienstlich.«

»Wer ist da?«

»Mark Arbel. Ich glaube nicht, daß wir uns schon einmal begegnet sind. Ist Hanna am Apparat?«

»Ja. Warum hinterlassen Sie nicht Ihre Nummer? Er ruft zurück, wenn er nach Hause kommt.«

»Gut. Aber würden Sie ihm bitte sagen, daß es vertraulich ist?«

Mark konnte nur hoffen, daß Natan anrufen würde, bevor Amos Wind von der Sache bekam.

21.55 Uhr

Das Telefon im Dekodierraum klingelte. Avy meldete sich. Der Anrufer verlangte Mark zu sprechen.

»Wer ist am Apparat?« fragte Avy und merkte zu spät, daß er einen Fehler gemacht hatte.

»Wenn ich Sie sprechen will, werde ich Ihnen sagen, wer ich bin. Verbinden Sie mich jetzt mit Mark.«

»Einen Augenblick.« Avy legte das Gespräch auf Marks Telefon. Es war Natan.

»Gott sei Dank, daß Sie es sind.« Mark atmete erleichtert auf. »Es tut mir leid, wenn ich Ihre Frau gestört habe, aber ich wußte nicht, wie ich Sie sonst kurzfristig erreichen könnte. Ich habe keinen Zugang, wie Sie wissen.«

»Ja, ich verstehe«, sagte Natan. »Nur wohne ich nicht mehr dort. Wir haben uns vor zwei Jahren getrennt. Worum geht es?«

»Ich denke, Sie sollten herkommen. Mit einem Ihrer Jungs ist was im Gange, das nicht ganz koscher ist.«

»Wegen Geschwindigkeitsüberschreitung erwischt?« fragte Natan besorgt – es war der Kode für die Enttarnung eines Agenten.

»Nein. Aber er hat in die Windeln geschissen und schreit.«

»Gibt es ein Forum?« fragte Natan.

»Ja. Und raten Sie mal, wer das Baby adoptieren will.«

»Kommen Sie, Mark. Keine Trivialitäten. Ich stecke mitten in einer Sache. Wer ist es?«

»Amos. Er möchte das Baby zu sich nehmen und sich selbst darum kümmern. Ich denke, Sie sollten kommen.«

»Warum ich?«

»Weil Sie auf der Geburtsurkunde noch immer als Vater eingetragen sind.«

»Und wenn schon«, sagte Natan. »Es fällt in seinen Zuständigkeitsbereich. Also kann er es adoptieren.«

»Stimmt«, sagte Mark. »Aber um das zu tun, müßte er erst einmal wissen, wer das Baby ist. Und bis jetzt hat er keine Ahnung.«

»Wessen Idee war es, die Sache geheimzuhalten?«

»Mousas. Werden Sie kommen? Glauben Sie mir, Sie sollten hier sein.«

»Okay.«

»Reden Sie mit niemandem ein Wort, bis Sie mit mir oder Mousa gesprochen haben, okay? Ich muß jetzt gehen. Ich muß noch ein ganzes Abendessen vorbereiten.«

Mark verließ den Konferenzsaal und suchte die ein Stockwerk tiefer liegenden Büros der Operativen Sicherheit auf.

Wie in allen anderen Büros hingen auch hier Landkarten und Einsatzpläne an der Wand. Das auf den Landkarten verzeichnete Gebiet unterschied die einzelnen Abteilungen voneinander.

An der Wand in Mousas Büro hing eine Weltkarte mit dem Firmenzeichen der vom Mossad gecharterten Fluggesellschaft.

»Jemand da?« rief Mark.

»Kommen Sie rein.« Die Tür zu Mousas Zimmer war angelehnt.

Mark trat ein. Noch bevor er an Mousas Schreibtisch getreten war, fragte er: »Was, zum Teufel, geht nach Ihrer Meinung hier vor?«

Mousa beugte sich vor. Die Störung kam ihm offenbar nicht ungelegen.

»Um ehrlich zu sein, ich glaube, an der Sache mit dem

Maulwurf im Mossad ist was dran. Wir haben in den letzten beiden Monaten drei Agenten verloren. Ich meine, das paßt alles zusammen.«

»Unmöglich! Sie sehen das falsch!« rief Mark.

»Glauben Sie, was Sie wollen. Ich bleibe dabei. Halten Sie auf jeden Fall die Sache geheim. Das ist ein Befehl.«

»In Ordnung. Aber ich glaube, daß Sie verrückt sind.«

»Sie können glauben, was Sie wollen, solange Sie mit niemandem darüber sprechen. Ist das Kommandeur-Forum einberufen worden?«

»Ja.«

»Tun Sie so, als ob nichts geschehen sei, wenn das Forum zusammentritt. Ich sehe inzwischen, daß ich den Chef zu fassen kriege. Ich werde ihn informieren, und dann liegt es an ihm zu sagen, wo's lang geht. Übrigens, welchem Katsa[5] ist dieser Bursche denn zugeordnet?«

»Dem Kid.«

»Gott sei Dank! Rufen Sie ihn her! Oder hat er gerade Urlaub?«

»Ist bereits geschehen.«

»Okay. Wir werden ihn ins Bild setzen, wenn er herkommt, und ihm sagen, er soll sich irgendwohin verziehen, wo Sie ihn kurzfristig erreichen können. Ansonsten soll er sich hier nicht blicken lassen. In ein paar Minuten treffen die großen Tiere ein. Sie können Gift darauf nehmen, daß sie ihre Mitarbeiter mitbringen. Das sieht hier bald aus wie in einem Drei-Manegen-Zirkus.«

»Wohin soll er währenddessen hin?« fragte Mark.

»Warum schicken Sie ihn nicht zu dieser schicken Mieze, die Sie da im Country Club aufgetan haben?«

»Sehr witzig«, sagte Mark. »Ich hab noch nicht einmal eine Gelegenheit gehabt, irgend etwas mit ihr anzustellen.« Er dachte eine Zeitlang nach, dann sagte er: »Was soll's? Sicher, das ist eine gute Idee.«

Kapitel 6

Mossad-Hauptquartier, Büro des Direktors.
5. September, 23.30 Uhr

Zehn Abteilungsleiter saßen um einen langen, dunklen, mit Resopal beschichteten Tisch, der rechtwinklig vor einem großen Schreibtisch stand, so daß beide zusammen ein T bildeten. Die Männer waren bereits seit etwa zehn Minuten dort versammelt und warteten auf den Chef des Mossad.

Plötzlich ertönte das Pfeifen des Zuges nach Haifa, der den keine fünfhundert Meter von dem Gebäude entfernten Bahnübergang passierte. Es war wie ein Tusch zum Empfang des Chefs: Avraham Alon betrat den Raum. Er wandte sich sofort an Haim Cohen, den Chef der Inneren Sicherheit, einen kleinen Mann mit einer auffallend knollenförmigen Nase.

»Haben Sie die Sicherheitsprüfung durchgeführt, um die ich Sie am Telefon gebeten habe?«

»Ja.« Cohen war nervös. In zehn Dienstjahren hatte er nur an zwei RASY-Konferenzen wie dieser teilgenommen und noch nie zuvor als Abteilungsleiter.

»Nun, Sie werden uns darüber berichten«, sagte Avraham und beobachtete die Reaktion der anderen am Tisch. Die meisten lächelten. Nur Mark, der damit beschäftigt war, seine Papiere zu ordnen, zeigte eine unbewegte Miene. Oren, Avrahams Assistent, betrat gerade in dem Augenblick das Büro, als Haim erklärt hatte, daß er nach sorgfältiger Prüfung aller Personalakten des Mossad zu dem Schluß gelangt sei, daß ein Maulwurf allenfalls seit vier Monaten am Werk sein könne.

Oren hatte rechts neben Avraham Stellung bezogen und ließ seinen Blick über die Runde schweifen, um sich zu vergewissern, daß alle da waren. Dann begann er mit seinen Instruktionen.

»Ich mache Sie jetzt mit der Sachlage so weit vertraut, wie sie sich uns darstellt. Dann können Sie Einzelheiten nachtragen und etwa bestehende Lücken ergänzen.« Er wandte sich an Mark. »Würden Sie bitte anfangen.«

»Gern«, sagte Mark und wiederholte den Bericht, den er einige Stunden zuvor gegeben hatte.

Die Konferenz dauerte nur eine halbe Stunde. Am Ende schlug Mousa vor, auf die Alarmierung der in der ganzen Welt verstreuten israelischen Institutionen zunächst noch zu verzichten und empfahl, nur die Mossad-Einheiten in Alarmbereitschaft der – niedrigsten – Stufe Grün zu versetzen. »Wenn die Information stimmt«, sagte er, »bleibt uns noch Zeit zum Handeln. Wir brauchen die Sache nicht zu überstürzen.«

Alle Anwesenden waren sich einig, daß kein unmittelbarer Notfall gegeben war. Man konnte sicherlich bis zum Morgen warten, um die regulären Kanäle zu aktivieren. Avraham setzte seine Unterschrift unter ein Formular, das Alarm Grün für die ganze Organisation gab. Dann, bevor sich die Konferenzteilnehmer zum Gehen erhoben, ergriff er noch einmal das Wort: »Ich bitte Sie, jetzt und hier zur Kenntnis zu nehmen, daß ich energisch einschreiten werde, wenn diese Information an den Shaback durchsickert. Wir alle wissen, daß man dort die Geschichte unverhältnismäßig aufblähen würde.« Er blickte Amos an. »Ich wünsche, daß Sie alle Stationen auffordern, sämtliche Agenten nach einem syrischen Offizier unter dem Decknamen Fox zu befragen. Danach melden Sie sich bei mir.«

Unmittelbar nach der Konferenz trafen sich Mousa und Mark mit Amir in dessen Büro. Amir, Sektionsleiter in jener streng geheimen Spezialabteilung des Mossad, die als Metsada bekannt ist, befand sich im Hauptquartier der Metsada neben dem mit Betonplatten gepflasterten Hof des Gesamtkomplexes. Sein Büro lag im zweiten Untergeschoß. Die drei arbeiteten schon seit vielen Jahren zusammen, wenn auch nie als Team. Der Gang der Ereignisse hatte sie zusammengebracht, doch wußte keiner von ihnen, wie weit er den anderen trauen konnte.

Mousa begann zu reden, zunächst leise wie im Selbstgespräch. »Der Mossad ist eine seltsame Organisation«, sagte er. »Wir sind Kollegen, aber wir trauen einander nicht recht. Jeder von uns gehört einer bestimmten Clique an – Sie, Mark, ebenso wie Sie.« Er blickte Amir an. »Streiten Sie es nicht ab, es hat keinen Sinn.«

Die beiden anderen Männer schwiegen, die Augen auf Mousa gerichtet. »Diesmal allerdings müssen wir unsere Vorbehalte überwinden und einander vertrauen. Ich habe vor Beginn des Forums kurz mit Avraham gesprochen und ihn zur Eile gedrängt. Er war damit einverstanden, daß ich eine Operation außerhalb der regulären Kanäle in die Wege leite, und hat mir erlaubt, Natan dafür einzusetzen.«

»Wen?« fragte Amir.

»Natan Stone«, sagte Mark.

»Warum ihn?« fragte Amir.

»Er ist der Verbindungsoffizier von Foul-play. Er kennt den Mann und ist außerdem der beste Verbindungsoffizier, den wir haben. Überdies arbeitet er zur Zeit bei Al, Sie wissen schon, unserer nordamerikanischen Geheimabteilung. Was den übrigen Mossad betrifft, wird die Operation von Metsada geleitet.« Er lächelte. »Da keiner außerhalb dieser Abteilung Zugang zur Metsada hat, sind wir sicher.«

Mousa wandte sich an Mark. »Wo ist Natan jetzt?«

»Drüben im Country Club, wie wir besprochen haben. Aber ich glaube, es ist an der Zeit, ihn kommen zu lassen. Es hat schließlich keinen Zweck, über etwas zu sprechen, was er tun soll, solange er nicht hier ist.«

Amir zeigte ihm, welches Telefon er benutzten konnte, und Mark wählte eine Nummer.

»Was hat sich getan?« fragte Natan.

»Das sollte ich Sie fragen.« Mark lachte leise.

»Hier hat sich gar nichts getan. Aber es ist mir schwergefallen, um ehrlich zu sein.«

»Okay. Hören Sie. Wir möchten Sie bitten, herzukommen. Wir sind in Amirs Büro. Wissen Sie, wo es ist?«

»Ich kenne das Gebäude.«

»Amir wird Sie am Haupteingang abholen.«

»Geben Sie mir zehn Minuten.«

»Bis dann also.«

Natan war ein Mann von mittlerer Größe, dessen schwarzes Haar sich an den Schläfen grau färbte. Das kantige Gesicht mit dem ausgeprägten Kinn und den wachen, hellgrünen Augen war von der Sonne gebräunt. Natan war einer jener Männer, die immer gepflegt aussehen, selbst wenn sie unrasiert sind. Man sagte ihm nach, daß er zu jenen Menschen gehörte, die Männer gern zum Freund haben und mit denen Frauen gern ins Bett gehen. Im Privatleben ein reservierter, unauffälliger Mann, kannte er keine Hemmungen, wenn es um seine Arbeit ging.

Natan trug ausgeblichene Jeans und ein weißes T-Shirt. Er lächelte, als er Mousa erblickte. »Hallo«, sagte er und streckte ihm die Hand entgegen. »Ich hoffte insgeheim schon, daß Sie dabei sein würden.« Dann wandte er sich an Mark. »Hat nichts mit Ihnen zu tun, mein Freund. Es ist nur beruhigend zu wissen, daß der eigene Ausbilder an einem Unternehmen wie dem teilnimmt, auf das wir uns hier einlassen. Worum geht's denn eigentlich?« fragte er.

Mark gab ihm einen Bericht über das Vorgefallene, von Anfang an. Gelegentlich wurde er von Mousa und Amir unterbrochen, die zusätzliche Informationen beitrugen. Schließlich faßte Mousa zusammen: »Das ist der jetzige Stand der Dinge. Der Boß möchte, daß wir die Sache für uns behalten. Nach allem, was wir wissen, hockt ein Maulwurf irgendwo im Mossad.«

»Einen Augenblick!« sagte Mark. »Das ist bisher eine noch keinesfalls bewiesene Behauptung. Bis wir schlüssige Beweise haben, sollten wir uns alle Optionen offenhalten.«

»Was schadet es, wenn wir einfach davon ausgehen, daß es einen Maulwurf gibt?«

»Das führt zu einer Hexenjagd.« Mark setzte sich und zündete sich eine Zigarette an. Sein Gesicht war gerötet.

»Nun«, sagte Mousa. »Dieses Land ist vielleicht eine Demokratie, aber der Mossad nicht. Ich sage, es gibt einen Maulwurf in der Organisation, und der Boß teilt meine Ansicht; also gibt es einen. Ich werde keine Ruhe geben, bis ich ihn gefaßt habe. Und ihr auch nicht! Fürs erste muß der Eindruck erweckt werden, daß die Operation von der Metsada durchgeführt wird. Und für die Schnüffler im Büro sind wir ein Team, das bei der Koordination behilflich ist.« Mousa richtete sich in seinem Sessel auf, sichtlich glücklich über die Aufgabe, die ihm übertragen worden war. »Auf diese Weise bekommen wir die notwendige operative Unterstützung, die wir brauchen, um uns nach Belieben zu treffen. Avraham hat uns unbegrenzte Mittel zur Verfügung gestellt; wir können also sofort anfangen. Natan, Sie werden die Einsatzgruppe leiten. Sie sind ab sofort von Al beurlaubt, um für uns zu arbeiten. Ich bin für die Operation verantwortlich. Mark übernimmt die Koordination, und Amir vertritt die Metsada und verschafft uns die nötigen Leute. Als erstes wird er ein Kidon-Team[6] aufstellen, da wir keine Leute aus dem Büro selbst gebrauchen können.«

»Wie schnell haben Sie Zugang zu Damaskus?« fragte Natan, sich an Amir wendend.

»Ich kann innerhalb von achtundvierzig Stunden einen Mann dort einschleusen.«

»Das heißt also, momentan haben Sie niemanden da?« fragte Mark.

»Niemanden, mit dem ich Kontakt aufnehmen könnte. Denken Sie bitte daran, daß wir nicht von einem Agenten, sondern von einem Kombattanten[7] sprechen, von einem von uns. Wir schicken Leute hin, wenn wir sie brauchen. Es hat keinen Zweck, das Risiko einzugehen, einen Mann auf Dauer nach Damaskus zu schicken, nur um dort vertreten zu sein. Außerdem – wie sollten wir mit ihm kommunizieren?«

»Durch Multiplexübertragung, wie die Agenten.«

»Sind Sie verrückt? Das ist viel zu riskant.«

»Was reden Sie da?« fragte Natan. »Wir nehmen täglich auf diese Weise mit den Agenten Kontakt auf.«

Amir stand auf und ging zum Kaffeetisch. »Ich glaube, ich höre nicht recht, wie? Wir sprechen von unseren eigenen Leuten, nicht von irgendeinem dreckigen Araber, den Sie mit Geld oder Sex oder was auch immer rekrutiert haben. Wovon redet ihr drei eigentlich? Denkt mal einen Augenblick darüber nach!«

»Es spielt ohnehin keine Rolle«, sagte Mousa. »Es ist niemand da, und damit hat's sich. Was wollen Sie also?«

»Ich muß darüber nachdenken«, sagte Natan. »Ich geb Ihnen Bescheid.«

»Okay«, sagte Amir. »Denken Sie nur daran, daß ich niemanden so gefährde wie ihr eure Agenten. So etwas kommt überhaupt nicht in Frage.«

Mousa stand auf und schlug mit der Faust auf den Tisch. »Was geht hier eigentlich vor?« Er blickte Amir an. »Wir sind hier, um *miteinander* zu arbeiten, nicht *gegeneinander*! Entweder hängen wir voneinander ab, oder wir werden miteinander hängen, wie es bei uns heißt. Diese verdammte Operation ist wahrscheinlich die wichtigste, die wir je durchgeführt haben. Können Sie nicht begreifen, was für uns auf dem Spiel steht?«

Niemand antwortete.

»Wir haben einen Maulwurf im Arsch«, fuhr er fort. »Jemanden, der alles an den Feind weitergibt. Jemanden, der einen Agenten verraten kann. Wer weiß, wie viele er bereits in die Pfanne gehauen hat? Wie viele gute Leute haben wir draußen stehen? Wie viele sind gefährdet? Und all das mitten in diesem verdammten Friedensgesäusel eines US-Präsidenten, der sich für den König hält, weil er einen lausigen kleinen Krieg an diesem verdammten Golf gewonnen hat.«

»Ich würde ihn nicht gerade klein nennen, diesen Krieg«, sagte Mark.

Mousa drehte sich um und starrte ihn an. »Was ist mit Ihnen los, Mark? Sie entpuppen sich ja als Witzbold! Die Tatsache, daß Bush die Iraker mit seiner überlegenen Militärmacht in Grund und Boden gestampft hat, macht daraus keinen großen Krieg. Wir hatten große Kriege. Der einzig große Krieg der Amis war Vietnam, und den haben sie verloren. Erzählen Sie mir also nichts über Kriege.« Er zündete sich eine neue Zigarette an. »Lassen Sie mich eines ein für allemal klar machen«, sagte er und setzte sich wieder hin. »Von jetzt an sind wir ein Team. Wir werden miteinander arbeiten, einander vertrauen und füreinander da sein. Und wenn jemand hier zu seiner Clique geht und auch nur das mindeste von dem verlauten läßt, was zwischen uns besprochen wird, schneide ich ihm persönlich die Eier ab. Und wenn Sie glauben, daß ich spaße, brauchen Sie's nur darauf ankommen zu lassen.« Er wandte sich an Natan. »Sie sagten gerade?«

Natan sah Amir an. »Ich wollte Ihnen nicht zu nahe treten. Ich glaube nur, daß wir diesen Agenten in Syrien so schnell wie möglich außer Landes schaffen sollten. Ich kenne ihn und bin mir ziemlich sicher, daß er noch viel mehr Informationsmaterial besitzt, als er uns bisher gegeben hat. Er will wahrscheinlich nur mehr Geld von uns. Wenn er aus irgendeinem Grund nicht selbst rauskommen kann, müssen wir ihn rausholen.«

»Okay.« Amir nickte.

»Ich gehe«, sagte Mousa, erhob sich und sagte zu Natan: »Amir wird Sie morgen mit dem Team bekannt machen. Wir sehen uns dann.« Er blickte Mark an. »Denken Sie an eines, Mark: Alle Nachrichten, die von Foul-play reinkommen, werden normal behandelt – mit einer Ausnahme.«

»Und die wäre?« fragte Mark.

»Ich wünsche, daß Sie mir persönlich eine Kopie jeder, aber auch jeder Nachricht übergeben, sobald sie eingetroffen ist. Ist das klar?«

»Jawohl, Sir«, sagte Mark und legte salutierend die Hand an die Stirn.

»Hören Sie mit dem Blödsinn auf, Mark. Das ist nicht komisch.«

»Okay, Mousa, beruhigen Sie sich«, sagte Mark. »Wird erledigt.«

»Und ihr«, sagte Mousa zu Natan und Amir, »bereitet alles Nötige vor, um die Sache auf den Weg zu bringen. Denken Sie daran, was ich Ihnen immer gesagt habe. Benutzen Sie Ihre Phantasie! Verrat ist ein Labyrinth.« Ohne auf eine Antwort zu warten, verließ er den Raum.

Mark erhob sich als nächster. »Manchmal möchte man die Wände hochgehen, wenn man ihn hört«, sagte er. »Aber wenigstens ist er ehrlich. Bis morgen, Jungs.«

Als Mark die Tür hinter sich geschlossen hatte, sagte Amir zu Natan: »Möchten Sie einen Drink?« Er öffnete ein Schränkchen aus Walnußholz, in dem eine große Auswahl von Flaschen stand.

»Imposant«, sagte Natan. »Ich nehme einen Tequila, wenn's Ihnen recht ist.«

»Wie wollen Sie ihn?«

»Gießen Sie ihn nur in irgendeinen Behälter. Vergessen Sie den ganzen Quatsch mit dem Salz und der Limone. Einfach nur Tequila. Danke.« Er lächelte, als Amir ihm den Drink reichte. Dann hob er das Glas und sagte: »Auf Foul-play! Auf daß wir den Halunken heil rauskriegen!«

Amir hob sein eigenes Glas und sagte: »Möge es ihm selbst

gelingen rauszukommen, so daß wir nicht die eigenen Leute gefährden müssen.« Er setzte sich Natan gegenüber in einen Sessel.

»Wissen Sie«, sagte Natan und sah ihn mit einem leisen Lächeln an, »um die Wahrheit zu sagen: Ich habe keine blasse Ahnung, was wir bei der ganzen Sache tun sollen. Ich hoffe nur, daß irgendwer die Initiative ergreift, damit wir endlich anfangen können.«

»Warten wir's ab. Auf jeden Fall treffen wir uns morgen und gehen dann in das neue Büro, von dem Mousa gesprochen hat.«

»Wo treffen wir uns?«

»Wie wär's mit der Eingangshalle des Sheraton in der Yarkon Street? Sagen wir, um dreizehn Uhr.«

»Abgemacht«, sagte Natan. Er verabschiedete sich und ging hinaus.

Die stickige Abendluft war drückend, und es roch nach Holz, das irgendwo verbrannt wurde. Die Stille wurde nur gelegentlich vom Sirren eines vorbeifahrenden Wagens unterbrochen. Natan verließ den Gebäudekomplex und winkte dem Wachtposten in der Glaskabine zu.

Er ging auf einen Wagen zu, als er eine Straßennutte erblickte, die im Wartehäuschen einer Bushaltestelle stand. Sie trug einen eng anliegenden Minirock und an Stelle einer Bluse einen lose am Rücken befestigten Schal. Als sie ihn sah, öffnete sie den Schal und zeigte ihm ihre weißen Brüste.

»Willste ficken, Süßer?« rief sie ihm mit hartem russischen Akzent zu. »Für dich nur vierzig Schekel, alles inbegriffen.«

»Nein danke«, sagte er, ohne stehen zu bleiben.

»Also gut, zwanzig«, rief sie, als er seinen Wagen erreichte.

Er winkte ihr zu, als er den Wagen auf die Straße nach Haifa lenkte. Wenig später bog er in Richtung Süden nach Tel Aviv ab.

Ein anderer Nachtfalter fiel ihm ein.

Wie lange war das her! Ihr Name war Francesca, und sie arbeitete auf der Piazza Navona in Rom. Sie war bildschön, und er suchte eine Frau. Er nahm sie mit in ein nahegelegenes Hotel, und sie verlangte Vorauszahlung. Als er aus dem Badezimmer zurückkam, lag sie, nur mit einem schwarzen Hüftgürtel und schwarzen Strümpfen bekleidet, auf dem Bett. Es war eine Wonne, sie anzuschauen; ihr Körper war vollkommen. Als er sich neben sie setzte, sanft ihre Brüste streichelte und ihr sagte, daß er sie für einige Wochen engagieren wolle, um einen Kunden glücklich zu machen, war sie völlig überrascht. »Der Kunde darf natürlich nicht wissen, daß du es für Geld tust«, hatte er gesagt. »Du ziehst in ein kleines, aber elegantes Apartment, das ich für dich gemietet habe, und spielst die feine Dame. Wenn du den Mann kennengelernt hast, tust du so, als seist du in ihn verliebt, und ziehst für zwei Wochen in sein Hotel. Mach ihn glücklich. Er soll sich sein Leben lang an dich erinnern.«

Sie nannten sie Carolyn.

Kapitel 7

Tel Aviv, 6. September, 12.45 Uhr

Der livrierte Portier des Sheraton öffnete die Tür, als Natan die große Eingangshalle betrat. Er war eine Viertelstunde zu früh gekommen. Macht der Gewohnheit. Wer die »APAM«[8]-Regeln der passiven Selbstverteidigung nicht befolgt, lebt nicht lange, hieß es im Mossad. Er kaufte am Geschenke-Kiosk eine Zeitung, ging durch die Eingangshalle, suchte sich einen Tisch mit Blick zum Meer und setzte sich auf einen Platz, von dem aus er den Haupteingang im Auge behalten konnte.

Das Meer war glatt bis zum Horizont; flache, von weißem Schaum gekrönte Wellen schoben sich in trägem Rhythmus über den hellen Sand. Wie dösende Eidechsen lagen in einer endlosen Reihe gebräunte Körper auf dem Strand. Ab und zu räkelten sie sich, um eine andere Partie ihrer fast nackten Haut der Sonne auszusetzen. Selbst hier, hinter den großen Fensterscheiben des vollklimatisierten Hotels, glaubte man, den Geruch des Sonnenöls auf den glänzenden Leibern wahrnehmen zu können. Es erstaunte Natan immer wieder, daß es sich in einem Land, das gemeinhin als arm galt, so viele Menschen erlauben konnten, faul zu sein. Aber vielleicht war gerade das des Rätsels Lösung.

Zwei ältere amerikanische Touristen, die einige Tische weiter saßen, unterhielten sich darüber, ob sie am nächsten Tag mit dem Reisebus nach Jerusalem fahren oder in Tel Aviv bleiben sollten, um noch einmal ihre Familienangehörigen zu sehen.

»Möchten Sie etwas bestellen?« Eine Kellnerin stand neben Natan. Ihr plötzliches Auftauchen erschreckte ihn. »Ja. Bringen Sie mir bitte einen doppelten Espresso.«

»Sofort«, sagte sie.

Amir, Chef der geheimnisumwitterten Spezialabteilung Metsada, und der Kaffee kamen zur gleichen Zeit.

»Ich nehme dasselbe«, sagte er und wies auf Natans Tasse.

»Sie können gleich die Rechnung mitbringen«, fügte Natan hinzu und wandte sich dann an Amir: »Was gibt's Neues?«

»Nicht viel.«

»Wie sind Sie hergekommen?« fragte Natan.

»Mit dem Dienstwagen. Warum?«

»Weil ich ein Taxi genommen habe.«

»Kein Problem. Ich nehme sie nach Kfar-Sirkin mit. Sie hätten ohnehin nicht mit Ihrem Privatwagen fahren können.«

»Warum nicht?«

»Es ist ein Ausbildungslager des Kidon.« Amir schien überrascht zu sein, daß Natan davon nichts wußte. »Die Jungs da kennen nicht einmal die echten Namen ihrer Kameraden.«

»Ich weiß nicht viel von Ihrer Abteilung«, erinnerte Natan ihn.

»Der größte Teil der Basis wird von einer Elite-Aufklärungseinheit benutzt, dem Matkal«, erklärte Amir Natan, als sie sich dem Militärlager bei Kfar-Sirkin näherten. »Ich bin sicher, Sie kennen – und schätzen – den Matkal. Eine kleine Ecke ist für die Ausbildungsplätze und Quartiere einer unserer drei Kiton-Einheiten reserviert. Mit Ihrem Marine-Hintergrund passen Sie prächtig zu meinen Jungs. Die meisten von ihnen sind ebenfalls verrückt.«

Am Eingangstor wurden sie von einem Soldaten angehalten, der einen weißen Helm und ein Galil-Sturmgewehr trug. Er blickte in den Wagen. Amir zeigte ihm seinen Ausweis, der ihm Zugang zu sämtlichen Militärlagern des Landes gewährte.

»Was ist mit ihm?« fragte der Soldat und wies auf Natan.

»Er gehört zu mir«, sagte Amir und kurbelte das Fenster wieder hoch. Der Posten öffnete die schwarzweiße Schranke.

Natan begann zu lachen.

»Was ist denn in Sie gefahren?« fragte Amir lächelnd.

»Spinnt der oder was? Es ist doch klar, daß ich zu Ihnen gehöre. Ich meine, ich sitze hier bei Ihnen in Ihrem Wagen...«

Amir grinste. Sie erreichten eine Straße, die zu beiden Seiten von hohen, einen schattigen Tunnel bildenden Eukalyptusbäumen gesäumt wurde, und bogen kurz darauf in eine ungepflasterte Nebenstraße ein. Als sie am alten Flugplatz-Tower vorbeikamen, schaltete Amir in den zweiten Gang zurück. Am zweiten Tor wurden sie erneut von einem Soldaten gestoppt. Er prüfte das Nummernschild und sprach die Nummer in ein Mikrofon, das an seiner Kampfweste befestigt war.

Amir mußte einen Kode in einen Computer neben dem Tor tippen. Als es sich öffnete, gab es den Weg zu einer mit Kies bedeckten Straße frei. Einige Minuten später gelangten sie zu einem kleinen Parkplatz.

Amir stellte den Wagen neben einer großen verglasten Eingangstür ab. Sie führte in ein Gebäude, das wie ein alter britischer Flugzeughangar aussah. Das spitz zulaufende Blechdach und die hohen nackten Wände waren mit stumpfbrauner Farbe angestrichen, während der untere Teil bis zu einer Höhe von etwa anderthalb Metern gekalkt war – ebenso wie sämtliche Bäume. Der Kalk sollte Insekten davon abhalten, die Bäume hochzuklettern.

»Ich bin beeindruckt«, sagte Natan. »Ihr habt hier echt gute Sicherheitsvorkehrungen getroffen.«

»Stimmt. Aber noch sind Sie nicht drinnen.«

Amir hielt die Glastür für Natan auf. Hinter ihr lag ein kleiner, leerer Raum, an dessen anderer Seite sich eine Tür befand, die wie die eines Fahrstuhls aussah. Amir trat vor die Tür und sprach in eine neben ihr installierte Gegensprechanlage.

»Hier ist A zwei zwei acht.« Einige Sekunden später schob sich die Tür zur Seite. Eine verglaste Kabine wurde sichtbar.

»Warten Sie hier«, sagte Amir. »Wenn dieses Licht grün wird,« – er wies auf ein Lämpchen an der Gegensprechanlage, das jetzt rot aufleuchtete – »nennen Sie ihren Namen und betreten die Kabine. Okay?«

»Kein Problem.«

Als er eingetreten war, blickte Natan sich um.

»Heißt das, daß ich diese Prozedur jedesmal wiederholen muß, wenn ich komme?«

»Ich fürchte, ja, mein Freund. Aber es mag Sie trösten, daß das für jeden hier gilt.« Amir lachte leise. »Kommen Sie! Ich bringe Sie in Ihr neues Büro. Mousa wartet bereits.« Er führte Natan durch einen engen, gut beleuchteten Flur. Am anderen

Ende öffnete er eine graue Tür und trat ein. Natan folgte ihm. Der Raum wurde von einer Glaswand abgeschlossen, hinter der sich ein großer, gut gepflegter Rasen ausbreitete, der von einem dichten Eukalyptuswäldchen begrenzt wurde. Hinter den Bäumen ragte eine hohe Mauer auf. Ein gewaltiger Schreibtisch aus Eichenholz stand vor der Glaswand und hinter ihm ein mächtiger Ledersessel.

Das Geräusch einer WC-Spülung lenkte die Aufmerksamkeit der beiden Männer auf eine Tür an der linken Seite des Raumes. Als die Tür sich öffnete, trat Mousa ein.

»Hallo, Mousa«, sagte Natan und schüttelte die ausgestreckte Hand. »Was gibt's Neues?«

»Oh, es hat sich Verschiedenes getan, seit wir uns das letzte Mal gesehen haben. Aber das hat keine Eile. Wie wär's mit einem kleinen Frühstück?«

»Jetzt, wo Sie's sagen, merk ich, daß ich hungrig bin«, sagte Natan. »Ich hoffe nur, daß wir zum Essen nicht ausgehen müssen. Um wieder hereinzukommen, braucht man ja fast den ganzen Tag.«

»Nein, nein«, sagte Amir. »Wir haben alles hier – sogar einen ausgezeichneten Koch. Ich lasse ein paar Sandwiches kommen. Wir können dann später zusammen Mittag essen.«

Mousa holte sich einen Stuhl und setzte sich. Als Amir den Raum verlassen hatte, wies er auf den Sessel hinter dem Schreibtisch. »Nehmen Sie dort Platz, mein Junge. Das ist schließlich Ihr Büro.«

»Ich muß Sie enttäuschen, wenn Sie meinen, es könnte mir imponieren«, sagte Natan und setzte sich. »Ich bin kein Bürotyp und hasse Schreibtische.«

Mousa zündete sich eine Zigarette an und warf Natan die Packung zu, der sich seinerseits eine Zigarette nahm.

»Schauen Sie in die oberste Schublade«, sagte er zu Natan. »Da ist eine Akte.« Er wartete, bis Natan die braune Aktenmappe herausgenommen hatte. »Wir haben Fox gefunden –

genauer gesagt, die Jungs vom PLO-Ressort. Der Name sagte ihnen was. Als sie ihn nicht im Computer finden konnten, haben sie Danny in Stockholm angerufen, und dadurch fanden sie unseren Mann. Oder, um ehrlich zu sein, nicht den Mann selbst...«

»Was meinen Sie damit?«

»Sie haben einen Palästinenser gefunden, der mit ihm gearbeitet hat. In seiner Akte hat Fox sich versteckt. Sonst ist kaum etwas über ihn bekannt. Es wurde nie eine Akte über ihn angelegt. Doch er erscheint noch in einer anderen Akte, und zwar der des berüchtigten Terroristen Carlos. Er war offensichtlich der Verbindungsmann zum syrischen Geheimdienst. Der Name Fox taucht Anfang der achtziger Jahre einmal in einer Mitteilung an Carlos auf. Aber das war's auch schon. Mehr haben wir nie über ihn herausgefunden.«

»Und diese Akte hier? Sie scheint eine ganze Menge an Informationen zu enthalten – sogar Fotos.« Natan zog eines heraus und zeigte es Mousa.

»Das ist der Kontaktmann. Dieser Bursche soll mit Fox zusammenarbeiten und für ihn die Verbindung mit mehreren Zellen der Palästinenser in Europa aufrechterhalten.«

»Was, zum Teufel, hat Danny mit ihm zu tun? Ist er nicht irgendwo in Skandinavien?«

»Nun, Danny war dabei, als die Dänen Abhöreinrichtungen für uns installierten. Das meiste Material kommt aus dieser Quelle und von ähnlichen Operationen des norwegischen Dienstes. So ist er an die Information gelangt.«

»Sehr beeindruckend. Ich wußte nicht, daß die Verbindung so gut funktioniert. Zuverlässig sind sie, das war mir klar. Aber wenn man was von ihnen wollte, dauerte es immer eine Ewigkeit. Haben Sie diesen Stasi-Mann, von dem Foul-play spricht, beim deutschen Nachrichtendienst schon überprüfen lassen?«

»Ich habe darum gebeten, aber wie es scheint, hat man in Deutschland die Sache nicht richtig im Griff. Jedenfalls noch nicht. Da war schon ein Kerl, der vielleicht unser Mann hätte sein können, aber dummerweise – oder glücklicherweise – hat er sich umgebracht, als sie ihn festnehmen wollten.«

»Selbstmord?« Natan machte eine Pause und dachte an etwas anderes. »Wie bequem. Haben sie die Leiche?«

»Anscheinend ja. Alles paßt perfekt zu seiner Akte. Und das wissen Sie ja, was Akten betrifft, kann man sich auf die Deutschen verlassen.«

»Könnten Sie mir ein Foto von dem Mann besorgen, der sich umgebracht hat?«

»Ich werde sehen, was sich tun läßt.«

Natan fuhr fort: »Lassen Sie mich rekapitulieren. Diese Akte betrifft ...« – er warf einen Blick auf die erste Seite – »Halim Nafsky. Und Sie sagen, er ist der Kontaktmann von Fox, der angeblich diese neue palästinensische Terroristengruppe leitet.«

»Ja. Und wir wissen, wo sich dieser Halim aufhält. Wie Sie der Akte entnehmen können, ist er jetzt in Piräus.« Mousa stand auf und begann, im Zimmer auf und ab zu gehen. »Ich erwarte von Ihnen, daß Sie mir versprechen, nichts zu unternehmen, ohne mich vorher zu fragen. Ich wünsche, daß Sie sich jeden Furz genehmigen lassen. Wir gehen in diesem Fall streng nach den Regeln vor.«

»Welchen Regeln?« fragte Natan und sah Mousa fest an.

»Unseren Regeln. Verdammt noch mal, Sie wissen, was ich meine. Wenn Sie die Sache vermasseln, hetze ich Ihr eigenes Kidon-Team hinter Ihnen her, darauf können Sie Gift nehmen, mein Junge.«

»Keine Angst. Ich halte bei jedem Schritt Ihr Händchen.«

»Wenn Sie es nicht tun, hänge ich Sie an den Eiern auf. Das ist also jetzt geklärt. Aber nun mal was anderes: Haben Sie eine Idee, was, zur Hölle, Sie eigentlich unternehmen wollen?«

»Nein, noch nicht. Aber ich möchte sehen, was dieser Halim im Schilde führt.«

»Solange Sie nicht vergessen, wonach wir suchen.«

»Keine Sorge. Hier wird eine terroristische Aktion geplant. Ich kann Ihnen versichern, daß ich mein Bestes tun werde, sie zu verhindern.«

»Das nehme ich Ihnen gerne ab.« Mousa schlug mit der Faust auf den Tisch. »Aber ich will den Maulwurf haben! Kapieren Sie das, verdammt noch mal? Ich will den Scheißkerl haben, und zwar lebend. Darum geht es mir, mir ganz persönlich.«

Ein Klopfen an der Tür unterbrach ihn. Ein hochgewachsener Mann in hellbrauner Uniform trat ein, in den Händen ein Tablett mit Sandwiches, Kaffee und Tee.

Unmittelbar nach ihm betrat Amir den Raum und setzte sich neben Mousa. Er wandte sich an den Mann in Uniform, der an der Tür Aufstellung genommen hatte. »Danke. Sagen Sie den Leuten, sie sollen sich in etwa einer halben Stunde im grünen Zimmer einfinden.«

Er wandte sich an Natan: »Ich will Sie mit dem Team bekannt machen. Ich muß in einer Stunde gehen.«

»Bin schon unterwegs«, sagte Mousa. »Ich habe meiner Frau versprochen, sie zur Matinee in Tsavta zu begleiten. Es ist eines dieser Stücke, in denen ein armer Palästinenser schlecht behandelt wird und jeder sich bemüßigt fühlt, ihn zu bemitleiden.« Er stand auf, ein Sandwich in der Linken. Mit der rechten Hand überreichte er Natan eine Karte. »Sie können mich jederzeit unter dieser Nummer erreichen. Wenn Sie Ihre Nummer hinterlassen, rufe ich Sie in weniger als fünf Minuten zurück. Wenn das nicht möglich ist, sagen Sie Bescheid, und man wird Sie direkt mit mir verbinden. Gibt es noch etwas, was ich im Augenblick für Sie tun kann?«

»Nein, ich glaube nicht. Besorgen Sie mir nur dieses Foto.«

Mousa nickte und winkte ihnen mit dem Sandwich in der Hand zu. »Bis bald.«

Natan wandte sich an Amir. »Ich brauche eine Karte von

Griechenland und eine Liste der Leute, mit denen ich zusammenarbeiten soll. Ich möchte wissen, was jeder einzelne von ihnen gelernt hat und was für Aufgaben er übernehmen kann.« Es lag jetzt etwas Drängendes in seiner Stimme.

»Sie warten alle im Bereitschaftsraum. Wir nennen es das grüne Zimmer«, sagte Amir. »Gehen wir!«

Vierzehn Männer und Frauen saßen im Bereitschaftsraum, verschiedene Gesprächsgruppen bildend. Ein kleiner, untersetzter Mann überreichte einer großen, hinreißend aussehenden Brünetten eine Tasse Kaffee. Sie stand neben einem überladenen Büffet am anderen Ende des Raumes. Niemand kümmerte sich um die Eintretenden.

»Bitte, alle herhören«, sagte Amir. Sie waren in die Mitte des Raumes getreten. »Das ist Natan.« Als er die Hand auf Natans Schulter legte, verebbten die Gespräche.

Die Mitglieder des Teams waren alle noch ziemlich jung; keiner schien älter als fünfunddreißig zu sein. Alle trugen sie hellbraune Uniformen ohne Rangabzeichen.

»Ich weiß, ihr findet es nicht ganz koscher, daß wir einen Außenseiter geholt haben, aber ungewöhnliche Situationen erfordern ungewöhnliche Maßnahmen. Dieses Team untersteht jetzt ihm und wird seine Befehle ausführen. Aber« – er wandte sich an Natan – »es gibt einige Regeln, die es zu beachten gilt. Zuerst und vor allem werden Sie mit diesem Team keine normalen Operationen besprechen. Da jeder der hier Versammelten von Zeit zu Zeit Operationen in Zielländern durchführt, sollte niemand im Besitz von Informationen sein, die aus ihm rausgeholt werden können, falls er in die Hände des Gegners fällt. Ist das klar?«

Natan nickte.

»Zweitens«, fuhr Amir fort, diesmal an alle Anwesenden gewandt, »die normale Befehlskette wird sich nicht ändern. Natan gibt alle Befehle an Nummer Eins, der darüber entscheidet, wie sie auszuführen sind. Drittens, Informationen, die bei dieser Operation anfallen, werden nicht in den regulären Computer eingegeben, sondern an Natan weitergeleitet, der sie nach seinem Belieben verwenden oder nicht verwenden kann. Und schließlich« – er wandte sich wieder an Natan – »alle Mitglieder des Teams werden nur mit ihren Nummern angeredet. Von Eins« – er deutete auf einen großen, schlanken Mann Anfang dreißig, der aufstand und sich knapp verbeugte – »bis Vierzehn. Das wär's, danke.« Er ging mit Natan zur Tür und sagte: »Sie haben ein ausgezeichnetes Team, lauter hundertprozentige Profis. Ach, ehe ich es vergesse: Sie sollten Uniform tragen.«

»Warum überhaupt Uniformen? Ich meine, wir gehören doch nicht zur Armee.«

»Wenn jemand von draußen uns zufällig sehen sollte, wird er uns für eine Militäreinheit halten. Ist doch völlig normal bei einer Militärbasis, oder?«

»Wie sieht's mit einem fahrbaren Untersatz aus, falls ich einmal weg muß?«

»Machen Sie sich deshalb keine Sorgen. Wenn Sie irgend etwas brauchen, wenden Sie sich an Nummer Eins. Er wird es für Sie beschaffen.«

»Nur noch eine Frage«, sagte Natan. »Was ist mit dem Nummernkode, um wieder reinzukommen? Kriege ich den auch von Nummer Eins?«

»Es gibt keinen Nummernkode. Wir haben ein Stimmenerkennungsgerät installiert. Sie brauchen nur irgend etwas zu sagen, egal was. Wir haben uns jedoch daran gewöhnt, irgendwelche Nummern zu nennen, die uns gerade einfallen. Wenn uns jemand, den es nichts angeht, dabei zuhört, nimmt er an, daß es sich um einen Kode handelt – genau wie Sie. Ihre Stimme ist übrigens bereits gespeichert. Kann ich jetzt endlich gehen?«

»Kein Problem«, sagte Natan. »Bis Sonntag.« Er blieb einige

Minuten vor dem grünen Zimmer stehen und rauchte nachdenklich eine Zigarette.

Das Kidon-Team kannte er bisher nur vom Hörensagen – gewöhnlich wurde nur mit großer Zurückhaltung darüber gesprochen. Die Leute, mit denen er jetzt zusammenarbeiten sollte, hatten in Ausübung ihres Dienstes kaltblütig getötet. Das war für Natan eine neue Dimension. Auch er hatte schon Menschen getötet, mehr als einmal, aber das war stets in der Hitze des Gefechts geschehen und schien ihm etwas ganz anderes zu sein. Ich werde mir die Damen und Herren genau ansehen müssen, dachte er. Und zwar gleich jetzt.

Die Einführungsgespräche unter vier Augen, die er daraufhin mit ihnen führte, blieben jedoch recht oberflächlich. Die neun Männer und fünf Frauen waren offensichtlich nicht scharf darauf, viel von sich preiszugeben. Schließlich bat er Nummer Eins in sein Büro, um das weitere Vorgehen mit ihm zu besprechen. Er reichte ihm die Akte und wies darauf hin, daß die Angaben über Halims Aufenthalt etwa eine Woche alt waren. »Es ist möglich«, sagte Natan, »daß er gar nicht mehr in Piräus ist. Aber er ist die einzige Verbindung zu den Terroristen, die wir im Moment haben. Darum ist es für uns von äußerster Wichtigkeit, ihn zu finden und einen Plan zu entwikkeln, ihn herzuschaffen.«

Nummer Eins blickte ihn mit unbewegter Miene an.

»Ich könnte eine kleine Gruppe hinschicken, um die Adresse zu verifizieren und zu sehen, ob Halim noch da ist. *Wenn* er noch da ist, können wir feststellen, wie er dort lebt und was er dort treibt. Andernfalls müssen wir eine Suche in die Wege leiten.«

»Klingt vernünftig.«

»Die Leute können in einer Stunde aufbrechen«, sagte Nummer Eins. »Aber ich brauche Ihr O. K.«

Nummer Eins kehrte nach zwanzig Minuten zurück. »Unser Voraustrupp – zwei Männer und eine Frau – fliegt in etwa drei Stunden nach Wien«, sagte er zu Natan. »Mit einer anderen Maschine werden Pässe und was sie sonst noch für ihre Identität benötigen, im Diplomatengepäck nach Wien geschafft und in einem bestimmten Schließfach am Flugplatz deponiert. Sobald unsere Leute ihre Identität gewechselt haben, buchen sie den nächsten Flug nach Athen.«

»Wissen Sie, welcher Flug das ist?«

»Es kommen zwei oder drei Flüge in Frage. Außerdem bleiben sie nicht zusammen. Zwei reisen als Paar, der dritte reist allein. Nach ihrer Ankunft in Athen melden sie sich, um weitere Befehle entgegenzunehmen. Wenn dieser Halim gefunden wird, werden wir ein sicheres Haus für die Operationen aktivieren. Aber das lohnt sich erst, wenn wir wissen, wo er ist. Brauchen Sie sonst noch irgend etwas?«

»Ich würde gern wegfahren«, sagte Natan und überreichte ihm die handgeschriebenen Weisungen, die er vorbereitet hatte.

»Draußen steht ein Wagen für Sie.« Nummer Eins gab ihm eine zusammengefaltete braune Uniform und einen kleinen Pieper. »Falls wir Sie brauchen.«

»Danke«, sagte Natan. »Wir sehen uns morgen.«

Kapitel 8

Kfar-Sirkin. 7. September, 9.45 Uhr

Am nächsten Morgen bestätigte Nummer Eins, daß Halim immer noch an der in der Akte angegebenen Adresse wohnte.

»Es ist ein kleines Apartment mit Blick auf den Torkolimano-Yachtclub im äußersten Südosten von Piräus«, sagte

Nummer Eins. »Das Apartment gehört einer Reederei, deren Name mir aber nicht bekannt ist. Ich glaube, es ist ein sicheres Haus.«

»Wie kommen Sie darauf?«

»Ich hab einen Riecher dafür.«

»Okay. Ich will ihn hier haben. Was schlagen Sie vor?«

»Es ist ziemlich einfach, soweit ich sehe«, sagte Nummer Eins. »Wir legen mit einem Segelboot im Yachthafen an, schütten ihm ein paar Tropfen unserer Spezialmixtur in seinen Ouzo und schaffen ihn bei Bouzouki-Klängen ins Boot. Ist vermutlich leichter als damals mit Vanunu – ich meine, die Strecke ist kürzer, und der Mann sitzt praktisch am Ufer und wartet auf uns.«

»Klingt ganz gut, aber ich muß mehr von ihm wissen, bevor wir ihn kassieren. Ich möchte wissen, was er vorhat und mit wem er sich trifft. Dann haben wir was in der Hand, wenn wir ihn verhören. Es gibt da nur ein Problem ...«

»Es gibt immer ein Problem«, sagte Nummer Eins schulterzuckend.

»Die Sache muß narrensicher sein. Wir können uns nicht den kleinsten Fehler erlauben. Er muß mehr oder weniger aus eigenem freien Willen zu uns kommen.«

»Also eher auf die sanfte Tour?«

»Genau.«

»Wir können noch heute eine Wanze in seinem Zimmer anbringen und zugleich seine Telefonleitung anzapfen. Wenn er die Wohnung verläßt, sind wir sofort da, installieren das Zeugs und sind in drei Minuten wieder draußen.«

»In Ordnung«, sagte Natan. »Wann fahren wir also?«

»*Sie* fahren nirgendwo hin.« Nummer Eins lächelte. »Ich meine, Sie können fahren, wohin Sie wollen, aber nicht mit uns.«

»Ja, was, zum Teufel, erwarten Sie eigentlich von mir?«

»Sie bleiben hier sitzen und warten, bis Sie von uns hören.

Nummer Neun wird Ihnen Gesellschaft leisten. Ich informiere Sie über jeden Schritt, den wir unternehmen, und Sie geben Ihre Einwilligung, wenn es nötig ist.« Der Ton seiner Stimme verriet, daß er von Natan nicht allzuviel hielt. Wahrscheinlich hält er mich für einen Strohmann, dachte Natan. Er meint, ich gebe nur stellvertretend die Befehle für jemanden, der anonym bleiben will. Da es Natan verwehrt war, dem Mann irgend etwas über sich selbst oder die Operation im allgemeinen mitzuteilen, entschloß er sich, es nicht auf eine Auseinandersetzung ankommen zu lassen.

»Gut«, sagte er. »Wie wollen Sie mich auf dem laufenden halten?«

»Ich telefoniere mit Ihnen. Keine Angst. Die Gespräche laufen über das Verwürflungsgerät, so daß nur Sie mich hören können. In zwei Tagen habe ich ein Boot im Hafen, als Einsatzzentrale. Bis dahin sind einige von uns im Hotel Grande Bretagne zu erreichen, die anderen steigen im Hilton ab. Wir treten als reiche kanadische Touristen auf – mal wieder, um ehrlich zu sein.«

Gegen 18 Uhr am späten Nachmittag des nächsten Tages forderte ein Piepersignal Natan und Nummer Neun auf, in die Vermittlung zu kommen.

»Hallo, bitte melden«, sagte eine Stimme, die zunächst schwer zu erkennen war, da sie durch die Verwürflung seltsam metallisch klang.

»Spreche ich mit Nummer Eins?«

»Ja, hier ist Nummer Eins. Ihr Mann wird observiert. Wir haben gestern Abend eine Wanze in seiner Wohnung angebracht, als er sich im Plaka amüsierte.«

»Haben Sie schon etwas herausbekommen?«

»Nicht viel. Er ist gegen zwei Uhr mit einer Nutte zurückgekommen, die bis zum frühen Morgen bei ihm geblieben ist. Ich kann berichten, daß er beim Vögeln sehr temperamentvoll ist, und habe die Tonbänder, um es zu beweisen. Sonst gibt's nichts, bis auf ein Telegramm, das gegen elf Uhr eintraf. Es wurde von einem normalen Telegrammboten abgegeben. Wir haben keine Ahnung, was drinsteht. Er verließ die Wohnung unmittelbar danach und führte vom Restaurant im Erdgeschoß seines Hauses aus ein Telefongespräch.«

»Ich dachte, er hätte ein Telefon in seiner Wohnung«, sagte Natan.

»Hat er auch, aber er scheint vorsichtig zu sein, soweit es das Telefonieren betrifft. Ansonsten benimmt er sich völlig unbekümmert. Ich meine, Sie können ihn morgen in Ihrem Büro haben, wenn Sie mir grünes Licht geben.«

»Daran ist überhaupt nicht zu denken!«

»War nur ein Jux. Geraten sie nicht gleich in Panik. Ich hab aber ein kleines Gerät an der Telefonleitung des Restaurants angebracht. Zum Glück laufen alle möglichen Telefonkabel durch die Wand des Toilettenraums, so war es ganz einfach.«

»Haben Sie auf diesem Weg etwas in Erfahrung bringen können?«

»Noch nicht sehr viel, da er nicht der einzige ist, der das Telefon benutzt. Wir haben jede Menge Griechisch auf Band. Er hat einmal eine Athener Nummer angerufen, aber es hat sich niemand gemeldet.«

Natan hörte, wie jemand im Hintergrund mit Nummer Eins sprach, der daraufhin sagte: »Warten Sie einen Augenblick! Er ist wieder im Restaurant. Ich rufe Sie zurück.« Es klickte in der Leitung. Nummer Eins hatte aufgelegt.

Natan zündete sich eine Zigarette an. Dann begann er, mit dem Feuerzeug ungeduldig auf den Tisch zu klopfen. Beim ersten Läuten des Telefons hob er den Hörer ab.

»Okay, wir haben etwas. Er hat mit irgendwem in Paris gesprochen. Sie sprachen arabisch. Ich hab die Nummer, falls Sie sie durch den Computer überprüfen lassen wollen. Namen sind in dem Gespräch nicht gefallen. Der Mann in Paris hat gesagt, er würde in zwei Tagen nach Athen kommen – also am zehnten –, und unser Mann machte ihm den Vorschlag, bei ihm zu wohnen, damit er nicht ins Hotel müsse.«

»Sonst noch was?«

»Das ist alles. Was soll ich als nächstes unternehmen?«

»Nicht mehr als das, was Sie bereits tun. Hoffen wir, daß die Dinge sich so weiter entwickeln. Bisher läuft's ja recht gut.«

»Wenn Sie meinen ... Übrigens, das Segelboot wird morgen hier sein, dann haben wir eine offene Leitung für Sie. Wir schicken Ihnen ein paar Fotos von dem Haus und dem neuen Gast, sobald er eingetroffen ist. Ich hoffe, wir haben einen dicken Fisch an der Angel. Vielleicht lohnt es sich, gleich beide zu kassieren.«

»Das bezweifle ich«, sagte Natan. »Nicht, solange es die erklärte politische Absicht in diesem Land ist, Palästinenser rauszuhalten, anstatt sie reinzuholen.« Beide lachten.

»Okay, warten wir ab. Bitte, geben Sie mir Nummer Neun. Ich möchte, daß sie das Fax mit der Pariser Nummer und einer Abschrift des Gesprächs für Sie in Empfang nimmt. Wenn Sie etwas brauchen, können Sie mich jederzeit hier erreichen. Nummer Neun erledigt das für Sie. So long, Amigo.«

Später am Abend schauten Amir und Mousa bei ihm vorbei und zeigten sich äußerst zufrieden mit der Entwicklung. Dennoch spürte Natan eine gewisse Spannung bei Mousa. Als er für einige Minuten mit Natan allein war, fing er wieder mit seinem Lieblingsthema an: Der Maulwurf mußte enttarnt werden.

»Sie müssen wissen«, knurrte er, »daß der Boß wegen dieses verdammten Maulwurfs mehrere Operationen vorerst gestoppt hat. Wir müssen ihn unbedingt erwischen, sonst sind wir bald total handlungsunfähig. Unsere Organisation ist auf Maulwürfe nicht eingerichtet.«

»Ich kann aber nicht einfach den Arm ausstrecken und den

Kerl am Genick packen, Mousa. Was erwarten Sie eigentlich von mir?«

»Wenn ich das wüßte! Aber stellen Sie sich mal vor, der Shaback kriegt Wind von der Sache. Es wäre ein Freudentag für unser FBI, um es mal salopp auszudrücken. Nichts wäre denen lieber, als den Einfluß des Mossad beim Premierminister zu untergraben. Und Gott allein weiß, was daraus folgen kann.«

»Mousa, ich kann nur Schritt für Schritt vorgehen«, sagte Natan. »Aber Sie könnten sich inzwischen das Personal vorknöpfen. Schnallen Sie jeden einzelnen, von der Putzfrau bis zum Chef, an den Lügendetektor. Dann haben Sie das Tierchen doch bald.«

»Ich darf Ihnen verraten, daß wir das bereits tun. Aber denken Sie doch mal nach! Wenn der Maulwurf schon seit mehr als sechs Monaten bei uns arbeitet, hat er seinen Lügendetektortest längst mit Auszeichnung bestanden! Die operativen Einheiten werden alle sechs Monate getestet, das wissen Sie doch. Nein, so kommen wir nicht weiter.«

Kapitel 9

Damaskus, 10. September, 10.45 Uhr

Karl Reinhart saß in einem voluminösen Louis-Quinze-Sessel vor dem großen Mahagoni-Schreibtisch Fuad Hamins. Fuads Büro war ganz ähnlich eingerichtet wie das des Leiters des syrischen Geheimdienstes und nur wenige Schritte von diesem entfernt. Als Leiter der Operativen Einsatzabteilung war er praktisch die rechte Hand des Chefs und einer der mächtigsten Männer des Landes. Nur 1,56 Meter groß und fast 70 Kilogramm schwer, war er alles andere als ein Adonis – aber man brauchte nur kurze Zeit mit ihm zusammen zu sein, um die Fähigkeiten dieses kleinen Mannes zu erkennen. Seine hellen, leicht hervortretenden Augen musterten aufmerksam Karls Gesicht, als wollte er die Worte seines Besuchers mit seiner Miene vergleichen. Und in der Tat rühmte sich Fuad seinen Freunden gegenüber, daß er am Gesicht eines Mannes erkennen könne, ob dieser die Wahrheit spreche oder nicht, ja selbst die Motivation für dessen Verhalten könne er auf Anhieb erkennen.

Seine Untergebenen berichteten von einem Fall, bei dem Fuad Hamin einem Mann ansah, daß er log, und ihm daraufhin, ohne zu zögern, eine Kugel durch den Kopf jagte. Einige wiesen sogar auf eine leichte Verfärbung an der Wand, die angeblich die Stelle markierte, an der die Kugel eingeschlagen hatte. Ob es nun stimmte oder nicht – Fuad Hamin hatte nichts dagegen. Er genoß seinen Ruf, den er solchen und ähnlichen Geschichten verdankte.

»Und warum wollen Sie die Gründe für unseren Auftrag wissen?« fragte er Karl. »Wir haben Ihnen eine Liste der Leute gegeben, die wir beseitigt haben wollen, und wir erwarten von Ihnen, daß Sie entsprechende Schritte unternehmen. Wir bezahlen Sie anständig. Ich sehe also nicht ein, wozu Sie noch mehr wissen sollten.«

»Nun, Sir.« Karl lehnte sich etwas vor. »Sehen Sie, ich weiß aus meiner langen Tätigkeit bei unserer Spezialabteilung, wie man solche Dinge erledigt ...«

»Wenn ich mich nicht irre, arbeiten Sie inzwischen nicht mehr für diese Organisation, oder?« Fuads Stimme klang sarkastisch, »ich bin mir noch keineswegs sicher, ob ich Ihnen vertrauen kann. Sie werden sich erst bewähren müssen, wie es Ihr Freund Carlos getan hat.«

»Ich akzeptiere das. Doch ich muß darauf bestehen, daß Sie mir wenigstens mitteilen, welche Resultate Sie sich von dieser Aktion erwarten.«

Der kleine Mann stand auf und trat an das hohe Fenster, das

den Blick auf den Innenhof des Gebäudekomplexes freigab. Ohne Karl anzusehen, sagte er: »Habe ich mich nicht deutlich genug ausgedrückt? Ich will diese Leute aus dem Weg haben, tot, finito, kaputt.«

»Gut, aber wer soll dafür verantwortlich sein? Sie wollen doch nicht, daß alle Welt mit dem Finger auf Sie weist – ausgerechnet jetzt, wo Ihr Land mit den Amerikanern ins Gespräch gekommen ist.« Diesmal war es Karls Stimme, die leicht sarkastisch klang.

Der kleine Mann zeigte keine Reaktion. Er drehte sich nur um und sagte: »Tun Sie Ihre Arbeit, das ist alles. Sie haben doch damit begonnen, eine Palästinenser-Gruppe zusammenzustellen?«

»Ja.«

»Und wo liegt das Problem?«

»Ich kann nicht garantieren, daß alle Spuren, die nach Damaskus weisen, verwischt werden.«

»Warten Sie!« Fuad trat an den Schreibtisch, hob den Hörer ab und sagte etwas auf arabisch. Das Gespräch wurde offensichtlich an jemanden weitergeleitet, der in der Hierarchie noch über Fuad stand. Nach einem kurzen Wortwechsel legte er auf und wandte sich wieder an Karl. »Was wir von Ihnen wollen, ist ganz einfach. Die Israelis müssen dafür verantwortlich gemacht werden.«

»Hübsche Idee«, sagte Karl und lächelte süffisant.

»Sie scheinen überrascht zu sein«, gab der kleine Mann zurück. »Paßt offenbar nicht in Ihr Weltbild, daß auch ein Araber auf gute Ideen kommen kann, wie?«

Karl ignorierte die Spitze. »Darf ich Sie darauf hinweisen, daß das Team eliminiert werden muß, wenn wir den Israelis die Verantwortung zuschieben? Entweder während oder nach der Operation.«

»Auf diesen Punkt komme ich beizeiten zurück. Für den Augenblick wissen Sie jedenfalls, wie Sie vorzugehen haben.«

»Was ist mit diesem Nazir?« fragte Karl. »Oder Fox, wie Sie ihn nennen?«

»Er liebt die Palästinenser genausowenig wie ich. Besprechen Sie alles Nötige mit ihm. Ich vertraue dem Mann, und Sie sollten es auch.«

»Wenn wir das neue Team opfern, muß ich eine Reservemannschaft aus meinem alten Netzwerk in Europa aufstellen, um die Sache korrekt zu Ende zu bringen.«

»Tun Sie, was zu tun ist.« Fuad dachte einen Augenblick nach, dann sagte er: »Sie brauchen Nazir nichts über das neue Team zu sagen. Es könnte seine Gefühle verletzen.«

Karl stand auf und ging zur Tür. Er drehte sich um und verabschiedete sich mit einem kurzen Kopfnicken, aber der kleine Mann hatte sich bereits wieder seinen Akten zugewandt.

Kapitel 10

Kfar Sirkin. 10. September, 15.15 Uhr

Natan stand im grünen Zimmer und war in ein Videospiel vertieft, als der Pieper ertönte. Das Geräusch lenkte ihn für einen Augenblick ab, und die Rakete des Eindringlings aus dem Weltall ließ das kleine Raumschiff des Verteidigers in einer spektakulären, elektronisch simulierten Explosion vom Bildschirm verschwinden. Natan warf den Joystick aufs Sofa. »Scheiße«, murmelte er und machte sich auf den Weg in die Vermittlung.

Nummer Neun wartete bereits auf ihn und übergab ihm den Hörer.

»Sein Freund ist gerade angekommen«, berichtete Nummer

Eins. »Im Augenblick sitzen sie unten im Restaurant beim Essen. Wir haben ein Paar gute Aufnahmen von den beiden gemacht und hoffen jetzt, daß sie wieder nach oben gehen, um miteinander zu reden. Dann können wir sie abhören.«

»Können Sie nicht jemand neben sie ins Restaurant setzen?«

»Nein!« Nummer Eins war unnachgiebig. »Ich kann meine Leute nicht so schnell verschleißen. Es ist noch zu früh. Wir müssen warten, bis die beiden nach oben gehen, und können nur das Beste hoffen.«

»Sie sollten trotzdem jemanden ins Restaurant schicken. Wenn er erkannt wird, können Sie ihn später für Aufgaben verwenden, bei denen er nicht in Erscheinung tritt.«

»Ziehen Sie sich nicht meine Schuhe an! Wenn ich Ihnen sage, daß ich niemanden dort hinsetzen kann, ohne die Operation zu gefährden, täten Sie gut daran, mir zu glauben. Aber Sie sind der Boß. Wenn Sie darauf bestehen, hockt in fünf Minuten jemand im Restaurant – und ich bin auf dem Weg nach Hause. Entspricht das vielleicht Ihren Vorstellungen?«

»Seien Sie vernünftig«, sagte Natan.

»Okay. Sobald sie oben in der Wohnung sind, verbinde ich die Leitung direkt mit Ihnen. Sie können dann das Gespräch mithören. Die Leitung ist sicher. Kein Problem also.«

»Oh doch!« erwiderte Natan. »Ich kann kein Arabisch.«

»Nummer Neun kann es. Sie wird simultan für Sie übersetzen. Was uns betrifft, so werden wir in etwa einer Stunde zurückrufen. Bleiben Sie also bitte in der Nähe.« Nummer Eins legte auf.

»Ich dachte, daß ich Sie hier finden würde.« Amirs Stimme schreckte Natan aus seinen Gedanken auf. »Wie stehen die Aktien? Hat die Prinzessin Sie schon in die zweite Reihe verwiesen?«

Natan drehte sich um und blickte Nummer Neun vorwurfsvoll an.

»Starren Sie sie nicht so an«, sagte Amir. »Sie hat mir nichts gesagt. Es ist hier im Hause nur allgemein bekannt, daß sie jedem von uns überlegen ist, in jeder Beziehung. Und außerdem ist sie sehr schön.«

Nummer Neun dankte Amir mit einem Augenzwinkern.

»Ich muß mit Ihnen reden in Ihrem Büro«, sagte Amir und deutete auf einen Aktenkoffer, den er mitgebracht hatte.

»Natürlich, kein Problem. Gehen wir gleich, damit wir fertig sind, wenn diese Mistkerle in Piräus endlich wieder auf ihre Bude gehen und die Katze aus dem Sack lassen.«

Sobald sie Natans Bürotür hinter sich geschlossen hatten, sagte Amir zu ihm: »Ich schicke einen Kombattanten in einer Sache nach Damaskus, die mit der unseren nichts zu tun hat. Aber vielleicht kann er dort etwas für Sie erledigen. Da ich morgen früh nach Europa fliege, haben Sie bis acht Uhr Zeit, mich anzurufen. Oder vielleicht ist es besser, wenn ich Sie anrufe, okay?«

»Nett von Ihnen. Ich warte also auf Ihren Anruf. Wollen Sie nicht noch ein wenig hierbleiben, um zu sehen, was Ihre Leute da drüben in Griechenland tun? Ein phantastisches Team, ich muß schon sagen.«

»Nein danke. Ich habe noch viel zu tun heute. Wir sprechen uns morgen.«

In diesem Augenblick meldete sich der Pieper. »Tut mir leid«, sagte Natan. »Ich muß mich beeilen.«

Nummer Eins saß mit mehreren anderen Mitgliedern seines Teams in der Kajüte des Segelbootes, das im Yachtclub im Limini-Hafen festgemacht hatte. Sie beobachteten, wie die beiden Männer das Restaurant verließen und die Straße überquerten, um sich die Boote im Yachthafen anzuschauen.

»Sie sehen direkt zu uns herüber.« Die durch die Gegensprechanlage verstärkte Stimme von Nummer Eins hallte in dem kleinen Raum wider. »Sie lehnen am Geländer und betrachten das Boot neben uns. Gefällt mir ganz und gar nicht. Sie sind zu nahe.« Die Stimme wurde jetzt leiser, als ob der Sprecher fürchtete, von den beiden Männern gehört zu werden.

»Können Sie verstehen, was sie sagen?« fragte Natan.

»Nein. Dafür haben wir keine Vorkehrungen getroffen. Wer hätte auch ahnen können, daß sie zu den Booten herüberkommen? Übrigens eine phantastische Gelegenheit, sie sofort zu schnappen. Soll ich?«

»Das haben wir doch schon abgehandelt, verdammt noch mal!« fauchte Natan. »Ich möchte bloß wissen, über was die Ärsche reden.«

»Warten Sie!« sagte Nummer Eins. »Unser Mann zeigt auf das Apartment. Sie drehen sich um, gehen zum Restaurant hinüber. Wenn sie noch einmal hineingehen, schicke ich jemand hinterher, denn ... Nein, warten Sie! Sie sind gerade am Restaurant vorbeigegangen und ... Ja ... Sie gehen ins Haus. Sie müßten in drei Minuten in der Wohnung sein. Ich verbinde Sie also mit dem Abhörgerät dort. Wenn Sie mir etwas sagen wollen, sprechen Sie. Ich kann Sie hören.«

Ein Klicken, dann Stille. Im Hintergrund war ein monoton wiederkehrendes Geräusch zu hören.

»Was ist das für ein Ticken?« fragte Natan.

»Ein Wecker«, sagte Nummer Eins. »Wir haben das Gerät unter einer kleinen Kommode angebracht. Halim hat später die Uhr daraufgestellt.«

Während der nächsten Minuten war nur das Ticken des Weckers zu vernehmen. Dann hörten sie, wie sich ein Schlüssel im Schloß drehte und Stimmen näherkamen.

Nummer Neun begann mit der Simultanübersetzung. Halim, der Gastgeber, sagte: »Wollen Sie einen Mokka?«

»Ja, bitte. Mit Kardamom.«

»Selbstverständlich.«

Sie hörten das Klirren von Geschirr und kurz darauf das Geräusch laufenden Wassers.

»Hier steht übrigens Baklava. Bedienen Sie sich! Er ist sehr gut hier – fast so gut wie der, den Tarif in der Kasba von Nablus macht.«

Ein paar Minuten hörte man nur das Ticken des Weckers. Dann war ein deutliches Schlürfen zu vernehmen; die beiden Männer tranken den süßen, heißen Mokka.

»Wirklich ausgezeichnet«, sagte der Besucher. »Auch der Baklava. Tadellos.«

»Wie ich Ihnen gesagt habe. Allah sei Dank, daß es hierzulande vieles gibt, was einem Mann das Leben angenehm macht.«

»Machen Sie es sich nicht *zu* angenehm, mein Freund, während unsere Brüder leiden. Es ist unsere Aufgabe, ihnen zu helfen. Wir sollten uns davor hüten, uns durch die Annehmlichkeiten des Lebens verweichlichen zu lassen, so daß wir, wenn die Zeit gekommen ist, nicht mehr das Schwert ergreifen können.«

»Sie haben völlig recht. Aber was soll man bis dahin tun? Es gibt kaum Aktivitäten auf unserer Seite, und jetzt auch noch die Friedensgespräche ... Was sollen wir tun?«

»Vergessen Sie den Frieden! Vergessen Sie ihn! Das ist nicht unsere Sache. Wir dürfen nicht den wirklichen Feind aus den Augen verlieren, der das Land unserer Vorfahren geraubt hat. Und doch gibt es einige von uns, die mit den Mördern unserer Brüder verhandeln wollen. Wir müssen bereit sein, all jene zu töten, die im Schafspelz zu uns kommen, während ihre Hauer rot vom Blut der wahren Gläubigen, der Patrioten, sind.«

»Was also sollen wir tun?«

»Die Dinge entwickeln sich. Ich möchte, daß Sie unsere Männer sammeln. Stehen Sie mit allen in Verbindung?«

»Ja. Sie warten auf Zypern auf den Einsatzbefehl. Ich spreche jeden zweiten Tag mit ihnen.«

»Hier ist eine Liste mit Wohnungen wie der, in der wir uns

gerade befinden. Richten Sie sie so her, daß sie sofort bezogen werden können. Wenn Sie das getan haben, rufen Sie die Leute aus Zypern ab und bringen sie dort unter. Es handelt sich um insgesamt fünf Wohnungen. Quartieren Sie die Leute unter keinen Umständen hier ein. Diese Wohnung ist als Befehlszentrale vorgesehen. Jedes Team bleibt von den anderen getrennt und darf mit ihnen keine Verbindung aufnehmen. Auch auf der Straße kennt keiner den anderen. Ich werde eine Nichte von mir herbeordern, die als Mittlerin fungiert. Sie bleibt hier bei Ihnen, und Sie sorgen für sie.«

»Das kostet alles eine Menge Geld. Woher bekomme ich es?«

»Ich werde Ihnen in ein, zwei Tagen, bevor ich abreise, fünfzigtausend Dollar geben. Sobald Sie das Geld haben, beginnen Sie mit Ihrer Arbeit und warten auf meine weiteren Befehle.«

»Was ist unsere Aufgabe?«

Bei dieser Frage beugte sich Natan angespannt vor. Wenn der Unbekannte sie beantwortete, würde er ihnen viel Arbeit ersparen.

»Was fällt Ihnen ein?« Die Stimme des Unbekannten klang verärgert. »Wie können Sie mich so etwas fragen? Sie werden es rechtzeitig erfahren. Sie und Ihre Männer sind für jeden Kampf und jede Sabotageaktion ausgebildet. Es gibt also keine Aufgabe, der Sie nicht gewachsen wären.«

»So habe ich es nicht gemeint...«

Der Unbekannte schien noch ärgerlicher zu werden. »Gibt es irgend etwas, das Sie *nicht* tun würden?«

»Nein, Nazir Ya ahi (mein Bruder). Was immer mir Fox befiehlt, werde ich tun. Genau wie alle anderen. Das beschwöre ich Ihnen beim Grabe meiner Mutter.«

»Nennen Sie mich nie wieder Fox! Haben Sie mich verstanden?«

Natan sprang fast vom Stuhl auf, als er das Wort »Fox« hörte. Der Unbekannte war der Chef des Operativen Einsatzes! Er war stark versucht, Nummer Eins den Befehl zu geben, sich den Mann zu schnappen, besann sich dann aber eines Besseren. Wir müssen abwarten, dachte er. Die Art, wie Fox sich Halim gegenüber benimmt, läßt vermuten, daß er zwar ein hohes Tier, aber nicht der eigentliche Drahtzieher ist. Und wenn das stimmt, dann können wir die ganze Geschichte durch einen verfrühten Zugriff vermasseln ...

»Hoffen wir, daß Sie das nicht vergessen«, sagte Nazir, der nicht mehr Fox genannt werden wollte. »Ich möchte nicht derjenige sein, der Ihnen eine Lektion erteilen muß.« Er schwieg, und wieder war nur das Ticken des Weckers auf der Kommode zu hören. Dann fuhr Nazir fort:

»Ich warte noch auf bestimmte Informationen, die in den nächsten Tagen eintreffen müssen. Bis dahin wohne ich bei Ihnen. Sobald ich grünes Licht habe, gebe ich Ihnen das Geld, und Sie arrangieren alles so, wie wir es geplant haben. Ich hoffe, daß mir noch Zeit bleibt, auf einer Insel ein paar Tage Urlaub zu machen. Dann kann ich mich mal entspannen, ohne ständig über die Schulter schauen zu müssen, ob mich jemand verfolgt.« Er atmete hörbar durch. »Es hängt alles von dem noch ausstehenden Zeitplan ab. Und noch etwas: Wenn ich weg bin, wird wahrscheinlich meine Nichte mit Ihnen Kontakt aufnehmen und Ihnen sagen, daß Nazir sie geschickt hat. Sie ist zuverlässig und spricht englisch, französisch und arabisch. Sorgen Sie dafür, daß sie alles hat, was sie braucht.«

Die beiden Männer sprachen noch mehr als zwei Stunden miteinander. Nummer Neun, die das Gespräch simultan übersetzte, begann müde zu werden. Gegen 19 Uhr entschlossen sich die Männer, in die Stadt zu fahren, um zu Abend zu essen und sich zu amüsieren.

»Sie verlassen jetzt das Gebäude«, sagte Nummer Eins. »Wir werden sie nicht beschatten.«

»Sehr vernünftig«, sagte Natan. »Wir wissen, wohin sie wollen. Warum ein Risiko eingehen?«

»Genau«, erwiderte Nummer Eins. »Übrigens sind sie gerade in ein Taxi gestiegen.«

Kapitel 11

Kfar-Sirkin/Piräus. 11. September, 8.25 Uhr

Als Natan nach dem Frühstück zur Vermittlung kam, saß Nummer Neun bereits am Tisch. Ihr Haar war zu einem langen Pferdeschwanz ausgekämmt und wurde von einer hölzernen Nadel zusammengehalten. Er sah ihren langen, schmiegsamen Hals und die festen, spitzen Brüste unter dem kurzen T-Shirt. Als er ihre nur mit Khaki-Shorts bekleideten Beine zu bewundern begann, schaute sie auf. Seine Verblüffung schien sie zu belustigen. Ihm war unvermittelt heiß geworden. Verlegen wandte er den Blick ab. Es fiel ihm nicht leicht.

»Frühstücken Sie nicht?« fragte er.

»Doch«, sagte sie lachend. »Aber das habe ich bereits vor einer Stunde getan.«

»Wie geht es unseren Freunden in Piräus?«

»Nummer Eins hat sich ...«

»Ich meine nicht die Nummern, sondern die Burschen in dem Apartment.«

»Sie schlafen. Sie sind gegen 2.30 Uhr nach Hause gekommen. Halim war betrunken, und Nazir schien darüber keineswegs begeistert gewesen zu sein. Im Augenblick hören wir aus der Wohnung nur Halims Schnarchen.«

Als Halim etwa eine Stunde später aufwachte, begann sich Nazir sogleich über sein Benehmen in dem Nachtclub zu beschweren, den die beiden offensichtlich besucht hatten. Auch warf er ihm vor, sich betrunken zu haben. Halim ging darauf nicht ein, sondern erwähnte zwei Mädchen, die sie am Abend getroffen hätten. »Wir hätten uns prächtig mit ihnen amüsieren können«, meinte er.

Nazir tobte. »Es waren Nutten, Sie Idiot! Was ist los mit Ihnen? Wissen Sie nicht, daß sie alle möglichen Krankheiten haben können? Was für ein Mann sind Sie eigentlich, daß Sie fürs Bumsen bezahlen? Ich würde mich allenfalls bezahlen lassen.« Eine Flut von Verwünschungen brach über Halim herein.

»Aber...« Endlich gelang es Halim, Nazir zu unterbrechen. »Aber bei der Ausbildung hat man uns gesagt, haltet euch an Nutten, wenn's euch überkommt. Andere Beziehungen können den Erfolg einer Operation gefährden.«

»Nun, das mag für Sie gelten. Was mich betrifft, so halte ich mich an Touristinnen. Ich meine, was gibt's Besseres? Sie sind heute hier, und morgen sind sie wieder weg. Und wenn ich eine Amerikanerin ficke, habe ich auch noch ein gutes Gefühl dabei.«

»Wenn das so ist«, sagte Halim, »warum holen Sie sich dann nicht eine Israeli? Sie haben Ihren Spaß und erfüllen zugleich Ihre Pflicht.«

Diesen Vorschlag schienen beide äußerst amüsant zu finden.

Natan machte sich daran, die bisher vorliegenden Informationen auszuwerten. Er war scharf darauf, sich den Mann zu schnappen, mußte aber schon vorher soviel wie irgend möglich aus ihm herausholen. Er mußte auf seine Beute warten, bis sie leergemolken war; dann erst konnte er zuschlagen.

Nazirs Stimme wurde lauter. »Ich dusche jetzt, und dann muß ich telefonieren.«

»Wenn er das Haus verläßt, will ich wissen, wohin er geht«, sagte Natan. »Sind Sie darauf vorbereitet?«

»Wir werden ihn aus der Ferne beobachten, aber wenn's

kritisch wird, lassen wir ihn laufen. Ich will jetzt noch keinen Mann verschleißen.«

»Okay«, sagte Natan.

In den nächsten Stunden kamen keine weiteren Informationen. Natan aß gerade ein Sandwich in seinem Büro, als ihm Nummer Neun einen Anruf durchstellte.

»Beginnen Sie, sich langsam heimisch zu fühlen?« fragte Nummer Eins. Seine Stimme klang noch metallischer als in der Vermittlung.

»Es wird Zeit, daß Sie anrufen. Was hat sich getan?«

»Nicht viel. Wir haben Nazir beschattet, seit er das Haus heute morgen verlassen hat. Er hat sich nicht ein einziges Mal vergewissert, ob er verfolgt wird oder nicht.«

»Was hat er gemacht?«

»Er ist bis ins Stadtzentrum von Athen gegangen, um zu telefonieren. Der Anruf – vom Postamt am Omonea-Platz aus – dauerte etwa zwanzig Minuten. Wir konnten das Gespräch nicht abhören und haben auch nicht die Nummer, die er angerufen hat. Danach ging er spazieren. Er schien guter Laune zu sein. Er hat sich ein paar Schaufenster angesehen und dann zu Mittag gegessen. Möchten Sie wissen, was er gegessen hat?«

»Das können Sie auslassen«, sagte Natan. »Es sei denn, Sie halten es für wichtig.«

»Eigentlich nicht. Das wär's für den Augenblick.«

Die Dinge nahmen ihren Lauf. Natan hatte eine Idee, die er Mousa vortragen wollte. Er hinterließ eine Nachricht, und Mousa rief fast unmittelbar darauf zurück. Natan skizzierte in groben Umrissen die Operation und ließ die Einzelheiten offen.

»Ich habe nichts gegen Ihren Plan«, sagte Mousa, »solange Sie daran denken, daß wir uns keinen Fehler erlauben dürfen. Wenn Sie Mist bauen, stecken Sie in der Scheiße und ich ziehe Sie nicht heraus.«

»Ich erinnere mich nicht, Sie je gebeten zu haben, mich aus der Scheiße zu holen. Aber ich habe verstanden.«

Natan ging in die Küche und bereitete zwei Sandwiches – eines für sich und eines für Nummer Neun. Dann brühte er eine neue Kanne Kaffee auf und trug alles auf einem Tablett nach oben. Nummer Neun lächelte ihn an, als er den Kaffee eingoß. Er zündete sich eine Zigarette an und setzte sich.

Sie blieben etwa eine Stunde so sitzen und lauschten dem hypnotischen Ticken des Weckers und arabischer Musik aus einem Transistorradio, das Halim vergessen hatte auszustellen.

»Die beiden Clowns kommen zurück«, sagte Nummer Vier aus dem Segelboot.

»Sie müßten sie in zwei Minuten hören«, ergänzte Nummer Eins.

»Ich warte«, sagte Natan.

Nazir und Halim sagten nichts, was für Natan von Interesse gewesen wäre.

Dann sagte Halim: »Ich gehe mal runter ins Restaurant, um einen Happen zu essen. Kommen Sie mit?« Seine Stimme war leise und klang bedrückt.

»Was ist denn mit Ihnen los? Sie hören sich an wie jemand, dem man den Schwanz abgeschnitten und den Hunden vorgeworfen hat.«

»Nun ja . . . Ich habe nur das Gefühl, daß Sie irgendwie von mir enttäuscht sind. Warum behandeln Sie mich sonst so dreckig – nach allem, was ich durchgemacht habe?«

»Ich fange gleich an zu weinen«, antwortete Nazir höhnisch. »Hören Sie auf, sich wie ein Kind zu benehmen! Sie sind ein Mann, und als ein solcher werden Sie von mir auch behandelt. Wenn ich glaube, Ihnen die Meinung sagen zu müssen, werde ich es auch tun. Wir sind schließlich nicht Mitglieder eines Pfadfinderclubs, sondern Patrioten und Freiheitskämpfer, die von der ganzen Welt verfolgt werden. Aber wir sind auch die einzige Hoffnung unseres Volkes. Hören Sie auf, hier herumzujammern! Gehen Sie essen! Ich komme in einigen Minuten nach. Sie sagten, daß man das Telefon im Restaurant benutzen kann?«

»Ja. Der Besitzer hat einen Zähler anbringen lassen. Sie können also überallhin telefonieren. Ich traue dem Telefon in dieser Wohnung nicht.«

»Okay. Ich bin in drei Minuten bei Ihnen. Wenn Sie noch einen Augenblick warten, kann ich auch gleich mitkommen.«

»Schicken Sie jemand ins Restaurant!« rief Natan. »Jemand, der arabisch spricht.«

»Geht in Ordnung«, sagte Nummer Eins. »Ein Mann mit Aufnahmegerät hockt bereits in den Startlöchern.«

»Wenn er anruft – können Sie dann die Nummer herauskriegen?«

»Ja, vor allem, wenn es ein Ferngespräch ist. Er muß sich von der Vermittlung verbinden lassen. Wir brauchen also nur zuzuhören, wenn er die Nummer durchgibt.«

»Ausgezeichnet. Sehen Sie zu, daß es auch klappt.«

Nummer Eins wirkte verärgert. »Nun machen Sie mal halblang! Ich weiß nicht, mit wem Sie sonst arbeiten – aber wir sind Profis und wissen, was wir zu tun haben. Wenn wir einen Fehler machen, ist das nicht mit einer kleinen Bemerkung in der Personalakte abgetan. Wir müssen für unsere Fehler meist mit dem Leben bezahlen.«

»Ich unterschätze nicht Ihre Fähigkeiten«, erwiderte Natan, »aber es gibt Verfahrensweisen, mit denen ich vertrauter bin als Sie, und Dinge, die ich in bestimmter Weise behandelt wissen will. Da wir noch nie zusammengearbeitet haben, muß ich sicher sein, daß Sie mich auch verstehen. Außerdem mißfällt mir Ihr Ton. Nehmen Sie bitte zur Kenntnis, daß auch Sie es mit einem Profi zu tun haben.«

»Wenn wir so weitermachen«, sagte Nummer Eins, »hören

wir uns bald an wie die beiden Clowns, die wir observieren.« Er lachte kurz auf. Dann sagte er: »Sie sind jetzt im Restaurant. Unser Mann folgt ihnen.«

»Heißt das, daß wir für den Rest der Operation einen weniger haben?« fragte Natan.

»Nicht unbedingt. Er hat einen Bart. Wenn er den beiden zu nahe kommt, wird er ihn vor einer späteren Begegnung abrasieren. Schlimmstenfalls tauschen wir ihn gegen Nummer Neun aus. Sie werden dann zwar kein so hübsches Gegenüber mehr haben, aber er versteht sich auch auf den Job.«

»Nein! Bitte, lassen Sie es nicht so weit kommen«, sagte Natan in ironisch flehendem Ton. Auf beiden Seiten des Mittelmeers erklang Gelächter, und Natan hätte schwören können, daß Nummer Neun errötete.

»Können Sie von Ihrem Standort aus in das Restaurant sehen?« fragte Natan.

»Nein. Und selbst wenn der Standort geeignet wäre, könnte man in der hellen Sonne nichts erkennen, da es drinnen ziemlich dunkel ist.«

»Können Sie die Übertragung an mich weiterleiten?«

»Nein. Wir müssen damit warten, bis unser Mann wieder rauskommt. Er hat ein Aufnahmegerät bei sich. Außerdem stehen im Restaurant ein Fernseher und ein Breitbandradio. Mit einer Übertragung könnten wir den Empfang des Fernsehers stören, und wenn jemand das Radio anstellt, könnte er aus Versehen unsere Frequenz erwischen. Wir müssen also warten, mein Freund. Unser Mann wird mich aber mit einem Pieper benachrichtigen, wenn der Mann zum Telefon geht. Da können Sie dann mithören.«

In den nächsten zwanzig Minuten geschah nichts. Dann war auf einmal ein lauter Piepton zu hören.

»Er geht zum Telefon«, sagte Nummer Eins.

Zwei Minuten später wählte Nazir eine Nummer in einem als Moslem-Bezirk bekannten Vorort von Beirut an. Nach dem dritten Läuten hob jemand ab. Als Nazir seinen Namen genannt hatte, wurde er freudig begrüßt. Wie aus dem Gespräch hervorging, war er mit dem Mann am anderen Ende der Leitung verwandt. Nach dem üblichen Austausch von Höflichkeiten verlangte er, Latifa zu sprechen. Sie mußte neben dem Apparat gewartet haben, denn sie meldete sich sofort. Das Gespräch war kurz und sachlich. Einzelheiten waren allem Anschein nach schon vorher mit dem Mädchen besprochen worden.

Die Stimme des Mädchens klang weich. Obwohl Nazir zuerst arabisch mit ihr gesprochen hatte, setzte er das Gespräch auf englisch fort, und das Mädchen antwortete in derselben Sprache. Natan gelangte zu dem Schluß, daß sie über Dinge sprachen, von denen die anderen im Raum nichts wissen sollten.

»Also, meine Liebe«, sagte Nazir. »Ein Mann wird dich in spätestens drei Wochen abholen und zu mir bringen. Halte dich bereit.«

»Mach dir keine Sorgen. Ich werde tun, was wir vereinbart haben«, versprach sie.

»Was hast du ihnen gesagt?«

»Ich hab ihnen gesagt, was du vorgeschlagen hast. Daß du mir einen Studienplatz an der Sorbonne in Paris verschafft hast.«

»Haben Sie die Nummer?« fragte Natan.

»Kein Problem. Sie war laut und deutlich zu hören. Ich gebe sie Nummer Neun, und sie kann Ihnen die Adresse aus dem Computer fischen. Es wird wahrscheinlich ohnehin ihr letzter Job für Sie sein.«

»Ich glaube nicht, daß wir den Computer benutzen sollten. Das taucht dann irgendwo im System auf. Und was soll das heißen – ›ihr letzter Job‹?«

»Ich möchte Nummer Fünf hier raushaben und durch Nummer Neun ersetzen. Und was den Computer betrifft, so dürften Anfragen über ein Zielland nirgendwo ›im System auftauchen‹. Aber um ganz sicherzugehen, können Sie das mit Amir abchecken.«

Wie sich herausstellte, ließ sich die Beiruter Adresse problemlos finden, und Natan notierte sie sich. Dem Gespräch, das nach dem Telefonanruf im Restaurant stattfand, war wenig zu entnehmen. Immerhin wußte man jetzt, daß es einen Plan gab, nach dem Nazir vorgehen wollte. Seine zeitliche Abfolge hing von den Weltereignissen ab. Indem er zugab, Einzelheiten dieses Plans zu kennen, ohne sie jedoch Halim zu offenbaren, hatte Nazir nach Natans Überzeugung sein eigenes Todesurteil unterschrieben.

Natan und sein Team sahen sich nun mit mehreren Fragen konfrontiert, von denen die entscheidende war, welches internationale Ereignis die Aktion auslösen würde, von der Nazir gesprochen hatte, und wo sie stattfinden würde. Natan entschloß sich, den nächsten Schritt in die Wege zu leiten. Er rief Mousa an und sagte ihm, daß er nicht gewillt sei, länger zu warten. Es bestehe die Gefahr, daß einer der Clowns – wahrscheinlich Fox – den Schauplatz verlassen könnte, so daß man am Ende mit leeren Händen dastehen würde.

Nummer Neun war erst vor wenigen Stunden abgereist, aber er vermißte sie bereits. Und Nummer Fünf war noch nicht eingetroffen.

17.15 Uhr

»Okay«, sagte Natan leise. »Nun können Sie mir zeigen, was Sie wirklich wert sind.«

»Und wie, mein Freund?« fragte Nummer Eins.

»Indem Sie mir Nazir herschaffen. Aber denken Sie daran, daß wir ihn nicht mit Gewalt entführen dürfen. Er kann getäuscht, aber nicht gezwungen werden. Und noch etwas: Wir müssen ihm die Gelegenheit geben, rechtzeitig zurückzukehren, ohne daß seine Kollegen erfahren, daß er bei uns war. Meinen Sie, daß Sie das schaffen?«

»Das ist nicht so einfach.«

»Wollen Sie damit sagen, daß Sie es *nicht* schaffen?«

»Ich habe nichts dergleichen gesagt. Wenn Sie mich gefälligst ausreden lassen, werden Sie verstehen, was ich meine.«

»Also bitte.«

»Danke. Es wird äußerst schwierig sein, ihn lebend zurückkehren zu lassen und das vor seinen Kollegen geheimzuhalten. Und dann ist da noch der zeitliche Rahmen für seine Rückkehr. Er darf vierundzwanzig Stunden nicht überschreiten. Vielleicht können wir die Spanne noch ein wenig ausdehnen, aber das ist eine Frage von Stunden, nicht von Tagen.«

»Ich stimme mit Ihnen überein.«

»Wir müssen jemanden in seine Nähe bringen«, sagte Nummer Eins.

»Okay. Wie läßt sich das nach Ihrer Vorstellung bewerkstelligen?«

»Nach dem, was sie gesagt haben, hat er offensichtlich vor, heute abend eine Touristin aufzureißen, die er mit in das Apartment nehmen kann. Ich könnte ihm dabei behilflich sein und an entsprechender Stelle jemanden plazieren. Dazu müßte ich freilich wissen, wo er die Mieze aufzugabeln gedenkt.«

»Wollen Sie damit sagen, daß eines unserer Mädchen mit diesem Arschloch ins Bett gehen soll?« Natans Stimme klang angewidert.

»Nicht direkt. Aber, sehen Sie, wir brauchen jemanden in seiner Nähe, und so kurzfristig läßt sich wahrscheinlich keine andere Alternative finden.«

»Aber ist es nicht gegen die Vorschriften, eine Frau in solcher Situation einzusetzen?«

»Es ist gegen die Vorschriften, sie zu zwingen, mit einem Mann ins Bett zu gehen. Wenn sie jedoch keine andere Möglichkeit sieht, ihre Tarnung aufrechtzuerhalten, ist es eine operative Entscheidung, die nur die Frau selbst treffen kann. Wie die Entscheidung, die Sie gerade getroffen haben, Nazir zu eliminieren. Ich bin sicher, daß Sie nicht autorisiert sind, einen Mann dem Tod zu überantworten – es sei denn, Sie sähen sich durch die Situation dazu genötigt.«

Nummer Eins hat gar nicht so unrecht, dachte Natan.

»Okay, tun Sie, was Sie für richtig halten«, sagte er. »Aber ich möchte auf dem laufenden gehalten werden.«

Der Plan war ziemlich einfach, weshalb Natan von seinem Gelingen überzeugt war. Nazir hatte Halim gesagt, daß er gegen neun Uhr ausgehen wollte. Er hatte Halim gebeten, in einem Hotel zu übernachten, da er das Apartment für sich haben wollte, und ihm offensichtlich eine nicht unbeträchtliche Geldsumme gegeben – jedenfalls ließen die überschwenglichen Dankesbekundungen Halims diesen Schluß zu.

Um 18 Uhr meldete sich Nummer Eins wieder bei Natan. »Die Frau wird am Bestimmungsort auf ihn warten. So kommt er nicht auf die Idee, daß es eine Falle ist.«

»Aber Sie wissen doch noch gar nicht, wohin er geht«, sagte Natan.

»Man braucht zu dieser Tageszeit etwa eine halbe Stunde, um von Piräus in die Stadt zu gelangen«, sagte Nummer Eins. »Wir werden die Straße gegen 20.40 Uhr so blockieren, daß keine Taxis mehr durchkommen. Zugleich wird einer unserer Leute ein Taxi nehmen und den Fahrer bitten, einen halben Block vom Apartment entfernt anzuhalten. Er wird das Taxi dort halten lassen, bis Nazir die Straße betritt, um eines zu suchen. Dann sagt unser Mann zu dem Fahrer, er wolle nicht länger auf seinen Freund warten, und steigt aus. Das Taxi wird dann weit und breit das einzige sein, so daß alles dafür spricht, daß Nazir es nimmt. Zur Sicherheit halten wir ein zweites Taxi bereit, das wir genauso präpariert haben.«

»Präpariert?«

»Unsere Leute werden in beiden Wagen eine Wanze installieren. So können wir mithören, welches Fahrtziel Nazir dem Fahrer nennt. Wir benachrichtigen dann die Frau, die irgendwo im Stadtzentrum in einem Wagen wartet. Sie wird dann vor dem Taxi am Bestimmungsort sein. Danach bleibt es ihr überlassen, den Kontakt herzustellen.«

»Klingt gut. Aber was, wenn er das Taxi unterwegs anhalten läßt und ein anderes nimmt?«

»Dann müßten wir unseren Plan überdenken und es morgen noch mal versuchen. Aber ich glaube nicht, daß er das tut. Er ist heute schon viel gelaufen und nimmt vermutlich den kürzesten Weg in die Stadt.«

Natan stimmte ihm zu. »Ich werde hier sein. Ich habe vorher noch einen Termin. Danach komme ich zurück und schalte mich ein.«

»Tut mir leid«, sagte Nummer Eins. »Da wir in direktem Kontakt mit dem Feind stehen und einer meiner Leute unmittelbar gefährdet ist, werde ich Sie nicht die ganze Zeit auf dem laufenden halten können. Warum nehmen Sie sich nicht einen Abend frei und überlassen mir die Sache?«

»In Ordnung«, sagte Natan. Als Offizier, der seine Männer mehr als einmal in die Schlacht geführt hatte, wußte er, daß nach Beginn des Gefechts nur noch einer Befehle geben konnte. »Ich sehe mal zu, ob ich meine Ex-Frau bewegen kann, heute mit mir zu Abend zu essen.«

»Viel Glück«, sagte Nummer Eins.

Kurz nachdem Natan aufgelegt hatte, traf Nummer Fünf ein, ein großer, korpulenter Mann, dessen Stimmung sich zunehmend verdüstert hatte. Er hatte sich den geliebten Bart abrasieren müssen und war dann auch noch nach Israel zurückgeschickt worden, um Nummer Neun zu ersetzen.

»Ich gehe heute abend aus und bin morgen früh wieder hier«, sagte Natan. »Wenn irgend etwas anliegt, rufen Sie mich an, egal, wie spät es ist.«

»Hätte ich ohnehin getan«, sagte Nummer Fünf mürrisch.

Natan dachte an das Kidon-Team, als er über die neue, zur Glilot-Kreuzung führende Straße fuhr und am Tenniscourt vorbeikam, dessen Parkplätze überfüllt waren. Was für eine Welt! Hier tummeln sich die Müßiggänger, während meine Leute draußen ihr Leben aufs Spiel setzen und ein bereits toter Mann auf den Straßen von Athen nach sexueller Zerstreuung sucht ... Als Marineoffizier hatte Natan vor langer Zeit schon einmal ein ähnliches Gefühl empfunden. Er kehrte damals von einem Auftrag zurück, bei dem er einen guten Freund verloren hatte. In den Straßen von Tel Aviv ging alles unverändert seinen Gang – es war, als ob man zur gleichen Zeit in zwei verschiedenen Welten lebte.

Natan stellte den Wagen auf den Parkplatz vor dem Country Club ab.

Der Country Club, ein ausgedehnter Gebäudekomplex, bestand aus etwa drei Dutzend Apartments. Jedes Apartment im Erdgeschoß enthielt ein großes Wohnzimmer, ein Schlafzimmer und eine kleine Küche. Eine Innentreppe verband diese Wohneinheiten mit kleineren Apartments im ersten Stock. Der Komplex war um mehrere Tennisplätze und einen großen Swimming Pool herumgebaut. Ein teilweise offener Wandelgang führte zu Wohneinheiten, die neben dem Apartmenthaus errichtet waren. Natan blieb eine Zeitlang auf dem Gang stehen und rauchte eine Zigarette. Auf dem Tennisplatz vor ihm spielte ein gemischtes Doppel. Die Dämmerung brach herein; der wolkenlose Himmel glühte rot über dem Horizont.

Als er die Zigarette zu Ende geraucht hatte, drückte er auf einen Klingelknopf. Er sah, daß jemand durch das Guckloch spähte. Dann wurde die Tür geöffnet, und Mousa zog ihn hinein. »Na, Sie haben sich aber schick gemacht!«

Mousa bezog sich auf den Blazer und die Krawatte, die Natan trug. »Was ist denn aus Ihrem T-Shirt und den Jeans geworden?«

»Nun, ich will Hanna zum Abendessen ausführen. Ich hab gedacht...«

»Hören Sie, Mann, Sie brauchen sich nicht zu entschuldigen. Meinetwegen können Sie auch im Smoking herumlaufen, wenn es Sie glücklich macht.«

Natan folgte Mousa ins Wohnzimmer, wo Amir und Mark saßen. Sie schienen erfreut zu sein, ihn zu sehen.

»Ich habe versucht, Sie in Ihrem Büro zu erreichen«, sagte Natan zu Amir. »Wegen der anderen Sache, über die wir geredet haben.«

Mark drückte Natan ein Bier in die Hand und bot ihm einen Platz an.

»Als Mousa mir sagte, daß Sie heute abend kommen würden«, sagte Amir, »dachte ich mir, daß wir es hier besprechen könnten. Ich hoffe, es gibt keine Probleme.«

»Überhaupt keine«, sagte Natan und sah Mousa fragend an. »Sind wir allein?« Er wies auf die Tür.

»Absolut. Seien Sie unbesorgt«, erwiderte Mousa und grinste Mark an. »Ich bekomme später noch Besuch, aber wir haben Zeit genug. Berichten Sie uns also, was geschehen ist, und dann sehen wir weiter!«

Natan gab ihnen eine kurze Zusammenfassung der Ereignisse, wobei er die technische Seite der Operation weitgehend ausließ und dafür den strategischen Aspekt betonte. Er bemühte sich, die Sache nicht unnötig aufzubauschen. »Unsere nächsten Schritte sind noch völlig offen«, schloß er. »Aber morgen weiß ich mehr.«

Mousa warf sich eine Handvoll Erdnüsse in den Mund und zog einen großen Umschlag aus der obersten Schublade einer Kommode. »Ich denke, das wird Sie interessieren.« Er übergab Natan ein Foto.

Es war eine Luftaufnahme. Natan betrachtete sie eingehend, bevor er fragte: »Wann wurde das aufgenommen?«

»Vor knapp einer Stunde in Damaskus. Der Straßenabschnitt, in dem Foul-plays Wohnung liegt, wurde vergrößert. Den mit einem X markierten Wagen hat ein Kombattant dort abgestellt.«

Natan war empört. »Moment mal!« rief er. »Was geht hier vor? Führen Sie eine zweite Operation durch oder was?«

»Beruhigen Sie sich, mein Junge.« Mousa legte die Hand auf Natans Schulter. »Haben Sie denn gar kein Vertrauen zu mir?«

»Wenn Sie hinter meinem Rücken eine zweite Operation durchführen, haben Sie offensichtlich kein Vertrauen zu mir.« Er machte eine Pause. »Fangen wir also noch mal von vorne an! Was geht hier vor?«

»Wie Sie wissen«, sagte Mousa, »muß ich absolut sicher sein, daß alles, was wir tun, nicht bloß ein bedingter Reflex auf eine Information ist, die uns von einem zweifelhaften Agenten zugespielt wurde. Das heißt, ich muß genau wissen, daß wir nicht in eine Falle laufen und unnütz das Leben unserer Leute gefährden.«

Er stand auf und trat ans Fenster, um einen Blick auf die Tennisplätze zu werfen. Dann zog er den Vorhang zu. »Ja, ich habe tatsächlich Amir instruiert, den Kombattanten einzusetzen, den er Ihnen angeboten hat. Der Mann hat, wie gesagt, den Wagen vor Foul-plays Haus in Damaskus abgestellt. Inzwischen habe ich einen Jeep der Vereinten Nationen mit einer in der Kopfstütze versteckten Videokamera ausrüsten lassen. Zwei Friedensschützer der UNO fahren morgen früh damit nach Damaskus. Es sind Duvshanim[9]. Wir haben sie schon vor langer Zeit für derartige Aufgaben rekrutiert. Sie sind für die UNO unterwegs, arbeiten aber neben ihrem offiziellen Auftrag auch für uns. Ich treffe sie heute abend, um ihnen zu sagen, was sie zu tun haben. Ihr Job wird es sein, den vom Kombattanten abgestellten Wagen in einen anderen Teil der Stadt zu fahren. Dann legen sie ein kleines Paket, das sich im Kofferraum des Wagens befindet, in einem bestimmten

Hotelzimmer in einen Schrank und empfehlen sich wieder. Ein paar Stunden später fahren sie den ersten Wagen wieder dorthin, wo er gestanden hatte, und steigen in den UNO-Jeep um.«

Amir unterbrach ihn. »Was, zum Teufel, soll das alles? Ich dachte, Sie wollten den Wagen nur benutzen, um zu sehen, ob Foul-play wie gewöhnlich nach Hause kommt oder in Schwierigkeiten geraten ist.«

»Genau«, sagte Mousa. »Aber ich möchte nicht, daß die beiden Wichser von der UNO das wissen. Ich hab diese Operation für sie inszeniert. Wenn sie erwischt werden, erzählen sie die Geschichte von dem Paket im Hotel, und damit hat es sich dann.«

»Was steckt in dem Paket?« fragte Mark.

»Etwa vierzigtausend Dollar.«

»Und wenn sie es öffnen? Ich meine, wenn sie für uns arbeiten, können sie nicht sehr vertrauenswürdig sein.«

»Ich rechne fast damit. Wenn sie wollen, können sie das ganze Geld an sich nehmen. Ich glaube allerdings, sie begnügen sich mit einem Teil davon. Der Rest wird wahrscheinlich am nächsten Tag von der Reinemachefrau gefunden oder sogar dem Hotelmanager übergeben. Daß der die Polizei ruft und ihr das Geld aushändigt, bezweifle ich, aber selbst, wenn er es tut – was soll's? Und glauben Sie mir, die beiden Ärsche sind bestimmt scharf auf einen neuen Auftrag.«

»Warum rufen wir nicht jemanden an, den wir los sein wollen, und lassen ihn das Paket abholen?« fragte Amir. »Wir könnten eine Leitung benutzen, von der wir wissen, daß sie von der syrischen Polizei angezapft worden ist.«

»Ich bin immer wieder entzückt von Ihrem messerscharfen Verstand«, sagte Mousa lächelnd. »Nun, Natan, ich habe zwar alles über Ihren Kopf hinweg in die Wege geleitet, aber Sie wissen nun wenigstens Bescheid. Sie können die Operation immer noch abblasen. Haben Sie uns noch etwas zu sagen?«

»Eigentlich nicht. Wenn es so ist, wie Sie es darstellen, dann habe ich nichts dagegen. Machen Sie also ruhig weiter!«

»Großartig«, sagte Mousa. »Ich bin glücklich, daß Sie die Sache so sehen. Natürlich gibt es da noch einige technische Probleme. Wie kommt zum Beispiel der Schlüssel des gemieteten Wagens, den jetzt noch der Kombattant hat, in den Besitz der UNO-Burschen? Treffen können sie sich nicht; wir können den Schlüssel aber auch nicht einfach im Wagen lassen.«

»Was haben Sie also vor?« fragte Mark ungeduldig.

»Der Kombattant wird den Schlüssel einem unserer Männer in Zypern übergeben. Über ihn gelange ich an den Schlüssel und kann ihn an die beiden weitergeben.«

»Wird das den Kombattanten nicht außer Gefecht setzen, wenn der gemietete Wagen gefunden wird – ich meine, falls etwas mit den UNO-Leuten schiefläuft?« fragte Natan und trank einen Schluck Bier.

»Wahrscheinlich. Aber er wird nach Abschluß dieser Operation nicht mehr in Damaskus eingesetzt«, sagte Amir.

»Nun, sehen Sie sich dieses Foto an!« Der Klang seiner Stimme verriet, daß Mousa von der technischen Qualität der Aufnahme begeistert war.

Amir lehnte sich vor und sagte mit gedämpfter Stimme: »Der Kombattant verläßt Damaskus in etwa einer Stunde und trifft unseren Mann auf Zypern in etwa zwei Stunden. Ich übernehme den Schlüssel am Flughafen Lod und sollte gegen 23 Uhr wieder hier sein.«

»Zu welcher Zeit ich persönlich aufbrechen werde, um die UNO-Wichser zu treffen«, sagte Mousa. »Und damit schließt sich der Kreis. Sie sind bereits in einem Hotel in Haifa und machen sich auf unsere Kosten mit zwei Nutten aus dem Hafen eine schöne Zeit. Ich mußte die Damen heute morgen ein wenig aufpolieren, damit die Jungs glauben, sie hätten ein paar Klasseweiber an Land gezogen. In Wirklichkeit kostet uns das Zimmer mehr als die Flittchen.« Er grinste. »Die einzige Instruktion, die ich den Mädchen gegeben habe, war die, dafür zu sorgen, daß die Männer nicht den Raum verlassen oder irgend etwas Alkoholisches zu sich nehmen. Ich hab den Jungs jedoch versprochen, daß sie nach unserem kleinen Gespräch heute nacht auf Kosten des Hauses trinken können, wie sie wollen. Ich bezweifle freilich, daß sie dazu noch imstande sind, wenn sie den ganzen Nachmittag und Abend mit den Mädchen verbracht haben. Die beiden Betthasen könnten es mit der ganzen Sechsten Flotte aufnehmen, wenn sie in Haifa anlegt.«

»Was ist mit dem Kombattanten?« fragte Natan. »Sie sagten, daß er nach dieser Arbeit aus dem Spiel genommen wird?«

»Er geht zurück in die Schweiz – nur um dort seine Sachen zu packen und alles in geordnetem Zustand zu übergeben. Aber er wird nicht wieder in ein Zielland geschickt. In etwa drei Wochen ist er zu Hause und raus aus dem Busch.«

»Ein Jammer! Ich hatte gehofft, daß er seine ganzen vier Jahre dort abdienen würde«, sagte Mark. Er reckte sich gähnend.

»Wieso das?« Natans Stimme klang überrascht.

»Mark hat was mit der Frau des Burschen«, sagte Amir. »Und nach dem, was ich gehört habe, funkt es ganz schön zwischen den beiden. Aber auch die schönsten Zeiten gehen einmal zu Ende.«

Natan versuchte, ruhig zu bleiben, doch es gelang ihm nicht.

»Ist das Ihr Ernst? Ihr Scheißkerle laßt die Leute ihr Leben aufs Spiel setzen und sie die gefährlichste Arbeit tun, die es gibt. Sie erfüllen ihre Aufgabe mit Patriotismus und Mut – und ihr, die ihr euch Vorgesetzte schimpft, bumst mittlerweile ihre Frauen.« Er sprang auf und starrte Amir an. »Was passiert eigentlich, wenn Sie sich in die Frau verlieben und sie behalten wollen? Sorgen Sie dafür, daß das arme Schwein in die Pfanne gehauen wird? Sorgen Sie dafür, daß er in einem anonymen Grab in irgendeinem fremden Land verschwindet, nur damit Sie weiter Ihr Spielchen treiben können?«

Mousa drehte sich um und sah Natan an. »Ich glaube, Sie sehen die Sache nicht ganz richtig. Bedenken Sie: Die Frau ist fast acht Monate allein. Wenn sie Glück hat, sieht sie ihren Mann ein-, zweimal im Jahr. Wir geben ihr nur das, was sie braucht. Wer weiß, wem sie sonst in die Hände fallen könnte! Wenn ihr Mann zurückkommt, ist alles, wie es war, da er von der Sache nie etwas erfahren wird. Und sie, die Frau, braucht nicht mit dem Milchmann durchzubrennen.«

»Wie anständig von euch! Gehen Sie so mit den Frauen aller Männer um, die draußen im Einsatz sind? Ich meine, lassen Sie keine außen vor? Und sind es nur die Leute an der Spitze, die sich für den Job zur Verfügung stellen? Oder brauchen Sie gelegentlich Hilfe von außen?«

»Es ist tatsächlich viel Arbeit.« Mark lachte. »Aber irgend jemand muß es ja tun.«

»Hören Sie«, unterbrach Mousa ihn. »Ich gebe zu, es ist nicht die beste Art, das Problem zu lösen, aber so wird es hier nun mal gehandhabt. Sie wollen mir doch nicht erzählen, daß Sie jetzt zum ersten Mal davon erfahren haben?«

»Nein, aber ich habe das immer für eine Legende gehalten – für so was Ähnliches wie unseren Einsatz in Entebbe.«

»Nicht sehr komisch«, sagte Mousa. »Sie gehen zu weit, Natan.«

»Und Sie mir auf den Geist.« Natan stand auf und ging zur Tür. »Ich bin unter meiner Nummer zu erreichen, falls Sie mich brauchen.« Er schlug die Tür hinter sich zu.

»Was hat er denn bloß?« Mark schüttelte verständnislos den Kopf und wandte sich an Mousa. »Was glauben Sie – wird er quatschen?« Er zögerte. »Sie wissen, was ich meine.«

»Was kann er schon sagen? Und zu wem? Ich glaube, der einzige, der ihm zuhört, ist Gidon.«

»Ich dachte, Gidon sei ein bißchen, na, Sie wissen schon – ein bißchen ga-ga.«

»Genau.« Mousa lachte. »Sehen Sie, Natan ist kein schlechter Kerl, aber er hat nun mal diesen Moralischen, was verheiratete Frauen betrifft. Trotzdem ist er einer von uns – ich meine, er fickt jede Frau, die er finden kann, solange sie nicht verheiratet ist.« Unruhig sah Mousa auf seine Uhr. »Kommen Sie nicht zu spät zum Flugplatz«, sagte er zu Amir.

»Keine Sorge, das klappt schon. Ich muß nur noch mal für zwei Minuten in mein Büro. Ich bin Natan noch etwas schuldig, so wie er sich heute abend aufgeführt hat.« Amir und Mark gingen zusammen zum Parkplatz, ohne ein Wort zu sprechen. Als sie ihre Wagen erreicht hatten, drehte Mark sich um. »Sie haben hoffentlich nicht die Absicht, die Operation zu torpedieren, nur um Natan eins auszuwischen. So ganz unrecht hat er schließlich nicht, wenn man es richtig bedenkt.«

»Ich würde nie aus persönlichen Gründen eine Operation torpedieren, Mark. Aber ich könnte aus operativen Gründen einem anderen in die Suppe spucken. Ich glaube auch nicht, daß er recht hat. Sie wissen genausogut wie ich, daß wir die Frauen nicht vergewaltigen. Wenn eine Frau nein sagt, okay, dann hat es sich. Aber in Wirklichkeit genießen sie es doch genau wie wir. Seien Sie unbesorgt, was die Operation betrifft. Ich möchte nur jemandem klarmachen, daß nicht immer alles so ist, wie es erscheint. Mehr nicht. Fahren Sie also nach Hause, und wenn niemand bei Ihrer Frau ist, wenn Sie heimkommen, amüsieren Sie sich gut!«

»Das ist nicht komisch.«

»Habe ich einen Nerv getroffen? Tut mir leid.« In der Stimme des Metsada-Chefs lag ein sarkastischer Unterton, wie Mark ihn nie zuvor wahrgenommen hatte. Er führt nichts Gutes im Schilde, dachte Mark, als Amir mit aufheulendem Motor davonjagte.

Kapitel 12

Altstadt von Jaffa. 11. September, 21.30 Uhr

Auf der verwitterten Terrasse des Tarshish-Fischrestaurants im Hafen der Altstadt von Jaffa saß Natan einer sehr schönen Frau gegenüber, mit der er einmal verheiratet gewesen war. Langes, nußbraunes Haar umrahmte ein bleiches, ovales Gesicht. Hannas kastanienfarbenen Augen sahen ihn verständnisvoll an. Sie kannte ihn gut. Du bist für mich wie ein offenes Buch, sagte sie immer. Es schmerzte sie jetzt, ihn so verstört zu sehen. Doch Natan wollte nicht zugeben, daß ihn etwas bedrückte.

»Sieh mal«, sagte sie schließlich und versuchte, seinen Blick aufzufangen. »Du weißt, daß du mir alles sagen kannst. Wir sind nicht mehr miteinander verheiratet, aber die Sicherheit stuft mich immer noch als unbedenklich ein. Was ist los?«

»Es ist nichts. Oder nur das übliche – die Einstellung, die hier herrscht. Das ist alles. Heute hott und morgen hü. Es hat sich nichts geändert.«

»Ich verstehe nicht, warum du den Krempel nicht einfach hinschmeißt. Hast du nicht schon genug verloren?«

Ein Kellner trat an ihren Tisch. »Guten Abend«, sagte er, zündete eine Kerze in einer bernsteinfarbenen Schale an und wechselte den Aschenbecher aus. »Möchten Sie etwas trinken?«

Er blickte sie fragend an. »Übernimm du die Bestellung«, sagte sie. »Du kennst dich da aus.«

»Wir nehmen eine Flasche Ihres besten Chablis«, sagte Natan.

Sie bestellten beide den Fang des Tages und als Vorspeise *hummus bi tahina*.

»Und könnten Sie die *pita* bitte toasten?« bat Hanna.

Wenig später erschienen die heißen *pitas* zusammen mit

einer Auswahl von Mixed Pickles auf einem großen Teller. Hanna und Natan begannen, an ihnen zu knabbern, bevor der *hummus* aufgetragen wurde.

»Ich komme mit diesen Kerlen einfach nicht zu Rande«, sagte Natan. »Sie glauben, sie hätten in allem recht. Dabei ging es heute nur um Fragen elementaren Anstands. Das sollte doch nicht so schwer zu begreifen sein.« Er sah sie traurig an. »Oder?«

»Ich habe es dir schon tausendmal gesagt, Natan, du kommst aus einem anderen Milieu. Du paßt hier nicht her, immer noch nicht. Du bist in den Vereinigten Staaten geboren und erzogen worden, hast deine Wertvorstellungen von dort übernommen und du wirst nie verstehen, daß die Männer hierzulande anders denken. Ja, sie *sind* dauernd auf einem Machotrip – aber sie haben ihre Gründe dafür. Man erwartet es einfach von ihnen. So sind *sie* erzogen worden, und daran können sie nichts mehr ändern.«

»Das ist verrückt, Hanna. Sieh doch, ich war schon als Junge hier. Ich habe alle meine Sommerferien hier verbracht. Ich war hier in der Jugendbewegung. Ich gehöre hierher. Ich bin ein Jude. Wohin sollte ich denn sonst gehören?«

»Ja, du gehörst hierher, aber nur, wenn du dich anpaßt. Wenn du versuchst, den anderen deine Sichtweise aufzudrängen, schließen sie dich aus. Und dann vergräbst du dich in dich selbst. Es ist die Sache nicht wert, glaub es mir. Geh weg! Du bist nicht wie diese Kerle, die du deine Freunde nennst. Schon als wir noch verheiratet waren, gab es kaum einen, der nicht versucht hätte, hinter deinem Rücken mit mir anzubandeln. Nach der Scheidung ging es erst richtig los. Jeder wollte mich trösten – und wie!«

Natan sah sie aufmerksam an.

»Keine Sorge«, sagte sie. »Sie sind alle abgeblitzt. Sie waren mir widerlich. Was für ein Haufen von schlechten Verlierern, diese Auserlesenen, diese Erwählten! Ein Witz.«

»Du hast mir nie davon erzählt.«

»Ich habe versucht, dir davon zu erzählen, aber du hast mir nicht zugehört, Natan. Du hast deine Freunde immer für so eine Art Fernsehhelden gehalten, wie sie dir aus den Staaten vertraut waren. Alles geschieht im treuen Dienst fürs Vaterland und all dieser Quatsch. Du hast es ihnen abgekauft.«

»In der Marine war es anders.«

»Nun, da warst du mit den Besten zusammen, und du warst jung wie die anderen. Ihr wart die Elite. Die eigentlichen Schweine sind die, die im Hintergrund die Fäden ziehen und solche Jungs an die Front schicken. Zu denen gehörst du jetzt, und das kannst du nicht ertragen.«

»Ich habe nie gesagt, daß ich es nicht ertragen kann.« Er versuchte zu lächeln. »Ach, komm, laß uns von etwas anderem reden. Es geschieht schließlich nicht allzu häufig, daß ich mit einer so reizenden Frau zu Abend esse.«

»Die Masche zieht nicht, Natan. Du weißt, ich komme nie zu dir zurück, solange du dort bleibst. Mach es mir also nicht so schwer.«

»Ich weiß, ich weiß. Aber glaubst du, daß wir je wirklich voneinander getrennt sein werden?«

»Anfangs habe ich das gehofft. Ich wollte nichts mehr von dir hören und nichts mehr von dir sehen. Ich war sicher, daß es mit uns vorbei war. Doch als der erste Zorn verebbt war, blieb eine Leere zurück, die nur du füllen kannst.«

Er nahm sanft ihre Hand, aber Hanna zog sie zurück. »Laß mich zu Ende reden.« Tränen standen in ihren Augen, und ihre Stimme klang heiser. Natan fühlte, wie sich seine Kehle zusammenschnürte.

»Jemand anders sollte deinen Platz einnehmen, aber es hat nicht funktioniert. Da hab ich erkannt, daß ich versuchte, einen anderen Natan zu finden. Inzwischen weiß ich, daß das unmöglich ist.« Sie trocknete sich die Tränen mit der Serviette ab. »So werden wir nie voneinander loskommen, aber auch nie wirklich zusammenkommen. Verstehst du, was ich meine?«

»Ich glaube schon. Aber so braucht es nicht zu bleiben, Hanna. Ich könnte meinen Abschied nehmen und etwas anderes machen. Wir könnten in die Staaten gehen. Ich hab hier noch einen kleinen Job zu erledigen. Danach trete ich aus dem Verein aus, und wir verlassen Israel. Was sagst du dazu?«

»Wir wissen beide, daß das nie geschehen wird. Du wirst mir nie verzeihen, daß ich dich zur Aufgabe deines Jobs veranlaßt habe. Wie lange, glaubst du, hältst du es ohne deine Arbeit aus? Ach, reden wir von etwas anderem. Laß uns das Essen genießen. Danach können wir noch auf einen Schluck zu mir gehen.«

12. September, 7.00 Uhr

Als Natan die Wohnung verließ, die einst sein Heim gewesen war, verstärkte sich das Gefühl des Verlustes. Wie habe ich Hanna je gehen lassen können? warf er sich vor. Was für ein Idiot bin ich gewesen! Ich habe den besten Menschen aufgegeben, der mir je begegnet ist!

Gegen 8 Uhr betrat er den Gebäudekomplex und machte sich auf den Weg in die Vermittlung.

»Guten Morgen, mein Freund«, begrüßte er Nummer Fünf. Er trug noch seinen Blazer, hatte aber die Krawatte abgelegt. »Was macht unser Freund Nazir?«

»Wir stehen mit ihm in Verbindung. Er ist gestern nacht gegen drei Uhr mit unserem Lockvogel zurückgekommen. Sie ist jetzt bei ihm. Sie dürften bald aufstehen, obgleich sie eine lange Nacht gehabt haben.« Er grinste.

Natan sah ihn an. »Was meinen Sie – er ist zurückgekommen? Ich habe Ihnen doch gesagt, sie sollten mich unverzüglich verständigen, wenn er zurückkommt. Warum haben Sie das nicht getan, verdammt noch mal?«

»Weil mich gestern abend gegen zwanzig Uhr Amir angerufen und mir gesagt hat, Sie müßten mal ausschlafen und dürften nur gestört werden, wenn etwas schiefläuft. Es ist nichts schiefgelaufen.«

»Was hat Amir Ihnen sonst noch gesagt?«

»Er wollte, daß Nummer Eins ihn in seinem Büro anruft. Es hat etwas mit einem Einsatzbefehl zu tun.«

»Hat er angerufen?«

»Ich weiß es nicht. Ich hatte nur den Auftrag, Nummer Eins die Nachricht zu übermitteln. Das ist alles.«

Natan hatte nicht die Absicht, Nummer Fünf in einen persönlichen Machtkampf einzubeziehen. Ich muß das mit Amir selbst austragen, dachte er.

»Verbinden Sie mich bitte mit Nummer Eins. Legen Sie das Gespräch auf mein Büro.«

In diesem Augenblick tönte Nazirs verschlafene Stimme durch die Gegensprechanlage.

»Warten Sie!« sagte er zu Nummer Fünf. »Ich spreche gleich mit ihm.«

Wieder hörten sie Nazirs Stimme. »Möchtest du einen Kaffee, mein Täubchen?« Er sprach englisch.

»Gerne. Und möglichst stark.« Die Stimme des Mädchens jagte Natan einen Schauer über den Rücken. Er drückte die Sprechtaste und brüllte Nummer Eins über die offene Leitung an: »Warum mußten Sie Nummer Neun zu dem Kerl schikken, verdammt noch mal? Warum ausgerechnet Nummer Neun? Warum?«

»Was ist denn in Sie gefahren?« Nummer Eins war offensichtlich nicht allein. »Das kann Ihnen doch egal sein. Neun, Elf, Vierzehn. Wäre Ihnen Nummer Elf lieber gewesen? Sie ist gerade hier. Warum sprechen Sie nicht mit ihr?«

Die Leitung wurde unterbrochen. Nur die Stimme von Nummer Neun war zu hören. »Du hast gesagt, du wolltest Kaffee machen.« Ihre Stimme klang weich und verführerisch.

Bettlaken raschelten. Natan hätte am liebsten aufgeschrien. Er rannte hinaus und rief, bevor er die Tür hinter sich zuwarf: »Geben Sie mir Nummer Eins! Ich bin in meinem Büro.«

»Sicher, Kumpel«, sagte Nummer Fünf. Ein ungewohnt freundlicher und mitfühlender Ton lag in der Stimme des dicken Mannes.

In seinem Büro starrte Natan sekundenlang das gelbe Licht an, das auf dem Telefonapparat aufleuchtete. Dann nahm er den Hörer ab.

»Warum also Nummer Neun?« wiederholte er seine Frage. Seine Stimme hatte sich beruhigt.

»Ursprünglich war Nummer Elf als Lockvogel eingeplant; aber dann rief mich gestern abend Amir an und sagte, ich sollte die beiden austauschen.«

»Ich dachte, Sie bekämen Ihre Befehle von mir und nur von mir.« Natan war immer noch wütend.

»Der Befehl hat nichts mit den Zielen zu tun, die Sie mit dieser Operation erreichen wollen. Er war also völlig korrekt.«

»Sie mögen mich nicht sonderlich, was?«

»Das zieht bei mir nicht, Freundchen. Mir geht's hier einzig und allein um meine Arbeit und um meine Leute. Ich weiß, daß wir für euch da oben nichts weiter sind als Schachfiguren. Also lassen wir's dabei, okay? Wir sind nur Nummern, oder?« Seine Stimme klang verbittert.

Er ist also doch nicht völlig unempfindlich, dachte Natan. Eine winziger Riß in der Fassade des Mannes verriet den Menschen aus Fleisch und Blut, einen Teamleiter, der sich große Sorgen machte um das, was mit ihm und seinen Leuten geschah.

»Es tut mir leid«, sagte Natan. »Ich war ein wenig erregt. Rufen Sie mich zurück, wenn es was Neues gibt.«

»Mach ich«, sagte Nummer Eins und legte auf.

Natan blieb noch ein paar Sekunden mit geschlossenen Augen vor dem Telefon sitzen, ehe er in das ihm zugewiesene

Privatzimmer ging. Er duschte kalt und zog die hellbraune Uniform an. Ich gehe erst wieder aus, wenn diese Phase der Operation abgeschlossen ist, dachte er und wußte, daß das wahrscheinlich noch eine ganze Zeit dauern würde.

Er hinterließ eine Nachricht für Mousa, der sofort zurückrief. »Hören Sie, Mousa«, sagte Natan. »Ich muß Sie so schnell wie möglich sehen, um den nächsten Schritt mit Ihnen zu besprechen. Mir schwebt da etwas vor, aber ich brauche mehr Leute.«

»Guten Morgen erst einmal«, erwiderte Mousa, offenbar erfreut darüber, daß Natan mit ihm Kontakt aufgenommen hatte. »Ich kann bloß das Gebäude im Augenblick nicht verlassen. Der Boß hat ein neues Forum einberufen. Hat die Sache Zeit bis später, oder stehen Sie unter Dampf?«

»Ich kann warten. Da es um zusätzliche Leute geht, wollte ich Sie so schnell wie möglich in Kenntnis setzen.«

»Sehr lobenswert, aber ich glaube nicht, daß Amir Ihnen noch ein Team zur Verfügung stellen kann. Soweit ich informiert bin, ist er zur Zeit ziemlich knapp an Leuten, da er ein Team nach Südamerika oder weiß der Kuckuck wohin ausgeliehen hat.« Für einen Augenblick herrschte Schweigen, dann fuhr Mousa fort: »Ich werde ihn auf jeden Fall im Laufe des Tages darauf ansprechen.«

»Es brauchen keine Kombattanten zu sein. Mir genügen auch ein paar Bürohengste aus Europa. Sie sollen eigentlich nur als Staffage dienen.«

»Wieder mal einer Ihrer ganz verrückten Pläne, he?« Mousas breites Grinsen war fast zu hören. »Okay. Überlassen Sie die Sache mir. Sie kriegen schon die Leute, die Sie brauchen. Belasten Sie ja nicht wieder Ihr empfindliches Gewissen.«

»Das ist nicht komisch, Mousa. Sie wissen genau, daß ich mit der anderen Geschichte recht habe.«

»Vielleicht ja, vielleicht auch nicht. Muß ich noch einmal sagen, daß die Dinge hier nur einmal so gehandhabt werden?

Das hat inzwischen Tradition und wird nicht aufhören, nur weil plötzlich Ihr Herz zu bluten beginnt. Und ich weiß auch, daß es in Wirklichkeit gar nicht die armen kleinen durchgevögelten Kombattantenfrauen sind, die Ihre Gefühle verletzen.«

»Was soll das heißen?«

»Das sage ich Ihnen mal, wenn ich Lust habe, Sie zu ärgern. Bis bald. Einen schönen Tag noch!«

»Ihnen auch, Mousa. Und sagen Sie mir sobald wie möglich Bescheid.«

»Kümmern Sie sich nur um Ihren kleinen verrückten Plan, ich besorge Ihnen die Leute. Und jetzt entschuldigen Sie mich, die Stimme des Herrn ruft.«

Kapitel 13

Damaskus, 13. September, 14.00 Uhr

Karl war gerade von einem kurzen Besuch in Paris nach Damaskus zurückgekehrt. Die Reise hatte sich gelohnt. Er hatte Informationen erhalten, daß der Mossad vor einem Stasi-Offizier gewarnt worden war, der für die Syrer arbeitete.

Er sah sich nicht unmittelbar bedroht. Er hatte seine Spuren verwischt. Für den deutschen Geheimdienst war er mausetot. Es war allerdings denkbar, daß seine Akte in die Hände der Israelis geriet. Daß die Deutschen mit dem Mossad zusammenarbeiteten, pfiffen ja die Spatzen von den Dächern. Obwohl die Akte nur Informationen enthielt, die er selbst getürkt hatte, war ihm bei dem Gedanken an das mögliche Leck nicht ganz wohl in seiner Haut. Nach allem, was er durchgemacht hatte, war Karl nicht bereit, erneut im Abseits zu landen, nur weil irgendein bescheuerter Maulwurf ihn bei den Israelis verpfiff.

Karl Reinhart war überzeugt, daß seine Zusammenarbeit mit dem syrischen Muchabarat nur einer Handvoll Leuten bekannt war. Überdies waren die Syrer, die über ihn Bescheid wußten, schon seit einiger Zeit im Bilde. Die Tatsache, daß die Informationen erst in der letzten Woche zum Mossad durchgesickert waren, erleichterte ihm daher die Suche nach der undichten Stelle. Nach einem mehrstündigen Gespräch mit dem Chef der Inneren Sicherheit, Gallawe, kamen für Karl nur noch zwei Personen in Betracht. Beide hatten die Informationen am letzten Donnerstag auf einer Konferenz im Verteidigungsministerium erhalten. Wütend hatte Karl Gallawe darauf hingewiesen, daß solche Pannen wichtige Operationen von vornherein zum Scheitern verurteilen könnten.

Wie die Dinge standen, hatte Karl von seinem Gewährsmann in Paris – den er unter keinen Umständen einem System preiszugeben gedachte, das nichts weiter war als ein Sieb – erfahren, daß der Mossad im Augenblick nur wußte, daß ein Deutscher für die Syrer arbeite. Weitere Informationen seien erst zu bekommen, wenn besagter Agent seinen Verbindungsoffizier in Europa traf. Sein Gewährsmann hatte noch hinzugefügt, daß die Israelis von der Bildung einer neuen Terroristengruppe in Europa wußten. Daß der Mossad auch über die Tatsache unterrichtet war, daß sich ein Maulwurf unter seinen Angehörigen befand, behielt Karl in seinem Gespräch mit Gallawe für sich.

Nachdem er die Akten der beiden Verdächtigen gelesen hatte, war es für Karl ein leichtes, Shaby als undichte Stelle zu identifizieren. Während Shaby mehrere Jahre als Diplomat in Europa gearbeitet hatte, hatte der andere Verdächtige das Land nie verlassen. Er konnte also nicht vom Mossad rekrutiert worden sein, da dieser Anwerbungen nur von seinen Botschaften aus betrieb. Und in Syrien hatte Israel keine Botschaft.

Gallawe wollte den Mann auf der Stelle erschießen oder

zumindest verhaften lassen, doch Karl hatte etwas anderes mit Shaby vor. Seit er in Paris sein Flugzeug bestiegen hatte, war ihm der Gedanke daran nicht mehr aus dem Kopf gegangen.

Karl fragte Gallawe: »Ist Shabys Boß bereits von seiner Reise zurück?«

»Das läßt sich in einer Minute feststellen.«

»Stellen Sie's fest«, sagte Karl.

Gallawe griff zum Telefon. »Er kommt in zwei Tagen zurück«, sagte er, als er den Hörer wieder auflegte.

»Nehmen Sie das.« Karl überreichte Gallawe mehrere Fotos. »Lassen Sie sie in Shabys Büro mit der Instruktion abgeben, sie bis zur Rückkehr seines Chefs in den Safe zu schließen. Ich möchte, daß er glaubt, dies seien Aufnahmen eines Mossad-Maulwurfs beim Treffen mit seinem Verbindungsmann.«

Gallawes Augen verengten sich. »Trifft das zu?« fragte er.

»Natürlich nicht. Aber er soll es denken.«

Der Syrer lächelte. »In Ordnung, Sir.«

»Und noch etwas. Ich möchte, daß Sie Vorkehrungen treffen, Shaby für mehrere Monate nach Holland zu schicken. Er soll in einer Woche abreisen, muß es aber heute schon erfahren, bevor die Fotos abgegeben werden. Okay?«

»Es ist durchaus üblich für Männer in Shabys Position, auf solche Missionen geschickt zu werden. Er wird keinen Verdacht schöpfen.«

Karl verließ das Gebäude und fuhr eine Zeitlang ziellos durch die Stadt. Gegen 17.30 Uhr, als er annahm, daß Shaby auf dem Weg nach Hause war, stellte er seinen schwarzen Mercedes einen Block von Shabys Apartment entfernt ab und schlenderte langsam auf das Haus zu. Er blieb stehen, als ein Wagen auf den Parkplatz vor dem Gebäude fuhr und anhielt. Karl verglich das Nummernschild mit der Nummer, die er von Gallawe bekommen hatte. Es war Shabys Wagen. Karl nahm den Fahrer in Augenschein, als dieser sich dem Eingang des

Gebäudes näherte. Der kleine dicke Mann war offensichtlich in Eile. Karl ging langsam an ihm vorbei, ohne sich umzudrehen. Erst als er an einem abgestellten weißen UNO-Jeep vorüberkam, drehte er sich um und betrachtete das Gebäude, das Shaby inzwischen betreten hatte. Karl kehrte zu seinem Wagen zurück und fuhr zu seinem außerhalb der Stadt gelegenen kleinen Haus, das gut bewacht war. Es hat eine Panne gegeben, dachte er, aber jetzt läuft alles wie geschmiert – vielleicht besser als je zuvor.

Kapitel 14

Kfar-Sirkin. 13. September, 19.00 Uhr.

Natan Stone, dessen Füße bequem auf dem Schreibtisch ruhten, verfolgte in seinem Büro einen Fernsehkommentar über die Chancen des amerikanischen Außenministers James Baker, die Nahost-Friedensgespräche voranzutreiben. Neben ihm bemühten sich zwei sogenannte Experten, eine Nachricht zu dekodieren, während sie gleichzeitig auf einem wackeligen Tisch ein Kartenhaus zu bauen versuchten. Ein leises Klopfen an der Tür ließ Natan aufblicken. »Herein«, sagte er.

Nummer Fünf kam herein. Natan nickte ihm kurz zu und sagte: »Was für ein Theater! Es ist ihnen völlig egal, ob sie im Unrecht sind oder nicht. Sie wollen nur den Anschein erwekken, die Sache im Griff zu haben, und ...«

Nummer Fünf unterbrach ihn. »Nummer Eins möchte mit Ihnen reden. Wollen Sie nach oben kommen, oder soll er Sie hier anrufen?«

Natan schaltete den Fernseher mit der Fernbedienung aus und erhob sich. »Seit wann braucht Nummer Eins eine Voranmeldung, wenn er mich anruft? Was soll der Unsinn?«

»Er wollte Ihnen nur Zeit geben. Nach der Sache mit Nummer Neun, wissen Sie.« Dem großen, korpulenten Mann war das Thema offensichtlich peinlich.

»Ich rede mit ihm in der Vermittlung.« Noch während er sprach, erkannte Natan, was geschehen war. Das Team in Griechenland kannte ihn nicht und hatte Bedenken, ob es sich auf ihn verlassen konnte.

Für Nummer Eins war Natan nach seinem letzten Ausbruch eine Zeitbombe, die jeden Augenblick explodieren konnte.

»Nein, sagte Natan, »ich habe es mir anders überlegt.« Er setzte sich wieder hin. »Gehen Sie rauf und bitten ihn, mich hier anzurufen. Ich warte.« Es war höchste Zeit, die Lage wieder unter Kontrolle zu bringen.

Wenige Minuten später läutete das Telefon. Natan drückte auf die Sprechtaste. »Schießen Sie los, Nummer Eins. Was liegt an?«

»Wir haben jetzt eine Situation, die auf eine Entscheidung drängt.«

»Was für eine Situation?«

»Nazir möchte mit dem Lockvogel für das Wochenende auf eine der Inseln.«

»Ich dachte, er hätte schon in der Wohnung bekommen, was er wollte.«

»Nun, nicht ganz. Sie hat ihm gesagt, sie habe jetzt ihre Tage, aber am Wochenende sei sie zu allem bereit. Sie habe sich jedoch mit ein paar Freundinnen zu einem Ausflug auf die Inseln verabredet. Obwohl sie richtig scharf darauf sei, ein paar schöne Tage mit ihm zu verbringen ...«

Natan begann ebenfalls zu lachen, als ihm klar wurde, daß nichts – oder fast nichts – zwischen Nummer Neun und Nazir passiert war. Er konnte sich jetzt sogar eingestehen, eifersüchtig gewesen zu sein.

»Was also tun? Haben Sie etwas im Sinn?« fragte Natan.

»Ja. Es müßte von Ihnen geleitet werden.«

»Okay. Nur noch eines vorweg: Haben Sie gewußt, daß sie die Sache so deichseln würde?«

»Nein«, sagte Nummer Eins. »Ich hab gedacht, sie hätte es mit ihm getrieben, bis ich vor zehn Minuten das Gespräch abhörte.«

»Gut. Und jetzt raus mit der Sprache. Was ist Ihr Plan?«

»Wir könnten ein Team auf die Insel schaffen, bevor er dort eintrifft. Dann könnte Nummer Neun ihn zu einer kleinen Segelpartie überreden. Und dabei schnappen wir ihn uns.«

»Es könnte funktionieren, Charlie. Aber ich habe auch einen Plan, der gar nicht so schlecht zu dem Ihren paßt. Ich muß nur wissen, welche Insel er besuchen will.« Es lag ein Ton in Natans Stimme, der den Männern, die ihn als Marineoffizier kannten, durchaus vertraut gewesen wäre. Für Nummer Eins war er jedoch neu.

»Wie haben Sie mich genannt?« Nummer Eins gab sich belustigt.

»Ich habe Sie Charlie genannt, und so werde ich Sie auch in Zukunft nennen, bis ich Ihren wirklichen Namen weiß. Ich hab genug von diesen Nummern. Ich kann meine Leute nicht so anreden.« Natan schwieg und zog an seiner Zigarette.

»Und was ist Ihr großer Plan?« fragte der andere.

»Ich mache Sie später mit den Einzelheiten bekannt. Geben Sie mir erst den Namen der Insel, okay?«

»Was ist, wenn er sich im letzten Augenblick entschließt, woanders hinzufahren?«

»Bis zu einer Stunde vor der Abfahrt kann er seine Absicht ändern, ohne uns in Schwierigkeiten zu bringen. Danach müssen wir die Sache aufgeben.«

»Ich weiß nicht, was Sie vorhaben, aber ich glaube, ich mag Ihren Plan.«

»Sie werden ihn mögen, Charlie. Noch etwas!«

»Was?«

»Nummer Neun wird von jetzt an Helen heißen.« Natan

legte auf. Nummer Fünf, der gerade mit einigen Dokumenten in der Hand den Raum betreten hatte, spürte, daß sein Gegenüber plötzlich viel entspannter war. Natan hatte in diesem Augenblick einen inneren Zwiespalt überwunden, der ihn lange gequält hatte. Ob die Entscheidung, die er gefällt hatte, falsch war oder richtig, blieb dahingestellt – der Kampf aber war vorüber.

Nummer Fünf überreichte ihm einen verschlossenen Umschlag.

»Ist eben per Kurier gekommen«, sagte er. »An Sie persönlich adressiert und Top Secret.«

»In Ordnung, Edward ... Ich hoffe, Sie haben nichts dagegen, wenn ich Sie Edward nenne. Wie ich gerade zu Nummer Eins – Charlie – gesagt habe: Keine Nummern mehr!«

»Mir soll's recht sein. Ich hab diese Nummern-Arie nie gemocht.«

Der Umschlag enthielt eine Reihe von Stasi-Personalbögen. In der Ecke war jeweils ein Foto aufgeheftet. Eine kleine Notiz bezog sich auf den gegenwärtigen Status der betreffenden Person. Es waren insgesamt etwa zwanzig Bögen.

Nachdem »Edward« den Raum verlassen hatte, las Natan den Begleitbrief, den Mousa den Dokumenten beigelegt hatte. Die Akten, so hieß es, enthielten die Daten aller Stasi-Offiziere, auf die Foul-plays Beschreibung zutreffen konnte. Aus den Notizen ging hervor, daß die meisten von ihnen jetzt, da die ehemalige Sowjetunion sich um gute Beziehungen mit Deutschland bemühte, entweder aus Rußland zurückgerufen worden waren oder inzwischen für die Chinesen arbeiteten, die sie mit offenen Armen empfangen hatten. Der wahrscheinlichste Kandidat war ein Mann namens Karl Reinhart, der jedoch unglücklicherweise vor kurzem Selbstmord begangen hatte. Seinem Bogen war auch ein Foto des Leichnams beigefügt.

Aus dem Gesichtsausdruck des Toten ließ sich schwer erkennen, ob der Mann wirklich tot war; er schien friedlich zu schlafen. Es bestand jedoch nicht der mindeste Zweifel daran, daß das Gesicht des Toten mit dem in der Personalakte identisch war. Dennoch hatte Natan das Gefühl, daß mit den Aufnahmen etwas nicht stimmte. Er breitete alle Fotos auf dem Tisch aus, so daß er sie miteinander vergleichen konnte. Sämtliche Fotos – bis auf das von Karl Reinhart – waren am selben Ort aufgenommen; sie wiesen alle denselben Hintergrund auf. Auf seinem Bild war der Hintergrund ein anderer. Und dann das Alter: Alle anderen Fotos zeigten die Gesichter jüngerer Männer und stammten folglich aus der Zeit, als sie der Stasi beigetreten waren. Nur Karls Foto mußte später aufgenommen worden sein; das Gesicht darauf war nicht viel jünger als das der Leiche. Warum sollte sich jemand die Mühe machen, ein altes Foto in der Personalakte gegen ein neueres auszutauschen – und warum nur in dieser Akte? War es möglich, daß Karl Reinhart noch lebte? Natan legte das Foto in die Schreibtischschublade. Wie ein Jäger, der die Beute ins Visier nimmt, fühlte er Erregung in sich aufsteigen.

Einige Minuten später traf ein zweiter Umschlag ein. Er enthielt eine Nachricht von Foul-play mit der Bitte, ein Treffen zu arrangieren, da er in wenigen Tagen in offizieller Mission nach Holland abreisen müsse. Er habe eine wichtige Nachricht für Natan. Wieder klingelte das Telefon.

»Haben Sie die Nachricht bekommen?« fragte Mousa, bevor Natan zu Ende gelesen hatte.

»Vor einer halben Minute«, antwortete Natan. »Ich bin gerade dabei, sie zu lesen.« Nach einer kurzen Pause sagte er: »Der Mann hat ein Foto vom Maulwurf! Kaum zu glauben. Das ist besser als alles andere, was er bisher geliefert hat.«

»Ganz Ihrer Meinung«, sagte Mousa.« Nur... Ich hab da ein ungutes Gefühl. Ich weiß nicht so recht... Besteht die Möglichkeit, daß sie ihn umgedreht haben?«

»Das bezweifle ich. Übrigens bittet er darum, den Bonus von

hunderttausend Dollar für ihn bereitzuhalten, wenn er zu dem Treffen kommt. Ich glaube nicht, daß er darum gebeten hätte, wenn er umgedreht worden wäre. Wahrscheinlich wird er erst einmal allem zustimmen, was man von ihm verlangt, nur damit er aus Damaskus rauskommt. Ich glaube einfach nicht, daß er sich umdrehen läßt. Vielleicht hat man ihn zu irgend was gezwungen, aber dann würde er nicht über Geld reden.«

»Ich hoffe, daß Sie recht haben. Mir kommt die Geschichte immer noch nicht ganz geheuer vor. Vielleicht liegt es daran, daß er etwas besitzt, was ich unbedingt haben muß. Der Boß würde sein linkes Ei für dieses Foto geben.«

»Ohne Frage. Allerdings kann ich mir nicht vorstellen, daß jemand auf dieses Angebot scharf wäre.«

Mousa ging nicht auf den Scherz ein. »Noch etwas! Ich weiß, wann der Kerl nach Holland fliegt.«

»Wie haben Sie das herausgefunden?«

»Acht zweihundert[10] hat ein Telex an die syrische Botschaft in den Niederlanden aufgefangen, das sie von der Ankunft eines Ersatzmannes für einen gewissen Khalil Durbany in Kenntnis setzt. Er soll die Verhandlungen über irgendein bilaterales Entwicklungsprojekt zu Ende bringen. Der Mann, von dem die Rede ist, ist Ihr Mann. Er wird am Zweiundzwanzigsten eintreffen. Ich hoffe, Sie haben sich bis dahin den Kerl in Griechenland geschnappt. Machen Sie die Sache nicht unnötig kompliziert! Alles, was wir von ihm wollen, ist, daß er singt. Mehr nicht.«

»Wovon reden Sie da? Sie wollen doch nicht, daß ich ihn mir nur greife, oder? Das hätte ich schon lange tun können.«

»Wie wär's, wenn ich kurz zu Ihnen rüberkäme, damit Sie mir erklären, was Sie vorhaben?« sagte Mousa freundlich.

»Gerne.«

»Dann bin ich gegen neun bei Ihnen, okay?«

»Gut. Bis dahin habe ich den Einsatzbefehl geschrieben, und Sie können sehen, was ich plane.«

Natan verließ sein Büro, um sich eine Tasse Kaffee und Zigaretten zu holen. Dann setzte er sich hinter seinen Schreibtisch, breitete einige Karten und Zeitpläne vor sich aus und begann zu arbeiten.

Kapitel 15

Kfar-Sirkin. 14. September, 9.00 Uhr

Als Natan das grüne Zimmer betrat, begrüßte ihn die Stimme von Nummer Fünf auf der Gegensprechanlage. »Natan wird dringend in die Vermittlung gebeten. Natan in die Vermittlung, bitte!«

Er eilte nach oben.

»Hier Natan.«

»Hier spricht ...« Ein kurzes Zögern. »Hier spricht Charlie. Sie wollten Einzelheiten. Hier sind sie: Die Insel, zu der sie fliegen, heißt Zakynthos. Das ist keine Touristeninsel wie Mykonos. Eher etwas abgelegen. Es gibt aber einen Flug von Athen.«

»Okay. Wann fliegen sie?« Natan war offensichtlich nervös.

»Er will Athen am Siebzehnten verlassen, nachmittags. Er meint, das sei der beste und sicherste Tag für eine solche Reise.«

»Was ist mit Nummer Neun?«

»Sie weiß es noch nicht. Ich hab gerade erst über die Abhöranlage mitbekommen, wie er es Halim sagte.«

»Wo ist sie überhaupt?«

»Wieder in ihrem Hotel. Ich überlasse es ihm, ihr Bescheid zu sagen. Sie wird dann völlig natürlich reagieren.«

»Klingt vernünftig. Aber was meint er mit dem ›besten und sichersten Tag‹?«

»Nun, der Siebzehnte ist der Tag vor Jom Kippur[11]. Er rechnet wohl damit, daß alle Juden fasten und er sich dann ungestört auf seiner Insel amüsieren kann. Sie müssen wissen, daß der Mann eine Heidenangst vor Reisen hat. Er glaubt, wir seien dauernd hinter ihm her. Er scheißt sich vor Angst in die Hosen.«

»Was Wunder. Er hat ja allen Grund dazu. Schließlich *sind* wir hinter ihm her, oder? Bringen Sie auf jeden Fall seine Flugnummer in Erfahrung und holen Sie Informationen über die Insel ein.«

»In Ordnung. Übrigens will er, daß Halim ihn zum Flughafen begleitet.«

»Fein, dann kann jemand bezeugen, daß er an Bord gegangen ist.«

»Ach, noch etwas: Wir brauchen eine Genehmigung für Jom Kippur. Ich hab einen Mann im Team, der äußerst religiös ist und ohne offizielle Erlaubnis keinen Finger rührt.«

»Ich kümmere mich darum.« Natan legte auf. Einige Stunden später erhielt er von Mousa eine schriftliche Genehmigung, die er an Nummer Eins weiterleitete.

Natan überprüfte den Plan noch einmal in allen Einzelheiten. Telefonisch schickte er Leute aus verschiedenen europäischen Ländern nach Athen, wo er sie in einem sicheren Haus zusammenziehen wollte.

Sein nächster Besuch war Yegal vom General Security Service, ein alter Freund aus seiner Militärzeit. Sie waren als Offiziere zusammen ausgebildet worden, obgleich Yegal zu den Fallschirmjägern gehörte. Natan wandte sich stets an Yegal, wenn er jemanden vom GSS brauchte, dem er vertrauen konnte. Als Nummer Fünf ihn wissen ließ, daß Yegal auf ihn wartete, folgte er ihm in einen kleinen, gut eingerichteten

Raum. Der Besucher wurde durch einen separaten Eingang hineingelassen, da ihm die Genehmigung fehlte, den übrigen Gebäudekomplex zu betreten. Nach dem üblichen Small talk kam Natan zur Sache. »Yegal, ich muß einen Mann in etwa sieben Stunden so weit haben, daß er singt, und dabei mit absoluter Sicherheit wissen, daß er die Wahrheit sagt. Schaffst du das?«

»Natürlich. Ich bringe jeden zum Singen, notfalls in weniger als einer Stunde. Allerdings gibt es immer einige, die länger brauchen. Wie wär's mit Drogen?«

»Nein. Wir müssen ihn zu seinem Bestimmungsort zurückschaffen, wo er einen tödlichen Unfall erleiden wird. Es gibt bestimmt eine Autopsie, und die Zeit zwischen der Vernehmung und der Entdeckung seiner Leiche ist wahrscheinlich nicht lang genug. Es dürfen keine Spuren von Drogen oder Zeichen einer äußeren Gewaltanwendung zurückzubleiben, das wäre zu riskant.«

»Was erwartest du von mir? Soll ich den Mann bestechen? Unter den genannten Umständen können wir froh sein, wenn wir überhaupt etwas aus ihm rausbekommen. Wenn er sich als Märtyrer aufspielt, kann ich überhaupt nichts tun – ich meine, wenn ich ihn nicht schlagen, nicht verletzen, nicht unter Wasser tauchen und nicht mit Elektroschocks oder Drogen behandeln darf. – Was bleibt mir da noch übrig? Du gibst mir nicht einmal genügend Zeit, ihn mental zu bearbeiten.«

»So ist es nun einmal«, sagte Natan. »Und wir müssen uns möglichst schnell etwas einfallen lassen, denn wir werden ihn wahrscheinlich am Abend des Siebzehnten in unsere Gewalt bekommen und ihn am Nachmittag des Achtzehnten auf die letzte Reise schicken.«

»Ich habe keine blasse Ahnung, wie ich das bewerkstelligen soll, ohne ihn zu verletzen«, sagte Yegal.

»Warte!« sagte Natan. »Ich glaub, ich hab da eine Idee.« Er stand auf und begann, in dem kleinen Raum hin- und herzugehen, während er an seiner Zigarette zog. Dann drehte er sich zu Yegal um. »Es tut mir leid, mein Freund. Ich muß jetzt gehen.«

»Brauchst du jetzt noch meine Hilfe, oder schaffst du es allein?«

»Allein bestimmt nicht. Du bist mit von der Partie. Ich möchte, daß du am Sechzehnten mit einigen deiner Leute wieder hier bist. Du wirst einen kleinen Ausflug auf eine Insel machen.«

Kapitel 16

Athen. 17. September, 15.00 Uhr

Halim fuhr Nummer Neun – oder Helen, wie Natan sie jetzt nannte – und Nazir zum Westterminal des Hellinikon-Flughafens. Nazir hatte darauf bestanden, kein Taxi zu nehmen, sondern einen Wagen zu mieten. Halim verstand Nazirs Beweggründe nicht, doch war es nicht seine Aufgabe, sie in Frage zu stellen.

Nazir hatte ihm, wie versprochen, das Geld übergeben und die erforderlichen Instruktionen für die Zeit nach dem vollzähligen Erscheinen der Gruppe in Griechenland erteilt. Halim fuhr den Wagen auf den Parkplatz und stieg aus, um Helen und Nazir beim Entladen des Gepäcks zu helfen. Nachdem er die Frau tagelang nur von Hörensagen gekannt hatte, verstand er inzwischen, warum Nazir so von ihr schwärmte. Sie war einfach hinreißend.

Die Maschine sollte in einer halben Stunde starten. Die meisten Passagiere kamen aus Helsinki und gehörten einer Reisegruppe an. Kurz vor der Gepäckkontrolle wandte sich Nazir an Halim. »Mein Freund«, sagte er auf englisch, da er nur allzu gut wußte, daß Arabisch für alle Nicht-Araber auf Flughäfen einen unangenehmen Klang hatte. »Sie brauchen nicht länger zu warten. Gehen Sie und sorgen Sie dafür, daß alles so klappt wie besprochen. Ich rufe Sie heute abend sicherheitshalber aus dem Hotel an.«

»Ich weiß nicht«, sagte Helen, »ob du heute abend in der Stimmung bist, Telefongespräche zu führen, Chéri. Du hast mir doch versprochen, mir zu zeigen, was du ... Du weißt schon.« Sie lächelte ihn zärtlich an.

»Ja, mein Schatz.« Er nahm ihren Arm und wandte sich wieder an Halim. »Wenn ich nicht gleich anrufe« – er blinzelte ihm zu –, »wissen Sie, warum.«

Nach der Gepäckkontrolle ging Nazir mit schnellen Schritten zum Abflug-Gate. Da er einigen Sicherheitsbeamten nicht ganz unbekannt war, wollte er sich auf internationalen Flughäfen nicht länger als unbedingt nötig sehen lassen. Er war sichtlich nervös, obwohl er alles tat, sich nichts anmerken zu lassen.

Um 15.30 Uhr öffnete sich die Tür. Ein Steward schob eine Frau in einem Rollstuhl über die zum Flugfeld führende Rampe, dann durften auch die übrigen Passagiere in die Maschine steigen. Bald hatten alle ihre Sitzgurte geschlossen.

»Ich hasse es zu fliegen«, sagte Nazir.

»Du siehst nicht so aus, als ob du vor irgend etwas Angst hättest«, säuselte Helen.

»Ich hab nicht gesagt, daß ich Angst habe, sondern daß ich das Fliegen hasse«, erwiderte Nazir.

Sobald sie in der Luft waren und das No-Smoking-Zeichen erloschen war, hellte sich sein Gesicht auf. Einige Minuten später ging er in den Waschraum im hinteren Teil der kleinen Turboprop-Maschine. Auf seinem Weg musterte er die anderen Passagiere, von denen die meisten zum Fenster hinaussahen und die Schönheit der Ägäis bewunderten.

Kurz bevor er sein Ziel erreicht hatte, fielen Nazir drei

Fluggäste auf, die ihn etwas beunruhigten. Es hat wahrscheinlich nichts auf sich, dachte er, aber die drei unrasierten, arabisch sprechenden Männer in Jeans und mit arabischen Slogans bedruckten T-Shirts waren nicht in Athen an Bord gegangen. Sie müssen bei der Zwischenlandung im Flugzeug geblieben sein, dachte er. Irgendwie war ihm ihre Anwesenheit unangenehm.

Als er zu seinem Sitz zurückkehrte und sich gerade eine Zigarette anzünden wollte, brach die Hölle los. Sowohl aus dem hinteren als auch aus dem vorderen Teil des Flugzeuges waren Schreie zu hören. Nazir, der die Angst in Helens Augen sah, nahm zunächst an, daß die Maschine technische Probleme hatte. Mußten sie etwa notlanden?

Er hob den Kopf und erblickte einen der drei Araber, die er schon vorher bemerkt hatte. Er stand in der Mitte des Ganges und hielt eine große Pistole so über dem Kopf, daß jeder sie sehen konnte.

Der Mann rief irgend etwas, das Nazir im allgemeinen Tohuwabohu nicht verstehen konnte. Dann ertönte eine laute Stimme über den Bordlautsprecher und befahl den aufgesprungenen Passagieren, wieder auf ihre Plätze zurückzukehren. Es war die Stimme des dritten Mannes. Er mußte sich, als Nazir in der Toilette war, in den vorderen Teil der Maschine begeben haben.

Er sprach in gebrochenem Englisch durch das Mikrofon. »Jeder hinsetzen jetzt. Kein faule Tricks. Wer nicht gehorcht, wird erschossen. Hinsetzen! Sofort!« Sein Befehl wurde befolgt, obgleich da und dort noch immer entsetzte Rufe zu vernehmen waren. Der Mann fuhr fort: »Wir sind Brüder der Revolution und wollen Sie nichts Böses. Wir wollen unsere Brüder befreien und Geld für Revolution des palästinensischen Volkes.« Im Passagierraum herrschte betroffene Stille. Auch der letzte hatte jetzt begriffen, daß man sich in den Händen von Flugzeugentführern befand.

»Was sollen wir tun?« flüsterte Helen mit zitternder Stimme.

»Nichts. Gar nichts. Abwarten und beten«, zischte Nazir.

Die beiden anderen Männer gingen jetzt langsam vom hinteren Teil der Maschine nach vorn und richteten ihre Pistolen auf verschiedene Personen. Der dritte Mann sprach wieder. »Sie geben Pässe zu meine Männer. Jetzt!« rief er. Wenig später streckten sich überall Pässe umklammernde Hände hoch, und die beiden Männer begannen, sie einzusammeln. Als der Anführer der Gruppe alle Ausweise beisammen hatte, steckte er seine Pistole in den Gürtel und sortierte einige Pässe aus, während er die anderen hinter sich auf den Boden warf. »Israelis dabei?« fragte er.

Niemand meldete sich.

Der Anführer stieß die Tür zum Cockpit auf. Er hielt jetzt eine Schnur in der Hand, die in die Pilotenkanzel führte und dort an irgend etwas befestigt war. Er hob die Hand, um die Schnur vorzuweisen. »Wenn jemand mich angreifen, ich fall auf Boden. Dies Schnur zieht an Granate. Ganz Cockpit macht wumm! Bitte, wenn jemand versuchen will, bitte.« Sein Lächeln war eiskalt.

Danach nahm er ein Mikrofon, das mit dem Cockpit verbunden war. »Israeli-Scheißkerle, könnt ihr mich hören? Dies ist Brüder der Revolution. Kommen!« Keine Antwort. Er wiederholte seine Aufforderung und entschloß sich nach mehreren Versuchen, arabisch zu sprechen. »Wir haben ein Flugzeug in unserer Gewalt. Wir werden sämtliche Passagiere töten, wenn ihr nicht unsere Brüder freigebt.« Dann verlas er eine Liste mit etwa zwanzig Namen.

»Wer sind Sie?« fragte eine Stimme aus dem Tower der Bodenstation.

»Hier ist unsere Position«, sagte der Araber. »Sie können mich auf dem Radarschirm sehen. Ich lasse die Maschine in einer Minute scharf nach Süden fliegen, damit Sie uns erkennen.« Er rief dem Piloten etwas zu, und wenige Sekunden später begann das Flugzeug, in Schräglage nach Süden abzudrehen. Der Araber verlor dabei fast das Gleichgewicht, so daß alle Passagiere entsetzt den Atem anhielten.

»Gehen Sie zum Teufel!« kam die Antwort. »Wir verhandeln nicht mit Terroristen.«

Der Anführer war sichtlich aufgebracht. Er wandte sich den Passagieren zu und sagte auf englisch: »Die Namen, die ich aufrufen, gehen nach hinten! Sofort!« Er verlas sechs Namen und warf bei jedem Aufruf den entsprechenden Paß zu Boden. Nazirs Name war der fünfte.

»Geh nicht. Bleib einfach sitzen«, sagte Helen und nahm seine Hand.

»Dann holen sie mich. Es ist besser, wenn ich gehe«, sagte er.

Er begab sich in den hinteren Teil der Maschine und blieb im Gang vor der Toilettentür stehen. Die vier vor ihm aufgerufenen Männer standen mit den beiden Luftpiraten auf der anderen Seite. Er konnte sie nicht sehen, versuchte aber herauszufinden, was die Terroristen im Sinn hatten.

Der Anführer sprach wieder mit dem Kontrollturm. »Ich schicke Ihnen alle drei Minuten ein Geschenk des Himmels«, sagte er. »Das erste in genau drei Minuten. Ich rufe Sie nicht wieder zurück, aber wenn Sie meinen, daß es Zeit ist, den Vorgang zu unterbrechen, rufen Sie mich.« Dann sagte er über den Bordlautsprecher zu den Männern im hinteren Teil, ebenfalls auf arabisch: »Schickt den ersten runter!« Nazir spürte, wie ihm das Blut zu Kopf stieg und seine Beine schwach wurden. Er war wahrscheinlich der einzige Passagier, der Arabisch verstand. Jetzt wußte er, was sie vorhatten. Ohne vorherige Warnung öffnete einer der Luftpiraten die hintere Tür. Das Flugzeug begann zu vibrieren; mehrere Passagiere fingen wieder an zu schreien. Dann gingen alle Lichter in der Kabine aus, und Gepäckstücke aus den offenen Fächern über den Sitzen fielen zu Boden. Aus dem hinteren Teil waren aufgeregte Rufe zu hören, die sich zu Angstschreien steigerten. Zuletzt ertönte ein entsetzter Aufschrei. Nazir konnte sehen, wie der erste Passagier zur Tür hinausgeworfen wurde. Er versuchte, sich am Rumpf festzuhalten, aber einer der Luftpiraten trat mit dem Fuß nach ihm, und er verschwand in der Tiefe. Der Terrorist wandte sich dem zweiten Passagier zu und hielt ihm die Pistole an den Kopf. »Keine Mätzchen!« rief er, den heulenden Wind übertönend, und sah auf seine Uhr.

»Der nächste folgt in zwei Minuten«, sagte er.

Nazir erkannte, daß seine Zeit ablief. Er zitterte am ganzen Körper, seine Haut bedeckte sich mit kaltem Schweiß, und Übelkeit stieg in ihm hoch. Zugleich verspürte er den unwiderstehlichen Drang, seinen Darm zu entleeren. Er versuchte, die Toilettentür zu öffnen. Für einen kurzen Augenblick hoffte er, sich dort verstecken zu können; aber die Tür war verschlossen. Er schlug verzweifelt mit der Faust dagegen, bis einer der Terroristen auf ihn zutrat und ihm die Mündung seiner kleinen Automatik an die Schläfe setzte.

»Was machst du da?« rief er. »Da geht's raus!« Er wies lachend auf die offene Tür.

»Ich bin Palästinenser wie ihr!« schrie Nazir auf arabisch. »Ich kämpfe wie ihr für die Freiheit unseres Landes!«

»In ein paar Minuten bist du Teil dieses Landes«, rief der Luftpirat. »Und jetzt halt die Schnauze, du Schwein!«

Dann sah er auf die Uhr und rief dem Terroristen an der offenen Tür zu: »Jetzt!« Der als zweiter aufgerufene Passagier, durch einen Schlag auf den Kopf niedergestreckt, wurde in die Tiefe geworfen.

»Hört mich an!« schrie Nazir so laut er konnte. »Hört mich bitte an! Wir sind mitten in einer ...« Bevor er den Satz beenden konnte, fiel er auf die Knie und klammerte sich an die Hosen des Luftpiraten. Nazir konnte sich nicht länger beherrschen. Am ganzen Leibe zitternd, defäkierte er in die Hosen. Nur seine nackte Angst brachte ihn wieder auf die Beine. Er lief auf das Cockpit zu, vorbei an den schreienden Passagieren.

Fast hatte er die Tür zum Cockpit erreicht, als der zweite Terrorist ihn am Kragen packte und vor dem Anführer zu Boden warf. Nazir rang nach Luft, blickte zu dem Mann hoch und begann, um sein Leben zu flehen.

»Warum sollte ich dir glauben?« fragte der Luftpirat mit sanfter Stimme, während Nazir sich bemühte, seine Gedanken zu sammeln. »Woher soll ich wissen, ob du nicht einer von diesen Lumpen bist, die uns an die zionistischen Schweine verraten wollen?«

Nazir wußte, daß die einzige Chance, sein Leben zu retten, darin lag, dem Mann zu beweisen, daß er einer von ihnen war. »Ich gehöre einer Organisation an, die in eben dieser Minute mit einer äußerst wichtigen Operation begonnen hat«, stammelte er. »Ich werde euch alles erzählen. Ihr könnt es nachprüfen. Bitte, bitte...« Der Mann bedeutete ihm weiterzusprechen. Nazir deckte in der folgenden Viertelstunde den ganzen Operationsplan auf und erklärte, was bisher geschehen war. Ziel der Operation sei es, gerade jene Verräter zu treffen, von denen der Anführer gesprochen habe.

Er blickte den Mann an, als suche er in seinen Augen eine Art von Bestätigung. Nazir wußte, daß die Tatsache, ein echter palästinensischer Freiheitskämpfer zu sein, nicht bei allen Splittergruppen das gleiche Gewicht hatte.

Plötzlich meldete sich der Tower wieder. »Hört mit dem Töten auf! Wir sind zu Verhandlungen bereit. Wiederhole: Zu Verhandlungen bereit.« Der Anführer gab seinen Männern ein Zeichen, die Exekutionen einzustellen und die Tür zu schließen. Dann beugte er sich vor und half Nazir auf. »Und du, mein Freund«, sagte er, »gehst in die Toilette und wäschst dich. Ich kann deinen Gestank nicht ertragen.« Kaum war er verschwunden, winkte der dritte Luftpirat den Anführer in das Cockpit. Er wandte sich an den Mann im Sitz des Kopiloten und sagte: »Nun, Natan, hast du bekommen, was du wolltest?«

»Nach dem, was Dan mir bisher übersetzt hat, glaube ich,

daß wir mehr Informationen erhalten haben, als wir je zu hoffen wagten.«

»Wie ich dir gesagt habe«, meinte Yegal. »Nichts wirkt besser als psychischer Druck.«

»Wo ist er jetzt?«

»In der Toilette. Er ist gleich wieder hier. Dann stecken wir ihn in eine Zwangsjacke, damit er sich nicht verletzen kann.«

»Wie ist es dir gelungen, die Maschine so schnell mit einem neuen Anstrich zu versehen?«

»Nicht mein Verdienst. Es war dein Freund Mousa. Er hat sie von Olympic gechartert, nehme ich an. Wir hatten Probleme, als wir zum Landen einflogen. Mein Freund in der griechischen Bodenkontrolle kam zu spät zum Dienst, so daß wir erst in letzter Minute die Fluggäste der echten Maschine zu einem anderen Gate umleiten konnten.«

»Wenn er in der Zwangsjacke steckt, laß es mich wissen. Ich möchte all den Leuten danken, die uns bei ihrem ersten und vermutlich auch letzten Einsatz für den Mossad geholfen haben.«

»Wer sind sie?« fragte Yegal.

»Sekretärinnen und Büroangestellte aus unseren Stationen in Europa. Sie haben sich freiwillig gemeldet.«

»Sie waren großartig.«

»Und wer waren die Jungs, die du aus dem Flugzeug geworfen hast?« fragte Natan.

»Ein paar Kumpel von der Fallschirmtruppe«, antwortete Yegal. Sie hatten unter ihrer Kleidung versteckte Fallschirme, wie sie die Stuntmen beim Film verwenden. Du hättest sie sehen müssen! Sie waren erstklassig.«

»Hast du was aus ihm rausbekommen über ein Mädchen, das aus dem Libanon einreisen soll, um ihm bei der Koordination zu helfen?«

»Nein«, sagte Yegal. »Was willst du wissen?«

»Ich brauche das Losungswort, das sie bei ihrer Ankunft

austauschen. Und das Kodewort, mit dem sie Kontakt zu der Athener Gruppe aufnimmt.«

»Ich will sehen, was ich für dich tun kann«, sagte Yegal und verließ das Cockpit.

Nachdem er fast alle Informationen bekommen hatte, die er brauchte, fuhr Natan mit einem geschlossenen Lieferwagen – hinter sich auf der Ladefläche den in einer Zwangsjacke steckenden Nazir – vom Luftwaffenstützpunkt in den Kidon-Komplex. Hier stand er ihm zum ersten Mal gegenüber. Es war offensichtlich, daß der Mann nervlich am Ende war.

Er stank, als er erkannte, was geschehen war, da er erneut in die Hosen defäkiert hatte. Seine Augen waren glasig, der Ausdruck seines Gesichtes spiegelte ungläubiges Entsetzen wider. Es hatte keinen Zweck, ihn unter diesen Umständen weiter zu vernehmen. Je schneller sie ihn auf die Insel brachten, desto besser. Einer der Kombattanten hatte sich dort unter dem Namen, den Nazir verwendete, im Hotel eingetragen, nachdem er mit dem ursprünglichen, am Gate in Athen umgeleiteten Flug auf Zakynthos eingetroffen war. Sobald Nazir auf der Insel war, würde er beim Tauchen einen tödlichen Unfall erleiden. Seine Leiche würde von einem Touristen gefunden werden, der dann die Polizei verständigen würde. Danach würde Helen Halim telefonisch mitteilen, daß Nazir tot sei und sie nicht wisse, was sie tun solle. Sie würde ihn bitten, auf die Insel zu kommen oder Maßnahmen zu treffen, seinen Freund entweder vor Ort zu bestatten oder nach Athen zu überführen. Nach dem Anruf würde sie den Schauplatz für immer verlassen.

Nachdem man ihm seine Fingerabdrücke abgenommen hatte, wurde Nazir fotografiert. Yegal versuchte, ihn noch einmal zu verhören, um einige Lücken aus anderen Ermittlungen zu füllen, aber es war vergeblich. Der Schock, unter dem er stand, erwies sich als zu stark. Es war Zeit, ihn auf die Insel zu schaffen.

Natan fühlte sich erleichtert, als dieser Teil der Operation vorbei war. Aus seiner Sicht hatte er von nun an nichts mehr mit der Sache zu tun. Er war froh, wieder seine alte Arbeit als Verbindungsoffizier aufnehmen zu können.

Außerdem standen ihm noch zwei Wochen Urlaub zu. Das einzige, was noch zu tun blieb, war, einen detaillierten Bericht für Mousa aufzusetzen.

Kapitel 17

Mossad-Hauptquartier. 18. September, 21.00 Uhr

Natan hatte seinen Bericht fast beendet, als Mousa in die Bibliothek kam, in der er arbeitete.

»Wenn Sie fertig sind, bringen Sie den Bericht bitte in das Besprechungszimmer im fünften Stock. Ich möchte mit Ihnen reden.«

»Okay«, sagte Natan. Er hatte länger gebraucht, als er erwartet hatte, da noch einige Einzelheiten hinsichtlich Nazirs Ableben zu klären waren. Ursprünglich sollte er erst als Toter wieder in Erscheinung treten, aber es mußten noch einige Ungereimtheiten ausgebügelt werden. Es war einfach nicht plausibel, daß ein Anfänger wie Nazir nachts im Meer tauchen würde. Selbst den blauäugigsten Inselbewohnern müßte das seltsam vorkommen. Deshalb sollte Nummer Neun – Helen – Halim vom Hotel aus anrufen und ihm eine Nachricht von Nazir übermitteln, dessen Stimme im Hintergrund zu hören war. Die Stimme war aus den im Piräus-Apartment aufgenommenen Bändern herausgeschnitten. Nazir habe die Absicht, am Morgen zum Tauchen zu gehen, würde sie Halim sagen, und ihn später anrufen. So blieb Nazir, der sich immer noch im Kidon-Komplex aufhielt, einige Stunden länger am Leben. Man würde ihn am frühen Morgen in voller Tauchermontur in einem Salzwassertank ertränken und die Ausrüstung so manipulieren, daß sein Tod auf ihr »Versagen« zurückzuführen wäre. Ein Amphibienflugzeug würde die Leiche dann in einem mit Salzwasser gefüllten Plastiksack auf die Insel schaffen und vor der Küste abladen. Dort würde sie von einem Touristen – eine Rolle, die Nummer Eins zu übernehmen bereit war – in einem geliehenen Fischerboot entdeckt werden.

Abgesehen von Mousa befand sich niemand in dem spärlich erleuchteten, einem Clubraum ähnelnden Besprechungszimmer – einem von den Abteilungsleitern und territorialen Führungskräften bevorzugten Ort, an dem sie, ohne Gefahr, abgehört zu werden, in gemütlicher Atmosphäre miteinander reden konnten. Leise Musik spielte im Hintergrund. Natan versuchte, die Melodie zu erkennen, aber es gelang ihm nicht. Mousa begrüßte ihn mit einem breiten Lächeln und wies auf einen bequemen Sessel. Natan setzte sich, dann beugte er sich vor und legte den Umschlag, der seinen Bericht enthielt, vor sich auf den Tisch. Mousa trat an die Bar und kehrte mit zwei Drinks zurück. »Sie nehmen Tequila, richtig?«

»Richtig.«

»Auf ein Neues also!«

»Auf ein Neues?«

»Das Treffen mit Foul-play, wegen der Maulwurf-Geschichte.«

»Ach so. Das hätte ich fast vergessen.« Natan stieß einen heimlichen Seufzer aus. »Nach allem, was in den letzten Tagen geschehen ist, habe ich das völlig in den Hintergrund gedrängt. Nun, wir können ohnehin nicht viel machen, bevor er dort raus ist. Und wenn er raus ist, regelt sich doch alles von selbst. Ich meine, verglichen mit der letzten Operation ist es ein einfaches Treffen, bei dem es nur noch darum geht, die finanziellen Dinge zu regeln. Ist das in Ordnung gegangen?«

»Was?« fragte Mousa mit unschuldiger Miene.

»Ist die Summe, die Foul-play fordert, genehmigt worden?«

»Ja, ja. Kein Problem. Sie holen sich nur die Fotos, die er bei sich hat. Ich werde ein Yarid-Team[12] hinschicken, um das Treffen abzusichern.«

»Warum?. Er ist schließlich kein ›heißer‹ Agent. Mit dem werde ich schon allein fertig.«

»Um Sie mache ich mir keine Sorge. Es geht um die Fotos. Ist Ihnen nicht klar, daß der Mossad noch nie so wichtiges Material in die Hand bekommen hat wie diese Fotos? Wir haben noch nie einen Maulwurf gehabt, oder?«

»Nein. Tun Sie meinetwegen, was Sie für richtig halten, aber ich will kein Team, das mir dauernd im Nacken sitzt. Wenn Sie das Treffen absichern wollen, hab ich nichts dagegen, aber sagen Sie den Leuten, daß sie Abstand halten sollen. Ich möchte nicht, daß irgend so ein Arschloch ihn verjagt.«

»Unbesorgt. Ich schicke Dov hin. Er übernimmt die Sache für Yarid. Seid Ihr beiden nicht immer gut miteinander ausgekommen?«

»Ich schätze den Mann, und ich bin sicher, daß er seinen Job versteht. Trotzdem möchte ich, daß er Abstand hält. Und ich möchte, daß Sie ihm das in meiner Gegenwart sagen, und zwar, bevor wir uns auf den Weg machen. Okay?«

»Wie Sie wollen. Also, erst einmal auf die großartige Arbeit, die Sie geleistet haben.« Mousa hob sein Glas und stieß mit Natan an. »Mein Gott, es war phantastisch«, sagte er. »Diese Operation wird der Akademie noch für Jahre Stoff geben. Und den Mann hier einzulagern wie einen lebenden Fisch im Restaurant, bis die Zeit für seine Exekution gekommen ist – das ist genial.«

Mousa wußte, daß er einen empfindlichen Nerv bei Natan getroffen hatte. Die Tatsache, daß hier jemand aufgrund einer technischen Entscheidung kaltblütig getötet wurde, ging ihm an die Nieren. Natan wußte, daß er lange brauchen würde, um darüber hinwegzukommen.

»Wer wird die Gegenoperation leiten?« fragte er, um das Thema zu wechseln. Er kippte den Tequila mit einem Schluck hinunter.

»So wird die Sache nicht laufen«, erwiderte Mousa. »Der Chef möchte, daß wir die Finger davon lassen.«

»Was reden Sie da? *Wovon* sollen wir die Finger lassen?«

»Sie haben schon richtig gehört und werden zugeben müssen, daß es durchaus sinnvoll ist.«

»Ich glaube, ich verstehe nicht recht...« Natan räusperte sich. »Ich glaube, ich begreife nicht, was das heißen soll.«

»Nun, sehen Sie's mal so: Wir holen uns jemand anders, der uns die Dreckarbeit abnimmt – und auch noch dafür verantwortlich gemacht werden kann. Das ist doch optimal. Besser für uns war höchstens der Krieg zwischen dem Irak und dem Iran.«

»Wovon reden Sie, um alles in der Welt? Glauben Sie selbst, was Sie da sagen? Sie wollen die Gemäßigten umbringen lassen? Damit ist die Chance, Frieden in dieser Region zu schaffen, endgültig dahin. Die Gemäßigten sind die einzigen, die uns aus der Sackgasse herausführen können.«

»Eben. Was, zum Teufel, gewinnen wir durch einen Frieden? Wir müssen Land und Siedlungen aufgeben und verlieren strategisch wichtiges Gelände. Die Mittel des Sicherheitsdienstes und das Militärbudget werden zusammengestrichen. Die Amerikaner kürzen wahrscheinlich ihre Zulieferungen – schließlich befinden wir uns nicht mehr im Krieg. Die jüdische Diaspora fühlt sich weniger bemüßigt, uns zu helfen. Sind wir erst einmal auf diese Weise geschwächt worden, so werfen sie uns einfach ins Meer. So, wie ich die Dinge sehe, haben wir mehr davon, wenn alles so bleibt, wie es ist.«

Natan war entsetzt. Dies war nicht mehr der Mousa, den er zu kennen glaubte. Er war von diesem Mann nach jahrelanger Zusammenarbeit manches gewöhnt, aber das hier war etwas anderes. Er brauchte ein paar Minuten, um das Gehörte zu verarbeiten, und dabei wurde ihm klar, daß er in all diesen Jahren mit Mousa nie über Politik geredet hatte. Tatsächlich hatte er mit kaum jemandem im Mossad über Politik geredet. Der Hauptgrund dafür lag natürlich darin, daß er von seinen Kollegen nicht hören wollte, was er ohnehin wußte. Und jetzt hatte es keinen Sinn mehr, darüber zu reden. Es war besser, etwas zu unternehmen.

»Was passiert, wenn sie sich entschließen, jemand anders aufs Korn zu nehmen? Vielleicht sogar unsere eigenen Leute?«

»Wir lassen sie nicht einfach tun, was sie wollen«, sagte Mousa. »Wir werden sie überwachen und sicherstellen, daß sie nur das tun, was *wir* wollen. Ich meine, wenn sie irgendeinen Amerikaner in die Pfanne hauen – warum sollten wir sie daran hindern? Aber wenn sie auf die Idee kommen, einen unserer Leute fertigzumachen, dann werden wir uns zu wehren wissen und sie an ihrer empfindlichsten Stelle treffen. Vielleicht wäre es gar nicht so schlecht, wenn sie die Amerikaner rankriegten. Es wird Zeit, daß jemand diesen arroganten Ärschen einmal zeigt, wo's langgeht.«

Natan erhob sich aus dem voluminösen Sessel. Die Entscheidung war gefallen, und selbst Mousa konnte nichts mehr daran ändern. »Ich schlucke die Kröte«, sagte er, scheinbar unbekümmert. »Aber ich brauche immer noch jemanden, der mir das Bett wärmt.«

»Sie haben es sich verdient. Übrigens kommt er nächste Woche raus. Was haben Sie für die nächsten Tage vor?«

»Was für eine Frage!« sagte Natan. »Seit ich beim Mossad

bin, habe ich nichts mehr vor. Ich kaufe keine grünen Bananen.«

Beide lachten. Als Natan sich zum Gehen anschickte, sagte er: »Ich könnte vielleicht Familienangehörige von mir in New York besuchen.« Er wies auf den Umschlag, der auf dem Tisch lag. »Vergessen Sie meinen Bericht nicht. Bisher haben wir den Maulwurf noch nicht zu Gesicht bekommen.«

Natan Stone war nicht der Mensch, der untätig zusah, wie mögliches Unheil seinen Weg nahm. Er konnte es verhindern, wenngleich ihm völlig klar war, daß er von diesem Augenblick an zwischen den Fronten arbeiten mußte. Ein einziger falscher Schritt konnte verhängnisvolle Folgen haben.

Was er am meisten fürchtete, war freilich die Aussicht, allein arbeiten zu müssen, ohne auf den Mossad und sein System zurückgreifen zu können.

Er wußte, daß er nur Erfolg haben konnte, wenn er außen operierte, gleichzeitig aber das innere System für seine Zwecke nutzte. Theoretisch klang das gut, doch hatte er noch keine Ahnung, wie er seinen Plan in die Praxis umsetzen konnte. Auf jeden Fall mußte er jemanden in die Terroristengruppe in Griechenland einschleusen – jemanden, dem zwar die Terroristen vertrauten, der aber nicht das Mißtrauen des sie überwachenden Mossad-Teams auf sich zog.

Wenn er noch vor dem geplanten Treffen mit Foul-play etwas erreichen wollte, blieb ihm nicht viel Zeit. Er konnte es sich nicht erlauben, länger zu zögern. Er mußte sofort handeln.

Schon mit dem ersten Schritt, den Natan unternahm, um das zu tun, was er für notwendig hielt, überschritt er die Grenze der Legalität. Zu seiner Reise nach New York nahm er zwei gefälschte Pässe mit, die in seinem Aktenkoffer versteckt waren. Diese Tatsache allein verstieß bereits gegen die Mossad-Vorschriften. Die Pässe waren einst für eine später abgeblasene Operation präpariert und in Natans Akte zu künftiger Verwendung verwahrt worden. Er hatte sie heimlich an sich genommen.

Alex, ein Angehöriger der Al-Einheit, fuhr Natan am nächsten Vormittag zum Flughafen Lod. Bevor sie den Terminal betraten, händigte Natan ihm seine Beretta .22 und seine israelischen Papiere einschließlich seines Sicherheitspasses aus. Alles wanderte in einen Plastikbehälter, den Alex versiegelte, nachdem beide eine Bestätigung unterschrieben hatten. Natan würde den Behälter bei seiner Rückkehr unversehrt wieder in Empfang nehmen.

Natan hatte eine frühe El-Al-Maschine nach Montreal gebucht, wo er auf dem Mirabel-Flughafen landen würde, um dann von Dorval mit der Air Canada nach New York zu fliegen. Das war die normale Prozedur. In den Vereinigten Staaten operierende Mossad-Leute nahmen nie einen Direktflug von Israel. Obwohl er sich auf einer Privatreise befand, hatte Natan sich entschlossen, wie üblich zu verfahren. Nur er wußte, daß sein Endziel Washington, D.C., war. Und natürlich Syd.

Er freute sich auf ihn. Sie hatten sich schon lange nicht mehr gesehen.

Kapitel 18

Washington, D. C. 20. September, 10.45 Uhr

Sie hatten das Sheraton Washington als Treffpunkt ausgewählt. Nachdem er mit dem Shuttle von La Guardia eingetroffen war, hatte Natan sich im Omni Shoreham, einem Hotel auf der gegenüberliegenden Straßenseite, einquartiert. Es waren zwei große, häufig für Tagungen benutzte Hotels, diskret in einer Parklandschaft gelegen und weit genug entfernt vom Stadtzentrum und den Vergnügungsvierteln.

Natan fühlte sich prächtig an diesem Morgen. Er hatte wie ein Toter geschlafen und sich von den Strapazen der langen Reise erholt. Der Tag war sonnig und warm. Bequem gekleidet, schlenderte er zum Sheraton hinüber und genoß seine erste Zigarette. Er ließ sich in der stark frequentierten Eingangshalle nieder. Zahlreiche junge Gäste, von denen viele offenbar zu den Tennisplätzen unterwegs waren, sorgten für Unruhe.

Natan hatte sich einen Platz ausgesucht, von dem aus er einen guten Blick auf die ankommenden Taxis hatte. Er mußte sicher sein, daß Syd allein eintraf – ohne von einem zweiten Taxi verfolgt zu werden.

Punkt 11 Uhr stieg Syd aus einem Taxi. Der Mann ist wie eine Schweizer Uhr, dachte Natan. Er hatte große Achtung vor ihm, auch wenn sie nicht immer derselben Ansicht waren. Syd beschrieb seinen Lesern die Dinge so, wie sie waren, und überließ es ihnen, ihre eigenen Schlußfolgerungen zu ziehen. Im Gegensatz zu vielen anderen Journalisten verdrehte er nicht die Tatsachen, um seine eigene Meinung hervorzukehren.

Als Natan sich vergewissert hatte, daß Syd allein war, ging er mit ausgestreckter Hand auf ihn zu.

»Hallo, alter Junge. Was treibt das Leben mit dir?« fragte

Syd, ergriff Natans Hand und drückte sie herzlich. Er war ein Mann von Anfang sechzig, durchschnittlich groß und untersetzt gebaut. Sein gebräuntes Gesicht erschien durch das silberweiße Haar noch dunkler.

»Dasselbe, was ich mit dem Leben treibe«, erwiderte Natan. Es war dieselbe Antwort wie immer, denn Syd begrüßte ihn immer mit derselben Frage.

»Was liegt also an?« Syd hatte es immer eilig.

»Geduld, mein Freund«, sagte Natan. »Laß uns erst mal etwas essen, dann sag ich's dir. Du solltest lernen, dich zu entspannen.«

»Das Leben ist zu kurz dazu. Man kann es nicht ein zweites Mal leben, wenn die Zeit abgelaufen ist, weißt du. Oder kennst du einen Trick, den ich nicht kenne?«

»Nein.« Natan lächelte. Syd hatte trotz seiner Rastlosigkeit etwas Beruhigendes an sich, das den Menschen in seiner Gegenwart ein Gefühl der Sicherheit gab. Sie gingen durch die Eingangshalle in das Courtyard Café des Hotels, in dem sich die Teilnehmer einer Computersoftware-Tagung zur Kaffeepause versammelt hatten. Im allgemeinen Stimmengewirr würde niemand ihrer Unterhaltung folgen können. Natan mußte sich, als er zu sprechen begann, vorbeugen, damit Syd ihn verstehen konnte. Dann kam der Ober, und beide bestellten sich einen Hamburger mit Beilagen und ein Bier.

»Syd, ich brauche deine Hilfe«, begann Natan, nachdem der Ober verschwunden war. »Es gibt niemanden sonst, an den ich mich wenden kann.«

»So... Worum geht's denn? Wenn ich kann, helfe ich dir, das weißt du ja.«

»Zunächst solltest du dir darüber im klaren sein, daß du nichts von dem, worüber wir jetzt sprechen, veröffentlichen darfst. Du hast Kontakte, die mir weiterhelfen können, und nur um die geht es mir momentan.«

»Was heißt das im Klartext?«

»Das wirst du noch erfahren. Abgesehen davon, hab ich tatsächlich auch eine phantastische Story für dich, ob du mir nun hilfst oder nicht. Aber du mußt mir versprechen, kein Wort von dem zu verwenden, was ich dir jetzt mitteile.«

»Habe ich eine Wahl?«

»Natürlich. Du brauchst nur nein zu sagen. Dann geb ich dir etwas, was du verwerten kannst. Wir werden kein Wort mehr über die andere Sache verlieren und treffen uns vielleicht in zwei Jahren wieder.«

»Raus mit der Sprache. Du kannst dich auf mich verlassen.«

»Fein. Also zuerst meine Bitte: Ich brauche direkten Kontakt zu einem Palästinenser deines Vertrauens, der bereit ist, ein großes Risiko einzugehen, um seinem Volk zu helfen.«

»Was, zum Teufel, soll denn das? Ich bin Syd Koppel, der Zeitungsschreiber. Woher soll ausgerechnet ich solche Kontakte haben?«

»Komm, zier dich nicht. Du weißt, daß ich nicht nur dich kenne, sondern auch deinen Background. Ich brauche deine Hilfe und hab keine Zeit für Spielereien. Wirst du mir helfen oder nicht, Syd?«

»Was, zum Teufel, ist los mit dir? Ich hab auch keine Zeit für Spielereien. Also gut, nehmen wir also an, ich bringe dich mit jemandem in Verbindung. Wer garantiert mir, daß er nicht in einem israelischen Gefängnis landet und Mousa Saddar, Sheik Obaid und dem alten Vanunu von der ganzen Geschichte berichtet?«

»Ich bewege mich gegenwärtig außerhalb meiner Organisation, Syd. Davon, daß wir uns heute hier treffen, ist meiner Organisation nichts bekannt. Ich sitze tiefer in der Scheiße, als du dir vorstellen kannst. Glaub mir, das ist kein billiger Trick, um einen armen Palästinenser ins Gefängnis zu bringen. Dafür bräuchte ich dich nicht, das könnte ich selbst. Mehr kann ich dir nicht sagen.«

»Es ist dir doch klar, daß jeder mögliche Kontakt genauere Informationen verlangt?«

»Ja, wahrscheinlich. Aber dann braucht *er* diese Informationen, um mir zu helfen. Du nicht.«

»Wieso glaubst du, daß der Mann dir helfen wird? Schließlich bist du sein Feind – oder hast du etwa die Seiten gewechselt? Das wäre wirklich eine phantastische Story!« Der Gedanke schien ihn zu belustigen.

»So kommen wir nicht weiter«, sagte Natan. »Ich kann natürlich niemanden zwingen, mit mir zusammenzuarbeiten. Aber wenn dem Mann das Schicksal seines Volkes am Herzen liegt und er eine friedliche Lösung des Konflikts anstrebt, *wird* er mir helfen. Alles, was ich brauche, ist ein Kontakt in dieser Richtung.«

»Willst du damit sagen, daß du weißt, wie das Nahost-Problem zu lösen ist?«

»Nein. Aber ich kann jemanden daran hindern, dem Friedensprozeß irreparablen Schaden zuzufügen. Entsprechende Bestrebungen sind bereits im Gange, und ich habe herausgefunden, daß niemand interessiert ist, sie zu unterbinden. Syd, hör bitte auf, weitere Fragen zu stellen! Kannst du mir nun helfen oder nicht?«

»Ich werde heute abend ein paar Anrufe tätigen und dir morgen eine Antwort geben. Genügt das?«

»Danke, Mann. Ich wußte, daß ich mich auf dich verlassen kann.«

»Dank mir nicht zu früh! Noch habe ich nichts getan. Und was ist jetzt mit dieser Story?«

»Noch eines: wenn du diese Anrufe machst, sprich auf keinen Fall mit Personen im Nahen Osten, vor allem nicht mit bekannten Aktivisten.«

»Warum nicht?«

»Ihre Telefonleitungen sind angezapft. Sei übrigens auch vorsichtig mit dem Telefonieren hier. Wenn was durchsickert, bin ich erledigt und der Kerl mit mir. Und was die andere Story betrifft, dafür gehen wir besser rüber in mein Hotelzimmer. Dort können wir ungestört reden.«

»Gute Idee«, sagte Syd. »Im Erdgeschoß ist ein Nebenausgang. Von dort aus liegt das Omni genau gegenüber.«

Sie tranken ihr Bier aus, und Natan beglich beim Hinausgehen die Rechnung. »Gehen wir«, sagte er. »Du wirst begeistert sein von der Story, mein Freund.«

Als sie sich in den beiden Sesseln neben dem Fenster niedergelassen hatten, das den Swimmingpool des Hotels überblickte, begann Natan zu sprechen. Syd verzichtete auf das Aufnahmegerät und begnügte sich mit Notizen.

»Einige Tage vor Unterzeichnung des Camp-David-Abkommens«, berichtete Natan, »ließ Präsident Sadat seine Unzufriedenheit darüber erkennen, daß das Palästinenser-Problem in der Friedensvereinbarung nicht so berücksichtigt sei, wie es ihm vorschwebte. Er sprach den Wunsch aus, die auf den UNO-Resolutionen zwei-vier-zwei und drei-drei-acht basierenden Schritte hinsichtlich einer Autonomie des palästinensischen Volkes näher zu spezifizieren und durch einen verbindlichen Zeitplan zu ergänzen. Begin wollte das Problem später lösen und bestand darauf, die Frage der Souveränität der besetzten Gebiete offen zu lassen.

Für Sadat bedeutete dies einen Verrat an den Palästinensern. Er hatte gleichermaßen Schwierigkeiten mit der israelischen Forderung, unsere Ölversorgung im Austausch für die ihm zurückgegebenen Ölfelder zu einem vernünftigen Preis zu garantieren, war aber in dieser Frage zu Zugeständnissen bereit.

Als die Vertragsunterzeichnung näherrückte, setzte U.S.-Präsident Jimmy Carter Sadat unter Druck, die Dokumente so, wie sie waren, zu akzeptieren, und traf sich mit ihm am 14. März 1979 in Kairo zu einem Gespräch unter vier Augen.«

»Zu was?« fragte Syd.

»Einem Gespräch unter vier Augen. Das heißt, daß nur die beiden anwesend waren.«

»Ich verstehe. Sprich weiter.«

»Bei diesem Treffen besiegelten die beiden Politiker ihre Zukunft. Carter überzeugte Sadat davon, daß die Situation sich bald ändern würde und es absolut erforderlich sei, das Abkommen zu unterzeichnen. Er versprach ihm, sofort nach seiner Wiederwahl die Frage der Siedlungen in den besetzten Gebieten zu lösen. Sadat, so der Präsident, würde die Palästinenser also nicht verraten, sondern ihnen auf lange Sicht sogar helfen. Nach diesem Versprechen – und denk daran, es gab keine Zeugen! – willigte Sadat ein. Vom Flughafen in Kairo rief Carter dann Menachem Begin an und sagte ihm, es sei alles geregelt, und noch am gleichen Tage unterrichtete Begin sein Kabinett.«

»Einen Augenblick mal!« Syd schüttelte ungläubig den Kopf. »Wenn das Treffen, wie du sagst, unter vier Augen stattfand, woher weißt du dann, was dort besprochen wurde?«

»Nach dem Treffen vertraute sich Sadat seinem damaligen Premierminister Mustafa Chalil und einem anderen Minister an, der dem Friedensprozeß entschieden ablehnend gegenüberstand. Der Premierminister war erstaunt, daß Sadat nichts Schriftliches von Carter vorzuweisen hatte, doch Sadat sagte ihm, daß er Jimmy voll vertraue. Der andere Minister, dessen Namen ich nicht nennen will, da er immer noch politisch tätig ist, gab die Information an seinen Mossad-Offizier weiter ...«

»*Was* erzählst du mir da?«

»Was ist daran unverständlich?«

»Du hast mir gerade gesagt, daß dieser Minister den Friedensprozeß ablehnte – und nun soll er plötzlich ein Spion im Dienste Israels sein?«

»Genau. Du hast es begriffen. Es war derselbe Minister, der den genauen Zeitplan und das strategische Vorgehen im Jom-Kippur-Krieg von Dreiundsiebzig an uns weitergab. Leider kam damals seine Warnung zu spät. Um ihn zu schützen, gab ihm der Mossad die Anweisung, alle Verhandlungen mit Israel abzulehnen. Er hielt sich daran – und kam fortan noch leichter an brisante Informationen als vorher.«

»Okay. Jetzt begreife ich. Weiter!«

»Wegen seines Kompromisses mit Carter wollte Sadat nicht, daß Begin nach Kairo kam, und er selbst wollte auch nicht nach Jerusalem reisen. So wurde das Abkommen in Washington unterzeichnet. Von dem Versprechen, das Carter Sadat gegeben hatte, erfuhr Begin erst mehrere Tage nach der Unterzeichnung.«

»Nur eine Frage«, sagte Syd und klopfte mit seinem goldenen Kugelschreiber auf den Notizblock. »Warum traf die Information nicht früher ein?«

»Das Treffen des ägyptischen Ministers mit seinem Führungsoffizier mußte gut geplant werden und allen Sicherheitsbestimmungen entsprechen. Das nächste Treffen war erst nach der Unterzeichnung geplant. Als die Information dann eintraf, wurde sie unverzüglich an den Premierminister weitergeleitet.

Begin, der ohnehin schon bedauerte, Land gegen Frieden eingetauscht zu haben, war fuchsteufelswild auf Carter. Er fürchtete, der Präsident könne sein Versprechen halten und Israel zur Aufgabe weiterer Gebiete zwingen. Also ließ er Jitzak Hofi, den damaligen Chef des Mossad, zu sich rufen und sagte zu ihm: ›Carter darf auf keinen Fall wiedergewählt werden. Es geht um unsere nationale Sicherheit.‹«

»Hat Begin ihm besondere Instruktionen gegeben?«

»Nicht, daß ich wüßte. Soweit ich informiert bin, hat er ihm nur gesagt, alles zu tun, um Carters Wiederwahl zu verhindern.«

»Meinst du, der Mossad hätte den Präsidenten der Vereinigten Staaten notfalls töten lassen?«

Natan lächelte. »Sofern es durch die richtigen Kanäle geschieht, läßt der Mossad jeden töten. Wahrscheinlich hätte man Carter eliminiert, wenn es nicht anderslautende Befehle gegeben hätte.«

»Es fällt mir schwer, das zu glauben.«

Natan ging nicht näher auf den Einwand ein, sondern fuhr fort: »Zu dieser Zeit war der Mossad an einem Waffengeschäft mit den Iranern beteiligt. Die Perser waren damals durch mehrere Bauvorhaben und riesige Asbestimporte bei Israel hoch verschuldet. Der Plan bestand darin, die Waffen gegen Vorauszahlung zu liefern und dafür die bestehenden Schulden zu streichen. Wenn die Iraner weitere Waffen haben wollten, hätten sie weitere Zahlungen leisten müssen.« Natan zündete sich eine Zigarette an und stand auf, um im Zimmer auf und ab zu gehen.

»Wer leitete die Operation?« fragte Syd.

»Es war noch keine Operation, nur ein Plan, da bis dahin alle Versuche, eine Verbindung herzustellen, gescheitert waren. Die Iraner wollten mit uns kein derartiges Abkommen treffen. Nach mehreren Wochen der Vorbereitung sah jemand im Mossad-Hauptquartier zufällig einen Werbespot zu den amerikanischen Präsidentschaftswahlen im Fernsehen, bei dem jemand den Sprecher des Repräsentantenhauses, Tip O'Neill, imitierte. Das brachte ihn auf die Idee, unsere Leute für Amerikaner auszugeben, die mit den Iranern ins Geschäft kommen wollten.

Wir wußten, daß die Carter-Administration mit einigen Iranern in Frankreich im Gespräch war, um die amerikanischen Botschaftsgeiseln gegen Waffen freizukaufen. Unsere Leute hatten vor, sich als Männer aus dem Reagan-Lager auszugeben. Da Reagan noch nicht Präsident war, würde er einen Vermittler brauchen, um die Waffen zu liefern. Er würde

Israel einschalten, das die Waffen aus seinen Beständen liefern und die eingehende Zahlung zur Wiederauffüllung der Lager verwenden sollte. Wie jemand sagte: drei Fliegen mit einer Klappe! Reagans Wahlkampfleiter William Casey stand damals im Begriff, für ein, zwei Tage nach London zu fliegen. Während seines Aufenthaltes dort erhielt er die Einladung eines reichen Juden, der für den Mossad arbeitete und ihm einen beträchtlichen finanziellen Beitrag zum Reagan-Wahlkampf in Aussicht stellte – vorausgesetzt, er, Casey, nehme an einem inoffiziellen Treffen mit einem anderen reichen Juden in dessen Villa vor den Toren Roms teil. Casey sagte zu, und während er in Rom war, traf sich ein Mann, der ihm zwar nicht gerade aus dem Gesicht geschnitten war, aber doch sehr ähnlich sah, in Madrid und Barcelona mehrmals mit den Iranern und brachte das Waffengeschäft zum Abschluß.

Da die Reagan-Leute noch nicht im Amt waren und deshalb keinen Zugang zu den eingefrorenen iranischen Guthaben hatten, mußten die Iraner die Waffen im voraus bezahlen. Außerdem wurden sie verpflichtet, die Geiseln nicht vor der Wahl freizulassen. Damit war sichergestellt, daß Carter nicht wiedergewählt werden würde.«

»Das war also die sogenannte Oktober-Überraschung!« Syd hatte sich in seinen Sessel zurückgelehnt. Er strich über sein Kinn und runzelte die Stirn.

»Ob Überraschung oder nicht – so hat es sich jedenfalls abgespielt.« Natan setzte sich wieder. Er zuckte mit den Schultern. »Und deswegen weiß niemand auf der amerikanischen Seite, was wirklich los war. Bis heute gibt es eine Reihe hochrangiger Iraner, die auf den Koran schwören würden, daß sie sich mit Amerikanern getroffen haben. In Wirklichkeit verhandelten sie mit Israelis, die sich als Amerikaner *ausgaben*.«

»Wie soll ich das jemals beweisen?«

»Ich hab dir nicht gesagt, daß ich dir etwas geben würde, das du beweisen kannst. Aber du weißt jetzt, was wirklich geschehen ist. Ich kann dir noch den Namen des Mannes geben, den Casey in Italien besuchte. Den Rest wirst du mir einfach glauben müssen. Denk daran« – Natan machte eine Pause – »du, allein du, hast jetzt die wahre Story.«

»Und was ist mit all den Geschichten über Bush?«

»Nun, ich glaube nicht, daß Bush im Augenblick bei Shamir sehr beliebt ist. Er wird versuchen, die Sache so zu drehen, daß Bush in den Augen des amerikanischen Volkes keine gute Figur macht.«

»Je mehr ich über die Geschichte nachdenke, desto plausibler erscheint sie mir.« Syd blinzelte Natan zu. »Und Shamirs Leute haben offenbar etwas in der Hand, womit sie Bushs Karriere beenden können, falls er nicht nach ihrer Pfeife tanzt.«

»Das hab ich nicht gesagt.«

»Das war auch nicht nötig. Ich bin inzwischen alt genug, um meine eigenen Schlüsse zu ziehen.« Syd sah ihm in die Augen. »Und du willst mir immer noch nicht sagen, wozu du diesen palästinensischen Kontakt brauchst?«

»Nein.«

»Okay. Ich sehe ein, die Sache ist offensichtlich eilig. Also warte ich nicht bis heute abend, sondern gehe jetzt gleich ins Büro und telefoniere mit meinen Leuten. Ein Anruf in den Libanon wird sich allerdings kaum vermeiden lassen.«

»Hast du niemanden hier oder in Europa?«

»Doch, aber diese Leute haben nicht die Verbindungen, die du brauchst.«

»Hör auf, die Sache als Journalist anzusehen, Syd! Ich brauche nicht ihre Verbindungen, ich brauche den Mann.«

»Wenn es so ist, hab ich vielleicht doch jemanden hier. Treffen wir uns um fünf unten an der Bar! Ich sehe inzwischen, was ich für dich tun kann.«

Natan stellte keine weiteren Fragen. Wenn Syd die richtige Person auftreiben konnte, entwickelte sich der Plan wie erhofft.

Natan wußte tief in seinem Inneren, daß er das Richtige tat. Er war überzeugt, daß die Männer an der Spitze des Mossad nicht mehr die Interessen Israels wahrten. Sie handelten in eigenem Interesse und fühlten sich durch mögliche Veränderungen bedroht. Er kannte sie. Einige waren seine Freunde. Das eigentliche Problem lag nach Natans Meinung darin, daß sie dem Gegner die Menschlichkeit abgesprochen und so ein verzerrtes Bild der Wirklichkeit geschaffen hatten.

Um 16.50 Uhr saß Natan an einem Ecktisch in der Hotelbar und wartete auf Syd.

»Auftrag ausgeführt«, sagte Syd, als er sich setzte.

»Also hast du den Mann erreicht, den du haben wolltest?«

»Ja. Er trifft uns um 19.30 Uhr in der Bar des Sheraton. Ist das keine prompte Bedienung?«

»Phantastisch. Wie wär's mit einem Abendessen? Du kannst mir dann etwas mehr über den Mann berichten.«

»Das entspricht nicht unserer Abmachung, Natan. Ich hab dir versprochen, diesen Kontakt für dich herzustellen, aber nicht, dich über ihn zu informieren. Ich hab ihm eine ungefähre Vorstellung von deiner Person gegeben, und er hat eingewilligt zu kommen und dir zuzuhören. Aus Gründen der Fairneß kann ich dir keinen Vorteil ihm gegenüber einräumen. Ich kann dir nur sagen, daß es sich um einen Palästinenser handelt, dessen Familie im Libanon lebt. Er selbst hat den Libanon während der israelischen Invasion im Jahre '82 verlassen. Weitere Einzelheiten mußt du von ihm selbst erfragen.«

»Das sehe ich ein«, sagte Natan.

Eine halbe Stunde später gingen sie die Straße hoch zu einem als Bistro aufgemachten Restaurant. Das Essen war gut und das Gespräch noch besser. Wann habe ich mich das letzte

Mal mit jemandem, der nichts mit dem Mossad zu tun hat, über das Weltgeschehen unterhalten, fragte sich Natan. Es tat ihm gut, eine unvoreingenommene Meinung zu hören.

Kurz nach sieben gingen sie hinüber ins Sheraton und hinauf in die Bar, wo sie sich an einen Tisch setzten, von dem aus sich die Eingangshalle gut überblicken ließ.

»Wenn Ibrahim kommt, mache ich euch miteinander bekannt. Und dann verziehe ich mich.« Syd schien nervös zu werden.

»Warum so eilig?«

»Ich muß noch einen Artikel schreiben, mein Junge. Und da ich nichts über euer Gespräch schreiben darf, ziehe ich es vor, nichts darüber zu wissen.«

»Und wenn die Sache nicht funktioniert? Kann ich dich im Büro anrufen?«

»So wie ich dich kenne«, sagte Syd lächelnd, »*wird* die Sache funktionieren. Aber da ist noch etwas, was du wissen solltest. Dieser Ibrahim ist ein guter Mann. Er ist ehrlich und fair. Ich hab freilich keine Ahnung, wie sympathisch ihm Israelis sind. Wahrscheinlich nicht sehr.«

»Wie du weißt, bin ich Amerikaner«, sagte Natan.

Sie lächelten einander verständnisvoll zu. »Jedenfalls möchte ich dir danken«, fuhr Syd fort und streckte seine Hand aus.

»Mir danken? Weswegen?« Natan blickte ihn überrascht an.

»Dafür, daß du mir vertraust und zu mir gekommen bist – vor allem aber dafür, daß du mir den Knüller meines Lebens verschafft hast – vorausgesetzt, ich kann noch Beweise beibringen.« Seine Aufmerksamkeit wurde abgelenkt. »Ah, da ist er.« Syd stand auf und hob die Hand, um einem großen, schlanken Mann in hellbraunem Blazer zuzuwinken. Der Mann lächelte Syd beim Näherkommen an und entblößte zwei Reihen makellos weißer Zähne, die seine olivfarbene Haut noch dunkler erscheinen ließen.

»Hallo, mein Freund«, sagte er und breitete die Arme aus, um Syd zu begrüßen. »Schön, dich wiederzusehen. Du siehst phantastisch aus.«

»Danke, danke«, sagte Syd, drückte den Mann an sich und klopfte ihm auf den Rücken. Die beiden waren offensichtlich gute Freunde. »Ich freue mich, daß du gekommen bist.«

»Natan«, sagte Syd und drehte sich um. »Dies ist mein Freund Ibrahim Yasin Khader.« Dann wandte er sich an Ibrahim. »Natan Stone, ein Freund, der mein volles Vertrauen hat. Und jetzt, wo ich euch miteinander bekannt gemacht habe, muß ich gehen.«

»Schon?« Ibrahims Stimme klang enttäuscht. »Aber wir haben noch keine Minute miteinander gesprochen und ...«

»Ihr beiden werdet viel zu bereden haben. Und ich habe viel zu tun.« Der Journalist blickte die beiden Männer nacheinander an. »Denkt daran, wenn einer von euch beiden dem anderen Schaden zufügt, werde ich es ihm nie verzeihen. Ihr seid mir beide lieb und teuer, und ich hoffe, das wird euch helfen, Hindernisse zu überwinden.«

Nachdem Syd gegangen war, rückte sich Ibrahim einen Stuhl zurecht und nahm Platz. Natan ergriff als erster das Wort. »Ich bin Ihnen sehr dankbar, daß Sie gekommen sind.«

»Danken Sie mir noch nicht«, sagte Ibrahim. »Ich habe nur eingewilligt, Sie zu treffen und mit Ihnen zu reden. Die Tatsache, daß Sie Syds Freund sind, gibt Ihnen keinen Freipaß. Zunächst brauche ich einige Einzelheiten.«

»Nun«, begann Natan. »Was uns gegenwärtig bedroht, ist ...«

»Nein, nein. Das meinte ich nicht. Ich möchte wissen, wer Sie sind. Und für wen Sie arbeiten. Danach kommen wir zu dem, was Sie von mir wollen.«

»Es ist ziemlich kompliziert.«

»Nur Lügen sind kompliziert. Ich habe Zeit, also bitte ...«

»Ich bin Israeli.«

»Das weiß ich. Für wen arbeiten Sie?«

»Ich bin Mitarbeiter des israelischen Geheimdienstes.«

»Sie sind vom Mossad?«

Natan zögerte. »Ja«, sagte er schließlich.

»Und Sie erwarten von mir, mit Ihnen zusammenzuarbeiten? Sie und Ihre Organisation verkörpern für mich das Böse schlechthin auf dieser Welt. Wofür halten Sie mich, Mann?« Ibrahim war aufgestanden.

»Bitte.« Natan streckte mit einer versöhnlichen Geste seine Hand aus. »Bitte, setzen Sie sich. Wenn Sie gehört haben, was ich Ihnen zu sagen habe und immer noch gehen wollen, so tun Sie es. Aber hören Sie mich zuerst an.« Ibrahim zögerte, dann setzte er sich wieder hin, wenngleich nur auf den äußersten Rand seines Stuhls. Er schien nicht lange bleiben zu wollen.

»Ich bin vom Mossad, das ist richtig. Aber ich handle nicht im Auftrag des Mossad, sondern gegen ihn. Es ist für mich äußerst gefährlich, überhaupt mit Ihnen zu reden – ganz zu schweigen von dem, was ich Ihnen mitzuteilen gedenke. Ich bitte Sie nur darum, aufmerksam zuzuhören. Dann können Sie tun, was Sie für richtig halten.«

»Ich höre.«

Natan berichtete ihm fast alles, was er wußte. Er hatte sich entschlossen, so offen wie möglich zu sein, damit Ibrahim verstand, worum es ging. Allerdings sagte er ihm nichts Genaues über die Aktivitäten und die Identität seiner Kollegen beim Mossad. Zugleich hatte er sich entschlossen, Ibrahim zu töten, falls dieser sich nicht zur Hilfe bereit erklärte. Er würde ihm nicht die Gelegenheit geben, die Informationen weiterzuleiten.

Als er fertig war, spürte Natan, daß Ibrahim von dem, was er vernommen hatte, fasziniert war. Minutenlang saß der Mann schweigend auf seinem Stuhl, um das Gehörte zu verarbeiten. Dann sah er Natan fest in die Augen.

»Gehen wir einmal davon aus, daß ich Ihnen alles glaube,

was Sie mir erzählt haben, und daß ich Ihnen helfen werde, soweit es mir möglich ist. Was verlangen Sie von mir?«

»Ich brauche jemanden, der in die Terrorgruppe eindringt. Ich muß genau wissen, was die Leute planen, damit ich sie stoppen kann.«

»Und wie soll ich das schaffen? Diese Teams sind doch nach außen abgeschottet. Da kann man nicht so einfach daherkommen und Mitglied werden. Als Mossad-Mann sollten Sie das eigentlich wissen.«

»In diesem Fall gibt es eine Möglichkeit hineinzukommen. Für kurze Zeit steht ein Tor offen.«

»Was meinen Sie damit?«

»Das Team erwartet eine Frau, die als Vermittlerin fungieren soll. Ich habe alle Informationen über sie. Sie muß ausgeschaltet und durch eine andere Frau ersetzt werden. Wenn uns das gelingt, haben wir eine über allen Verdacht erhabene Kontaktperson.«

»Die Frau riskiert Kopf und Kragen«, sagte Ibrahim.

»Ich glaube, die Alternative ist viel verheerender als alles, was einer einzelnen Person zustoßen kann.«

»Warum verständigen Sie nicht einfach die griechischen Behörden und lassen die Leute verhaften?«

»Erstens haben sie noch kein Verbrechen begangen. Und zweitens wird, wenn wir sie auf diese Weise stoppen, unweigerlich eine andere Gruppe in Erscheinung treten und den Job erledigen – Leute, von denen wir überhaupt nichts wissen.«

»Ich glaube, ich kann Ihnen helfen. Ich wünschte nur, ich könnte Ihnen trauen.«

»Wie kann ich Ihnen beweisen, daß ich die Wahrheit gesagt habe?«

»Ich denke da an etwas, was Ihnen wahrscheinlich nicht gefällt. Also gut... Ich bin bereit, Ihnen zu vertrauen, soweit Sie bereit sind, mir zu vertrauen.«

»Und das heißt?«

»Wir treffen uns in drei Tagen in Beirut.« Er kritzelte etwas auf eine Papierserviette.

Natan sah ihn überrascht an. Beirut war feindliches Territorium; es wimmelte dort von syrischen Polizisten. Es war Teil des »Landes der Toten«, in dem kein Katsa sich aufhalten durfte.

»Hier«, sagte Ibrahim und reichte ihm die Serviette. »Seien Sie übermorgen an der angegebenen Adresse, und wir kommen vielleicht ins Geschäft.«

»Haben Sie eine Ahnung, wie gefährlich das für mich ist?«

Ibrahim erhob sich, um zu gehen. »Vertrauen Sie mir«, sagte er lächelnd, als er den Tisch verließ.

Natan schaute sich die Adresse an. Er war erleichtert, als er sah, daß sie nicht in der christlichen Enklave Junia lag, in der viele Unteragenten wohnten, mit denen er zusammenarbeitete.

Da Ibrahim vor dem Gespräch nicht gewußt hatte, was Natan von ihm wollte, mußte er schnell geschaltet haben. Die Vorzeichen hatten sich verändert. Aus einem gefährlichen Szenario für Ibrahim war eine tödliche Falle für Natan geworden.

Als er das Hotel verließ, wußte Natan, daß er im Begriff stand, einen Schritt zu tun, der ihn das Leben kosten konnte. Aber er war schon zu tief in die Sache verstrickt. Es gab kein Zurück mehr.

Kapitel 19

Internationaler Flughafen von Beirut.
23. September, 11.00 Uhr

Der Flug nach Beirut war lang und anstrengend, und als Natan dort eintraf, war es fast Mittag. Er reiste mit einem erstklassig gefälschten kanadischen Paß.

Er hatte nicht die Absicht, sich länger als höchstens zwei Tage im Libanon aufzuhalten. Er hatte eine libanesische Bootchartergesellschaft angerufen, deren Besitzer sein Einkommen gelegentlich durch Schmuggelgeschäfte aufbesserte. Der Mann galt, vorausgesetzt die Kasse stimmte, als vertrauenswürdig. Natan hatte ihm über eine sehr schlechte Telefonverbindung erklärt, daß er nur einen Kurzbesuch plane und ein paar zum Tauchen geeignete Plätze suche. Der Mann hatte versprochen, ihm ein Boot und eine Taucherausrüstung zur Verfügung zu stellen.

Als er das Flughafengebäude betrat, spürte Natan etwas, was er seit langem nicht mehr gekannt hatte – Angst. Überall waren die roten Barette des syrischen Militärs und schwer bewaffnete Polizeikräfte zu sehen. Der Beamte, der seinen Paß prüfte, schien ihn für nicht ganz zurechnungsfähig zu halten, weil er – angeblich aus geschäftlichen Gründen – überhaupt nach Beirut gekommen war. Doch die Prozedur verlief ohne Schwierigkeiten.

Natan war erstaunt, wie normal das Leben in Beirut trotz der überall sichtbaren Zerstörung ablief. Er hatte sich entschlossen, mit einem Taxi direkt zum Hafen zu fahren, und wollte während seines Aufenthaltes in der Stadt in dem gemieteten Boot wohnen. Gamil, der Eigner, sollte das Schiff an einer Stelle vor Anker legen, die etwa zweihundert Meter von dem Strandhaus, in dem die Begegnung mit Ibrahim stattfinden sollte, entfernt war. Von dieser Stelle aus ließ sich das

Haus beobachten, bevor man sich ihm näherte. Das Risiko blieb auch so noch groß genug; Natan machte sich da keine Illusionen.

Als das Boot an dem gewünschten Platz vor Anker lag, entledigte Natan sich seiner Kleidung und zog die Badehose an. Mit einem breiten Lächeln unter dem gewaltigen Schnurrbart sagte Gamil: »Sie gehen wohl nicht häufig schwimmen, was?«

»Wie kommen Sie denn darauf?« erwiderte Natan.

»Wer schwimmen geht, muß in die Sonne. Und Sie sind ganz weiß.«

»Sie haben recht. Ich bin noch nicht lange in diesem Geschäft. Aber das wird sich bald ändern.« Das sind die Dinge, die einem zum Verhängnis werden können, dachte Natan.

Er setzte sich auf die Bank im Heck des Bootes und inspizierte die Taucherausrüstung, die Gamil für ihn mitgebracht hatte. Von dort aus konnte er mehrere Häuser überblicken, zu denen auch jenes gehören mußte, das er besuchen wollte.

»Ist alles so, wie Sie es haben wollen?« Gamil blickte zu ihm hinunter, zwei Tassen mit nach Kardamom duftendem Kaffee in der Hand.

»Ja, alles bestens. Woher haben Sie diese Ausrüstung? Ausgezeichnete Qualität.«

»Sie verstehen wirklich etwas von der Sache, mein Freund. Möchten Sie einen Kaffee?«

»Gerne.« Natan mußte seine Augen abschirmen, um Gamil erkennen zu können. Die Sonne schien ihm direkt ins Gesicht. Gamil stieg vorsichtig auf das schmale, niedriger gelegene Deck und reichte Natan eine der Tassen. Natan stellte sie ab und fuhr fort, die Ausrüstung zu prüfen.

Gamil rief: »Nein, nein! Lassen Sie ihn nicht kalt werden! Sie müssen ihn trinken, solange er heiß ist, sonst können Sie ebensogut Seewasser zu sich nehmen.«

Natan lachte, trank einen Schluck von dem siedend heißen

Gebräu und verbrannte sich prompt die Zunge. »Scheiße!« rief er.

»So geht das! Passen Sie auf!« Geräuschvoll schlürfte Gamil die Flüssigkeit vom Rand der Tasse. »Ohne die Tasse zu berühren! Der Kaffee kühlt dann an der Luft ab. Versuchen Sie's!«

Natan folgte der Aufforderung. Gamil hatte recht. Abgesehen von dem Geräusch war es ein Genuß.

Einige Minuten später übertönte ein anderes Geräusch das Plätschern der Wellen gegen den Rumpf des Bootes. Obwohl er es lange nicht mehr vernommen hatte, erkannte Natan es sogleich. Sein Herz klopfte, und er spürte, wie seine Muskeln sich anspannten. Das syrische Patrouillenboot steuerte direkt auf sie zu.

Er und Gamil beobachteten, wie die graue Silhouette größer und größer wurde. Eine Routinekontrolle, dachte Natan. Kein Grund zur Aufregung. Mit den beiden Styx-Raketen an Deck sah das Boot wie eine große Schildkröte aus.

»Die Scheißkerle! Überlassen Sie's mir, mit ihnen zu reden.« Gamil preßte die Zähne zusammen, als das Schiff neben ihnen zum Halten kam und das kleinere Boot heftig zum Schwanken brachte. Ein Matrose in grauer Uniform warf Gamil ein Tau zu; der Libanese fing es auf und befestigte es am Bug der Motoryacht. Das Schanzkleid des Patrouillenboots überragte jetzt die Yacht, und Natan sah, daß einige der Besatzungsmitglieder ihre MK-47-Maschinenpistolen auf sie richteten.

Ein Offizier sprach mit Gamil, der sich daraufhin an Natan wandte. »Er will Ihren Paß sehen. Keine Sorge. Das ist nur eine Routinekontrolle.«

Natan hielt sich an der Reling fest und lächelte den Offizier, der mit unbewegter Miene auf ihn hinuntersah, freundlich an. Es war das zweite Mal, daß er einem Schiff dieser Klasse so nahe kam. Das erste Mal war im Jom-Kippur-Krieg gewesen; damals hatten er und seine Männer bei einem Sabotage-Auftrag im Hafen von Tripoli mehrere Patrouillenboote dieses Typs in die Luft gejagt.

Der Offizier prüfte Natans Paß. Nichts rührte sich an Bord seines Schiffes. Selbst als er Gamil den Paß zurückgab, waren alle Augen unbewegt auf Natan gerichtet. Schließlich legte der Offizier die Hand an den Mützenschirm und gab dem Rudergänger auf der Brücke ein Zeichen. Gamil löste das Tau. Eine schwarze Rauchwolke quoll aus den Auspuffrohren, und langsam rückte das Patrouillenboot von der Yacht ab.

Natan atmete erleichtert auf. Gamil, die Augen noch immer auf das abdrehende Patrouillenboot gerichtet, murmelte lächelnd: »Mögen die Scheißkerle in der Hölle schmoren und der Geist des Libanons sie heimsuchen bis an das Ende aller Tage.«

»Was war das?« fragte Natan.

»Nichts, mein Freund. Ich hab ihnen nur Glück gewünscht.« Immer noch lächelnd, wandte er sich an Natan. »Was suchen Sie eigentlich hier?«

»Ich suche nach einem versunkenen Schiff, als Touristenattraktion.«

»Sie suchen nicht etwa nach einem Schatz auf diesem versunkenen Schiff?«

»Wenn ich einen finde, werf ich ihn nicht weg. Aber der wahre Schatz sind die Touristen, die das Schiff besichtigen werden.«

»Das ist gut fürs Geschäft.« Gamil schickte sich an, wieder in die Kajüte zu gehen. »Da«, sagte er plötzlich und wies auf den Strand. »Da liegen die wahren Schätze des Landes.«

»Was für Schätze?«

»Frauen, massenweise, am Strand. Ich zeig sie Ihnen.« Er verschwand unter Deck und tauchte eine Minute später mit einem starken Fernglas wieder auf, das er Natan überreichte. »Sehen Sie selbst.«

Natan nahm die unerwartete Gelegenheit wahr und suchte

den Strand ab. Gamil hatte recht. Am Strand wimmelte es von Menschen, vor allem von Frauen in winzigen Bikinis.

»Wie kommt es, daß sie so spärlich bekleidet sind?« fragte er. »Verstößt das nicht gegen religiöse Gebote oder so was?«

»Sie müssen noch sehr, sehr viel über den Libanon lernen, mein Freund.« Gamil lachte schallend.

Natan konzentrierte sich auf die Häuser hinter dem Strand. Eines von ihnen war von einer – vermutlich von einem Schiffsgeschütz abgefeuerten – Granate getroffen worden und schien leerzustehen. Alle anderen waren bewohnt.

Er wurde im Haus Nr. 26 erwartet. Unbehagen stieg in ihm auf. Noch konnte er unversehrt das Territorium verlassen; doch sobald er jenes Haus betreten hatte, gab es wirklich kein Zurück mehr.

»Ich gehe an Land«, sagte er zu Gamil und stand auf. »Könnten Sie die Ausrüstung soweit fertig machen? Ich komme in ungefähr einer Stunde zurück und möchte dann tauchen.«

Gamil lächelte. »Haben Sie was Schnuckeliges am Strand entdeckt?«

»Etwas ganz besonders Schnuckeliges, mein Freund. Haben Sie was dagegen, wenn ich Ihr Beiboot nehme?«

»Nehmen Sie's nur. Aber wenn Sie es am Strand lassen, denken Sie daran, jemanden anzuheuern, der es für Sie im Auge behält. Sonst ist es nicht mehr da, wenn Sie zurückkommen.«

»Kann ich mit US-Dollar zahlen?«

»Soll das ein Witz sein? Sie befinden sich im Libanon! Hier können Sie alles für US-Dollar haben.«

Nachdem er sich Jeans und ein gelbes T-Shirt übergezogen hatte, ließ Natan das kleine Schlauchboot zu Wasser und stieg ein.

Vom Deck der Yacht aus hatte das Meer ruhig ausgesehen. Dennoch mußte er kräftig rudern. Die letzten fünfzig Meter ließ er sich von einer anderthalb Meter hohen, schaumgekrönten Welle tragen, die ihn an den Strand spülte.

Einige Jungen liefen auf ihn zu und halfen ihm, das Schlauchboot an Land zu ziehen.

»Mister, soll ich auf Ihr Schiff aufpassen?« fragte ein magerer Junge von etwa zehn Jahren in einer grellbunten Badehose.

»Bist du sicher, daß du das schaffst?«

»Natürlich«, meinte der Junge. »Schaffen Sie es, mich zu bezahlen?« Er hob herausfordernd das Kinn.

»Ich weiß nicht. Wieviel willst du haben?« Natan hatte eigentlich keine Zeit für dieses Spielchen, aber wenn er als nordamerikanischer Tourist überzeugen wollte, blieb ihm nichts anderes übrig, als darauf einzugehen.

»Wieviel haben Sie?« fragte der Junge.

»Ich gebe dir fünf Dollar.«

»Das soll wohl ein Witz sein«, sagte der Jüngling. »Ich mach Ihnen einen Vorschlag. Ich passe umsonst auf, und Sie bezahlen mich, wenn Sie zurückkommen.«

Natan wußte, daß er geneppt werden sollte, entschloß sich aber, es dabei zu belassen. Zu seinem Erstaunen verstummten die anderen Jungen, wenn der Kleine zu reden begann.

»Okay«, sagte Natan. »Ich bin in einer halben Stunde wieder hier, und dann reden wir darüber.«

Er ging auf eine enge Passage zwischen den Häusern zu, die offensichtlich auf die Straße führte. Nummer 26 mußte eines der fünf Häuser sein. Wenn es eine Falle war, verriet sie sich am ehesten von der Strandseite aus, da man ihn aus dieser Richtung nicht erwartete. Als er die Straße erreicht hatte, sah er das Werk der Zerstörung. Die Häuser standen ordentlich ausgerichtet an einem Hang, aber es gab nicht eines, das nicht die Narben des Krieges trug. Einige von ihnen waren zweifellos mehr als einmal zerstört und mehrfach wieder aufgebaut worden, da einzelne Abschnitte sich in unterschiedlichen Baustadien befanden und neue Mauern bereits wieder Einschüsse aufwiesen.

Auf der Straße selbst rollte der Verkehr in ständigem Fluß. Zu beiden Seiten des Durchgangs, der zum Strand hinunterführte, waren Stände aufgeschlagen, an denen man sich beköstigen konnte. Da er seit einiger Zeit nichts mehr gegessen hatte, war Natan versucht, ein Lamm-Kebab zu bestellen, doch als ihm unvermittelt zwei syrische Soldaten entgegenkamen, besann er sich eines anderen.

Das Haus, das er suchte, befand sich unmittelbar neben dem von Geschützgranaten getroffenen Gebäude, das er vom Boot aus gesehen hatte. Es war vergleichsweise gut erhalten und mit einem roten Ziegeldach und bogenförmigen Fenstern versehen, die an die Zeit der Türkenherrschaft erinnerten. Ein neuer Anstrich ließ es freundlicher erscheinen als die umliegenden Häuser. Die Hausnummer prangte groß auf der eichenen Eingangstür. Obgleich niemand sich meldete, als er klopfte, zweifelte Natan nicht daran, die richtige Adresse gefunden zu haben.

Er wartete einige Minuten, dann begab er sich hinter das Haus. Die rückwärtige Veranda lag anderthalb Meter über dem Strand und wurde von einem rostigen Metallgeländer eingefaßt, das nur an der linken Seite offen war. Eine Metalltreppe führte zum Strand hinab. Von hinten betrachtet, hätte die Villa auch irgendwo an der kalifornischen Küste stehen können. Als Natan um die Ecke bog und den großen Marmorboden der Veranda überblickte, sah er hinter der Glasplatte eines weißen gußeisernen Tisches ein Paar sonnengebräunte Beine. Er stieg die Treppe hoch und nahm die ganze Gestalt in Augenschein – es war ein hinreißender Frauenkörper. Auf seidiger Haut glitzerte Sonnenöl.

»Entschuldigen Sie«, sagte er leise, um die Frau nicht zu erschrecken. Sie drehte sich langsam mit einer anmutigen Bewegung zu ihm um und sah ihn an. Schwarzes, üppiges

Haar umrahmte ein äußerst attraktives Gesicht, dessen gebräunter Teint die großen, grünen, klugen Augen vorteilhaft zur Geltung brachte. »Sprechen Sie englisch?« fragte Natan.

»Was wünschen Sie?« antwortete sie mit einem leichten Akzent.

»Ich suche Ibrahim.«

»Ibrahim ist nicht hier«, erwiderte sie, indem sie sich zurücklehnte und eine Sonnenbrille aufsetzte.

»Aber er hat mir gesagt, daß ich ihn hier treffen könnte.«

»Ibrahim ist in Washington.«

Natan war im Begriff, seine Geduld zu verlieren. Es stand zuviel auf dem Spiel; er konnte es sich nicht erlauben, zum Narren gehalten zu werden. »Hat er keine Nachricht für mich hinterlassen? Hat er nicht angerufen?«

»Er ruft dauernd an.«

»Und wer sind Sie?«

»Ich bin seine Schwester. Und Sie?«

»Jemand, dem er seine Hilfe versprochen hat. Aber jetzt gehe ich wohl besser. Wenn Sie keine Nachricht für mich haben, will ich Ihre Zeit nicht länger in Anspruch nehmen.« Er hatte sich bereits umgedreht, als sie sagte:

»Wie ist Ihr Name?«

»Warum?«

»Ich bin nur neugierig. Haben Sie einen Paß?«

»Ja.«

»Kann ich ihn sehen?« Es lag ein leichtes Lächeln auf ihrem Gesicht.

Er zog seinen Paß aus der Tasche und reichte ihn ihr. Sie sah erst das Foto, dann ihn an, bevor sie ihm den Paß zurückgab. »Nett«, sagte sie. »Und wie heißen Sie wirklich?«

Natan spürte, wie der Zorn in ihm aufstieg. Er war nicht gewohnt, ausgefragt zu werden, und fühlte sich bei diesem Katz-und-Maus-Spiel ganz und gar nicht wohl in seiner Haut. »Gibt es einen Grund für all diese Fragen?«

»Möglicherweise. Nun?«

Er zögerte. Wenn dies eine Falle war, dachte er, wäre sie in dem Augenblick zugeschnappt, als ich die Veranda betrat.

»Natan. Mein Name ist Natan«, sagte er schließlich.

Sie stand auf, trat lächelnd auf ihn zu und sagte, während ihre Hand die seine mit festem Druck umschloß: »Ich heiße Nadin. Ibrahim hat mir ein wenig von Ihnen erzählt. Er bat mich, Ihnen zu helfen, falls Sie sich hier blicken lassen sollten. Er war sich freilich ziemlich sicher, daß Sie *nicht* kommen würden.« Sie wies auf die offene Verandatür und sagte: »Bitte, treten Sie ein.«

Er folgte ihr in das kühle, dunkle Innere des Hauses. Nadin bewegte sich mit katzenhafter Anmut, leise und langsam, doch sehr geschmeidig. Er nahm den betäubenden Duft ihres Parfüms in sich auf und bewunderte die Vollkommenheit ihres Körpers.

»Setzen Sie sich und bedienen Sie sich. Gläser und Getränke finden Sie im Schrank dort.« Sie wies auf ein langes Mahagoni-Sideboard. »Ich ziehe mir nur rasch etwas Passenderes an.«

»Meinetwegen brauchen Sie sich nicht umzuziehen«, sagte er lächelnd. Sie erwiderte sein Lächeln, als sie den Raum verließ.

Er fühlte sich jetzt sicher, stand jedoch mehr denn je unter Zeitdruck. Er mußte innerhalb der nächsten Stunden wieder an Bord der Motoryacht sein und das Land innerhalb der nächsten achtundvierzig Stunden verlassen. Er sah hinaus auf das leuchtendblaue Meer, während die dünnen Gardinen sich im Wind bauschten. Die Situation erschien ihm seltsam unangemessen. Es war alles so amateurhaft, so unprofessionell, so gefährlich. Praktisch *alles* konnte schiefgehen, und je komplizierter die Lage wurde, desto wahrscheinlicher war es, *daß* etwas schiefging.

Da war Gamil, der vielleicht einem seiner vielen Auftraggeber von dem seltsamen Kanadier berichtete. Ohne daß er,

Natan, etwas dagegen tun könnte, würde die Information den Mossad erreichen, der Tausende von Agenten und Informanten im Libanon beschäftigte. Sie brauchten nur seine Decknamen auf dem Computer abzurufen und – peng! – da wäre er, in voller Lebensgröße. Natan schenkte sich einen Tequila ein und leerte das Glas in einem Zug. Er mußte seine Nerven beruhigen. Er durfte jetzt unter keinen Umständen die Selbstbeherrschung verlieren.

Nadin hatte sich umgezogen und trug jetzt das traditionelle, Galabiya genannte Hauskleid. Das hochgeschlitzte weiße Baumwollgewand hatte einen mit roten und goldenen Brokatstickereien besetzten Ausschnitt, der nur einen kleinen Teil ihrer Büste freigab. Nadin setzte sich ihm gegenüber auf einen hölzernen Stuhl. Sie nahm ein Stück Türkischen Honig aus einer Glasschale, die auf dem Tisch neben ihr stand, und steckte es sich in den Mund. Dann tupfte sie sich sorgfältig die Reste des Puderzuckers von den Lippen. Es fiel Natan schwer, die Augen von ihren vollendet geformten Beinen abzuwenden.

»Was wollen Sie also?« fragte sie.

»Ich brauche Ihre Hilfe, um eine Terroristengruppe daran zu hindern, die gemäßigten Palästinenserführer zu ermorden.«

»Was die einen Terroristen nennen, nennen die anderen Freiheitskämpfer.«

»Die Leute, um die es hier geht, würden nur wenige als Freiheitskämpfer bezeichnen.«

»Was verleitet Sie zu der Annahme, daß ich nicht einer dieser wenigen bin?«

»Gehörten Sie dazu, wäre ich wahrscheinlich schon tot. Doch wenn Sie bereit sind, mir zu helfen, lassen Sie uns zur Sache kommen.«

»Bevor wir das tun – wenn wir es tun –, möchte ich Ihnen sagen, daß etwas an Ihnen mir nicht gefällt. Es gefällt auch meinem Bruder nicht. Sie scheinen zu glauben, daß wir Ihnen, da sich das Vorhaben dieser sogenannten Terroristen gegen Palästinenser richtet, unendlich dankbar sein müßten. Sie meinen offenbar, wir hätten uns Ihrem Befehl zu unterstellen und alles zu tun, was Sie uns sagen. Dazu folgendes: Ich hab etwas gegen Führer jeglicher Couleur. Warum? Weil ich glaube, daß nichts von dem, was sie tun, dazu beiträgt, den letzten blutigen Kampf zu verhindern. Andererseits: Solange auch nur die entfernteste Chance besteht, diesen Kampf tatsächlich zu verhindern – etwa indem Sie Ihre Regierung zu einem vernünftigen Verhalten zwingen –, bin ich bereit zu helfen. Aber nicht als Ihr Lakai.«

»Ich bitte Sie nur, mir bei der Verhinderung dieses Mordanschlags zu helfen. Danach gehen wir wieder getrennte Wege. Ist das ein Angebot?«

»Fangen wir erst einmal an, dann sehen wir weiter.«

»Nein«, sagte er. »Das genügt nicht. Sagen Sie mir, daß Sie nichts mit der Sache zu tun haben wollen, dann gehe ich, und damit hat es sich. Aber wenn Sie mir Ihre Hilfe zusagen, muß ich mich darauf verlassen können, daß Sie bis zum Ende dabeibleiben. Dies ist kein Spaziergang, bei dem Sie auf halbem Wege umkehren können. Wie entscheiden Sie sich?«

Seine Aufmerksamkeit wurde von den roten Baretten einiger syrischer Soldaten abgelenkt, die plötzlich vor dem Fenster aufgetaucht waren und den Strand patrouillierten.

»Keine Angst«, sagte Nadin. »Das ist reine Routine. Sie kommen hier jede Stunde vorbei. Wahrscheinlich wegen der vielen Touristinnen, die sich am Stand sonnen.« Sie richtete sich auf und sah Natan an. »Woher weiß ich, daß Sie mich nicht in etwas hineinziehen, das Ihnen später dazu dient, mich gegen meine eigenen Landsleute auszuspielen? Sie sind schließlich vom Mossad.« Natan zuckte bei dem Wort zusammen. »Ihr seid nicht gerade berühmt für eure Aufrichtigkeit, oder?«

»Ich bin hergekommen, nicht wahr? Genau, wie Ibrahim es verlangt hat.«

»Das beweist nur, daß Sie uns trauen. Woher soll ich wissen, ob ich *Ihnen* trauen kann?«

»Ich weiß nicht, was ich Ihnen darauf antworten soll. Aber meine Zeit wird knapp. Ich schlage vor, Sie denken darüber nach, und ich komme heute abend wieder.«

»Ich werde Ihnen helfen.« Ihre Stimme klang entschlossen. »Aber denken Sie an eines: Wenn Sie ein falsches Spiel mit mir treiben, gibt es keinen Platz auf dieser Erde, an dem wir Sie nicht finden.«

Natan nickte und lächelte sie an. »Ich weiß zu schätzen, was Sie für mich tun. Ich muß jetzt wieder zurück zu meinem ...« Er erhob sich.

»Ich habe Ihr kleines Boot gesehen.«

»Es dient mir zur Tarnung, solange ich hier bin. Nur damit Sie es wissen: Ich tauche nach einem Schiffswrack.«

»Ach was? Suchen Sie einen Schatz?«

»Nein. Nach einem Platz für eine Tauchfahrt. Ich bin heute abend wieder hier, wenn es Ihnen recht ist.«

»Ich werde da sein.«

Als er zur Tür ging, gab er ihr ein Stück Papier. »Wenn Sie heute nachmittag Zeit haben, versuchen Sie bitte, etwas über dieses Mädchen herauszufinden. Wir brauchen diese Information später.«

»Ich werd's versuchen.«

»Gut. Achten Sie nur darauf, daß Sie sich mit Ihren Fragen nicht verdächtig machen.« Er zögerte. Das war ein Fehler, dachte er. Sie weiß nicht, wie man so etwas anstellt.

»Seien Sie unbesorgt«, sagte Nadin, die seine Vorbehalte erriet. »Ich weiß, wie man Auskünfte erhält, ohne Verdacht zu erregen.«

»Wo haben Sie das gelernt?«

»Bei meinem Vater.«

»Und wer ist Ihr Vater?«

»Das verrate ich Ihnen heute abend.«

Natan ging zum Strand zurück, ohne daß jemand ihn beachtete. Der Junge stand neben dem Schlauchboot, das inzwischen freilich eher wie eine Strandmatratze aussah. Er winkte Natan zu. *»Aha-lan we sah-lan* – Hallo und Friede sei mit dir, Chef. Ich hab auf Ihr Boot aufgepaßt. Jetzt kann ich wohl gehen.«

Das Schlauchboot war flach wie ein Pfannkuchen. Jemand hatte die Luft herausgelassen.

»Wovon redest du? Was ist hier passiert?«

»Keine Ahnung, Chef. Sie haben mich gebeten aufzupassen, daß niemand Ihr Schiff stiehlt.«

»Aber was ist mit der Luft?« Natan war wütend, beruhigte sich aber sofort, als ihm ein über den Strand schlendernder Polizist ins Auge fiel.

»Ich sollte auf das Schiff aufpassen. Von der Luft haben Sie nichts gesagt. Sie schulden mir nichts. Bye-bye.« Der Junge warf ihm einen unverschämten Blick zu, dann drehte er sich um und rannte fort.

»Warte! Wo kriege ich eine Pumpe her, verdammt noch mal?« Natan hatte ihn eingeholt.

»Ich kann Ihnen eine Pumpe leihen. Für zwanzig amerikanische Dollar, okay?« Der Junge grinste wie seine Kameraden, die sich plötzlich wieder eingefunden hatten.

»Ich geb dir fünfundzwanzig, aber du übernimmst das Pumpen.«

»Dreißig.«

»Meinetwegen.«

Nach wenigen Minuten war das Schlauchboot aufgepumpt, und Natan überreichte dem kleinen Banditen das Geld. Der Schlingel verbeugte sich und sagte: »Merci, Ktir.«

Gamil hatte die Taucherausrüstung für ihn an Deck bereitgelegt. Das Rudern hatte Natan angestrengt, weshalb er sich erst ein paar Minuten ausruhte, bevor er die Ausrüstung anlegte und sich über Bord fallen ließ.

Das Wrack lag fast genau unter der Yacht. Dennoch verbrachte Natan an die zwanzig Minuten unter Wasser, um es von allen Seiten zu untersuchen. Gamil sollte von der Aufrichtigkeit seiner Absichten überzeugt sein.

Bevor er wieder auftauchte, füllte Natan eine rote Schwimmblase mit Luft und ließ sie als Markierung an die Oberfläche steigen. Später am Nachmittag tauchte er noch einige Male, um Aufnahmen des Wracks zu machen. Seine Legende mußte hieb- und stichfest sein.

Kapitel 20

Beirut. 23. September, 18.00 Uhr

Gegen 18 Uhr holte Gamil den Anker ein und fuhr in einen kleinen Yachthafen im Norden der Bucht. Nachdem sie das Boot vertäut hatten, lud er Natan ein, mit ihm zu Abend zu essen. Natan lehnte ab; er habe am Strand eine Mieze kennengelernt, mit der er verabredet sei, sagte er.

Gamil lachte. »Sie sind einer von der schnellen Truppe, was? Passen Sie nur auf, daß Sie sich nicht auf etwas einlassen, das Sie später bereuen. Falls Sie es noch nicht wissen – diese Stadt ist nicht sicher. Ein Amerikaner ist für manche Leute ’ne Menge Geld wert. Wie wär’s, wenn ich mitkäme? Nur um Ihnen zu zeigen, wo Sie gefahrlos hingehen können. Später hole ich Sie dort wieder ab. Was meinen Sie?«

»Danke, aber ich glaube, ich kann auf mich selbst aufpassen. Machen Sie sich meinetwegen keine Gedanken.«

»Verstehen Sie mich nicht falsch, mein Freund. Wenn Sie

bezahlt haben, was Sie mir noch schulden, mache ich mir Ihretwegen nicht die mindesten Gedanken. Aber bis dahin sind Sie für mich der wichtigste Mann, den ich kenne.«

»Ich danke Ihnen für Ihre Offenheit. Trotzdem kann ich auf mich selbst aufpassen.«

Gamil war wütend. Er spie eine Reihe von Flüchen aus, die Natan zwar hören, aber nicht verstehen konnte. »Würde es Ihnen dann etwas ausmachen, mir die Restsumme sofort zu zahlen? Nur für den Fall, *daß* Ihnen etwas zustößt.« Er lächelte verschlagen.

»Daran ist überhaupt nicht zu denken. Sie kriegen Ihr Geld, wenn wir mit der Sache fertig sind, keinen Augenblick früher. Und nun entschuldigen Sie mich bitte. Ich hab eine Verabredung mit einer sehr schönen Dame und möchte nicht zu spät kommen.«

Natan, unauffällig mit Jeans und einem dunkelblauen T-Shirt bekleidet, sprang auf die Pier und machte sich auf den Weg zu Nadins Haus. Er entschloß sich, am Strand entlangzugehen, um die unsicheren Straßen des moslemischen Viertels, vor allem aber auch Polizei- und Militärkontrollen zu vermeiden.

Das Haus lag etwa drei Kilometer vom Yachthafen entfernt, doch erreichte er es schneller, als er erwartet hatte. Es war noch ziemlich hell, obwohl die Sonne langsam über dem Meer versank und auf den dunklen Wassern eine leuchtende Spur zeichnete, die sich bis zum Horizont erstreckte.

Die Verandatür stand offen; die dünnen Gardinen wölbten sich leicht im Abendwind. Das Licht im Haus war warm und einladend – ein geschützter Hafen inmitten einer feindlichen Umgebung. Jeweils zwei Stufen auf einmal nehmend, sprang er die Treppe hinauf.

»Hallo, ist jemand da?« rief er, während er sich den Sand von den nackten Füßen streifte und seine ausgetretenen Halbschuhe anzog.

»Kommen Sie herein.« Es war Nadins weiche, ein wenig angerauhte Stimme.

Natan trat ein – und blieb unvermittelt stehen. In einer Ecke des Zimmers stand ein großer Mann, eine imposante Gestalt mit über der Brust verschränkten Armen. Sein kahlgeschorener Kopf reflektierte das Licht eines kristallenen Kronleuchters.

Natan trat einen Schritt zurück. Er war bereit, sofort die Flucht zu ergreifen. Er haßte Überraschungen.

Nadin sagte schnell: »Kein Grund zur Besorgnis. Bassam ist ein Freund.«

»Sie hätten mich darauf vorbereiten sollen. Wer ist es?«

»Ein Freund meines Vaters. Sie können ihn als meinen Leibwächter bezeichnen, obgleich er mehr als das ist. Bassam hat uns aufgezogen – damals, nachdem Ibrahim nach Amerika gegangen war.« Sie lächelte den Mann an, der Natan an den Geist aus Aladins Lampe erinnerte. »Bassam hat sich um mich und meinen Bruder Nabil gekümmert. Sie haben von ihm nichts zu befürchten.«

»Spricht er englisch?«

»Nein.«

Natan blieb an der Tür stehen. »Sie müssen mir etwas versprechen.« Er sah ihr in die Augen. »Bringen Sie nie jemanden wieder mit, wenn wir uns treffen. Versprechen Sie's mir!«

»Ich verspreche es. Nur an Bassam werden Sie sich gewöhnen müssen.«

Natan gab sich einen Ruck und betrat den Raum. Bassam stellte sich sofort beschützend neben Nadin, worauf sie ihm etwas zuflüsterte, was ihn veranlaßte, einen Schritt zurückzutreten. Dann wandte sie sich an Natan und sagte: »Geben Sie ihm die Hand, damit er weiß, daß Sie nichts Böses im Schilde führen.«

Natan reichte dem Mann die Hand. Obgleich er selbst kräftig gebaut war, kam er sich vor wie ein Junge, der vor einem

Erwachsenen steht. Seine Hand verschwand in Bassams riesiger Pranke. Natan lächelte ihm zu und setzte sich, nachdem seine Hand wieder frei war, Nadin gegenüber auf das Sofa.

»Möchten Sie einen Drink vor dem Essen?« fragte sie.

»Ja, bitte.«

»Tequila?«

»Ja.«

Sie trat an das Sideboard, um sein Glas zu füllen; dann gab sie Bassam ein Zeichen, sich zu entfernen.

»Ich hoffe, Sie haben ihn nicht weggeschickt, damit er seinen großen Bruder holt«, sagte Natan scherzend.

»Nein. Er deckt den Tisch fürs Abendessen.«

»Sagen Sie mir jetzt, wer Ihr Vater ist?«

»Sie kennen ihn wahrscheinlich, wenigstens von Hörensagen.« Nadin reichte ihm das Glas. »Al Danna ist unser Familienname, und mein Vater wird Catib genannt.« Sie sagte es mit erhobenem Kinn; sie war unverkennbar stolz auf ihren Vater.

Natan hätte um ein Haar das Glas fallen lassen. »Sie wollen doch nicht behaupten, daß Sie die Tochter von Abu Nabil sind?« fragte er und zog die Brauen zusammen.

»Das ist der Name, unter dem er besser bekannt ist, ja.«

»Verdammt noch mal! Von allen Menschen müssen ausgerechnet *Sie* die Tochter des gefährlichsten Terroristen der Welt sein!«

»Mein Vater ist ein Freiheitskämpfer! Er hat nicht darum gebeten, sich an diesem Krieg zu beteiligen. Sie hätten ihn nur in Ruhe zu lassen brauchen.«

»Wovon reden Sie da? Der Mann ist ein brutaler Mörder!«

»Sie haben keine Ahnung, wer mein Vater ist oder war. Es ist leicht, ihn zu verurteilen. Was wissen Sie schon vom Freiheitskampf unseres Volkes? Sie wurden frei geboren.«

»Nicht ganz«, sagte Natan. Es war weder die Zeit noch der Ort, sich auf eine solche Diskussion einzulassen, aber er konnte nicht anders. Die Situation war äußerst ungewöhnlich. Warum hat sie sich nur bereit erklärt, mir zu helfen, dachte er. »Wir sind nicht frei geboren. Wir mußten darum kämpfen, das wissen Sie genauso wie ich.«

»Kämpfen? Und was war Dir Yasin 1948? Ein Kampf? Nein, es war ein Massaker.«

»Dafür waren radikale Randgruppen verantwortlich. Die regulären Truppen haben sich nie dergleichen zuschulden kommen lassen, geschweige denn das, was Hadsch Amin al Hussainis Banditen verbrochen haben.«

»Kommen Sie mir nicht damit! Die Führer Ihrer sogenannten radikalen Randgruppen sitzen heute bei Ihnen an den Schalthebeln der Macht, während die Nachkommen von al Hussaini sich um den Frieden bemühen. Was meinen Vater betrifft, so billige ich seine Methoden keineswegs. Würde ich Ihnen sonst helfen? Aber ich kann ihn besser verstehen als Ihren Ministerpräsidenten, diesen mißgestalteten Zwerg, für den Palästinenser weniger wert zu sein scheinen als Tiere. Wissen Sie, daß unsere Familie in dem Land, das Sie heute Israel nennen, mehr als sechstausend Morgen Land besaß, einschließlich riesiger Orangenhaine in Aschkelon Yavnah und Kefar Saba? Alles wurde uns genommen. Was würden Sie an Stelle meines Vaters tun? Das Haus am Meer in Jaffa, in dem er aufwuchs, hatte zwanzig Räume. Es ist jetzt eine Polizeistation. Von einem Tag zum anderen wurde aus einem geachteten Bürger ein Flüchtling. Erzählen Sie mir also nicht, daß Sie um Ihre Freiheit kämpfen mußten. Sie haben sie auf Kosten anderer erlangt. Doch genug davon. Es ist Zeit, an die Zukunft zu denken. Ich glaube immer noch nicht, daß eine echte Chance auf Frieden besteht, aber niemand soll sagen, daß wir uns nicht darum bemühten. Können Sie das verstehen?«

»Ja. Aber bedenken Sie wenigstens eines: Meine Landsleute haben alles, was sie besaßen, im Holocaust verloren und mußten wieder ganz von vorn anfangen.«

»Und warum werden *wir* für den Holocaust bestraft? *Wir* haben ihn nicht zu verantworten – aber wir müssen dafür bezahlen. In gewisser Weise sind wir beide Opfer des Holocaust. Daran können Sie nichts ändern, und ich auch nicht.«

»Wird Bassam Ihren Vater über mich berichten?« wollte Natan wissen.

»Nein. Er ist nicht sein, sondern mein Diener. Außerdem redet mein Vater nicht mehr mit mir, weil er meine Einstellung für falsch hält. Er sagt es auch jedem – unter anderem deshalb, weil er mich auf diese Weise vor dem zu schützen glaubt, was ihn eines Tages vielleicht erwartet.«

Bassam trat ein, um zu verkünden, daß das Abendessen angerichtet sei. Als er Nadin in das Speisezimmer folgte, hatte Natan das Gefühl, einen surrealistischen Traum zu träumen. Er hatte sich so weit vorgewagt wie nie zuvor in seinem Leben. Es ist eine Gratwanderung, dachte er. Zu beiden Seiten gähnt der Abgrund.

Der Tisch war beladen mit lokalen Delikatessen, angefangen bei der großen Schüssel mit gegartem Huhn in würzigem Reis bis hin zu den traditionellen Auberginen in *tahina*. Natan spürte erst jetzt, wie hungrig er war. Sie aßen einige Minuten, ohne ein Wort zu wechseln, dann fragte er Nadin: »Was haben Sie über den Namen herausgefunden, den ich Ihnen gegeben habe?«

Sie nickte und tupfte ihre Lippen mit der weißen Serviette ab. »Bassam hat die Adresse überprüft. Die Familie, die dort wohnt, ist ziemlich groß. Fünf Brüder und eine Schwester. Es handelt sich um Palästinenser, die ursprünglich aus Haifa stammen. Wollen Sie sonst noch etwas wissen?«

»Nur, ob das Mädchen noch da ist.«

»Ja.«

»Sie öffnet uns den Zugang zu jener Organisation, die die Anschläge plant.«

»Erzählen Sie mir mehr.«

»Nun, um es kurz zu machen: Ihr Onkel leitete bis vor kurzem eine kleine Organisation, die sich die Ermordung gemäßigter Palästinenserführer zum Ziel gesetzt hatte, also jener Kräfte, die bereit sind, unter UNO-Aufsicht mit Israel zu verhandeln. Auf Veranlassung ihres Onkels soll sie nach Griechenland reisen und dort als Mittelsperson für sein kleines Team arbeiten. Er hat sie ausgewählt, weil er ihr vertraut und weil eine Frau weniger Verdacht erregt als ein Mann. Er hatte alles soweit vorbereitet und wollte gerade jemanden zu ihr schicken, als er bei einem Unfall – genauer gesagt, einem Tauchunfall – ums Leben kam.«

»Wie praktisch«, sagte Nadin.

»Sie sind sehr argwöhnisch«, erwiderte Natan lächelnd.

»Ist das vielleicht ein Fehler?«

»Nun, es ist in diesem Geschäft keine schlechte Eigenschaft, glaube ich«, sagte Natan und fuhr fort: »Inzwischen erwartet sein Stellvertreter das Mädchen. Er nimmt an, daß sie sich schon auf dem Weg nach Griechenland befindet.«

»Und was hilft uns das? Wollen Sie sie dazu bringen, für uns zu arbeiten?«

»Das wäre keine schlechte Idee. Nur bleibt uns dazu nicht mehr die Zeit.«

»Was dann?«

»*Sie* werden ihre Stelle übernehmen.«

»Aber, aber ...« Nadin war offensichtlich zutiefst überrascht. »Wie sieht sie denn aus? Ich meine, man wird doch sofort herausfinden, daß ich jemand anders bin. Ich weiß noch nicht einmal, wie ihr Onkel ausgesehen hat.«

»Keiner der Leute, für die die junge Frau arbeiten soll, hat sie je gesehen oder je zuvor von ihr gehört. In dieser Hinsicht sind wir also sicher. Was ihren Onkel betrifft, so erhalten Sie von mir alle nötigen Informationen. Das ist kein Problem.«

»Angenommen, sie taucht auf. Ich meine ...«

»Wir müssen sie von der Bildfläche verschwinden lassen.

Vielleicht können wir sie hier in Beirut festhalten... Bassam könnte sie bewachen. Sie kommt aus eigenem Willen, da sie annimmt, daß der Gewährsmann ihres Onkels sie ruft. Von seinem Tod weiß sie noch nichts. Ihre Familie wird sie nicht vermissen, da alle glauben, daß sie an der Sorbonne in Paris...«

»Wenn Sie das alles wissen«, unterbrach ihn Nadin, jedes ihrer Worte mit Bedacht wählend, »warum gehen Sie denn nicht mit Ihren eigenen Leuten hin und stoppen diese Kerle?«

Natan atmete tief durch, ehe er antwortete. »Weil ich erfahren habe, daß die Ermordung der gemäßigten Palästinenser nicht nur im Interesse der Syrer liegt, sondern genau dem entspricht, was auch meine eigenen Leute wollen.«

»Heißt das, daß Sie gegen Ihre eigenen Leute vorgehen?« Nadin schien keine Antwort zu erwarten, sondern fuhr sogleich fort: »Okay. Angenommen, es stimmt, was Sie sagen. Können Sie nicht selbst tätig werden? Sich die Kerle schnappen, bevor sie in Aktion treten?«

»Ich komme nicht einmal in ihre Nähe. Unsere Leute beobachten sie rund um die Uhr, um sicherzustellen, daß sie nicht in letzter Minute ihren Plan ändern und sich an Israelis vergreifen. Um sie von ihrem Vorhaben abzubringen, brauche ich Sie, Nadin! Wie wir im einzelnen verfahren, kann ich bei den wenigen Informationen, die uns vorliegen, noch nicht sagen. Zunächst einmal geht es darum, das Mädchen hierher und Sie nach Griechenland zu schaffen.«

»Wissen Sie, was der Bote dem Mädchen sagen soll?« fragte sie.

»Ja. Ich habe es sogar auf arabisch notieren lassen, um den exakten Wortlaut zu haben.«

»Ich nehme an, daß Bassam sie herschaffen und vorübergehend unter Verschluß halten kann.«

Nadin blickte Natan an. »Wie hat der große Mossad-Mann

sich das denn vorgestellt? Was wäre gewesen, wenn wir Bassam nicht hätten?«

»Ich hoffe, Sie bilden sich nicht ein, daß Sie der einzige Mensch sind, den ich im Libanon kenne. Aber wenn er uns helfen kann, dann wäre es unvernünftig, weitere Leute in die Sache einzubeziehen. Übrigens habe ich nichts gegen Bassam. Ich hab nur gesagt – und ich sage es nochmals –, daß ich es nicht schätze, auf solche Weise überrascht zu werden. Was haben Sie ihm von mir erzählt?«

»Nur, daß Sie ein Freund aus den Staaten sind. Aber wenn Sie wollen, daß er Ihnen hilft, werden Sie ihm schon eine glaubwürdige Geschichte auftischen müssen.«

»Lassen Sie mich nachdenken.« Natan blickte aus dem Fenster. Von seinem Platz aus konnte er den Mond nicht sehen, nur den gebrochenen Widerschein seines Lichts auf den flachen Wellen, die gegen das Ufer schlugen. »Sagen Sie ihm, daß ich...« Er schnippte mit den Fingern. »Sagen Sie ihm, daß ich für den CIA arbeite und Ihre Hilfe brauche, um einige bedrohte Palästinenser zu retten.«

»Ich dachte, Sie wollten ihm nicht die Wahrheit sagen?«

»Er soll nicht wissen, daß ich Israeli bin. Vertrauen Sie mir. Am besten, Sie rufen ihn gleich her und sprechen mit ihm.«

Wie sich herausstellte, war Bassam gerne bereit zu helfen. Er erkannte sofort, daß er Nadin damit einen Gefallen tat, und das genügte ihm.

Natan bat Nadin, Wort für Wort zu übersetzen, was er dem Mann zu sagen hatte und sicherzustellen, daß er das Mädchen zweifelsfrei identifizieren konnte. Eine Verwechslung war das letzte, was sie jetzt gebrauchen konnten. Bassam erklärte, daß er das Mädchen in einer »besonderen Zelle« im Haus unterbringen würde, die, wie Natan vermutete, schon früher zu ähnlichen Zwecken gedient hatte. Natan brauchte sich keine Sorgen zu machen: Wenn das Mädchen entkam, war Nadin in höchster Lebensgefahr. Bassam würde das nie zulassen. Er versprach, am nächsten Morgen zum Flughafen zu kommen, um Natan zu bestätigen, daß er das Mädchen in seine Gewalt gebracht habe. Falls nicht, mußte der Plan auf unbestimmte Zeit verschoben werden.

Es war fast zwei Uhr nachts, als Natan das Haus verließ. Er lehnte Bassams Angebot ab, ihn zu begleiten. Einige Minuten später begann er diesen Entschluß zu bereuen.

Es war nichts Konkretes zunächst, doch hatte die nervliche Anspannung seine Sinne so geschärft, daß er zu spüren glaubte, wie jemand sich hinter ihm auf der Uferpromenade näherte. Es war eine klare Nacht, doch der Halbmond warf überall tiefe Schatten. Natan hatte keine andere Wahl als weiterzugehen und so zu tun, als ob er nichts gemerkt hätte.

Plötzlich blendete grelles Licht seine Augen, und er schirmte sie instinktiv mit der rechten Hand ab. »*Tahal edak, tahal edak*!« Als Natan darauf nicht reagierte, sagte der Mann in gebrochenem Englisch zu ihm: »Hände, hoch Hände!«

Natan blieb stehen; seine Gedanken überschlugen sich. Sollte er gekidnappt werden? Wenn der Mann, den er immer noch nicht sehen konnte, ihn hätte töten wollen, hätte er es bereits getan. Es mußte entweder die Polizei oder eine Militärstreife sein.

»Was wollen Sie? Ich bin Amerikaner. Was wollen Sie?«

»Paß«, erwiderte der Unbekannte. Als er die Hand nach dem Paß ausstreckte, konnte Natan die Umrisse einer Maschinenpistole sehen.

Natan schloß fest die Augen, um sich wieder an die Dunkelheit zu gewöhnen. Er zog das Dokument aus der Tasche und händigte es dem Mann aus. Dieser richtete den Strahl seiner Taschenlampe darauf. Da das Licht ihn nun nicht mehr blendete, öffnete Natan die Augen.

Vor ihm stand ein kleingewachsener syrischer Soldat, der sich anscheinend allein auf Patrouille befand.

Der Soldat steckte den Paß in seine Brusttasche und bedeutete Natan, ihm zu folgen. Es sah nicht so aus, als ob sich alles mit einem freundlichen »Dankeschön« erledigen würde. Der Syrer glaubte anscheinend, einen guten Fang gemacht zu haben, den er seinem Vorgesetzten präsentieren mußte. Natan zog seine Armbanduhr vom Handgelenk und bot sie dem Soldaten unmißverständlich als Bestechung an. Der Mann warf einen Blick auf die schöne goldene Uhr, schüttelte aber dann ablehnend den Kopf.

»Das ist schade«, sagte Natan mit leiser Stimme, so daß der Mann den Kopf vorbeugen mußte, um ihn zu hören. Er hatte jetzt wieder die Hand auf die Waffe gelegt, aber Natan bemerkte, daß sie noch gesichert war. Mit einer geschickten Bewegung warf er die Uhr auf den Sand hinter dem Soldaten, der sich sofort nach ihr umdrehte. Das hatte Natan erwartet. Mit ausgestreckten Händen sprang er auf den Soldaten zu und zog ihn an sich. Mit der linken Hand auf der Brust des Mannes, benutzte Natan die rechte, um den Helmrand direkt über den Augen des Syrers zu packen und ihn mit einem plötzlichen Ruck nach hinten zu reißen. Das Genick des Mannes brach; das knirschende Geräusch war in der Stille deutlich zu hören.

Natan beugte sich über den Körper, um seinen Paß wieder an sich zu nehmen, als er abermals von einem starken Lichtstrahl geblendet wurde.

»Scheiße!« sagte er laut und langte nach der AK-47 des toten Soldaten.

Es gelang ihm, die Waffe zu entsichern. Er richtete sie auf die Lichtquelle in der Dunkelheit und warf sich neben dem Leichnam zu Boden. Schon krümmte er den Zeigefinger am Abzugbügel, als er eine vertraute Stimme hörte.

»Hab ich Ihnen nicht gesagt, daß Sie mein wertvollster Besitz sind?« Es war Gamil. Er richtete die Lampe auf sein eigenes Gesicht, damit Natan ihn deutlicher sehen konnte. »Vergessen Sie Ihre Armbanduhr nicht«, sagte er und hob sie auf, um sie Natan zu geben, der sich inzwischen erhoben hatte.

»Sie sind sehr gut«, sagte Gamil und lächelte ihm anerkennend zu. »Aber ist Ihnen nicht aufgefallen, daß diese Kerle gewöhnlich zu zweit oder sogar zu dritt auf Patrouille gehen? Kluge Bürschchen – im Gegensatz zu einigen Amerikanern, die lieber allein gehen. Vielleicht sind Sie mir jetzt dankbar dafür, daß ich in Ihrer Nähe war.«

»Was ist da drüben los?« fragte Natan und zeigte in die Richtung, aus der Gamil gekommen war.

»Ich hab Sie die ganze Zeit beobachtet. Einer der Soldaten machte sich an Sie ran – der, den Sie erst gesehen haben, als er vor Ihrer Nase stand –, aber der andere ging hinter der Uferpromenade in Deckung. Als er sah, daß Sie seinen Kameraden angriffen, wollte er Ihnen eine verpassen, was ich jedoch verhinderte, indem ich das tat, was jeder gute Freund tun würde: Ich hab ihm die Kehle durchgeschnitten. Glücklicherweise hatte er den Finger noch nicht am Abzug, sonst wäre die Waffe losgegangen, und das hätte uns gerade noch gefehlt!«

»Ich danke Ihnen. Ich meine es aufrichtig, und ...«

»Schon gut. Wir müssen erst mal diese Leichen beseitigen und dann sehen, daß wir hier wegkommen, bevor andere Soldaten auftauchen. Der Strand ist voll von ihnen.«

»Können Sie schwimmen?« fragte Natan.

»Warum?«

»Wir könnten die Leichen ins Wasser ziehen und sie weiter draußen mit irgendwas beschweren, so daß sie unter Wasser bleiben. Von da können wir in den Yachthafen schwimmen, ohne auf eine Patrouille zu stoßen.«

»Ich helfe Ihnen, die Leichen ins Wasser zu schaffen«, sagte Gamil. »Sie können zum Yachthafen schwimmen. Ich gehe zu Fuß. Schließlich liegt nichts gegen mich vor, oder?«

»Sie können nicht schwimmen, was?« Natan wartete die Antwort nicht ab. Er stand bereits mit einer der Leichen bis zu den Hüften im Wasser, als Gamil ihn einholte. Er hatte den anderen Soldaten am Kragen gepackt und zog ihn hinter sich her. Der Schnitt an der Kehle des Mannes war sauber und tief – ein Beweis, daß Gamil nicht zum erstenmal auf diese Weise einen Menschen getötet hatte. In der anderen Hand hielt er zwei schwere Eisenrohre.

»Woher haben Sie das denn?« fragte Natan und watete tiefer ins Wasser.

»Vom Geländer. Wir brauchen was, damit sie untergehen, richtig?«

»Ja.«

»Wir stecken ihnen die Rohre ins Hemd. Das wird sie lange genug unter Wasser halten. Die Ebbe geht nie weiter als bis hier zurück.«

Eine Leiche zieht im Libanon keine große Aufmerksamkeit auf sich. Wenn es sich dabei um einen Soldaten handelt, gibt es viele Verdächtige, und einige werden sogar bestraft. Natan dachte nicht weiter darüber nach, daß er einen Menschen getötet hatte. Für ihn war es ein feindlicher Soldat gewesen, und damit hatte es sich. Während seiner Zeit bei der Marine hatte er viele feindliche Soldaten in den Tod geschickt.

»Also«, sagte Natan und sah Gamil an. »Können Sie nun schwimmen oder nicht? Wenn Sie's nicht können, bringe ich Sie zur Yacht. Stellen Sie sich vor, was morgen passiert, wenn man die Leichen gefunden hat und eine Streife sich daran erinnert, in der Nacht einen klitschnassen Mann am Strand überprüft zu haben. Kommen Sie, Mann, denken Sie doch mal nach.«

Gamil konnte sich der Tatsache nicht verschließen, daß Natan recht hatte. Langsam wateten sie ins tiefere Wasser hinaus, behielten aber stets Boden unter den Füßen. Natan ging voran, um Gamil zu helfen, falls sie auf eine tiefere Stelle stoßen sollten.

»Ich hab nie schwimmen gelernt«, sagte Gamil. »Ebensowenig wie mein Vater. Er hat immer gesagt, ein guter Seemann sollte nicht schwimmen können. So würde er nie sein Schiff verlassen und alles daransetzen, daß es nicht untergeht.«

Als der Morgen anbrach, waren sie weit genug vom Strand entfernt. Gamil versprach, nicht in Panik zu geraten, als Natan ihn am Kinn packte und wie einen Verletzten hinter sich herzog. Mehrmals bemerkten sie Patrouillen und traten solange Wasser, bis sie vorbei waren.

Als sie den Hafen erreichten, zogen sie sich an der Kaimauer hoch, Gamil als erster. Er war glücklich, wieder auf festem Boden zu stehen. Sie stiegen an Bord der Motoryacht, als gerade die Sonne über den Bergen aufging.

»Worum geht es hier nun eigentlich?« fragte Gamil eine halbe Stunde später. Sie hatten sich niedergesetzt und schlürften heißen, duftenden Kaffee. »Kommen Sie mir nicht wieder mit dem Touristen-Quatsch. So wie Sie mit dem Soldaten umgegangen sind, sind Sie alles andere als der Agent eines Reisebüros. Agent schon, aber Reisebüro niemals.« Er hielt inne, fuhr jedoch fort, ehe Natan antworten konnte: »Ich möchte mitmachen. Ich hab Erfahrung auf diesem Gebiet. Ich will kein Geld. Davon hab ich selbst genug.«

»Was dann?« fragte Natan.

»Einen Paß. Einen echten Paß. Das ist alles. Damit ich den Libanon verlassen kann.«

Natan erkannte, daß er auf Gamil angewiesen war. Obgleich er nicht noch mehr Leute in die Sache hineinziehen wollte, brauchte er jemanden, der arabisch sprach. Außerdem konnte er nicht an mehreren Plätzen zugleich sein. Andererseits durfte Gamil seine wahre Identität nicht erfahren. Natan wußte, daß der Libanese für jeden arbeiten würde und keineswegs vertrauenswürdig war.

»Ich bin bereit, Ihr Angebot anzunehmen«, sagte er schließlich. »Aber unter einer Bedingung.«

»Was immer Sie wollen«, antwortete Gamil, ohne zu zögern.

»Fragen Sie mich nicht, für wen ich arbeite, bis ich die offizielle Genehmigung habe, Sie einzustellen. Zunächst bekommen Sie nur Ihre Auslagen ersetzt. Es muß ein Haufen Papierkram erledigt werden, und in letzter Instanz liegt die Entscheidung nicht bei mir.« Natan zögerte. »Ich meine, ich kann Sie natürlich empfehlen.«

»Kein Problem. Ich hab Ihnen ja gesagt, daß es mir nicht um Geld geht. Ich könnte Ihnen sogar etwas geben, wenn es nötig ist. Aber was ist mit dem Paß?«

»Das geht in Ordnung. Wir werden irgendein europäisches Land für Sie finden, Norwegen zum Beispiel.« Natan nannte das erstbeste Land, das ihm einfiel, um Gamil weiterhin im unklaren darüber zu lassen, für wen er arbeitete.

Gamil sollte nach Paris fliegen, dort in einem bestimmten Hotel absteigen und auf weitere Anweisungen warten. Es sei nicht nötig, meinte Natan, ständig auf dem Zimmer zu bleiben. »Es genügt, wenn Sie alle paar Stunden an der Rezeption nachfragen, ob eine Nachricht für Sie da ist. Ich teile Ihnen dann mit, wann ich anrufe.«

Alles in allem war Natan zufrieden mit dem, was er bisher erreicht hatte. Das Team, das er zusammengestellt hatte, konnte es zwar nicht mit dem Mossad aufnehmen, wenn es zum Schlimmsten kam – aber er hatte in einer unglaublich schwierigen Situation aus den ihm zur Verfügung stehenden Mitteln das Beste gemacht.

Kapitel 21

Flughafen Beirut. 24. September, 09.10 Uhr

Obwohl der Flughafen von Beirut nur wenige Kilometer südlich vom Stadtzentrum liegt, brauchte Natan fast eine Stunde, um dorthin zu gelangen. Das limonengrüne Taxi war, abgesehen von einigen Gewehreinschüssen in der rechten Hintertür, in tadellosem Zustand, aber eine militärische Straßensperre an der Ave' Ramlet El Baida staute den Verkehr über eine Länge von anderthalb Kilometern. Der Fahrer bog ungeduldig in die Rue Venezuela ab – eine Straße, die Natan vertraut war, da er in seiner Zeit bei der Marine dort einen kleinen Einsatz geleitet hatte. Dann fuhr er rechts in die Avenue Camille Chamoun ein und raste mit hoher Geschwindigkeit nach Süden.

An der Abzweigung zum Flughafen stießen sie auf eine weitere, diesmal von der libanesischen Polizei errichtete Straßensperre. Jeder Wagen wurde durchsucht, allerdings nicht sehr gründlich. Zehn Minuten später waren sie am Terminal. Natan fand Nadin ohne Mühe; sie saß auf einer Bank und wartete. Sie trug ein auffallend elegantes dunkelgraues Reisekostüm und winkte ihm zu. Sie ist einfach zu schön, dachte er. So sieht die Frau, die Halim erwartet, nicht aus. Als Studentin ging Nadin in dieser Aufmachung bestimmt nicht durch.

»Es tut mir leid«, sagte er, »aber Sie werden sich umziehen müssen. Das Mädchen, das Sie darstellen, ist garantiert nicht so schick angezogen.«

»Zunächst einmal einen guten Morgen. Sie haben recht, ich hätte daran denken sollen. Mal sehen, was sich machen läßt.« Sie nahm ihren Koffer und verschwand im Toilettenraum.

Natan ging an den Schalter, um einzuchecken. Seine Maschine nach Wien startete vierzig Minuten später als die Nadins.

Als er zurückkehrte, wartete sie bereits auf ihn. Sie trug jetzt ein einfaches Baumwollkleid, dessen Gürtel sie dazu benutzt hatte, ihr Haar zusammenzubinden. Das locker fallende Kleid war nicht so figurbetonend wie das Kostüm. An ihrer persönlichen Ausstrahlung hatte sich freilich kaum etwas verändert.

»Das ist besser«, sagte Natan, »obwohl Sie immer noch hinreißend aussehen.«

»Ich hoffe, Sie werden es mir verzeihen.« Nadin lächelte.

»Haben Sie Halim angerufen?«

»Ja, kurz bevor Sie kamen. Er hat gesagt, daß er mich am Flughafen erwartet und daß er Neuigkeiten für mich hat. Ich hab versucht, mehr aus ihm rauszuholen, aber er meinte, er könne am Telefon nicht darüber sprechen.«

»Gut. Er will offenbar nicht, daß Sie Ihre Pläne ändern, wenn Sie hören, daß Ihr Onkel tot ist. Denken Sie daran, geschockt zu sein, wenn Sie es erfahren. Aber übertreiben Sie Ihren Kummer nicht, so nahe standen Sie ihm nicht.«

»Keine Sorge. Ich weiß, was ich zu tun habe.«

»Wissen Sie, ob Bassam das Mädchen hat?«

»Ja. Er ist hier. Er ist nur kurz zum Schalter gegangen, um mein Ticket zu holen. Es sei alles in bester Ordnung, sagte er mir. Sehen Sie, da ist er.«

Natan drehte sich um und sah Bassam auf sich zukommen. Der Riese trug einen schmuddeligen weißen Baumwollanzug, war unrasiert und wirkte übermüdet. Er nickte Natan kurz zu. »*Ahalan we sahain ya afendy*«, sagte er, bevor er Nadin ihr Ticket und die Bordkarte gab.

»Fragen Sie ihn nach dem Mädchen«, forderte Natan Nadin auf. »Wer ist bei ihr?«

Sie sprach schnell. Natan behielt das Gesicht des Mannes im Auge, während er auf die Übersetzung wartete. Bassam lächelte, als er Nadins Frage beantwortete. Dann überreichte er Natan einen Schlüssel.

»Alles ist unter Kontrolle«, übersetzte Nadin. »Das Mädchen ist an einem Platz, an dem man sie nicht finden kann. Er braucht nicht die ganze Zeit bei ihr zu sein. Er hat mich außerdem gebeten, Sie daran zu erinnern, daß er nichts riskieren würde, was mich in Gefahr bringt.«

»Was soll ich mit dem Schlüssel?«

»Er sagt, er gehört zu einem der Schließfächer dort drüben.« Sie wies auf das gegenüberliegende Ende des Terminals. »Die Nummer steht drauf. Bassam hat da etwas für Sie persönlich deponiert. Eine Art Amulett.« Bassam nickte ihnen noch einmal zu, wechselte ein paar Worte mit Nadin und wandte sich zum Gehen.

»Fragen Sie ihn... He, einen Augenblick! Wohin geht er?«

»Er sagt, er habe noch etwas anderes zu erledigen. Er hofft, Sie eines Tages wiederzusehen.«

»Wissen Sie, was es mit diesem Amulett auf sich hat?« Natan war etwas beunruhigt. Er war keineswegs begeistert von der Vorstellung, ein Schließfach zu öffnen, dessen Schlüssel ihm von dem Mann gegeben worden war, dem Abu Nabil seine Kinder anvertraut hatte.

»Ich hab keine Ahnung. Aber Sie können sicher sein, daß er Ihnen nicht schaden will.«

»Was ist mit den Papieren des Mädchens? Haben Sie sie?« fragte er, als ihr Flug aufgerufen wurde.

»Natürlich. Bassam hat sie mir gegeben. Er hat auch ihr Foto durch meines ersetzt. Vergessen Sie nicht – der Mann hat die besten Verbindungen.«

»Ich hoffe nur, daß seine Verbindungsleute den Mund halten, das ist alles.« Natan hatte das dringende Bedürfnis, sich eine Zigarette anzuzünden, aber seine letzte Packung war leer.

»Beruhigen Sie sich. Es ist alles in Ordnung. Ich sollte besser gehen, wenn ich meine Maschine noch erreichen will.«

»Denken Sie an alles, was ich Ihnen gesagt habe, Nadin. Spielen Sie vor allem nicht die Heldin. Wenn Sie das Gefühl haben, daß etwas faul ist, steigen Sie aus.«

»Mach ich.« Sie imitierte seine Stimme. Er beugte sich vor und küßte ihre Wange. Nadin errötete und zog den Kopf zurück. »Das gehört nicht zu unserer Abmachung, Natan. Wir tun, was zu tun ist, das ist alles.«

»Entschuldigung.« Er war verlegen. »Ich hab nur gedacht... Ach, vergessen Sie's. Passen Sie auf sich auf.«

Sie war schon auf dem Weg zur Sicherheitskontrolle, als sie sich noch einmal umdrehte, auf ihn zutrat und ihm ebenfalls einen Kuß aufdrückte. Dann verschwand sie, ohne ein weiteres Wort zu verlieren, in der Menge der Fluggäste, die mit ihr an Bord gingen. Natan stand da wie betäubt. Erst als er merkte, daß Fremde ihn fragend ansahen, wurde ihm bewußt, daß er immer noch lächelte.

Okay, dachte er. Bleib auf dem Teppich. Sieh erst mal nach, was der Kerl dir im Schließfach hinterlassen hat. Ich hoffe, es explodiert nicht. Das wäre was für das Hauptquartier. Stell dir vor, du fliegst in die Luft, aber sie können dich noch identifizieren... Er sah sie vor sich, die Herren Kollegen vom Mossad. Natan? War er nicht auf Urlaub? Was treibt er in Beirut?

Schließfach Nummer 189 war das letzte an der Wand. Guter Platz, dachte er. Wenn es explodiert, fliege ich in die Luft, ohne viel Schaden anzurichten. Er zögerte einen Augenblick, dann nahm er seitlich neben dem Schloß Aufstellung, steckte den Schlüssel ins Schloß und drehte ihn langsam um. Als nichts geschah, stellte er sich an die andere Seite des Faches und öffnete es gerade so weit, daß er mit den Fingern hineinlangen und nach einem Draht oder einer anderen auf eine Bombe hinweisenden Vorrichtung tasten konnte. Er fand nichts, aber er war inzwischen in Schweiß gebadet. Er haßte Bomben, obwohl er in der Marine häufig mit ihnen Umgang hatte. Eines Tages fliege ich bestimmt in die Luft, dachte er. Hoffentlich nicht sofort...

Das Schließfach befand sich ungefähr in Hüfthöhe, so daß Natan sich vorbeugen mußte, um hineinzuschauen. Zuerst begriff er nicht, was er sah. Es konnte einfach nicht stimmen. Dann stieg unwillkürlich Übelkeit in ihm hoch. Aus dem Schließfach starrte ihn das Gesicht eines Mädchens an, die Augen weit aufgerissen wie in ungläubigem Erstaunen. Nur der Kopf lag da, in einem kleinen Holzkasten. Ein fest um den Hals gewickelter Draht erklärte die Tatsache, daß kaum Blutspuren zu sehen waren. Bassam war offensichtlich ein Mann, der nichts dem Zufall überließ. Natan fragte sich, ob Nadin wußte, was hier geschehen war, hielt es aber für kaum denkbar. Bassam legte offenbar großen Wert darauf, ihn, Natan, wissen zu lassen, auf welche Weise er Probleme wie dieses zu lösen pflegte.

Der Mädchenkopf schien ihn anzuschauen. Natan schlug die Tür zu, schloß sie ab und steckte den Schlüssel in seine Tasche. Die Übelkeit war noch nicht verflogen. Er suchte einen Toilettenraum auf, steckte seinen Kopf unter den Wasserhahn und trocknete sich mit Papierhandtüchern ab. Danach fühlte er sich etwas besser. Er ging ins Freie und atmete tief durch. Als er wieder die Abflughalle betrat, wurde sein Flug aufgerufen.

Das Bild des abgeschnittenen Kopfes verfolgte ihn während des ganzen Fluges. Er hatte im Krieg verstümmelte Leichen gesehen, aber ein Schlachtfeld läßt die individuellen Schrekken des Krieges weniger furchtbar erscheinen. Was er heute gesehen hatte, war eine andere Dimension der Grausamkeit, und das Bewußtsein, mittelbar dafür verantwortlich zu sein, belastete ihn schwer.

Aber er konnte sich kein Gefühl der Schwäche erlauben. Er mußte sich voll auf die Operation konzentrieren, die er in Gang gesetzt hatte.

Kapitel 22

Eine Villa in der Nähe von Damaskus.
24. September, 11.00 Uhr

Karl Reinhart, ein hohes Glas mit einem kalten Longdrink in der Hand, saß auf einem breiten, brokatbezogenen Sofa. Er wartete, bis ein Diener den Tisch abgeräumt hatte. Etwa ein Dutzend leerer Kaffeetassen und zwei Schalen mit süßem Backwerk waren von den Gästen, die er bewirtet hatte, zurückgelassen worden und standen jetzt auf einem Silbertablett. Karl gab dem Diener ein Zeichen, den Raum zu verlassen.

»Was ich an Ahmed schätze«, sagte er, »ist, daß er mich auch ohne Worte versteht.«

»Spricht er weder Englisch noch Deutsch?« Der Mann, der am anderen Ende des Sofas saß, sprach mit einem rauhen spanischen Akzent. Er beugte sich vor, um sein Glas vom Tisch zu nehmen.

»Soweit ich weiß, nicht. Dennoch ist es besser, wenn er uns nicht hört.«

»Meinen Sie nicht, daß ohnehin das ganze Haus verwanzt ist und Ihre Gastgeber sowieso alles hören, was wir sagen?«

»Einer meiner Männer macht hier jeden Morgen sauber. Ich kann Ihnen daher versichern, daß niemand uns abhört – es sei denn, Sie selbst sind mit einem Mikrofon angerückt.«

»Um ehrlich zu sein: Es ist mir egal, ob jemand uns hört oder nicht. Ich hab nichts zu verbergen. Ich meine, man hat mich von Anfang an mit vollendeter Gastfreundschaft behandelt.«

»Das ist gut. Aber es sind nicht die Syrer, die mir Sorgen machen, sondern die Läuse in ihrem Pelz, die unter anderem für den Mossad arbeiten. Sie sind das eigentliche Problem.«

»Was also sollen wir tun? Ich meine, Sie haben hier eine beachtliche Truppe zusammengestellt. Ich hatte das Vergnügen, mit einigen von ihnen in den siebziger Jahren zusammenzuarbeiten. Andere kenne ich vom Hörensagen. Eine verdammt gute Truppe, mein Freund. Was ist also unsere Aufgabe?«

»Alles zu seiner Zeit«, erwiderte Reinhart, der sich nicht anmerken ließ, wie sehr ihn die Komplimente freuten. »Erst mal möchte ich nur, daß Sie mir bei einem Schlag gegen einen Mossad-Offizier helfen.«

»Das soll wohl ein Witz sein.«

»Nein. Wieso?«

»Diesen Burschen ist unmöglich beizukommen. Immer, wenn wir es versucht haben, blieb am Ende jemand von uns auf der Strecke.«

»Nun, diesmal wird es nicht so sein. Zunächst einmal möchte ich nicht, daß der Mann getötet wird. Die ganze Sache muß nach zwei Seiten hin inszeniert werden.«

»Das klingt interessant.«

»Ist es auch. Wir haben da einen Mann im Keller, der uns zunächst einmal einige Fragen beantworten muß. Ich wollte das nicht allein machen, und da ich Sie kenne, dachte ich, Sie hätten vielleicht auch Spaß daran.«

»Also gehen wir!« sagte Karls Gast, während er seine dickglasige, silbergefaßte Brille zurechtrückte. Er stand auf, reckte sich und folgte seinem Gastgeber, der in die Halle gegangen war und gerade eine Tür öffnete, die einen Schrank zu verschließen schien. Dahinter kam eine schmale, abwärts führende Treppe zum Vorschein. Karl begann hinabzusteigen und sagte mit leiser Stimme: »Würden Sie bitte die Tür hinter sich zumachen, Carlos?«

»Kein Problem, Amigo. Gibt es kein Licht in diesem Loch?«

»Doch, sobald die Tür zu ist.«

Die beiden Männer gelangten zu einer schweren Metalltür, die sich lautlos öffnete, nachdem Karl den Schlüssel aus dem Schloß gezogen hatte. Sie betraten einen Raum, der nicht größer war als die Kabine eines Fahrstuhls.

»Hier«, sagte Karl und drückte Carlos einen Gegenstand in die Hand, der wie eine unförmige Schutzbrille aussah. »Setzen Sie das auf.«

»Was ist das?«

»Es gibt kein Licht im nächsten Raum. Eine Methode, die wir vor ein paar Jahren für Verhöre entwickelt haben. Der Gefangene verliert dadurch seine Orientierung, so daß wir uns seine Einbildungskraft zunutze machen können. Wenn Sie zum Beispiel mit Metall gegen eine Wand kratzen, reagiert er geradezu panisch darauf. So etwas wirkt oft schneller und effektvoller als alles andere.«

»Warum nehmen Sie nicht einfach Drogen?«

»Ich möchte mir meine Ware nicht verderben. Und vergessen Sie nicht – wenn Sie Drogen verwenden, müssen Sie wissen, wonach Sie fragen, bevor Sie die richtige Antwort bekommen, und das ist bekanntlich nicht immer leicht. Meine Methode aktiviert die Angst des Mannes; er sucht verzweifelt sein Gedächtnis nach allem ab, was mich interessieren könnte. Und noch etwas: Wenn wir den Raum betreten haben, sprechen Sie kein Wort. Beantworten Sie nur meine Fragen, und das mit Ja oder Nein. Ist das klar?«

»Ja. Ich schätze, das wird nicht sehr schwer sein.«

Als sie ihre Nachtsichtgläser aufgesetzt hatten, betraten sie die Zelle. Die Gläser tauchten alles in grünes Licht. Die Größe des Raumes überraschte Carlos. Er war mindestens zwanzig Meter lang und viereinhalb Meter hoch.

In der Mitte des Raumes befand sich der Gefangene. Er war auf eine Art Zahnarztstuhl geschnallt. Seine Augen waren weit geöffnet, und er rollte sie von einer Seite zur anderen, um zu erkennen, woher die Geräusche kamen, die ihn in seinem Verlies aufschreckten. Den Kopf konnte er nicht bewegen, da er an einer eigenen Halterung angeschnallt war.

»Wie Sie sehen«, sagte Karl, »wird unser Freund hier gut ernährt.« Er wies auf eine Infusionsflasche, von der ein dünner Schlauch in die Armvene des Mannes führte. »Auch ist er äußerst kooperativ – obwohl ich überzeugt bin, daß er uns noch nicht alles gesagt hat, was er weiß.«

»Bitte! Bitte! Lassen Sie mich hier raus!« sagte der Mann mit krächzender Stimme.

»Nun, nun, wir sollten uns nicht zu sehr aufregen.« Aus einem Regal an der Wand nahm Karl ein Küchenmesser mit einer ungefähr fünfunddreißig Zentimeter langen Klinge und trat auf den Mann zu.

»Also, Mr. Shaby«, sagte er, während er ihm die flache Klinge an die Wange legte, »ich bin fair und halte mein Wort. Ich habe Ihnen versprochen, daß ich Sie langsam in Stücke schneide, angefangen bei den Zehen, wenn Sie mir nicht alles sagen, was Sie wissen. Leider habe ich das Gefühl, daß Sie mir nicht glauben und meinen, ich wolle Ihnen bloß Angst einjagen. Offensichtlich muß ich Ihnen erst beweisen, daß Sie mich beim Wort nehmen dürfen.«

Karl wandte sich an Carlos. »Als ich ihn herbrachte, habe ich ihm zur Begrüßung gleich einen Zeh abgeschnitten. Allerdings mit einer Drahtschere. Ich vermute, daß es nicht ganz so schmerzhaft war, wie er erwartet hatte.« Er sprach in einem ruhigen, sachlichen Ton, ohne das Stöhnen und Flehen des Mannes zu beachten.

»Was ich jetzt in der Hand halte«, fuhr er an Shaby gewandt, fort, »und ich glaube, Sie können es fühlen, ist ein großes Brotmesser. Brotmesser haben, wie Sie wissen, gezackte Klingen. Wenn ich also Ihren Zeh abschneide, ist es wie mit einer Säge. Das wird länger dauern als beim letzten Mal, aber dafür macht es mir und meinem Freund hier wesentlich mehr Spaß.«

Shaby schrie, und er schrie noch lauter, als Karl den Stuhl nach hinten kippte, um bequemer an den Beinen des Mannes hantieren zu können. Shaby versuchte verzweifelt, sich zu befreien; sein nackter Körper wand sich unter den Gurten, mit denen er an den Stuhl geschnallt war.

»Bitte, bitte, bitte«, flehte er. »Was wollen Sie wissen? Ich hab Ihnen alles gesagt. Alles! Bitte, was wollen Sie von mir? Ich tue alles, was Sie wollen. Bitte, bitte.«

Karl ging jetzt um den Stuhl herum, drückte das Messer auf Shabys Bauch, so daß die gezähnte Klinge den Penis berührte. Dann sagte er: »Ich möchte, daß Sie mir Brad noch einmal beschreiben. Und lassen Sie ja nichts aus.«

Shaby begann zu sprechen. Er hatte den Mann, den er als Brad kannte, schon vorher beschrieben und tat es jetzt abermals. Als er fertig war, wußten Karl und Carlos, wie er gekleidet war, wie er sich bewegte, wie er sprach und welche Redensarten er häufig verwendete.

»In Ordnung«, sagte Karl. »Wie gesagt, ich bin fair. Ich werde sehen, was wir mit Ihnen machen.« Er wandte sich an Carlos. »Kommen Sie, wir gehen.«

Als sie wieder oben waren, sagte Carlos: »Das war wirklich erstaunlich. Wie lange ist er schon da?«

»Etwa zwanzig Stunden. Aber er bildet sich ein, es sei schon mehr als eine Woche her. Wir haben eine schwache indirekte Beleuchtung installiert, die so eingestellt werden kann, daß sie abwechselnd stärker und schwächer wird. Er glaubt, daß das Licht von außen kommt und daß er daran Tag und Nacht unterscheiden kann. In Wirklichkeit haben wir den Vorgang beschleunigt, so daß ein ›Tag‹ für ihn jetzt vier Stunden lang ist. Ich werde ihn später noch mal herbringen lassen, damit er eine Phantomzeichnung von diesem Brad anfertigen kann.«

»Wer ist Brad?«

»Sein Verbindungsoffizier beim Mossad. Ich hab Ihnen von ihm erzählt. Es scheint, daß Shaby einige Informationen an ihn weitergeleitet hat, die ich ihm absichtlich zugespielt habe. Das wäre soweit in Ordnung – wenn er nicht auch einige Informationen weitergegeben hätte, die jetzt einen Mann gefährden, den ich beim Mossad habe.«

Carlos sah ihn ungläubig an. Dann erschien ein breites Grinsen auf seinem Gesicht. »Sie haben einen Maulwurf beim Mossad?«

»Ja. Schon seit langem. Seit über zehn Jahren.«

»Verdammt noch mal! Und das sagen Sie mir erst jetzt?«

»Ich hätte es Ihnen nie gesagt, wenn es nicht nötig geworden wäre. Aber ich brauche Ihre Hilfe. Ich möchte, daß Sie diesen Fall mit mir zusammen bearbeiten. Und glauben Sie mir, es wird nicht der letzte sein.«

»Wovon reden Sie da?«

»Diese gemeinsame Operation ist erst der Anfang, Carlos. Danach setzt nur der Himmel uns Grenzen. Ich habe überall Leute sitzen, vom Pentagon bis zum Bundestag. Aber ich brauche viel Geld, um die Sache in Gang zu bringen. Und eine Basis, auf die wir uns verlassen können.«

»Sie können auf mich zählen. Ich nehme an, Sie wissen, daß dieses Land bald nicht mehr so gastfreundlich sein wird. Es sucht Hilfe bei den Amerikanern, weil es sie nirgendwo anders bekommen kann.«

»Wie dem auch sei – wir setzen uns ohnehin bald nach Libyen ab. Danach operieren wir von Europa aus. Aber jetzt zu uns. Ich möchte diesen Brad so aufbauen, daß sie ihn beim Mossad für den Maulwurf halten, hinter dem sie her sind. Dann lassen sie meinen Mann in Ruhe.«

»Wie haben Sie das geschafft? Ich dachte immer, der Mossad überprüft seine Leute regelmäßig mit dem Lügendetektor.«

»Er weiß nicht, daß er für mich arbeitet.«

Carlos lachte. Kurz darauf trat der Diener mit einem Tablett appetitlich angerichteter Sandwiches ein.

»Ich hole Wein«, sagte Karl und kehrte alsbald mit einer eisgekühlten Flasche Mosel zurück. Dann weihte er Carlos ausführlich in seine Pläne ein. Im Augenblick könne er Syrien nicht verlassen und die Operation selbst leiten, aber Carlos sei lange genug »weg vom Fenster« gewesen, so daß nur wenige

Leute ihn wiedererkennen würden. Außerdem habe er sich ja einer kleinen, aber wirkungsvollen Gesichtsoperation unterzogen. Karl Reinhart wußte, daß er Carlos vertrauen konnte. Sie saßen im gleichen Boot. Beide waren sie Opfer eines fehlgeschlagenen Systems.

Als alles besprochen und Shaby Brads Phantombild fertiggestellt hatte, waren sie bereit aufzubrechen.

Kapitel 23

Mossad-Hauptquartier. 24. September, 17.05 Uhr

Natan betrat das Gebäude in Eile. Im Fahrstuhl heftete er sich sein Namensschildchen ans Hemd. Er war mit Mousa verabredet und hatte sich bereits zwanzig Minuten verspätet. Ein Verkehrsunfall hatte ihn aufgehalten. Ausgerechnet heute mußte das passieren, dachte er verärgert.

Natan fühlte sich unsicherer in dem Gebäude als je zuvor. Hatte er ein schlechtes Gewissen? Würde Mousa ihn durchschauen? Wußte Mousa, daß Natan etwas vor ihm verbarg? Alles erschien ihm auf einmal so dumm, so wenig durchdacht. Er griff nach dem Türknopf und trat ein.

»Na endlich!« Mousa blickte von seiner Zeitung auf. Natan blieb an der Tür stehen, um zu verschnaufen. »Ist jemand hinter Ihnen her oder was? Reden Sie, Mann. Was, zum Teufel, ist mit Ihnen los?«

»Nichts. Ich bin im Verkehr steckengeblieben und hab gedacht, Sie könnten schon gegangen sein. Deshalb bin ich gerannt. Das ist alles.« Er ließ sich in einen Sessel fallen.

»Nun, was gibt's Neues? Wie war Ihre Reise? Haben Sie sich erholt oder nur rumgebumst?«

»Ein bißchen von allem.« Natan versuchte, überzeugend zu

klingen. Höchste Vorsicht war am Platze – vor allem bei Mousa. »Was haben Sie in Erfahrung gebracht?« fragte er.

»Wir haben etwas von Foul-play, auf Video. Nach dem, was wir sehen können, ist alles okay.«

»Was meinen Sie? Was können Sie sehen?«

»Der Mann kommt wie gewöhnlich nach Hause. Er geht ins Gebäude, und rund ums Haus ist nichts Auffälliges zu bemerken. Scheint alles völlig normal zu sein. Ich gebe Ihnen nachher das Band; dann können Sie sich's selbst ansehen. Dieser Agent von Ihnen ist ein widerlicher Kerl. Wie haben Sie's fertig gebracht, mit dem zusammen durch die Stadt zu laufen, als Sie ihn rekrutierten?« Mousa lachte krächzend.

»Wir sind nicht viel in die Stadt gegangen. Außerdem ist er gar nicht so übel. Sie hätten das Mädchen sehen sollen, das ich für ihn angeworben habe. Eine der bestaussehenden Frauen, die mir je untergekommen ist.«

»Ich kann mir gut vorstellen, wie sie Ihnen ›untergekommen‹ ist.« Mousa kicherte amüsiert.

»Was, zum Teufel, ist mit Ihnen los?«

»Was meinen Sie damit?«

»Diese blöden Anspielungen. Sind Sie betrunken oder was?« Manchmal ist Angriff tatsächlich die beste Verteidigung, dachte Natan.

»Nun hören Sie mal, Sie kleiner Scheißer!« Mousa war aufgestanden. »Reden Sie nie wieder in diesem Ton mit mir, sonst reiße ich Ihnen die Eier ab. Können Sie keinen Spaß mehr verstehen?«

Etwas stimmt nicht mit Mousa, er verschweigt mir etwas, dachte Natan. Er hätte liebend gern gewußt, was es war; aber er sah ein, daß es keine Möglichkeit gab, es in Erfahrung zu bringen.

Mousa setzte sich wieder. Als er weitersprach, war seine Stimme kalt. »Sie fliegen morgen früh nach Amsterdam. Sie werden von Mayer Alon am Flughafen Schiphol abgeholt. Kennen Sie den Mann?«

»Natürlich. Wir haben damals in Paris zusammengearbeitet.«

»Gut. Er fährt mit Ihnen nach Den Haag und setzt Sie ab am ... Sind Sie schon mal in Den Haag gewesen?«

»Mehrmals. Ich kann nicht behaupten, daß ich die Stadt gut kenne, aber ich finde mich in ihr zurecht.«

»Okay. Er setzt Sie vor dem Handelszentrum am Spui ab. Von da an müssen Sie selbst darauf achten, ob Sie verfolgt werden oder nicht. Wie Sie wissen, legt er größten Wert auf die strikte Einhaltung der Sicherheitsbestimmungen. Sie begeben sich dann zu einem sicheren Haus, einen Häuserblock vom Mauritshuis-Museum entfernt ... Übrigens wartet Gaby auf Sie. Sie bekommen von ihm Papiere und alle Informationen über die Wohnung, die Sie brauchen.«

»Kein Problem.«

»Ihr Mann kommt am Sechsundzwanzigsten zur Syrischen Botschaft in Den Haag. Das ist ein Sonntag.«

»Ist die Botschaft nicht am Sonntag geschlossen?«

»Ich meine, daß er am Sonntag in die Stadt kommt und so, wie Sie es mit ihm verabredet haben, mit Ihnen Kontakt aufnimmt. Auf welche Weise, übrigens?« Mousa blicke Natan an. Dieser ließ sich einige Sekunden Zeit, bevor er antwortete.

»Er soll eine Nummer in London anrufen und eine Nachricht hinterlassen, wo er zu erreichen ist. Wenn es Probleme gibt, soll er nach Danny fragen. Die Nummer gehört zu denjenigen, die automatisch mit Diamant verbunden werden. So kann die Nachricht über das sichere Haus an mich weitergeleitet werden und das Treffen innerhalb weniger Stunden stattfinden.«

»Das behaupten Sie.« Mousa sah ihn ausdruckslos an.

»Was meinen Sie?«

»In seiner letzten Nachricht« – er reichte Natan einen Bogen Papier – »sagt er, wie Sie sehen, daß er sich nicht allein mit Ihnen treffen will. Er verlangt, daß Sie jemanden mitnehmen, und zwar jemanden von der Botschaft, den er kennt. Genauer gesagt: Er wünscht den Militärattaché zu sehen und nennt sogar seinen Namen.«

»Was, zum Teufel, soll das alles heißen?«

»Warum fragen Sie das mich? Es ist *Ihr* Agent, Freundchen, und aus irgendeinem Grund traut er Ihnen nicht.«

»Wovon reden Sie da? Warum sollte er mir nicht trauen?«

»Natan, hören Sie mir zu, okay? Ich weiß nur, daß Ihr Agent das Foto vom Maulwurf im Mossad hat und daß er sich weigert, sich mit seinem Verbindungsoffizier zu treffen, solange nicht eine Person seines Vertrauens dabei ist. Jetzt sagen Sie mir gefälligst, was hier gespielt wird. Oder nein, lassen Sie's lieber. *Ich* werde Ihnen sagen, was zu geschehen hat, und wenn Sie klug sind, sorgen Sie dafür, daß alles genau nach Plan verläuft.«

Natan stand abrupt auf und ging zur Tür. Mousa war verstummt, blickte aber Natan, der schon den Türknauf ergriffen hatte, unverwandt an.

»Bleiben Sie hier, verdammt noch mal! Ich bin noch nicht fertig mit Ihnen.«

»Aber ich mit Ihnen. Ich brauche mir diesen Unsinn nicht länger anzuhören. Ich hab Besseres zu tun.«

»Sie werden auf der Stelle zurückkommen und mir zuhören, oder ...«

»Oder was? Mir die Eier abreißen? Gehen Sie doch zum Teufel! Wenn Sie mir an die Eier wollen, kommen Sie ruhig her. Aber passen Sie auf, daß ich Ihnen dabei nicht in den Arsch trete. Ich spreche jetzt mit Amos und werde ihn schon dazu bringen, mir zu sagen, was hier eigentlich vorgeht. Als Chef des Tsomed kann er auch wen anders zu Foul-play schikken, damit wir diese Fotos bekommen.«

»Sie sind verrückt. Was soll das Theater?«

»In diesem Fall brauchen Sie sich keine Sorgen mehr zu machen, daß ich die Fotos in die Hand kriege. Sie meinen doch, daß *ich* da drauf zu sehen bin, nicht wahr?« Natan hatte die Tür geöffnet und stand bereits mit einem Fuß im Flur, als Mousa ihn am Arm packte.

»Sie hören mir zu, wenn ich mit Ihnen rede, Stone! Und wenn es Ihnen nicht paßt, was ich Ihnen sage, dann beweisen Sie mir, daß ich unrecht habe.« Mousa schlug die Tür zu und setzte sich wieder. Natan zündete sich eine Zigarette an.

»Okay, Mousa. Was wollen Sie also?«

»Ich will, daß Sie Ihre Arbeit tun, ohne sich bei jeder Gelegenheit auf den Schlips getreten zu fühlen. Ich will, daß Sie sehen, wo die wirklichen Probleme liegen, und daß Sie sie lösen. Glauben Sie, daß Sie das schaffen?«

»Ist das eine Fangfrage oder was? Seit Jahren arbeite ich mich ab für den Dienst. Ich hab meine Ehe den Bach runtergehen lassen, ich hab jeden Tag mein Leben für diesen verdammten Dienst aufs Spiel gesetzt, und jetzt unterstellen Sie mir, daß *ich* ein Maulwurf bin.« Natan trat näher an Mousa heran und wies mit der Zigarette auf ihn. »Wenn Sie glauben, daß ich der verdammte Maulwurf bin, erschießen Sie mich! Wenn Ihnen noch Beweise fehlen, schaffen Sie sie herbei. Aber bis dahin lassen Sie mich meinen Job tun, verdammt noch mal, ohne mir dauernd Knüppel zwischen die Beine zu werfen.«

»Kann es sein, Natan, daß Sie jahrelang hier gearbeitet haben, ohne zu wissen, wie die Dinge laufen? Sie sind Verbindungsoffizier und haben zu tun, was Ihnen gesagt wird, andernfalls geraten Sie in Verdacht, gegen uns zu arbeiten. Und da Sie als einer von uns begonnen haben, wiegt dieser Verdacht schwer. Begreifen Sie das endlich! Was mich betrifft, so glaube ich gar nicht, daß Sie der Maulwurf sind. Aber das bedeutet nicht viel. Ich muß doppelt auf der Hut sein. Wenn Sie *nicht* der Maulwurf sind – was ich annehme –, dann gibt es vielleicht jemanden, der Sie als Maulwurf erscheinen lassen möchte.«

»Wie wär's mit dem Lügendetektor?«

»Wir wissen beide, daß er bei Ihnen nicht funktionieren würde, obgleich ich auch schon daran gedacht habe. Und da wir gerade davon sprechen – wenn der Detektor je funktioniert hätte, wäre der Maulwurf längst gefunden worden. Wir alle werden überprüft, oft genug. Natürlich weist auch das auf Sie hin, denn Sie können den Detektor überlisten. Verstehen Sie, was ich meine?«

»Könnten wir zur Sache kommen. Ich hab Wichtigeres zu tun.«

»Nein, das haben Sie nicht.« Mousa machte eine kurze Pause. »Ich habe Foul-play zu einem ›gefährlichen Agenten‹ erklärt und ...«

»Sie haben was?«

»Natan, der Mann will sich mit dem Militärattaché treffen. Soweit ich sehe, hat er etwas vor, das wir nicht eingeplant haben. Also treffen wir Vorsichtsmaßnahmen. Zunächst mal müssen wir uns eine Geschichte für den Militärattaché einfallen lassen, damit er nicht dahinterkommt, worum es wirklich geht.«

»Können wir nicht jemanden hinschicken, der wie der Attaché aussieht?«

»Daran habe ich auch schon gedacht. Aber das Problem ist, daß er den Mann wahrscheinlich kennt. Schließlich hat er im diplomatischen Dienst gearbeitet, Ihr Freund Shaby.«

»Aber wozu brauchen wir überhaupt den Attaché? Schließlich haben wir Shaby in der Hand. Bei dem Treffen wird er den Mann erst später sehen – bis dahin haben wir die Fotos und können der Sache auf den Grund gehen.«

»Und wenn er uns reinlegt?« fragte Mousa. »Angenommen, er hat die Fotos nicht bei sich und verlangt, erst den Mann zu sehen, bevor er sie uns übergibt? Das will ich nicht riskieren.«

»Also gut«, sagte Natan. »Machen wir's so, wie Sie es für richtig halten.« Er stand auf. »Ist das alles, kann ich jetzt endlich gehen?«

»Sie treffen sich mit dem Yarid-Team in der Wohnung, um den Plan zu besprechen. Bis dahin sollte alles ticken wie eine Schweizer Uhr.«

»Kein Problem.« Natan sah an Mousa vorbei, als er sich eine neue Zigarette anzündete. »Übrigens – was ist mit dem Team in Athen? Sie haben mir noch nichts darüber gesagt. Oder fürchten Sie, der Maulwurf könnte zuviel erfahren?«

»Gehen Sie mir nicht auf die Nerven!« Mousa versuchte zu lächeln. »Alles wie gehabt. Die Kerle planen etwas, aber wahrscheinlich nicht vor Ablauf einer Woche. Die Nichte von Fox ist gestern eingetroffen, glaube ich.« Er dachte nach. »Ja. Sie kam von Beirut. Die Jungs sollen sie scharf im Auge behalten, vielleicht führt sie uns zu einem wirklich großen Fisch. Sonst gibt's nichts Neues.«

Natan schwieg. Er war müde und abgespannt. Er war es satt, noch weiter über Dinge zu sprechen, bei denen ein falsches Wort zur Katastrophe führen konnte. Alles, was er wollte, war, so schnell wie möglich herauszukommen – aus diesem Gebäude, aus dieser Stadt, aus diesem Land.

Nachdem er Gaby gesehen hatte, packte Natan alle zu seinem Vorhaben nötigen Dokumente in den Aktenkoffer und verließ das Gebäude. Dann begab er sich in den Vorführraum der Akademie, um das Videoband aus Damaskus abzuspielen. Er wollte sich später nicht vorwerfen, auch nur die geringste Kleinigkeit übersehen zu haben.

Immerhin wußte er jetzt, daß Nadin sicher in Athen eingetroffen und als die Frau akzeptiert worden war, als die sie sich ausgab – selbst von dem mit der Überwachung beauftragten Kidon-Team. In ein, zwei Tagen würde Gamil in Paris eintreffen.

Im Vorführraum steckte er das Band in den Schlitz an der Konsole, griff nach der Fernbedienung und drückte die Abspieltaste. Ein rotes Licht leuchtete auf einem Schild über dem großen Bildschirm auf und wies ihn an: »Geben Sie Klassifikation ein!« Natan drückte die entsprechende Taste auf der Fernbedienung, und das rote Licht vor der sich automatisch schließenden Tür ging an. Was er abzuspielen gedachte, war als *Top Secret* eingestuft. Die Tür würde geschlossen bleiben, bis sie wieder entsichert wurde.

Nach der Beschreibung, die Natan von dem Haus, in dem Shaby wohnte, bekommen hatte, war es nicht schwierig, es zu identifizieren. Sie haben den Wagen in einer guten Position geparkt, dachte er.

Menschen gingen über die Straße, an der Kamera vorbei. Einige blieben stehen, um in den Wagen und damit, ohne es zu wissen, auch genau in die Kamera zu schauen. Soweit Natan sehen konnte, wurde das Haus nicht aktiv überwacht. Zwar konnte er nicht alle Seiten des Gebäudes erkennen, doch wenn ein Objekt über längere Zeit überwacht wird, gibt es immer irgendwelche Hinweise. So werden beispielsweise die Leute, welche die Überwachung durchführen, mit der Zeit ein wenig nachlässig, wenn sie wissen, daß der Mann, den sie beobachten, abwesend ist.

Doch es tat sich nichts – bis schließlich Shaby mit seinem Wagen auf den Parkplatz fuhr und ausstieg. Er schien in Eile zu sein; wahrscheinlich wollte er seinen Funkspruch so schnell wie möglich absetzen. Shaby hatte immer schon eine Heidenangst davor, eines Tages auf frischer Tat ertappt zu werden.

Sobald er das Gebäude betreten hatte, ging ein schlanker, hochgewachsener Mann, offensichtlich ein Europäer, an der Kamera vorbei. Er trug einen weißen Anzug. Für den Bruchteil einer Sekunde fühlte sich Natan irritiert. Obgleich der Mann sofort weiterging, hatte Natan den Eindruck, als habe er einen Augenblick innegehalten, um sich umzudrehen und einen Blick auf das Haus zu werfen.

Natan hielt das Band an und spielte die Szene ein paarmal hintereinander ab, doch je häufiger er sie betrachtete, desto unsicherer wurde er. Schließlich markierte er ein kleines Feld auf dem Bildschirm mit einem elektronischen Griffel und forderte eine Vergrößerung an. Sie zeigte den Rand eines chromglitzernden Trägers auf dem Dach des vor dem UNO-Wagen geparkten Autos.

Als das Bild vergrößert auf der Mattscheibe erschien, war es etwas verschwommen, aber man konnte sehen, daß der Mann im weißen Anzug tatsächlich kurz stehenblieb, sich umdrehte und das Gebäude beobachtete. Er stand unmittelbar hinter dem UNO-Wagen mit der verdeckten Kamera.

Natan griff nach dem Haustelefon. Nach etwa zweiminütigem Läuten fragte eine Stimme: »Ja?«

»Sind Sie der Mann, der die Geräte hier bedient?«

»Nein. Ich bin sein Assistent. Aber ich habe heute Dienst. Wer spricht denn?«

»Ich bin Natan Stone. Ich bin im Vorführraum und brauche technische Hilfe. Können Sie bitte einmal herkommen?«

»Ich bin in zwei Sekunden da.«

»Welche Sicherheitsfreigabe haben Sie?«

»Top, rot. Ich hab viel mit Rohmaterial zu tun, wissen Sie.«

Natan lehnte sich in dem großen roten Ledersessel zurück und streifte die Asche seiner Zigarette in dem in die Seitenlehne eingelassenen Aschenbecher ab. Die zwanzig Sitze in dem kleinen Vorführraum stammten aus einem alten Passagierflugzeug. Woher der Mossad sie hatte, schien niemand zu wissen, aber jeder liebte diesen Raum.

Natan entsicherte die Tür, als der Assistent anklopfte. »Was kann ich für Sie tun?« Er war ein fröhlicher, ungefähr fünfundzwanzigjähriger Mann.

Natan erklärte ihm, daß er zeitgleich mit dem regulären

Film auf dem großen Bildschirm einen vergrößerten Ausschnitt auf einem eigenen Monitor projiziert haben wolle. »Okay«, erwiderte der junge Mann. »Dann öffnen wir ein Fenster auf dem Bildschirm, auf dem Sie den vergrößerten Ausschnitt sehen können. Falls es Ihnen die Sicht auf ein Objekt auf dem großen Bild versperrt, können Sie das Fenster an eine beliebige andere Stelle versetzen. Die Ausbilder benutzen dieses Programm häufig, wenn sie Filme für die Klasse vorbereiten oder sich Pornos anschauen.« Er kicherte leise in sich hinein.

»Was?« Natan hatte kaum zugehört. »Sehen Sie zu, daß Sie damit zu Rande kommen, ja?« Er war nervös, ungeduldig.

»Okay, okay.« Der Techniker öffnete eine Verkleidung in der Konsole, zog eine Tastatur heraus und gab einige Befehle ein. Dann schob er Natan das Keyboard zu. »Hier. Das Menü ist jetzt auf dem Bildschirm, Sie brauchen nur noch anzuwählen, was Sie haben wollen.«

»Und wenn ich eine Kopie haben will?«

»Dann frieren Sie das Bild auf dem Ausschnitt, den Sie kopieren wollen, ein und tippen ›print‹. Die ausgedruckte Kopie kommt aus diesem Schlitz.« Er wies auf eine schmale Öffnung über einer an der Konsole angebrachten Auffangvorrichtung.

»Wie heißen Sie?« fragte Natan.

»Shemuel. Warum?«

»Danke, Shemuel. Es tut mir leid, daß ich Sie eben so angefahren habe.«

Shemuel lächelte. Sie gaben sich die Hand, und er war so schnell verschwunden, wie er gekommen war.

Nachdem Natan sich mit der Technik vertraut gemacht hatte, sah er, daß der Mann im weißen Anzug sich tatsächlich zu dem Gebäude umgedreht hatte. Vielleicht wurde Shaby nicht überwacht, aber auf jeden Fall war jemand an ihm interessiert. Natan dachte daran, Mousa zu informieren. Dann schoß ihm ein Gedanke durch den Kopf – der Schlußgedanke eines unbewußt vollzogenen geistigen Vorganges, der ihm ein Bild vermittelte, das so klar war wie das auf dem Schirm, obwohl einige Stücke darin noch fehlten. Der Kern dieser Überlegungen war: Mousa kann mir nicht helfen. Vielleicht ist er sogar ein Teil des ganzen Problems. Natan fror das Bild ein und rief eine Kopie ab. Was er gerade gesehen hatte, warf eine neue und schwierige Frage auf: Sollte er bei seinem Treffen mit Shaby in eine Falle gelockt werden?

Kapitel 24

Flughafen Schiphol,
Amsterdam. 25. September, 12.00 Uhr

Natan betrat mit einem kleinen Koffer und einer Reisetasche die Ankunftshalle in Schiphol. Mayer erwartete ihn dicht neben dem Ausgang. Natan war verärgert. Wie unvorsichtig, dachte er. Wenn mich nun jemand auf dem Flug erkannt hat – was dann?

Aber es hatte keinen Zweck, Mayer einen Vorwurf zu machen. Er würde ihn nicht verstehen. Mayer Alon war nur deshalb noch im Außendienst, weil er mit dem früheren Chef des Mossad verwandt war und niemand sich mit diesem Mann anlegen wollte.

»Hallo, Natan, wie geht's Ihnen?« Mayer kam mit auf ihn zu. Immerhin trug er jetzt einen gutgeschnittenen Anzug und hatte sich die Haare schneiden lassen – eine bemerkenswerte Veränderung gegenüber dem Erscheinungsbild, das er bei ihrer letzten Begegnung in Israel geboten hatte.

Natan unterdrückte einen Fluch und sagte: »Hören Sie,

Mayer, sehen wir zu, daß wir so schnell wie möglich hier verschwinden. Es sind zu viele Leute hier. Wo ist Ihr Wagen?«

Mayer führte ihn zu einem vor dem Flughafengelände geparkten weißen Escort. Als er Natans Gepäck im Kofferraum verstaut hatte, öffnete er von innen die Beifahrertür.

»Was, zur Hölle, soll denn das da?« Natan zeigte auf das ovale Schild, das den Wagen als Diplomatenfahrzeug auswies.

»Was?«

»Sie holen mich in einem Diplomatenwagen ab? Sind Sie verrückt? Wo ist der Einsatzwagen?«

»Er sprang heute morgen nicht an – also hab ich einen Wagen der Botschaft genommen. Wieso?«

»Vergessen Sie's. Wo sind die Papiere, die Sie für mich haben?«

»In der Wohnung.«

»Dann sind Sie mit diesem Wagen schon beim sicheren Haus gewesen?« Natan schüttelte den Kopf über soviel Unvorsichtigkeit.

»Ich war nur ein paar Minuten da.«

»Mayer, hören Sie mir einmal gut zu: Wenn Sie einen Diplomatenwagen vor einem sicheren Haus parken, dann ist es kein sicheres Haus mehr. Begreifen Sie das?« Natan blickte aus dem Fenster, ohne eine Antwort zu erwarten. »Wissen Sie, ob das Team schon eingetroffen ist?«

»Nein. Sie kommen erst im Laufe des Abends.«

»Gut. Danach begeben Sie sich auf schnellstem Wege zum Pullman Hotel, tragen sich dort unter Ihrem richtigen Namen ein und warten auf meinen Anruf. Ich sage Ihnen dann, was Sie zu tun haben – bis dahin, bitte, unternehmen Sie nichts. Ist das klar? Und fahren Sie nicht zur Botschaft zurück.«

»Was ist mit dem Wagen? Soll ich das Diplomatenschild abmontieren, bevor ich wieder zur Wohnung fahren?«

»Nein. Dazu ist es jetzt zu spät.«

»Und das Team? Ich soll die Leute hier abholen.«

»Sie tun nur, was ich Ihnen gesagt habe. Ich kümmere mich um alles andere. Und jetzt öffnen Sie bitte den Kofferraum, damit ich wieder an meine Sachen komme.«

Natan nahm ein Taxi vom Flughafen zur Stadtmitte. Dort rief er Mousa an, um ihm die Lage zu schildern. Wütend versprach ihm Mousa mindestens viermal während dieses Gesprächs, Mayer persönlich den »Arsch aufzureißen«.

»Rufen Sie mich wieder an, wenn Sie in Den Haag sind«, sagte er zu Natan. »Ich habe dann eine neue Adresse für Sie. Ich schicke das Team zu Ihnen, wenn sie mir die Ankunft bestätigt haben.«

Natan hatte es immer als selbstverständlich hingenommen, daß Probleme bei operativen Einsätzen schnell beseitigt wurden. Die Pannen in Beirut und die Aussicht auf das, was ihm noch bevorstand, erinnerte ihn wieder daran, welche Vorteile es mit sich brachte, Teil einer gut geölten Maschinerie zu sein. Vorausgesetzt, diese Maschinerie funktionierte so, wie er es sich vorstellte ...

Die Zugfahrt von Amsterdam nach Den Haag dauerte nur eine halbe Stunde. Natan rief Mousa vom Bahnhof aus an, um ihn nach der Adresse des neuen sicheren Hauses zu fragen. Wie sich herausstellte, handelte es sich um ein altes, aber recht elegantes Einzelhaus an einer Gracht vor dem schönen Zuiderpark.

Die Tür war unverschlossen. Als Natan das Haus betrat, roch es nach frisch aufgebrühtem Kaffee. Er folgte seiner Nase und gelangte in eine große, holzgetäfelte Küche, in der über einer Arbeitsfläche verschiedene Messing- und Kupfertöpfe an der Wand hingen. Das Haus war sehr geschmackvoll eingerichtet und wahrscheinlich unverändert vom Vorbesitzer übernommen worden. Natan goß sich eine Tasse Kaffee ein und setzte sich, um einige Visitenkarten durchzusehen, die neben der Kaffeemaschine lagen. Er fand auf ihnen Telefonnummern in Den Haag, die jedoch für den Fall, daß sie in falsche Hände gerieten, als internationale Nummern ausgegeben worden waren. Eine gehörte zu einer Übertragungsstation, über die Natan Israel oder jeden anderen Ort auf der Welt anrufen konnte, ohne daß sich das Gespräch in das sichere Haus zurückverfolgen ließ.

Natan nahm sein Gepäck auf und ging die Treppe hoch. Auf der einen Seite des Flurs im ersten Stock lag ein Schlafzimmer, und auf der anderen, mit den Fenstern zum Park, ein großes Wohnzimmer, durch dessen geschlossene Gardinen das Sonnenlicht fiel. Ein hübsches Fleckchen, dachte Natan, hier könnte man es länger aushalten ... Es würde ein Wunschtraum bleiben, er wußte es. Außerdem würde er bald Gesellschaft bekommen, da das Yarid-Team in den nächsten Stunden eintreffen mußte. Im Augenblick machte er sich Sorgen um Nadin. Soweit er wußte, verlief alles erwartungsgemäß; aber da er keine direkte Verbindung mit ihr hatte, blieb eine gewisse Unsicherheit. Was passiert, wenn sie herausfinden, daß sie überwacht werden, dachte er. Was tun wir, wenn sie ihren Aufenthaltsort wechseln oder sogar abtauchen? Es gab so viele Wenns. Er verdrängte den Gedanken an Griechenland und Nadin und konzentrierte sich auf das, was unmittelbar vor ihm lag.

Natan zündete sich eine Zigarette an, goß sich ein Glas Genever ein, setzte sich auf ein breites Sofa und legte die Füße auf den davor stehenden Couchtisch. Eine Zeitlang beobachtete er nur die Menschen im Park und überließ sich seinen Gedanken. Dann hörte er plötzlich, wie sich die Haustür öffnete. Er sprang auf und trat an die Treppe.

»Wer ist da?« rief er hinunter.

»Die Glücksfee. Wer, verdammt noch mal, sollte es denn sonst sein?« Natan atmete erleichtert auf. Dov war wie ein frischer Wind – ein echter Profi ohne großem Interesse an politischen Machenschaften, was nicht hieß, daß er mit allem einverstanden war. Das galt im übrigen für die meisten Israelis.

»Ich freue mich, dich zu sehen, alter Sack«, sagte Natan. »Wo sind die anderen?«

»Weißt du nicht mehr, daß wir ein sicheres Haus nie gemeinsam betreten dürfen?« Dov lächelte, als er die Treppe hochstieg. In seinen ausgeblichenen Jeans und dem gestreiften T-Shirt sah er aus, als sei er quer durch Europa getrampt. Sein blondes Haar war ordentlich gescheitelt. Über die Schulter hing ihm ein schwarzer Campingbeutel.

»Du hast dich ja fein ausstaffiert«, sagte Natan.

»Wieso ausstaffiert?« Dov blickte sich um. »Hast du mich je in anderen Klamotten gesehen?«

Natan lachte, als sie das Wohnzimmer betraten.

»Wer ist diesmal dabei?«

»Das alte Team. Du kennst die Leute. Ein neuer Mann ist hinzugekommen, und der ist in Ordnung. Du wirst ihn bald kennenlernen.«

»Von wo kommt ihr?«

»Wir waren turnusmäßig in Brüssel. Nachdem fast alle Operationen abgeblasen worden sind, sind wir praktisch die einzigen, die noch aktiv sind. Alle anderen sind jetzt mehr oder weniger auf Urlaub.«

»Weshalb sind die Operationen abgeblasen worden? Ist man euch auf die Schliche gekommen?« fragte Natan.

»Nichts dergleichen. Wie ich hörte, war es ein Befehl von oben. Es heißt, daß es irgendwo im System eine undichte Stelle gibt, und sie wollen niemand mehr rekrutieren, bis sie die Stelle entdeckt und ein für allemal verstopft haben. Aber wieso weißt du das nicht? Du sitzt doch ganz dicht an der Quelle.«

»So dicht, wie du vielleicht glaubst, auch wieder nicht. Außerdem komme ich gerade von einem Urlaub in den Staaten zurück und muß mich erst wieder zurechtfinden.«

»Wo ist deine Pistole?« fragte Dov.

»Welche Pistole?«

»Die, die du mit dem Haus übernommen hast! Was ist los mit dir, Natan? Jetzt, wo ich hier bin, muß ich sie in Verwahrung nehmen. Du kennst die Bestimmungen.«

»Ach, die! Sie liegt hinter der Wandverkleidung über dem Herd. Ich nehme sie nie an mich. Was soll ich damit anfangen? Mich aus einer Polizeifalle herausschießen?«

»Du bist ein Idiot. Was hättest du gemacht, wenn an meiner Stelle ein Palästinenser aufgekreuzt wäre, um sich einen israelischen Geheimdienstoffizier zu schnappen?«

»Ich war sauber, als ich herkam. Nun laß mich endlich in Ruhe.«

»Ich glaub, ich hab es dir schon tausendmal gesagt: Die Tatsache, daß du sauber bist, heißt nicht, daß alle anderen auch sauber sind. Dies Haus hätte niedergebrannt sein können, ohne daß wir es gewußt hätten. Also, mein Freund, wenn ich dich das nächste Mal ohne Waffe in einem sicheren Haus erwische, erstatte ich Meldung. Kommen wir jetzt zum Geschäftlichen.«

Dov holte einen Stadtplan hervor, der ähnlich wie der aussah, den Natan am Bahnhof gekauft hatte. Dann trat er ans Fenster und zog die schweren Vorhänge zu, um den Raum soweit wie möglich zu verdunkeln. Nachdem er den Kronleuchter angeknipst hatte, holte er eine chromverkleidete Taschenlampe aus dem Campingbeutel, öffnete seine Brieftasche und zog eine kleine Plastikscheibe heraus. Er legte sie über das Glas der Taschenlampe und richtete den Lichtkegel auf die Karte, die plötzlich mit leuchtenden Linien und Markierungen überzogen war.

»Was, zum Kuckuck, ist denn das?«

»Haben wir gerade von der Technik bekommen. Ein neues System, damit wir unsere Einsatzkarte nicht ständig verstekken müssen. Hier sind alle für die Operation notwendigen Details eingetragen, einschließlich mehrerer guter Sicherheitsrouten.« Er wies auf ein Zickzackmuster in der Nähe des Panoramamuseums. »Ich glaube, diese Karte wird uns bei unserer Arbeit sehr zustatten kommen. Nachdem du das Paket, das dieser Agent uns übergeben soll, an dich genommen hast, haben wir mehrere Routen, die wir einschlagen können. Es geht doch um ein Paket, oder?«

»Ja. Er soll uns eines bringen. Vielleicht hat er es aber nicht bei sich, sondern muß es erst holen. Das heißt, wir müssen beide Eventualitäten in Betracht ziehen.«

»Ich hasse es, wenn Agenten Pakete zu übergeben haben, die sie erst noch holen müssen«, sagte Dov. »Aber, okay, wenn etwas faul an der Sache ist, können wir diese Route nehmen.« Er wies auf ein zweites Zickzackmuster auf der Karte. »Ich glaube nicht, daß es nötig ist, aber da dieser Mann von der Botschaft beteiligt ist, muß alles perfekt ablaufen.«

»Was ist mit den ortsansässigen Agenten?« fragte Natan.

»Mach dir um die keine Gedanken.« Dov schüttelte den Kopf. »Wenn sie bei der Operation zufällig über uns stolpern sollten, so kenne ich einige von ihnen von den Kursen, die wir in Kfar-Sirkin abhielten. Außerdem stellen wir einen Mann bereit, der Verbindung mit dem Chef des hiesigen Dienstes aufnimmt, falls etwas schiefläuft.«

»Scheiße!« Natan sprang auf und griff nach dem Telefon, während er mit der anderen Hand die Visitenkarten durchblätterte, um eine Nummer zu finden.

»Was ist los?«

»Ich hab Mayer vergessen! Ich hab ihm gesagt, er soll im Pullman in Amsterdam auf meinen Anruf mit weiteren Instruktionen warten. Aber ich hab es vergessen.«

»Dieser bescheuerte Esel! Den sollte man auch nach Möglichkeit vergessen.«

Natan ließ sich mit Mousas Büro verbinden und informierte ihn über die Situation. Daß Mayer im Augenblick in einem Hotelzimmer saß und auf einen Anruf wartete, gefiel Mousa.

»Zum ersten Mal seit langer Zeit muß ich keine Angst haben, daß er Unfug anrichtet«, sagte Mousa. »Lassen wir ihn ruhig eine Zeitlang schmoren, okay?«

»Er gehört Ihnen«, erwiderte Natan. »Meinetwegen können Sie ihn bis zum Ablauf seiner Dienstzeit dort schmoren lassen.«

Gegen 20 Uhr waren auch die übrigen Mitglieder des Teams eingetroffen. Sie besprachen noch einmal den Plan, bis jeder genau wußte, was er zu tun hatte. Ein ortsansässiger jüdischer Autohändler hatte ihnen mehrere zugelassene Fahrzeuge zur Verfügung gestellt, so daß sie keine Wagen zu mieten brauchten. Um 21 Uhr unterbrachen sie ihre Planungen, um zu Abend zu essen, setzten dann aber das Gespräch am großen Küchentisch fort. Gegen 23 Uhr war alles geklärt, und jeder suchte das ihm zugewiesene Schlafzimmer auf, um sich zur Ruhe zu begeben.

Kapitel 25

Den Haag. 26. September, 7.00 Uhr

Natan wurde durch den Lärm geweckt, den die Mitglieder des Teams beim Zubereiten des Frühstücks veranstalteten. Der Geruch nach Kaffee und gebratenem Speck ließ leichte Übelkeit in ihm aufsteigen. In seinen Schläfen pochte es schmerzhaft – die Folge von zuviel Genever am Abend zuvor. Wenigstens war er danach problemlos eingeschlafen.

Nachdem er geduscht und sich rasiert hatte, zog er ein Paar Jeans und ein Sporthemd an und ging in die Küche. Eine große Tasse Kaffee und ein Teller mit Eiern und Speck erwarteten ihn. Langsam besserte sich sein Befinden.

»Hier im Land der Matjes«, sagte ein großer dunkelhaariger

Mann von etwa dreißig Jahren mit nordafrikanischem Akzent, »legen sie Essensvorräte an, als ob wir in den Vereinigten Staaten wären. Weshalb? Kann mir das jemand sagen?«

»Mach mal Pause, Yoram«, erwiderte eine gutgebaute Rothaarige, die damit beschäftigt war, weiteren Kaffee aufzubrühen. »Du beklagst dich über alles und jeden – wir sollten deine Mutter bitten, für uns zu kochen.«

»Laß meine Mutter aus dem Spiel, Rachel. Ist aber, wenn ich darüber nachdenke, gar keine schlechte Idee. Was meinst du, Dov? Holen wir meine Mutter, damit sie uns bekocht?«

»Irgendeine Veränderung seit dem Zapfenstreich gestern abend?« fragte Natan Dov.

»Nicht, daß ich wüßte. Übrigens bist du es, der die Verbindung aufrechterhält. Wir befolgen nur Befehle.«

Natan, der sich inzwischen die Vorwahlnummer eingeprägt hatte, rief Mousa an.

»Gibt es was Neues, was das Eintreffen des Pakets betrifft?« fragte er.

»Nein, nichts. Aber ich möchte, daß Sie die Fotos unverzüglich herbringen, sobald Sie sie haben. Steigen Sie ins nächste Flugzeug.«

»Was ist mit der Prämie, die er haben will?«

»Der Bodel[13] ist mit einem Aktenkoffer zu Ihnen unterwegs. Es ist vielleicht mehr, als Sie brauchen. Zahlen Sie Ihrem Mann, was er verlangt, aber achten Sie darauf, daß er den Empfang quittiert.«

»Sie sind heute aber großzügig. Wann ist der Kurier hier?«

»Er sollte bereits da sein. Vielleicht hat er einen Umweg gemacht oder was weiß ich.« Es läutete an der Tür. Natan wandte sich an Dov und sagte: »Kannst du mal nachsehen, wer das ist?« Ins Telefon sagte er: »Ich glaube, der Mann ist da, Mousa. Einen Augenblick.« Er warf einen Blick in die Diele und sah einen Mann mit einem Aktenkoffer, der gerade in die Küche geführt wurde. »Er ist es«, sagte Natan. »Ich warte also auf Ihren Anruf.«

»Bis dann.« Mousa legte auf.

Dov übergab Natan den Aktenkoffer und sah ihn an, als erwartete er eine Erklärung. »Es ist die Prämie für den Agenten, wenn er uns das gibt, was wir von ihm haben wollen.«

»Ach so. Warum, zum Teufel, kriegen *wir* nie solche Prämien?«

Alle begannen zu kichern.

»Laß dich von den Syrern anheuern, und du kriegst eine«, sagte Natan. Jetzt lachten alle.

Er ging mit dem Aktenkoffer nach oben in sein Schlafzimmer und schloß die Tür zu. Der Koffer war bis zum Rand mit amerikanischen Banknoten gefüllt – alles in allem etwa dreihundertfünfzigtausend Dollar, schätzte Natan. Er wollte dafür sorgen, daß das Geld nicht verlorenging – was immer geschehen mochte.

Er leerte den Inhalt des Aktenkoffers in seinen eigenen kleinen Koffer und füllte den Aktenkoffer mit Taschenbüchern aus dem Regal neben dem Bett. Dann klebte er eine Reihe von Fünfzig-Dollar-Scheinen auf einen Bogen schwarzes Kreppapier, den er seiner Reisetasche entnommen und ausgerollt hatte. Mit dem Bogen bedeckte er die Bücher. Auf den ersten Blick sah es so aus, als wäre der Aktenkoffer bis obenhin mit Banknoten gefüllt.

Wenn die Dinge sich nicht so entwickeln sollten, wie Natan erwartete, würde er Foul-play sein Geld geben. Andernfalls hatte er dafür eine bessere Verwendung.

Gegen 15 Uhr läutete das Telefon. Natan, der gerade mit Rachel eine Partie Backgammon spielte, sah sich plötzlich im Mittelpunkt der Aufmerksamkeit. Alle Augen waren auf ihn gerichtet, als Dov ihm den Hörer übergab. Die Spannung im Raum war fast greifbar.

»Ja?«

»Kid?«

»Ja.« Die Stimme am anderen Ende der Leitung war verzerrt, aber Natan wußte, daß es nicht Mousa war. Sie kam aus der Vermittlung der Nachrichtenabteilung Diamant. Vielleicht war es Mark, aber er war sich nicht sicher. Solange der Besitzer der Stimme Natans Kodenamen kannte und über diese Nummer mit ihm sprach, gab es keinen Grund zur Beunruhigung.

»Ihr Freund hat gerade angerufen. Er ist unter Fünf Acht Zwei Acht Eins Neun zu erreichen. Ich wiederhole: Fünf Acht Zwei Acht Eins Sieben. Haben Sie's?«

»Danke. Wann hat er angerufen?«

»Vor etwa fünf Minuten. Ich hab ihm gesagt, Sie seien vielleicht außer Haus, würden aber gegen zehn Uhr zurück sein und ihn dann sofort anrufen.«

»Okay. Wir übernehmen.« Der Hörer am anderen Ende wurde abrupt aufgelegt.

Die beiden Nummern, die er durchgegeben hatte, waren nicht die gleichen. Die erste war die Kodenummer und die zweite der Schlüssel zum Kode. Natan ermittelte aus beiden Werten die korrekte Telefonnummer, dann wandte er sich an Dov. »Ich rufe ihn gleich an. Soll ich ihm sagen, daß ich ihn in...« – er zögerte – »... sagen wir, einer halben Stunde zurückrufe?«

»Besser in fünfundvierzig Minuten«, empfahl Dov.

Natan wählte die Nummer.

»Hotel Bel Air. Guten Tag.«

»Kann ich einen Ihrer Gäste sprechen, einen gewissen Mr. Shaby?«

»Einen Augenblick, bitte.« Wenige Sekunden später summte es in der Leitung, dann ein Klicken, bevor Shaby sich meldete.

»Hallo, wie geht's?«

Shaby hatte seine Stimme sofort erkannt. »Hallo, Brad. *Ea rabat el shames bariaback* (Die Sonne hat nicht geleuchtet, seitdem wir uns das letzte Mal sahen). Wie geht es Ihnen?«

Ein leichtes Zögern in Shabys Stimme beunruhigte Natan – und die Tatsache, daß er den Namen ›Brad‹ verwendete. Aber im Augenblick blieb ihm nichts anderes übrig, als auf Shaby einzugehen.

»Danke, mein Freund, Sie sind äußerst liebenswürdig«, erwiderte er. »Mir geht's ausgezeichnet. Und Ihnen?«

»Allah sei Dank, alles wohlauf.«

»Mein Freund, es gibt da einige Sachen, die ich noch klären muß, aber ich rufe Sie in etwa einer Stunde zurück. Bleiben Sie, wo Sie sind, okay?«

»Kein Problem, *ya ahi* (mein Bruder). Aber Sie bringen den anderen Mann mit, ja?«

»Ja. Er wird da sein.«

»Ich warte also auf Ihren Anruf.«

»Bis bald.« Natan legte auf. »Er ist im Bel Air«, sagte er zu Dov. »Hast du ein Foto von ihm?«

»Ja. Sobald er rauskommt, sind wir ihm auf den Fersen.«

Dov sprach dann mit den anderen. »Los, los, los. Du, Noam, gehst rüber zum Bel Air und checkst, ob er sauber ist, wenn er das Hotel verläßt. Du weißt, was du zu tun hast.«

Noam verließ als erster die Wohnung. Dann folgten die anderen in drei- bis fünfminütigen Abständen, zwei zusammen und drei einzeln. Eine Viertelstunde später waren nur noch Natan und Dov übrig.

Fast eine halbe Stunde später rief Noam an, um ihnen zu sagen, daß er vor dem Hotel Posten bezogen habe. Dann bestätigte Menahem, daß er in einem Restaurant saß, während die übrigen Mitglieder des Teams draußen warteten.

»In Ordnung«, sagte Dov, als er auflegte. »Du kannst den Mann im Hotel anrufen und ihm sagen, daß er einen Spaziergang machen soll.«

»Was ist mit dem Attaché?« Natan fiel plötzlich ein, daß sie noch nicht über ihn gesprochen hatten.

»Er erwartet uns auf dem Weg zum Treffpunkt«, sagte Dov. »Keine Sorge. Wir haben an alles gedacht. Du bringst nur das Geld, ich erledige den Rest.«

Natan holte den Aktenkoffer und öffnete ihn gerade so weit, daß Dov hineinblicken konnte.

»Du meine Güte!« rief er. »Wenn man nur auf ehrliche Weise so viel Geld verdienen könnte!«

»Unmöglich«, sagte Natan. »Rufen wir ihn an.«

Diesmal klang Shaby besorgt. »Hören Sie«, sagte er. »Was ist eigentlich los? Treffen wir uns nun oder nicht?«

»Ja, ja. Natürlich treffen wir uns.« Natan zögerte einen Augenblick. »Ich möchte, daß wir uns in einem Restaurant treffen. Ein kleiner Laden, aber Sie finden ihn ohne Schwierigkeit. Schreiben Sie sich den Namen auf.« Er nannte ihm den Namen und die Adresse des Lokals und fügte hinzu: »Nehmen Sie ein Taxi.«

»Was geht da vor? Warum treffen wir uns nicht im Hotel, wie wir es immer getan haben? Ist etwas nicht in Ordnung?« Shabys Stimme klang immer ängstlicher.

»Was ist los mit Ihnen, Shaby? Haben Sie kalte Füße bekommen oder was?« Natan begann ungeduldig zu werden. »Was soll diese Fragerei? Ich hab Ihnen gesagt, daß wir uns in einem Restaurant treffen, und genau das werden wir tun. Gibt es da ein Problem? Verheimlichen Sie mir etwas?« Natan legte die Hand auf den Hörer und sagte zu Dov: »Mit gefällt das nicht. Irgendwas ist da faul.« Er sprach wieder mit Shaby. »Sie wissen, daß ich Sie nie in die Pfanne hauen würde, Shaby. Aber wenn Sie mir etwas verschweigen, bin ich für die Folgen nicht verantwortlich. Also bis gleich.«

»Bis gleich«, murmelte Shaby und legte auf.

»Irgendwas stimmt da nicht, aber vielleicht fühlte er sich nur unter Druck gesetzt«, sagte Natan zu Dov.

»Was soll das heißen? Habt ihr für den Fall, das etwas schiefgeht, kein Kodewort oder irgendein Zeichen verabredet? Das lernt doch jeder Anfänger, Mann.«

»Ach, halt die Klappe, Dov!« Natan war sichtlich nervös. »Ich wünschte, die Sache wäre so einfach, daß es mit einem Kodewort getan wäre.«

»Nun, wenn es so ist, bleibt dir nichts anderes übrig, als den Mann zu treffen und selbst nach dem Rechten zu schauen. Dann weißt du wenigstens, ob er sauber ist.«

»Es gibt noch eine andere Möglichkeit«, sagte Natan.

»Wirklich? Und die wäre?«

»Die ganze Sache abblasen. Sie riecht faul. Ja, das werde ich auch tun. Hör zu: Du ziehst das Team zurück. Ich rufe das Restaurant an ...« Natan unterbrach sich, als er sah, daß Dov sich nicht gerührt hatte. Er blickte ihn nur schweigend an und lächelte. »Was ist los mit dir?«

»Nichts. Doch was du vorgeschlagen hast, ist keine Alternative. Mousa hat gesagt, daß dieses Treffen auf Biegen oder Brechen stattzufinden hat. Und das wird es auch. Also packen wir's an. Wir haben noch einen langen Weg vor uns, und die Zeit wird knapp.«

»Was soll das heißen: ›Mousa hat gesagt‹? *Ich* bin der Einsatzoffizier. Ich bin der einzige, der den Anruf tätigen kann, und du weißt es. Wenn ich sage, wir blasen die Sache ab, dann wird sie abgeblasen, verdammt noch mal!«

»Nicht nach meinen Befehlen. Und da sie ungewöhnlich sind, habe ich sie schriftlich, unterzeichnet von allerhöchster Stelle. Mousa hat mich bereits auf die Möglichkeit hingewiesen, daß du die Geschichte abblasen könntest. Hören wir also auf, über Kompetenzfragen zu streiten und machen uns auf den Weg.«

Natan hatte keine andere Wahl. Wenn Mousa ihm unterstellt hatte, das Treffen vereiteln zu wollen, hielt er ihn offensichtlich für den Maulwurf. Mousa wollte unbedingt eine Situation herbeiführen, bei der die Fotos, die Shaby lieferte, in seine Hände gelangten – egal um welchen Preis. Natan hatte plötzlich das Gefühl, er selbst sei der Preis.

Er zweifelte nicht daran, daß sich noch etwas ganz anderes hier zusammenbraute, aber die Befehlsstruktur im Mossad machte es ihm unmöglich, sich der Entwicklung entgegenzustellen.

»In Ordnung«, sagte er zu Dov und ging zur Tür. »Was soll's? Gehen wir.«

Die beiden Männer verließen das Haus und stiegen einige Häuserblocks weiter in einen weißen Audi 200. Dov fuhr durch die Stadt, als hätte er sein ganzes Leben hier verbracht. Dazu muß man begabt sein, dachte Natan. Er konnte sich nicht erinnern, daß Dov sich in all den Jahren, die er ihn kannte, je verirrt hätte. Nach ungefähr zehn Minuten gelangten sie in eine kleine Straße am Hafen. Dov parkte den Wagen neben einem offenen Telefonstand.

»Sollten wir nicht allmählich das Mobiltelefon benutzen?« fragte Natan.

»Bestimmt nicht.« Dov sah ihn überrascht an. »Ein Mobiltelefon kann abgehört werden, und du fällst auf, wenn du es benutzt. Ich halte es für besser, bis auf weiteres noch das öffentliche Fernsprechnetz unseres Gastlandes in Anspruch zu nehmen.«

Dov stieg aus, ging zum Telefon und wählte eine Nummer. Der Wagen stand so dicht neben dem Telefonstand, daß Natan hören konnte, was Dov sagte. Wie sich herausstellte, hatte Noam gesehen, daß Shaby das Hotel verließ. Er war ohne Begleitung und hatte ein Taxi genommen, genau wie Natan ihm aufgetragen hatte. Noam hatte keine besonderen Vorkommnisse wahrgenommen – keinen Wagen, der die Verfolgung aufnahm, keine Passanten, die sich auf konspirative Weise miteinander verständigten.

Noam war jetzt unterwegs, um den Militärattaché abzuholen und zum verabredeten Treffpunkt zu bringen. Dort sollte Natan Dovs Wagen verlassen und zu den beiden anderen ins Auto steigen, bevor er Shaby aufsuchte. Keine zehn Minuten später meldete sich Menahem am Telefon. Er war Shabys Taxi gefolgt und berichtete, daß dieser nicht beschattet wurde. »Ich habe meinen Wagen waschen lassen, er ist blitzsauber«, sagte er zu Dov.

»Okay. Fährst du jetzt zu diesem anderen Punkt, von dem wir gesprochen haben?« fragte Dov. Offensichtlich zufrieden mit der Antwort, sagte er: »Also dann bis später.« Er wandte sich an Natan. »Mach dich bereit. Du mußt Shaby in etwa fünf Minuten anrufen. Dann werde ich sofort klären, ob das Restaurant sauber ist. *Er* ist es jedenfalls, das steht fest.«

Der Mann, der das Restaurant beobachtete, meldete sich und berichtete, daß sich seit seiner Ankunft nichts Verdächtiges ereignet habe. Außer Shaby und Dovs Mann saß nur ein Ehepaar im Restaurant, das schon vor Shabys Ankunft dort gesessen hatte.

»Okay«, sagte Dov. »Ich möchte jetzt jeden im Büro wissen lassen, daß die Party im Gange ist. Ich warte, ja?«

Nun war für Natan der Zeitpunkt gekommen, Shaby im Restaurant anzurufen. Obgleich Foul-play nach den Erkenntnissen des Teams nicht beschattet wurde, war Natan überzeugt, daß man ihn überwachte. Wenigstens einer war ihm auf den Fersen. Wie, zum Teufel, hatten sie das geschafft? Es gab nur eine Erklärung: Shaby arbeitete mit der anderen Seite zusammen und trug einen Minisender bei sich. Natan fühlte einen Schauer den Rücken hinunterlaufen. So mußte es sein!

Er ging ans Telefon und wählte die Nummer des Restaurants. Nach mehrmaligem Läuten meldete sich eine heisere Stimme.

»Sprechen Sie englisch?« fragte Natan.

»Ja, ja. Was kann ich für Sie tun?«

»Ich war mit einem Gast von Ihnen verabredet, aber ich kann nicht kommen. Könnten Sie ihn bitte ans Telefon rufen? Sein Name ist Shaby, Mr. Shaby.«

Einige Sekunden später hörte er Shabys Stimme. Sie klang sehr überrascht. »Hallo? Wer spricht?«

»Es tut mir leid, aber wir müssen uns woanders treffen.«

»Was soll das heißen? Das wird ja langsam lächerlich!«

»Ich erkläre Ihnen alles, sobald wir uns sehen. Momentan fehlt dazu die Zeit. Bitte, hören Sie mir genau zu. Es ist zu Ihrem eigenen Wohl.«

»Was wollen Sie eigentlich?« Shaby schien müde und abgespannt zu sein. Der Mann hat Angst, dachte Natan, eine Heidenangst. Was hatten die Kerle vor? Wer waren sie überhaupt? Die Fragen überstürzten sich, aber Natan verdrängte sie und konzentrierte sich auf das Stück Papier in seiner Hand. Er begann, die Anweisungen vorzulesen. Shaby murmelte etwas Unverständliches. »Was haben Sie gesagt?« fuhr Natan ihn an.

»Ich habe nur... Ist alles okay? Ich meine, das alles war früher doch nie nötig...«

»Es ist alles in Ordnung. Hören Sie mir nur zu und konzentrieren Sie sich auf das, was ich Ihnen sage. Wir sehen uns in zehn Minuten.«

»Fangen Sie an!«

»Wenn Sie das Restaurant verlassen haben, wenden Sie sich nach links und gehen einen Häuserblock weiter. Dann wenden Sie sich abermals nach links und gehen wieder einen Block weiter. An der Ecke sehen Sie ein großes Gebäude, das wie ein Schloß aussieht. Biegen Sie nach rechts ab. An der zweiten Straße stoßen Sie auf eine Verkehrsampel. Biegen Sie nach links ab. Ich bin im Fischrestaurant an der Ecke. Ich wiederhole alles noch einmal.« Die Route war sehr übersichtlich; falls jemand Shaby folgte, konnte das Team, das bereits Position bezogen hatte, den Verfolger leicht ausfindig machen. Als

Natan auflegte, fuhr ein silbergrauer BMW 750 vor. Noam saß am Steuer, neben ihm Aitan. Der Militärattaché, der einen etwas verwirrten Eindruck machte, saß im Fond.

»Bis nachher«, sagte Dov. »Und denkt daran, euch erst in Bewegung zu setzen, wenn ihr das Zeichen bekommt, daß alles klar ist.« Er wandte sich an Noam. »Du sorgst dafür, daß sie den Wagen nicht früher verlassen.«

Natan und Noam antworteten simultan: »Zu Befehl.« Alle begannen zu lachen. Selbst der nervös aussehende Offizier zwang sich zu einem Lächeln.

Natan setzte sich neben ihn. »Hallo. Sie müssen Brigadegeneral Gilboa sein.« Sie schüttelten einander die Hand.

»Ja«, erwiderte der Attaché. »Und Sie sind ...«

»Nur ein Freund.« Natan lächelte. »Was sagt schon ein Name?«

Wenig später parkten sie zwei Häuserblocks vom Fischrestaurant entfernt am Straßenrand. Shaby mußte in etwa fünf Minuten eintreffen. Noch verlief alles nach Plan.

»Wenn wir ins Restaurant gehen«, wandte sich Natan an den Offizier, »werden Sie kein Wort reden. Falls Ihnen der Mann, den wir dort treffen, eine Frage stellt, antworten Sie nicht. Lächeln Sie ihn nur an. Ich werde Sie miteinander bekannt machen, aber nachdem Sie Ihren Namen und Ihren Rang genannt haben, schweigen Sie. Ist das klar?«

»Ja, völlig klar. Aber ich wäre Ihnen sehr dankbar, wenn mir endlich mal jemand sagen würde, wozu ich überhaupt hier bin.«

»Tut mir leid, das ist gegenwärtig noch nicht möglich. Aber wie Sie wissen, können wir auf Ihre Anwesenheit nicht verzichten. Wir danken Ihnen, daß Sie uns so kurzfristig ausgeholfen haben.«

Vor dem Wagen entdeckte Natan Ilan, das jüngste Mitglied des Teams. Er hatte sich über einen Motorroller gebeugt und schien etwas zu reparieren, während er in Wirklichkeit einen bestimmten Punkt weiter unten auf der Straße beobachtete. Wenige Augenblicke später wandte er sich dem geparkten Wagen zu und zog mit beiden Händen seinen Hemdkragen herunter, als wollte er ihn zurechtrücken – es war ein verabredetes Zeichen und bedeutete: Alles klar! Noam verstellte den Außenspiegel mit der linken Hand und fuhr auf das Restaurant zu. Einen halben Block davon entfernt hielt er an und sagte zu Natan: »Wir warten hier auf dich. Wir haben einen Mann im Restaurant postiert und ringsum Wachen aufgestellt. Wenn du drinnen fertig bist und ihn noch irgendwo hinschaffen willst, nehmen wir dich an der Tür in Empfang. Ganz in der Nähe steht ein sicheres Hotelzimmer bereit.«

»Okay. Aber wenn wir nicht mit dem Wagen fahren wollen, gehen wir einfach vorbei, ohne euch zu beachten.«

»Nein«, sagte Noam. »Wir müssen den General wieder mitnehmen. Wenn du mit dem Agenten zu Fuß weitergehen willst, ist es in Ordnung. Aber wir brauchen den General und das Paket. Wenn es Schwierigkeiten gibt, ist jeder auf sich gestellt.«

»Das ist doch nichts Neues«, meinte Aitan, als Natan und der Offizier aus dem Wagen stiegen.

»Was für Schwierigkeiten erwarten Sie denn?« Der General, fast einen Kopf größer als Natan, beugte sich leicht vor, um nicht von vorbeigehenden Passanten gehört zu werden.

»Sie sind Soldat. Sie wissen, daß immer etwas schiefgehen kann. Wenn ich wüßte, was, würde ich es zu verhindern wissen. Aber man kann nicht alles voraussehen.« Er blieb am Eingang des Restaurants stehen. »Machen Sie sich keine Sorgen, General. Und denken Sie daran – kein Wort!«

Das große Gastzimmer wurde von einem Kristallüster an der Decke beleuchtet und war dunkel getäfelt. Die Wände waren mit nautischem Dekor geschmückt. Etwa dreißig runde Tische standen im Raum, und alle waren mit weißen Damastservietten und Kerzen in kleinen Laternen versehen. Die meisten Tische waren besetzt, die Gäste überwiegend leger gekleidet.

Natan wandte sich an den Oberkellner: »Wir hätten gern einen Tisch für drei Personen. Ich glaube, unser Gast erwartet uns bereits an der Bar.«

»Selbstverständlich.« Der Mann machte eine einladende Bewegung. »Zur Bar geht's hier entlang.«

Sie folgten ihm in einen noch dunkleren, ebenfalls dicht besetzten Raum, in dem ein auf Hochglanz polierter Tresen fast die ganze Länge einer Wand einnahm. Eine Jazzkapelle unterhielt die Gäste mit lautstarker Musik.

Shaby saß am Tresen, verließ jedoch, als er sie eintreten sah, sofort seinen Platz und kam auf sie zu. Natan fiel auf, daß er humpelte. Fast unmittelbar nachdem Natan die Männer miteinander bekannt gemacht hatte, kehrte der Oberkellner dienstbeflissen zurück.

»Möchten Sie noch einen Drink, oder wollen Sie sich gleich zu Tisch begeben?« fragte er.

»Wir möchten jetzt essen«, sagte Shaby.

Ihr Tisch stand gleich neben dem Eingang unter einem Gemälde, das ein Schiff im Sturm zeigte. Der Oberkellner überreichte jedem von ihnen eine Speisekarte. »Der Ober kommt sofort«, sagte er und stellte sich wieder neben der Tür auf.

»Wer kommt?« fragte Shaby nervös.

»Unser Kellner«, sagte Natan.

»Haben Sie das Geld mitgebracht?« platzte Shaby heraus.

»Wozu diese Eile?« fragte Natan. »Ist alles okay?«

»Ja. Alles ist in Ordnung.« Der kleine Mann schwitzte. Er schien Angst zu haben und das heikle Tauschgeschäft möglichst rasch hinter sich bringen zu wollen.

Natan war überzeugt, daß Shaby auf irgend etwas wartete. Aber auf was? Die Spannung zwischen ihnen wuchs.

»Was bedrückt Sie, Shaby?« Natan blickte ihn fest an. »Was,

zum Teufel, ist bloß los mit Ihnen? Sie haben mich gebeten, diesen Mann mitzubringen. Das habe ich. Und wo sind die Fotos, die Sie mir geben sollen?«

Shaby zog ein kleines Paket hervor und legte es vor sich auf den Tisch. »Wer ist das?« fragte er und schaute Gilboa an, als ob er ihn zum ersten Mal sähe.

»Der Attaché, dessen Anwesenheit Sie wünschten. Verdammt noch mal, Shaby, ich habe ihn Ihnen gerade vorgestellt!«

»Ich konnte Sie da drinnen nicht verstehen.«

»Gut, gut. Aber jetzt wissen Sie's. Also nun raus mit der Sprache. Was geht hier vor?«

Shaby's Atem kam stoßweise. Er rang nach Luft und stammelte nur noch: »Ein M-m-mann hat m-m-mich gek-k-kidnapt.« Sein Blick schweifte fahrig im Saal umher. »Ein Am-m-merikaner g-g-glaube ich. Ich b-b-bin mir nicht sicher, aber er sprach g-g-gut englisch. Dies ist eine Falle. Eine Falle! Ich t-t-tue nur, was mir g-g-gesagt wurde.«

Natan wußte, daß keine Zeit zu verlieren war. Er hatte also recht gehabt mit seiner Vermutung. Die Gefahr, die in diesem Raum lauerte, war jetzt fast mit den Händen zu greifen. Sie mußten hier verschwinden.

Er griff nach Shabys Paket. »Wir hauen ab. Sofort!« rief er Gilboa zu, sprang auf und zog den General mit sich. Doch bevor sie sich noch vom Tisch entfernen konnten, erhob sich Lärm an der Eingangstür, und mehrere in graue Uniformen gekleidete Gestalten stürmten in den Raum. Alle trugen sie identische, lachende Clownsmasken. Auf der Straße war das Rattern von Maschinenpistolen zu hören, und dann standen sechs Männer in der Mitte des Speisesaals. Die Gäste begriffen nicht, was vorging und starrten sie ungläubig an. Dann feuerte einer der Männer mit seiner Maschinenpistole in den Kronleuchter an der Decke. Der schwere Lüster fiel krachend zu Boden, Tausende von Kristallscherben sprühten nach allen

Seiten. Die Menschen begannen zu schreien, sprangen auf und versuchten in Panik den Raum zu verlassen, wobei sie sich fast gegenseitig niedertrampelten. Einer der Männer, der in der Nähe der Tür stand, feuerte eine kurze Salve in die Luft und rief: »Hinlegen, hinlegen, alle auf den Boden!« Die meisten Gäste warfen sich zu Boden, ein Paar setzte jedoch seinen Fluchtversuch fort. Einer der Maskierten, der gerade die Bar betreten wollte, drehte sich um und nahm die beiden unter Feuer. In den Rücken getroffen, fielen sie zu Boden. Rasch bildete sich um sie eine Blutlache.

Ein dritter Mann wies auf den Tisch, an dem Natan sich langsam wieder niedergesetzt hatte. »Da!« rief er und richtete den Lauf seiner Maschinenpistole auf ihn. Natan ließ sich instinktiv unter den Tisch fallen, als auch schon ein Geschoßhagel in die Wand hinter ihm einschlug. Einige Gäste, die unter den weißen Tischdecken Schutz gesucht hatten, wurden von den Kugeln durchsiebt und blieben reglos liegen. Überall floß Blut, glitzerte zerbrochenes Glas.

Shaby lag neben Natan auf dem Boden und starrte ihn entsetzt an. Es war der Blick eines Toten: Shabys Hinterkopf war eine einzige klaffende Wunde. Natan hörte Gilboa stöhnen. Der General versuchte, unter den Tisch zu kriechen und blutete aus mehreren Wunden. Dann wurde es plötzlich still. Das Feuer war eingestellt worden. Doch die Ruhe währte nicht lange. Hilferufe wurden laut, überall stöhnten Menschen.

Natan hob den Kopf und blickte auf. Drei Clowns standen über ihm. Einer hatte Shabys Paket ergriffen, der zweite hielt Natans Aktenkoffer in der Hand.

»Wer sind Sie? Was wollen Sie, verdammt noch mal?« fragte Natan. Niemand antwortete, aber einer der Clowns schob ein neues Magazin in seine Uzi und ließ es einrasten.

Es ist alles vorbei, dachte Natan. Das war's! Unvorstellbar – von einer Waffe israelischen Fabrikats in der Hand deines Feindes getötet zu werden!

Er war überrascht, daß er keine Furcht, sondern nur Wut empfand. Als ein Stöhnen unter dem Tisch zu hören war, richtete der Mann die Waffe auf Gilboa und feuerte das ganze Magazin leer. Natan schrie auf vor Wut und Empörung, wurde im selben Augenblick von einem Keulenhieb hart am Kopf getroffen und verlor das Bewußtsein.

Kapitel 26

Den Haag. 26. September, 18.00 Uhr

Hinter einer Nebelwand hörte Natan Geräusche. Zuerst waren sie schwach und schienen aus weiter Ferne zu kommen, dann aber rückten sie langsam näher, während gleichzeitig der Schmerz in seinem Kopf stärker wurde. Um ihn herum waren Stimmen zu vernehmen, eine von ihnen vertraut und sehr nahe.

»Kannst du mich hören?« Die Stimme sprach hebräisch. Er öffnete die Augen und sah einen Schatten über sich, konnte das Gesicht aber nicht erkennen. »Kannst du mich hören?« wiederholte die Stimme.

»Ich kann hören«, antwortete Natan leise. Er war immer noch benommen, erkannte jetzt aber Ilans Gesicht.

Ilan half ihm sich aufzurichten, und Natan blickte sich um. Nachdem sie einige Augenblicke, entsetzt von dem Anblick, der sich ihnen bot, an der Tür stehengeblieben waren, drangen jetzt Polizisten, Notärzte und Sanitäter in den Saal. Verwundete stöhnten vor Schmerzen; einige weinten still vor sich hin, andere umklammerten leblose Freunde oder Verwandte.

Natan drehte den Kopf und sah in Shabys tote Augen. Gilboa lag in einer Blutlache; das, was von seiner rechten Hand übriggeblieben war, lag wie zum Schutz auf seinem Kopf.

»Kannst du aufstehen?« fragte Ilan.

»Ich kann es versuchen. Mein Schädel dröhnt fürchterlich, aber ich glaube nicht, daß mich eine Kugel erwischt hat.«

»Wir sollten versuchen, hier rauszukommen«, sagte Ilan auf hebräisch. »Möglichst, ohne daß die Polizei auf uns aufmerksam wird.«

»Was ist mit dem Team?«

»Ich weiß es nicht. Ich bin von Dov hier im Restaurant postiert worden und war noch nicht draußen. Die Polizei und die Leute von der Ambulanz sind gerade erst eingetroffen. Es ging sehr schnell. Die Schufte waren nach zwei Minuten auf und davon.«

»Wer war das?«

»Keine Ahnung. Mit Sicherheit ein hervorragend ausgebildetes Team, daß es auf dich und deine beiden Begleiter abgesehen hatte. Daß du lebend davongekommen bist, ist mir ein Rätsel. Aber sehen wir zu, daß wir hier rauskommen.«

Abgesehen von der schmerzhaften Schwellung an seinem Hinterkopf schien Natan unversehrt zu sein. Sie gingen langsam auf die Tür zu, als Natan unvermittelt stehenblieb.

»Ich muß noch einmal zurück«, sagte er.

»Wovon redest du? Weshalb?« Ilan sah ihn irritiert an.

»Ich muß den Agenten durchsuchen.«

»Er ist tot, Mann. Der halbe Kopf ist weggeblasen. Komm, wir müssen weiter!«

»Nein! Ich muß mich vergewissern, ob er einen Sender bei sich hatte. Er *muß* einen Minisender bei sich gehabt haben – wie hätten sie sonst wissen sollen, daß wir hierherkommen würden? Wir hatten ihn überprüft. Er wurde nicht beschattet!«

Natan stieß Ilan zurück und verlor fast sein Gleichgewicht. Taumelnd erreichte er den Tisch, unter dem Shaby lag, und durchsuchte den Leichnam. Er riß das Hemd auf und ließ seine Hände über den Körper des Toten gleiten.

»Wo, verdammt noch mal, hat er den Sender? Wo ist dieser gottverdammte Sender?« Natan war über und über mit Blut beschmiert, als Ilan ihn hochzog und auf die Tür zuschob.

»Wir müssen hier raus«, zischte er. »Überlaß das den Verbindungsleuten. Sie kriegen ihre Informationen später von der Polizei.«

Natan gab seinen Widerstand auf und ging aus eigenem Antrieb auf die Tür zu. Ein Polizist hielt sie an. »Einen Augenblick, bitte.« Er hatte den Auftrag, die Leute, die noch gehen konnten, in einen provisorisch abgetrennten Teil des Restaurants zu führen, wo sie medizinisch versorgt wurden.

»Nein, danke. Wir kommen schon zurecht«, sagte Natan und verließ mit Ilan das Lokal. Am Ende des Häuserblocks stand noch immer der BMW, der ihn hergebracht hatte. Wieso stehen die noch hier, fragte er sich. Als sie den Wagen erreichten, erkannten sie, was geschehen war. Noam hing mit dem Oberkörper über dem Lenkrad, ein klaffendes Loch in der Stirn. Auf dem Rücksitz, eine noch glimmende Zigarette im Mund, saß, in sich zusammengesunken, Aitan, den Rücken von Kugeln zerfetzt.

»Verdammte Scheiße. Die haben ganze Arbeit geleistet, was?« Jetzt war es Ilan, der entsetzt auf seine Freunde starrte. »Wie konnte das passieren?«

Neben dem Wagen lagen drei Leichen, darunter die Dovs. Er lag mit dem Gesicht auf dem Boden, mehrere Einschüsse im Rücken. Es sah so aus, als hätte er versucht, zu Hilfe zu kommen – oder zu fliehen. Natan griff nach seinem Handgelenk, um den Puls zu fühlen. Es gab keinen mehr.

Ilan sah ihn an. »Ich werde die Leute finden, die dafür verantwortlich sind«, sagte er. »Und wenn es das letzte ist, was ich auf dieser Welt mache.« Sein Blick verriet tiefe Betroffenheit und eine unsägliche Wut.

»Okay, Ilan. Sehen wir zu, daß wir hier fortkommen.« Er mußte den jungen Mann mit sich ziehen. Immer mehr Polizei-

und Krankenwagen fuhren mit heulenden Sirenen an ihnen vorbei, als Natan einen Häuserblock weiter ein Taxi anhielt und mit Ilan einstieg. Er nannte eine Adresse. Der Fahrer, von dem Großeinsatz der Polizei und der Hilfsdienste abgelenkt, übersah zunächst das Blut auf Natans Hemd und seinem Gesicht. Als es ihm schließlich auffiel, fragte er erstaunt: »Was ist denn Ihnen zugestoßen? Soll ich Sie in ein Krankenhaus fahren? Brauchen Sie Hilfe?«

Natan lächelte beruhigend. »Nein, nein. Fahren Sie uns nur zu der angegebenen Adresse, und zwar möglichst schnell. Wir sind okay.«

»Was ist denn da passiert?« fragte der Fahrer und gab Gas.

»Wir haben im Fischrestaurant zu Abend gegessen, als plötzlich einige maskierte Männer hereinstürzten und anfingen, um sich zu schießen. Unglaublich. Sie haben den ganzen Laden durchsiebt.«

»Wissen Sie weshalb?«

»Keine Ahnung.«

»Terroristen«, sagte der Fahrer. »Die ganze Welt wird von diesen Terroristen tyrannisiert. Sie führen diesen verdammten Krieg da im Nahen Osten und waschen ihre schmutzige Wäsche auf unseren Straßen mit unserem Blut. Was wollen diese Kerle nur von uns?«

Natan und Ilan verließen das Taxi etwa zwei Blocks vom sicheren Haus entfernt. Natan wollte so schnell wie möglich Mousa anrufen. Er mußte Verbindungsleute aktivieren, die die Leichen der Teammitglieder außer Landes schaffen ließen, bevor der Zwischenfall internationale Verwicklungen auslöste. Es ging jetzt nur noch um Schadensbegrenzung. Für die Toten konnte man nichts mehr tun.

Ilan bestand darauf, zunächst sicherzustellen, daß niemand sie verfolgte. Natan gab nach, um ihn zu beruhigen. Der Mann stand offensichtlich noch unter Schock.

Sobald sie im Haus waren, tat Natan das, was nötig war. Es

galt, keine Zeit zu verlieren. Er hatte keine Ahnung, was der Mann im weißen Anzug als nächstes plante – aber er war gut, soviel war jetzt klar. Natan wußte auch, daß es kein Zufall war, daß er den Anschlag überlebt hatte. Aber was steckte dahinter?

Er duschte und zog sich um. Die Reisetasche in der Hand und die Pistole in der Jackentasche ging er in die Küche. Ilan saß am Tisch und starrte mit leerem Blick aus dem Fenster.

»Stell dich unter die Dusche und zieh dir was anderes an. Wir müssen hier sofort verschwinden.«

Wie ein Roboter bewegte sich der junge Mann auf die Treppe zu.

»Beeil dich! Wir haben nicht den ganzen Abend Zeit«, rief Natan ihm zu, bevor er den Hörer abnahm und wählte.

»Mousa?« sagte er mit rauher Stimme, als die Verbindung hergestellt war.

»Was ist passiert?«

»Hat schon jemand angerufen?«

»Ja, vor fünf Minuten. Aber ich will es von Ihnen hören. Was, zum Teufel, ist geschehen?«

In Mousas Stimme lag ein merkwürdiger Unterton, gleichermaßen seltsam und vertraut. Natan wollte später darüber nachdenken. Im Augenblick war er so nervös, daß er nicht an zwei Dinge gleichzeitig denken konnte. In sachlichem Ton teilte er Mousa mit, was am Abend geschehen war, und beendete seinen Bericht mit der Schilderung der Ereignisse im Restaurant: »Zuletzt kamen sie an unseren Tisch und schossen aus nächster Entfernung auf Gilboa. Shaby war bereits tot. Sie nahmen die Fotos – wobei ich nicht einmal weiß, ob es überhaupt die Fotos waren, da wir gar nicht dazu gekommen sind, das Paket zu öffnen. Sie nahmen den Aktenkoffer mit dem Geld, und dann erhielt ich einen Schlag auf den Schädel, und das war's. Ilan brachte mich wieder zu Bewußtsein, und wir machten, daß wir wegkamen. Ich weiß, daß sie mindestens drei Männer des Teams getötet haben, darunter Dov. Ich bin jetzt mit Ilan im

Haus. Wir verlassen es in etwa zehn Minuten. Wissen Sie, was mit den anderen ist?«

»Sie haben insgesamt fünf erwischt. Die übrigen sind bereits auf dem Heimweg. Ich möchte, daß Sie nach Amsterdam fahren und mich von dort anrufen.«

»Haben Sie eine Ahnung, wer es war? Haben Sie schon Hinweise?«

»Dafür ist es noch zu früh. Das braucht seine Zeit, wie Sie wissen. Aber keine Sorge – wir kriegen das heraus und lassen sie dafür büßen. Schließlich haben wir jetzt einen toten Diplomaten, den wir ausspielen können.«

Wieder fiel Natan der falsche Ton in Mousas Stimme auf.

»Wieso Amsterdam?« fragte er.

»Es gibt da noch was zu erledigen. Ich sag es Ihnen, wenn Sie dort sind. Gehen Sie jetzt.«

»Bin schon unterwegs. Soll ich Ilan mitnehmen?«

»Nein. Lassen Sie ihn im Haus. Wir holen ihn dort ab.«

Natan legte auf. Er nahm seine Tasche vom Boden auf und ging nach oben. Im Badezimmer rauschte Wasser. »Ilan!« rief er.

Ilan öffnete die Tür, ein Frotteetuch in der Hand.

»Ich habe meinen Bericht durchgegeben. Man hat mich gebeten weiterzumachen, aber du sollst erst mal hier bleiben. Sie holen dich dann ab, okay?«

»In Ordnung. Wir sehen uns zu Hause.«

»Paß auf dich auf«, sagte Natan. Es war ihm sehr unangenehm, daß er den jungen Mann allein zurücklassen mußte. Er bezweifelte, daß das Haus noch sicher war. Aber Mousas Befehl war unmißverständlich gewesen.

Sein Kopf schmerzte immer noch, als er das Haus verließ. Er entschloß sich, einer der vorgegebenen Routen zu folgen, um herauszufinden, ob er verfolgt wurde. Wurde er beschattet, so war klar, daß auch das Haus unter Beobachtung stand; in diesem Fall hätte er Ilan warnen können.

Er war sauber. Er nahm ein Taxi zum Bahnhof und stieg in den nächsten Zug nach Amsterdam. Er mußte herausfinden, was inzwischen mit Nadin passiert war; außerdem galt es, Gamil im Auge zu behalten, der am kommenden Tag in Paris eintreffen sollte. Natan war sehr müde, doch seine Gedanken kamen nicht zur Ruhe. Dauernd geschahen Dinge, die keinen Sinn ergaben. Und etwas Unerklärliches, Ungreifbares beschäftigte ihn, das keine klare Gestalt gewinnen wollte.

Er dachte wieder an den Mann in dem Videofilm, den Mann im weißen Anzug. Wie, zum Teufel, war er auf Shaby gestoßen? Was hatte ihn nach Damaskus geführt? Es mußte eine undichte Stelle geben – aber warum ließ er zu, daß Shaby sie ihnen offenbarte? Und warum war ausgerechnet er, Natan, bei diesem Blutbad verschont worden? Was bezweckten sie damit? Natan konnte keine dieser Fragen beantworten.

Hundert Meter vom Amsterdamer Bahnhof entfernt rief sich Natan ein Taxi. Zu prüfen, ob er observiert wurde, hielt er für überflüssig. Niemand konnte wissen, daß er hier war.

Er hatte sich für das Hotel Victoria am Damrak entschieden, das er von früheren Besuchen her kannte. Es lag in Bahnhofsnähe, und er sehnte sich nach einem weichen Bett.

Als sie über eine Brücke fuhren, hatte Natan plötzlich das Gefühl, daß sie verfolgt wurden. Die Scheinwerfer des Wagens hinter ihnen wurden vom Rückspiegel des Fahrers reflektiert. Obgleich er eine Täuschung nicht ausschloß, hielt er es für besser, der Sache nachzugehen.

»Es tut mir leid«, sagte er zum Fahrer. »Aber ich muß noch einmal zum Bahnhof. Ich habe vergessen, dort etwas abzuholen.«

»Kein Problem. Soll ich Sie danach in Ihr Hotel fahren?«

»Ja, bitte. Wenn Sie solange auf mich warten wollen.«

Der Fahrer bog in eine kleine Straße ein, wo er wendete, um dieselbe Strecke zurückzufahren, auf der sie gekommen waren. Der andere Wagen war mit unveränderter Geschwindigkeit weitergefahren, so daß Natan nicht feststellen konnte, wer darin saß. Die nächste Straßenecke war unbeleuchtet.

»Halten Sie hier!« rief Natan so unvermittelt, daß der Fahrer erschrocken zusammenzuckte. Er bremste scharf, und der Wagen kam abrupt zum Stehen. Natan warf ihm eine Fünfzig-Dollar-Note zu und sprang aus dem Wagen. »Danke«, rief er, ohne sich umzuwenden. »Der Rest ist für Sie.«

Der Fahrer schüttelte den Kopf, als ob er sagen wollte: »Diese verrückten Amerikaner.« Dann gab er Gas und fuhr zurück zum Bahnhof. Natan schaute sich um. Er stand vor dem Eingang eines Gebäudes, das wie ein Lagerhaus aussah. Er trat in den Schatten des Torbogens. Der Mond tauchte Bäume und Grachten in ein bläuliches Licht und schuf eine gespenstische Szenerie.

Natan sah die Strahlen eines Scheinwerfers und zog sich weiter in den Schatten zurück. Der Wagen, der hinter ihnen gewesen war, bog um die Ecke; der Fahrer schien etwas zu suchen. Kaum befand er sich jedoch wieder auf gerader Strecke, nahm er Geschwindigkeit auf und verschwand in der Richtung, die zuvor das Taxi eingeschlagen hatte.

Natan war jetzt überzeugt, daß der Wagen ihn verfolgt hatte. Wie konnte das geschehen? Wie, um alles in der Welt konnte jemand wissen, daß er in Amsterdam war? Nur Mousa und er wußten das. Also... Also mußten seine eigenen Leute hinter ihm her sein! Aber warum? War etwa Mousa der Maulwurf? Wenn Mousa ein Team auf ihn angesetzt hatte, mußte er die Operation, die er in die Wege geleitet hatte, aus einem sicheren Versteck weiterführen. Der Gedanke, möglicherweise auf der Abschußliste des Mossad zu stehen, war alles andere als beruhigend. In der Regel tilgte nur der Tod die Namen, die auf dieser Liste standen.

Er mußte aus Amsterdam verschwinden, zuallererst aber mit Mousa Kontakt aufnehmen. Natan warf sich die Reisetasche über die Schulter und machte sich auf den Weg zu seinem Hotel, das nur ungefähr fünfzehn Fußminuten entfernt lag. Er wußte, daß er sich auf derselben Seite der Gracht wie das Hotel befand und daß er Gelegenheit haben würde, es eine Zeitlang zu beobachten, ohne gesehen zu werden. Er erinnerte sich an eine Art Bootsliegeplatz an der Straße neben der Gracht und hoffte, dort eine Telefonzelle zu finden.

Die Straßen waren ruhig; nur gelegentlich fuhr ein Wagen – meist ein Taxi – vorbei. Nach etwa zehn Minuten befand er sich im Schatten einer hohen gotischen Kirche, die über dem Liegeplatz aufragte. Von hier aus überblickte er sowohl den Eingang seines Hotels als auch den von einem Neonlicht beleuchteten Eingang zu einem der zahlreichen Restaurants in diesem Stadtviertel. Zwischen dem Anliegeplatz und der Kirche stand eine Telefonzelle. Natan wählte Mousas Nummer. Beim zweiten Läuten meldete sich jemand; wenige Sekunden später war Mousa selbst am Apparat.

»Ich bin in Amsterdam«, sagte Natan.

»Wo genau sind Sie? Haben Sie schon ein Hotel?«

»Nein, noch nicht.« Natan zögerte. »Ich war auf dem Weg zum Hotel, als mir einfiel, daß ich gestern in einem Schließfach am Bahnhof etwas deponiert hatte. Ich mußte noch einmal umkehren, um es zu holen.« Natan bemühte sich, Mousa nichts von seinem Verdacht spüren zu lassen. »So hab ich mir gedacht, ich rufe Sie gleich vom Bahnhof aus an.«

»Ja, ja. Gut... Was haben Sie jetzt vor?«

»Ich gehe von hier ins Victoria. Was für Instruktionen haben Sie für mich?«

»Keine. Schlafen Sie sich erst mal aus, und rufen Sie mich morgen früh an. Ich sage Ihnen dann, was Sie zu tun haben.«

»Okay. Wenn Sie mich in der Zwischenzeit brauchen, bin ich im Hotel unter dem Namen auf meinem israelischen Paß zu erreichen.«

»Ist der in Ihrer Akte verzeichnet?«

»Natürlich. Was ist übrigens in Athen los?«

»Wer will das wissen?«

»Hören Sie, Mousa. Ich frage Sie nur danach, wie die Operation verläuft, die ich für Sie in die Wege geleitet habe. Also?«

»Nichts Neues. Anscheinend warten sie noch auf neue Befehle.«

»Hat der Idiot seine Bande jetzt in der Wohnung beisammen?«

»Wir nehmen es an, sind uns aber nicht ganz sicher.«

»Trotz der scharfen Beobachtung nicht?«

»Nun, seitdem das Mädchen da ist, scheinen sie verdammt viel vorsichtiger geworden zu sein. Einer aus dem Team meinte, das Mädchen erinnere ihn an jemand.«

»An wen?«

»Ja, das ist es eben! Er kann sie nicht einordnen. Aber er war Offizier im militärischen Nachrichtendienst. Er kann ihr Foto in einer Akte oder Gott weiß wo gesehen haben. Wir werden auf jeden Fall ihr Foto durch den Computer schicken.«

»In Ordnung«, sagte Natan und lehnte sich zurück. Vor dem Hotel fuhren zwei Wagen vor. Mehrere Männer stiegen aus. Obgleich er weder ihre Gesichter noch ihre Hautfarbe erkennen konnte, zweifelte Natan nicht daran, daß sie eine Falle aufbauten. Sie mußten über eine Verbindungsstelle sofort erfahren haben, welches Hotel er sich ausgesucht hatte. Und diese Falle wurde nicht errichtet, um jemanden zu kidnappen: Es rückte kein zusätzlicher Personen- oder Lieferwagen an, der die betreffende Person hätte aufnehmen können. Die Männer hatten alle auf einer Seite Stellung bezogen, um sich bei einem Schußwechsel nicht gegenseitig zu gefährden. Natan beobachtete die Vorbereitungen zu einem Mord. Das Opfer war er selbst.

»So weit, so gut«, sagte er. »Ich ruf Sie morgen früh an. Ach, übrigens – hat jemand Ilan in Den Haag abgeholt? Der Mann stand noch unter Schock, als ich ihn verließ.«

»Ja, ja. Alles unter Kontrolle. Bis morgen!« Die Verbindung wurde unterbrochen.

Mousa log ihn an. Natan wußte es, genau wie er wußte, daß er in eine tödliche Falle gelockt werden sollte. Deswegen hatte man ihn im Restaurant davonkommen lassen. Alles war so inszeniert, daß er als der Maulwurf erscheinen mußte. Mousa mußte felsenfest davon überzeugt sein; deswegen hatte er Befehl erteilt, Natan zu eliminieren. Falls es gelang, den Eindruck zu erwecken, daß es sich um dieselben Täter handelte wie die, die den Überfall in Den Haag ausgeführt hatten, blieben ihnen voraussichtlich peinliche Fragen seitens des Shaback oder internationaler Gremien erspart. Wenn man Natan am nächsten Morgen mit ein paar Kugeln im Kopf aus einer Gracht fischte, hatte der schmutzige Krieg der geheimen Dienste eben ein weiteres Opfer gefordert. Wer zählte da noch mit?

Natan versuchte, etwas näher an die Leute heranzukommen, um zu erkennen, wer es auf ihn abgesehen hatte. Er wußte jetzt, wo er stand, soweit es den Mossad betraf – und da sie nicht wußten, daß er es wußte, hatte er einen kleinen Vorteil. Die Mitglieder des Teams hatten sich so versteckt, daß sie von niemandem, der sich dem Eingang näherte, gesehen werden konnten. Im Schatten der Bäume schlich Natan auf einen dort abgestellten Kleintransporter zu und lugte durch das Fenster. Noch hatte er die Person, die den übrigen das entscheidende Zeichen geben würde, nicht entdeckt. Es mußte jemand sein, der ihn identifizieren konnte. Plötzlich nahm er, keine drei Meter von sich entfernt, eine leichte Bewegung wahr – es war Nummer Neun.

Diese Scheißkerle, dachte Natan. Das setzt all den schmutzigen, gemeinen Tricks, für die Mousa seit jeher berüchtigt ist, die Krone auf! Für einen Augenblick war er versucht, einfach auf Nummer Neun zuzutreten und zu ihr zu sagen: Ich bin der falsche Mann. Würde sie ihm zuhören? Bestimmt nicht.

Als ein Taxi vor dem Hotel vorfuhr und vorübergehend die Aufmerksamkeit des Teams auf sich zog, stahl sich Natan davon. Er lief über die grasige Böschung der Gracht, bis er an eine steile, zum Wasser hinabführende Treppe gelangte. Unten lag ein kleines Motorboot vertäut. Natan kannte den Mercury-Motor, mit dem es ausgestattet war, aus seiner Marinezeit; er hätte ihn mit geschlossenen Augen auseinandernehmen und wieder zusammensetzen können. Kurz entschlossen warf er seine Reisetasche ins Boot und stieg hinterher. Nach einigen Handgriffen betätigte er den Anlasser, und der Motor sprang röhrend an. Das kleine Boot sprang fast aus dem Wasser, als Natan den Gashebel nach vorn schob. Eine schimmernde Spur weiß schäumenden Kielwassers hinter sich zurücklassend, steuerte Natan das Boot durch die stille Gracht.

»Warum haben Sie ihm all diese Informationen gegeben!« fragte Mark, als Mousa auflegte.

»Es spielt doch keine Rolle, was man einem toten Mann auf seine letzte Reise mitgibt.«

»Noch ist er nicht tot«, sagte Amir. »Und so, wie ich den Mann kenne, läßt er sich auch nicht so ohne weiteres erledigen.«

»Wovon reden Sie?« fuhr Mousa ihn an. »Es ist *Ihr* Team da draußen. Sie wollen doch nicht behaupten, Ihre Leute seien nicht dazu imstande, in einem befreundeten Land einen unbewaffneten Mann zu eliminieren?«

»Das Land mag ja mit uns befreundet sein. Ich zweifle jedoch an Natans Kooperationsbereitschaft.«

»Aber er ahnt doch nichts«, entgegnete Mousa.

»Sind Sie wirklich sicher, daß wir das Richtige tun?« Mark sah ihn zweifelnd an. »Schließlich ist er einer unserer besten Männer. Woher wissen Sie, daß er der Maulwurf ist? Wir sollten wenigstens noch einmal mit ihm reden.«

»Was gibt's da zu reden? Der Agent wollte sich nicht unter

vier Augen mit ihm treffen, weil er ein Foto von dem Maulwurf bei sich hatte – also ein Foto von Natan. Deswegen hat er nach einem zweiten Israeli verlangt – einem Mann, von dem er genau wußte, daß er nicht für die Syrer arbeitet. Es kommt zu einer streng geheimen Begegnung – und die einzigen Leute, die davon wußten, sind jetzt tot, alle, bis auf Natan.«

»Was ist mit Foul-play?«

»Foul-play war sauber und hatte bis kurz vor dem Treffen keine Ahnung, wo es stattfinden würde. Ich will ganz ehrlich mit Ihnen sein: Nach dem letzten Gespräch, das ich mit Natan in Den Haag geführt habe, war ich mir selbst nicht sicher. Ich wollte nur, daß das Team ihn überwacht. Stimmt's, Amir?« Mousa blickte ihn an.

»Ja, das stimmt.« Amir nickte.

Mousa fuhr fort: »Doch als unsere Leute zum sicheren Haus kamen, um Ilan abzuholen, fanden sie ihn mit einer Kugel im Kopf tot auf dem Boden liegen.« Er starrte aus dem Fenster in die Nacht.

»*Was?*« rief Mark. »Davon haben Sie mir bisher überhaupt nichts gesagt!«

»Nun, jetzt wissen Sie's.« Mousa drehte sich um und blickte ihn an. »Und jetzt glaubt Natan, daß er alle Beweise beseitigt hat und lacht sich ins Fäustchen. Wer sonst hätte von Foul-play wissen können? Nein, mein Freund, da ist kein Irrtum möglich. Auf langwierige Ermittlungen können wir verzichten. Vergessen Sie's. Der Mann ist so gut wie tot.«

»Wir sollten ihm eine Chance geben, auf diese Vorwürfe zu antworten. Wir schulden ihm das«, sagte Mark.

»Wir schulden ihm gar nichts! Ich will jetzt kein Wort mehr davon hören. Es fällt auch mir nicht leicht, das können Sie mir glauben. Wir werden es in aller Stille erledigen und können seine Leiche dann zusammen mit den anderen begraben. Niemand wird je erfahren, was wirklich geschehen ist. Der Chef will es so.«

»Und wenn er uns entwischt?« fragte Amir.

»Sie werden ihn finden, wo immer er sich verstecken mag. Und wenn sie ihn haben, töten sie ihn. Wozu sonst haben wir ein Kidon-Team?«

Natan vertäute das Motorboot an einem Landesteg und stieg die Treppe zu einem Fischmarkt hinauf, der gerade seine Stände eröffnet hatte. Er dachte zuerst daran, zum Flughafen zu fahren und die erstbeste Maschine nach Paris zu nehmen, doch da er fürchtete, daß Nummer Neun sicherheitshalber mindestens einen Mann in Schiphol postiert hatte, verwarf er den Gedanken wieder. Er wußte, daß man ihn auf dem Flughafen nicht angreifen würde, wollte aber das Risiko vermeiden, daß sie sein Reiseziel in Erfahrung brachten. Überhaupt mußte er sich so unauffällig wie möglich bewegen, da wahrscheinlich an allen Flughäfen und Bahnhöfen Verbindungsleute alarmiert worden waren und nach ihm Ausschau hielten.

Er frühstückte in einem Café, ließ sich ein Telefonbuch bringen und suchte sich den nächstgelegenen Autoverleih heraus. Er fand eine Agentur, die drei Straßen weiter ihr Büro hatte, und rief um 8 Uhr an, um sich einen Wagen reservieren zu lassen. Er fuhr zunächst nach Rotterdam und bestieg dort einen Zug nach Brüssel. Er wurde offensichtlich nicht beschattet, brauchte aber fast den ganzen Tag, bis er Paris erreichte. Als er den Zug verließ, vergewisserte er sich noch einmal, daß er sauber war.

Natan nahm die Metro zur Station Opéra und stieg dort in die Linie 8 um, um am Latour Maubourg auszusteigen. Er ging bis zur Ecke Maubourg/St. Dominique. Die kleine Straße führte in ein altes Wohnviertel mit engen Gassen, hohen Häusern und kleinen Boutiquen.

Im Hotel Les Jardins d'Eiffel hatte er früher schon des öfteren übernachtet, ohne daß der Mossad davon Kenntnis gehabt hätte. Es lag in einer Sackgasse, der Rue Emilie. Er meldete sich an der Rezeption. Der dahinterliegende Flur führte zu einem kleinen Innenhof. An der anderen Seite des Entrees befand sich neben einem winzigen Gepäckraum der Fahrstuhl. Die einzige Mahlzeit, die – in einem im ersten Stock gelegenen Speisezimmer mit vielleicht zwanzig Sitzplätzen – serviert wurde, war das Frühstück. Natan fragte nach einem Zimmer und bekam einen Schlüssel ausgehändigt.

Im Badezimmerspiegel sah er, wie dringend er eine Rasur nötig hatte. Doch zuerst mußte er einige Anrufe tätigen.

Er wählte eine Nummer und ließ das Telefon zweimal läuten. Dann legte er auf und wählte noch einmal dieselbe Nummer. Beim zweiten Läuten meldete sich eine Frau: »Oui, 'allo?«

»Hallo, wie geht's dir, mein Liebling?«

»Und dir, Chéri? Wann bist du angekommen?« Der leichte Akzent, mit dem sie englisch sprach, erhöhte den Reiz ihrer Stimme.

»Vor einer Stunde. Hat jemand für mich angerufen?«

»Nein, niemand 'at angerufen. Se'en wir uns, Natan, oder bist du nur auf der Durchreise?«

»Natürlich sehen wir uns. Und wir werden uns ein paar schöne Stunden machen. Nur ausgehen können wir diesmal nicht miteinander.«

»Ich brauche nicht auszuge'en«, sagte sie. »Ich brauche dich. Wann se'en wir uns?«

»Ich meld mich, okay?«

»Okay, ich warte auf dich.«

Vor über fünfzehn Jahren hatte er Claudette Roger kennengelernt. Sie arbeitete damals als Schwester in einem israelischen Krankenhaus, wo Natan eine Verwundung auskurierte, die er sich bei einem Spezialeinsatz im Libanon zugezogen hatte. Claudette hatte sich freiwillig zum Krankendienst gemeldet – trotz des Embargos, das ihre Regierung in den Jahren nach dem Krieg von 1967 über Israel verhängt hatte.

Natan war damals noch nicht verheiratet gewesen, und Claudette war äußerst attraktiv. Der »Wirbelwind der Jugend«, wie er es später nannte, hatte sie beide mitgerissen. Danach hörten sie mehrere Jahre nichts mehr voneinander, bis sie sich rein zufällig vor einigen Jahren in Paris begegneten. Natan war damals bereits für den Mossad tätig, und sie besuchte eine medizinische Fortbildungsschule. Von da an trafen sie sich regelmäßig, wenn er in Paris war; doch hatte er – zum Glück, wie er jetzt dachte – nie jemandem von ihr erzählt. Es war Claudettes Telefonnummer, die er in Beirut Nadin gegeben hatte.

Die Französin wußte nicht, was es mit den Nachrichten auf sich hatte, die sie entgegennahm. Ihr schmeichelte die Vorstellung, in etwas einbezogen zu sein, von dem er ihr nichts sagen durfte. Diskret, wie sie war, stellte sie keine Fragen.

Nach dem Gespräch mit Claudette rief er Gamil an.

»Hallo, mein Freund«, sagte er. »Ich möchte Sie in etwa einer Stunde treffen.«

»Wo?«

Natan überlegte kurz, bevor er fortfuhr. »Wenn Sie Ihr Hotel verlassen, gehen Sie nach links in die Rue du Bac. An der Rue de Babylone biegen Sie rechts ab, bis Sie die Avenue de Breteuil erreichen. Dort wenden Sie sich nach links. Nach ein paar hundert Metern stehen Sie vor dem Bistro de Breteuil. Dort warten Sie auf mich, okay?«

»Ich werde dort sein.«

»Sie brauchen erst in etwa einer Dreiviertelstunde aufzubrechen. Es ist nicht sehr weit. Wenn ich bis neun Uhr dreißig nicht da bin, gehen Sie in Ihr Hotel zurück und erwarten meinen Anruf.«

»Gibt es Probleme?« Gamils Stimme klang besorgt.

»Keine Probleme. Nur Vorsichtsmaßnahmen.«

Natan duschte und rasierte sich. Dann machte er sich auf den Weg. Er mußte prüfen, ob Gamil verfolgt wurde.

Ungefähr eine Stunde später trafen sie sich am vereinbarten Ort. Gamil war, soweit Natan erkennen konnte, sauber. Er gab ihm eine Reihe von Anweisungen, und sie verabredeten die nötigen Telefon- und Nachrichtenkodes. Bis zu seinem Einsatz konnte Gamil tun und lassen, was er wollte. Natan schärfte ihm allerdings ein, sich spätestens alle zwei Stunden bei der Rezeption seines Hotels zu erkundigen, ob Nachrichten für ihn hinterlegt worden seien.

Gamil genoß offensichtlich seinen Aufenthalt in Paris und zeigte sich äußerst bereitwillig, für ihn zu arbeiten. Für jemanden, der gerade aus dem Libanon gekommen ist, muß es hier aussehen wie in einer anderen Welt, dachte Natan.

Claudette bewohnte den vierten Stock eines vornehmen Mietshauses in einer Nebenstraße der Avenue Foch. Mit seinen hohen Decken und dem schweren Marmor- und Golddekor erweckte das Gebäude eher den Eindruck eines kleinen Palastes als den eines gewöhnlichen Apartmenthauses. Claudette konnte sich den noblen Wohnsitz leisten: Ihr Vater war im Waffenhandel tätig.

Als er an die Tür klopfte, öffnete sie sofort. »Komm 'erein, Natan«, sagte sie lächelnd. Sie trug ein bis zum Boden reichendes, durchsichtiges Négligé in hellem Beige, das mit erlesener Spitze abgesetzt war. Ihr kastanienbraunes Haar war jetzt schulterlang. Natan schob die Tür hinter sich zu und nahm sie in die Arme.

Sie küßten sich hungrig und lange. Schließlich schlüpfte Claudette aus seinen Armen und führte ihn ins Schlafzimmer, wo in einem silbernen Eiskübel auf dem Nachttisch eine offene Flasche Champagner stand. Sie reichte Natan ein langstieliges Glas, nahm selber ein zweites und ließ ihn einschenken. Nach zwei, drei Schlucken stellte sie das Glas wieder auf den Tisch, streifte ihr Négligé ab, ging auf ihn zu und sagte: »Bleib sitzen, Chérie, laß dich verwöhnen.«

Sie begann ihn auszuziehen – ohne Eile. Ab und zu griff sie

zum Glas und trank einen Schluck Champagner. Natan schenkte noch einmal nach und stellte die Flasche zurück in den Kübel. Zärtlich glitten ihre Hände über seine nackte Haut. Dann kniete sie langsam vor ihm nieder. »Rühr dich nicht«, sagte sie leise. »Laß dich verwöhnen.«

Eine lange Reise voller wechselseitiger Genüsse hatte begonnen.

Kapitel 27

Mittelmeer, 30 Kilometer westlich von Ras El Nakura. 27. September, 12.45 Uhr

Das kleine graue israelische Dabur-Patrouillenboot näherte sich mit einer konstanten Geschwindigkeit von fünf Knoten dem Treffpunkt. Die Besatzung war an den durchdringenden Gestank des Dieselöls gewöhnt. Bei Oren rief er im Verbund mit dem ständigen Rollen des Schiffes in der flachen Dünung eine Übelkeit hervor, die ihn immer wieder dazu zwang, den Kopf über die Reling zu beugen. Avraham sah seinen Assistenten mit einer Mischung aus Mitleid und Verlegenheit an. Er selbst schien völlig seefest zu sein, was Orens Elend nur noch verstärkte.

»Ziel nähert sich aus Nordnordost, Abstand zehn Kilometer«, sagte der junge Kapitän des Bootes. »Es wird in vier Minuten zu sehen sein.«

An Bord herrschte große Nervosität. Die Besatzung wußte nicht, wer die Gäste waren, obgleich Gerüchte besagten, daß es sich um Mossad-Leute handelte. Auch die Identität des Schiffes, mit dem die Begegnung stattfinden sollte, war den Seeleuten unbekannt. Sowohl Offiziere als auch Mannschaften befanden sich auf Gefechtsstation. Die Verbindung zum Festland war unterbrochen, da die Radarstation auf dem Rosh-Hanikra-Kliff, kurz bevor das Ziel auf dem Bildschirm hätte erscheinen müssen, wegen eines technischen Defekts ausgefallen war. Oren persönlich hatte sich ein paar Stunden zuvor darum gekümmert. Das bevorstehende Treffen gehörte zu jenen, die »nie stattfanden«.

»Ziel in Sicht!« rief der Matrose, der das Geschütz auf dem Vordeck bediente.

»Okay«, sagte Avraham zum Kapitän. »Sie sorgen dafür, daß nur gefeuert wird, wenn wir angegriffen werden, ja?«

Der junge Mann wurde blaß, als er die Kennzeichen auf dem Patrouillenboot sowjetischer Bauart erkannte, dessen Besatzung sich ebenfalls auf Gefechtsstation befand. Es waren Syrer.

Das Boot kam näher. Nichts rührte sich an Deck der beiden Schiffe; nur die Geschützrohre folgten jeder Bewegung des Gegenübers. Als nur noch wenige Meter die beiden Boote voneinander trennten, trat ein syrischer Offizier mit einem Tau in der Hand an die Steuerbordreling. Nach einem fragenden Blick auf Avraham, der mit einem kurzen Nicken antwortete, gab der israelische Kapitän dem Syrer ein Zeichen, das Tau herüberzuwerfen.

Ehe die Schiffe sich berührten, ließ ein Matrose des Dabur-Bootes zwei Autoreifen den Rumpf hinabgleiten, um den Aufprall zu verringern. Dann sprang Avraham auf das Deck des syrischen Bootes und streckte einem dort wartenden Zivilisten die Hand entgegen.

»Ahalan we sahalan«, sagte der gutgekleidete Mann und schüttelte die dargebotene Hand. »Ein Tag, um in die Geschichte einzugehen, nicht wahr?«

»So ist es«, erwiderte Avraham. »Aber wir haben nicht viel Zeit. Ich erwarte Auskunft darüber, wer für den Überfall in Den Haag verantwortlich ist. Bilden Sie sich ein, daß wir uns das gefallen lassen?«

»Es war das Werk eines Mannes, den wir dort im Einsatz haben. Er hatte keine Genehmigung für den Überfall. Es war seine eigene Initiative.«

»Ich verlange sein Leben.«

»Werden Sie Vergeltungsmaßnahmen einleiten?«

»Darauf können Sie sich verlassen, es sei denn, Sie liefern mir den Skalp dieses Halunken.«

»Sobald die Operation vorbei ist – und falls er dann noch lebt –, werde ich ihn Ihnen persönlich als Geschenk überreichen.«

»Lebend?«

»Nein.« Der Syrer lächelte und wechselte unvermittelt das Thema. »Die Operation wird, wie vereinbart, in wenigen Tagen anlaufen. Wir werden dann gezwungen sein, unsere Leute in erhöhte Alarmbereitschaft zu versetzen. Unsere Führer wissen nichts von unserem Plan und Ihre vermutlich auch nicht. Habe ich recht?«

»Mehr oder weniger. Es gibt bei uns einige, denen wir trauen können.«

»Woher wissen wir, daß Sie die Situation nicht ausnützen und uns angreifen?«

»Es liegt nicht in unserem Interesse. Das ist Ihre beste Garantie.«

»Wie weit werden Sie an unserer Operation beteiligt sein?«

»Ich habe Ihnen schon versichert, daß wir nur als Beobachter teilnehmen werden. Solange keine israelischen Ziele attackiert werden, werden wir nicht eingreifen.«

»Ich sehe in dieser Hinsicht keine Probleme.«

»Wie werden Sie reagieren, wenn wir weitere Einheiten in den Libanon verlegen und das Land annektieren?«

»Wir werden dasselbe an der West Bank tun«, erwiderte der Chef des Mossad. »Wir setzen jedoch voraus, daß Sie unsere Sicherheitszonen im Süden des Libanon respektieren.«

»Einverstanden. Aber was geschieht, wenn Ihre Leute in Unkenntnis der Situation Gegenmaßnahmen einleiten?«

»Soweit sich diese auf das Sammeln von Informationen und die Überwachung der Vorgänge beschränken, werde ich sie nicht daran hindern. Eine militärische Intervention werde ich dagegen nicht zulassen.«

»Das wollte ich hören. Der Plan wird also unmittelbar nach der Aktion in die Tat umgesetzt?«

»Ja. Ich lasse diese Verbindung offen, bis alles vorbei ist.«

»Ich denke, wir sollten sie auch danach noch offen halten, um alle eventuellen Versuche, den Status quo zu verändern, gleich im Keim zu ersticken.«

Avraham kehrte wieder auf das Dabur-Boot zurück und gab dem Kapitän das Zeichen zum Ablegen. Der Syrer folgte ihm mit den Blicken.

Wenige Minuten später wies nichts mehr darauf hin, daß je eine Begegnung dieser Art stattgefunden hatte.

Kapitel 28

Mossad-Hauptquartier. 27. September, 13.05 Uhr

Kommen Sie rein, kommen Sie rein!« Amos stand auf, führte Avy in den Raum und schloß die Tür hinter sich. Über die Gegensprechanlage ließ er seine Sekretärin wissen, daß er nicht gestört zu werden wünschte.

Amos war alles andere als in guter Stimmung. Er erhoffte sich von Avy Aufklärung über die Frage, inwieweit Diamant in eine in Europa durchgeführte Operation verwickelt war. Die Operation selbst wurde von Mousa geleitet, einem engen Vertrauten des Chefs, und war bisher streng auf die Spezialabteilung Metsada, den »Mini-Mossad«, begrenzt geblieben. Insofern fiel sie nicht in Amos' Zuständigkeit. Anders sah die Sache aus, wenn ein Yarid-Team betroffen war. Und in Den Haag war Ungeheuerliches geschehen: Einer seiner Agenten und mit ihm ein komplettes Yarid-Team waren ausgelöscht worden. Es war der seit Jahren schlimmste Verlust – und er, Amos, Chef des Tsomet, der wichtigen Rekrutierungsabteilung, war über die Vorgänge nicht unterrichtet worden. Allein dieser Mangel an Information bedeutete eine Schwächung, die er nicht tolerieren konnte. Dann hatte sich Avy, der für die Nachrichtenabteilung Diamant arbeitete, gemeldet, um ihm mitzuteilen, daß er einige fehlende Stücke des Puzzles gefunden habe.

»Also, Avy, was haben Sie für mich – an Ihrem letzten Tag auf diesem schönen Posten?« Avy war ins Londoner Büro versetzt worden, da Mark von seinen engen Verbindungen zu Amos erfahren hatte. Er wollte den Mann nicht länger in seiner Abteilung haben.

»Ich war gerade dabei, meinen Nachfolger in die Aktenkodes einzuweisen, als die Nachricht über die Katastrophe in Den Haag eintraf.«

»Wovon reden Sie da? Ihr Job sind Informationen aus dem Land der Toten, oder? Was geht Sie Den Haag an?«

»Genau das ist es ja. Die Nachricht kam nicht aus dem Land der Toten. Sie kam von einer Kidon-Einheit, die von einem Einsatz in Griechenland abberufen und nach Amsterdam geschickt worden ist, um – wie es in der Nachricht hieß – ›ein Stigma zu beseitigen‹.«

Amos blieb wie vom Schlag getroffen auf seinem Stuhl sitzen, den Mund halb geöffnet. Avy erkannte, daß er einen großen Fisch an Land gezogen hatte, wußte aber noch nicht abzuschätzen, welchen Profit er daraus ziehen konnte.

Schließlich beugte Amos sich vor, legte die Hände auf den Tisch und blickte Avy fest an. »Ich möchte ganz sicher sein, daß ich Sie richtig verstanden habe«, sagte er mit ungewohnt leiser Stimme. »Der Kidon hat ein Team im Einsatz, das ›ein Stigma eliminieren‹ soll?«

»Ja. Was ist eigentlich ein ›Stigma‹?«

»Ein Maulwurf im Mossad. Jemand, der umgedreht worden ist.«

Jetzt war es Avy, der sein Gegenüber ungläubig anblickte. »Das ist übrigens...« Er stockte. »Das ist... noch nicht alles.«

»Okay, schießen Sie los. Lassen Sie sich nicht jedes Wort einzeln aus der Nase ziehen. Reden Sie, mein Junge.« Amos trommelte ungeduldig mit den Fingern auf den Tisch.

»Dieses Kidon-Team sollte offenbar einige Terroristen observieren, die einen Anschlag auf die gemäßigten Palästinenserführer planten. Und jetzt hält es sich in Amsterdam auf, um diesen Maulwurf zu erledigen. Aber er ist ihnen entwischt, und sie haben keine Ahnung, wo er sich befindet. Mousa ist jedoch nicht bereit, die anderen Einheiten an der Jagd zu beteiligen.«

»Warum nicht?«

»Ich weiß es nicht. Die Information stammt jedenfalls von Arik.«

»Wie kommt es, daß Arik plötzlich den Mund aufmacht? Ich dachte, er sei einer von Marks Leuten?«

»Ist er auch. Doch seit er gesehen hat, was Sie für mich tun, hält er Ausschau nach jemandem, der ihn besser fördert. Ich hab ihm gesagt, daß ich ein gutes Wort für ihn einlegen würde. Vielleicht brauchen Sie ja eine Vertrauensperson bei Diamant, wenn ich nicht mehr da bin...«

»Gute Idee. Wir kommen später darauf zurück. Aber jetzt wieder zur Sache.«

»Nun, Arik glaubt, daß diese Operation einzig und allein dem Zweck dient, darauf zu achten, daß die Terroristen kein Doppelspiel treiben. Falls es sich zur Stunde X herausstellt, daß sie es in Wirklichkeit auf eine israelische Einrichtung abgesehen haben, sind wir bereit. Wenn sie tatsächlich bloß ein paar von diesen Dreckskerlen erledigen wollen, die sich als Gemäßigte ausgeben – sei's drum! Da nehmen sie uns im Grunde nur die Arbeit ab. Einer der Katsas war über diesen Auftrag nicht glücklich und hat Mousa gegenüber eine Lippe riskiert, weshalb Mousa ihm jetzt nicht mehr traut. Der Boß aber legt Wert darauf...«

»Welcher Boß?«

»Der Mossad-Chef. Er möchte nicht, daß der Shaback oder vielleicht sogar das Büro des Premierministers von der Sache erfahren. Mousa weiß inzwischen, wer der Maulwurf ist, denn der Bursche hat den Fehler gemacht, einen der Yarid-Leute zu töten.«

»Wer ist es?«

»Natan, vom Al.«

»Sie wollen mich wohl auf den Arm nehmen, Avy?«

»Keineswegs. Es ist Natan. Ich schwöre Ihnen, das ist die Wahrheit.«

»Wer weiß es sonst noch?«

»Nur Mark, Mousa, Arik und ein Kerl von der Metsada, dessen Namen ich nicht kenne.«

»Sie werden niemandem davon ein Wort sagen, hören Sie?« Eine leichte Drohung lag in Amos' Stimme.

»Warum sollte ich?«

»Sie haben gute Arbeit geleistet. Es wird sich für Sie auszahlen.« Amos geleitete Avy zur Tür, den Arm auf die Schulter des Jüngeren legend. »Vielleicht sehen wir uns bald mal in London.«

Amos schloß die Tür hinter Avy und kehrte an seinen Schreibtisch zurück. Diesmal werde ich diese Arschlöcher, Mousa und Mark, festnageln, dachte er voller Zorn. Sie wollen die Sache für sich behalten, aber ich werde ihnen diese Suppe gründlich versalzen. Ich werde diesen verdammten Maulwurf ans Licht ziehen – und damit heißt der nächste Mossad-Chef

Amos. Auf eine solche Gelegenheit habe ich schon seit langem gewartet ...

Als seine Pläne Gestalt angenommen hatten, rief er seine Sekretärin herein. »Ich gehe für eine Stunde in die Akademie«, sagte er. »Besorgen Sie mir ein Ticket nach London sowie ein Hotelzimmer. Sagen Sie alle meine Termine für heute und morgen ab oder verschieben Sie sie auf später. Ach, und noch eines: Rufen Sie meine Frau an und sagen Sie ihr, daß ich heute nicht zum Abendessen mit ihren Eltern kommen kann. Sagen Sie ihr, daß ich sie anrufen werde.«

Einige Minuten später stieg Amos in seinen Wagen und fuhr in die Stadt. Er mußte einen Anruf tätigen, der auf keinen Fall abgehört werden durfte. Wenn er Natan als erster fangen wollte, dann kam es jetzt auf jede Minute an.

Er fuhr nach Tel Aviv, stellte den Wagen auf dem Klal-Parkplatz hinter dem Kino ab und betrat nach einem kurzen Fußmarsch ein unauffälliges Gebäude. Im zweiten Stock schloß er eine Wohnungstür auf und eilte in das Schlafzimmer, wo er nach dem Telefon griff und eine Londoner Nummer wählte. Eine ihm fremde Stimme meldete sich.

»Ich möchte eine Nachricht für Edgeworth hinterlassen. Bitte, sagen Sie ihm, daß Fred angerufen hat. Er soll sofort zurückrufen. Ich warte.«

»Selbstverständlich, Sir. Ich werde es ihm sofort ausrichten.«

»Danke«, sagte Amos und legte auf. Er liebte diese Briten. Sie verstanden etwas von korrekten Umgangsformen, und jeder kannte den Platz, den er in der Gesellschaft einnahm. Hier in Israel wurde er, Amos, Chef der wichtigsten Abteilung im Mossad und einer der mächtigsten Männer im ganzen Land, von gewöhnlichen Büroangestellten mit dem Vornamen angeredet. Verlangte er mehr Respekt, so schimpfte man ihn gleich elitär oder bezeichnete ihn als Snob. Als Admony Boß war, sah die Sache noch anders aus und entwickelte sich sogar zum Besseren, doch dann kam der Neue, diese fiese Type, und ebnete das Niveau wieder ein. Wenn ich Boß bin, weht ein anderer Wind, dachte er.

Das Telefon läutete. »Wie geht's Ihnen, mein Freund?« fragte Edgeworth.

»Mir geht's gut«, erwiderte Amos. »Aber ich muß etwas mit Ihnen besprechen. Es hat was mit der Angelegenheit zu tun, über die wir uns bei unserem letzten Treffen unterhalten haben. Es sind seitdem bestimmte Ereignisse eingetreten, über die ich damals noch nicht unterrichtet war. Ich brauche Ihre Hilfe.«

»Es ist mir ein Vergnügen, Ihnen zu helfen – sofern es in meiner Macht steht. Wann sehen wir uns?«

»Ich werde morgen früh bei Ihnen sein.«

»Ich hab da einige Termine wegen ... Nun, Sie wissen, wovon ich rede. Unser Treffen ist doch nicht offiziell, oder?«

»Aber sicher ist es offiziell.«

»Ach so. Ich hab im Augenblick meinen Schreibtisch voll, verstehen Sie?«

»Gut, dann um 17.30 Uhr? Am üblichen Ort?«

Amos legte auf, verließ die Wohnung und fuhr zurück ins Büro. Er wußte, daß er sich auf Edgeworth verlassen konnte. Sie hatten in den letzten Jahren eine Reihe hochbrisanter Informationen ausgetauscht, und er verdankte dem Engländer viele wertvolle Hinweise.

Kapitel 29

London. 28. September, 17.30 Uhr

Das erlesen eingerichtete Haus im Stadtteil Chelsea lag etwas zurückversetzt in einem großen, parkartigen Garten unter hohen Blutbuchen. Vor wenigen Minuten war Amos eingetroffen.

»Einen Scotch?« fragte Edgeworth.

»Ja, bitte.« Amos ließ sich auf das bequeme Sofa sinken.

»Nun, wie stehen die Dinge?« fragte sein Gastgeber.

»Sie könnten besser stehen, aber Sie wissen ja, wie es so geht.«

Edgeworth reichte ihm das gefüllte Glas und setzte sich ihm gegenüber auf einen Sessel. »Wie kann ich Ihnen helfen?«

Amos sah ihn an. »Lassen Sie mich zuerst sagen, daß dies eine Sache von höchster Wichtigkeit ist, für Sie möglicherweise ebenso wichtig wie für mich.« Amos trank einen Schluck und stellte das Glas auf den niedrigen Couchtisch vor sich.

»Können wir meine Firma einbeziehen? Die Organisation kann für Sie mehr tun als ich als Einzelperson, das wissen Sie.«

»Nein, das geht nicht. Wir können nicht riskieren, daß MI5 anfängt, Fragen zu stellen. Das würde einen Steppenbrand auslösen. Die Sache läßt sich nicht durch die regulären Kanäle erledigen.« Amos öffnete seine Aktentasche, zog einen großen Umschlag heraus, entnahm ihm eine Reihe von Dokumenten und legte sie auf den Couchtisch. »Dies ist der Mann, den ich suche«, sagte er und reichte Edgeworth ein Foto von Natan sowie ein eng beschriebenes Blatt Papier. »Und das ist eine Zusammenfassung seiner Personalakte. Prägen Sie es sich ein, dalassen kann ich Ihnen das nicht.«

Edgeworth nickte. »Natürlich nicht.«

Amos fuhr fort: »Der Mann ist – oder besser gesagt: war – ein Maulwurf im Mossad. Eine andere Einheit ist unterwegs, um ihn zu liquidieren. Aber *ich* muß ihn haben. Ich würde es vorziehen, ihn lebend in die Hände zu bekommen, denn es gibt da noch eine Reihe von Fragen, die ich ihm stellen möchte. Notfalls nehme ich ihn auch tot. Wenn es mir gelingt, seiner habhaft zu werden, dann haben Sie in mir einen Freund, der bald Chef des Mossad ist.«

Edgeworth nickte anerkennend und erwiderte: »Also, Sie wollen diesen Mann in die Pfoten kriegen und sind der Chef einer Abteilung im Mossad, die in aller Welt über hochqualifizierte Leute und eine hervorragende logistische Infrastruktur verfügt. Wozu, werter Freund, brauchen Sie mich?«

»Ich kann meine Leute nicht auf den Mann ansetzen, weil ich offiziell nicht einmal wissen darf, daß er überhaupt gesucht wird.«

»Was geschieht, wenn Sie ihn finden?«

»Sobald ich ihn habe, räume ich gründlich im Mossad auf. Dabei werde ich einige Leute kaltstellen, die mir schon lange ein Dorn im Auge sind.«

»Und wo komme ich ins Spiel?«

»Der Mann operiert zur Zeit in Europa. Sie haben Verbindungen, die ihn für mich aufspüren können. Sobald Sie ihn lokalisiert haben, übernehme ich den Rest.«

»Wie lange sind Sie noch hier?«

»Ich muß morgen nach Paris, dann fliege ich zurück nach Israel. Bis dahin stehe ich zu Ihrer Verfügung.«

»Ich werde sehen, was ich für Sie tun kann. Darf ich meinerseits auf Ihre Unterstützung zählen, wenn Sie Chef des Mossad sind? Auch wenn ich nur ein kleines Licht für Sie bin.«

»Sie untertreiben, Edgeworth. Typisch Brite.« Amos lächelte. »Übrigens – erinnern Sie sich an das, was ich Ihnen über diese Terroristen gesagt habe, die ein palästinensisches Ziel im Visier haben?«

»Ja. Natürlich. Wir arbeiten noch daran.«

»Nun, der Führer dieses Teams wurde offenbar von unseren Leuten gekidnappt und später getötet. Die Terroristen sollten nicht wissen, daß wir sie im Auge hatten.«

»Warum haben Sie mir das nicht schon früher gesagt?«

»Ich hab es selbst erst gestern erfahren. Sehen Sie, der Maulwurf hat diese Operation geleitet, und es ist durchaus möglich, daß er inzwischen seine Hintermänner informiert hat. Und wenn sie ihrerseits die Terroristen informiert haben, findet das Attentat vielleicht gar nicht statt. Das ist aber nur eine Annahme von mir.«

»Wie sind Sie dem Mann überhaupt auf die Schliche gekommen?« Edgeworth wirkte etwas irritiert. Ehe Amos die Frage beantworten konnte, fuhr er fort: »Sie wollen, daß ich alles stehen und liegen lasse, um Ihnen in dieser Angelegenheit zu helfen, aber bis jetzt haben Sie mir so gut wie nichts mitgeteilt. Die Sache kann ja immer noch auf einem Irrtum beruhen, und dann wäre am Ende ich der Dumme. Kommen Sie, Amos: Haben Sie hieb- und stichfeste Beweise, daß dieser Mann ein Maulwurf ist? Ich muß das wissen, bevor ich weitere Schritte unternehme.«

Amos begann, Edgeworth die ganze Geschichte zu erzählen, soweit er sie kannte – von Shabys Funksprüchen bis hin zu dem Blutbad in Den Haag, Natans mutmaßlichem Mord an Ilan und seiner anschließenden Flucht. Als er fertig war, trat Edgeworth an die Anrichte und füllte erneut die Whiskygläser.

»Der Mann ist wirklich ein schwieriger Kunde. Für wen arbeitet er?«

»Keine Ahnung. Das ist einer der Gründe, weshalb ich ihn lebend haben will – und vielleicht auch der Grund, weshalb die anderen das nicht wollen.«

»Sie meinen, er hat sowohl für die andere Seite als auch für jemand anders im Mossad gearbeitet?«

»Es ist möglich. Meinen Sie nicht auch?«

»Alles ist möglich.« Edgeworth rieb sich nachdenklich das

Kinn. »Ich sehe zu, was ich machen kann. Aber ich kann Ihnen nichts versprechen.« Er setzte sich wieder in seinen Sessel und schlug die Beine übereinander. »Übrigens«, sagte er mit leisem Lächeln, »da ist noch etwas, was ich Sie fragen wollte, Amos.«

»Was?«

»Was habt ihr mit den Terroristen vor?«

»Wie meinen Sie das?«

»Warum schnappt ihr sie euch nicht einfach?«

»Wozu? Wenn sie es auf andere Terroristen abgesehen haben, die sich als ›Gemäßigte‹ bezeichnen – warum sollten wir ihnen da in die Quere kommen? Ich meine, sie nehmen uns nur die Arbeit ab.«

»Das ist ein schmutziges Spiel, mein Freund.«

»Wir leben in einer schmutzigen Welt«, erwiderte Amos achselzuckend.

»Was mich an diesen Kerl erinnert, den eure Leute gekidnappt haben. Was haben sie aus ihm rausgekriegt?«

»Anscheinend nicht viel. Sein Team hatte die entscheidenden Anweisungen noch nicht bekommen. Er wußte daher nicht einmal, wann und wo der Angriff stattfinden soll. Ich bin über die Sache jedoch nicht voll informiert, weil ein paar Arschlöcher die Operation auf eigene Faust durchgeführt haben.« Amos schüttelte empört den Kopf. »Das werd ich denen noch heimzahlen, jedem einzelnen von ihnen.«

»Und was ist jetzt? Observiert ihr wenigstens die Terroristen? Ich meine – was ist, wenn sie ein anderes Ziel ins Visier nehmen?«

»Ein Team von uns beobachtet sie rund um die Uhr. Machen Sie sich deswegen keine Sorgen. Wir lassen sie nicht mehr aus den Augen.«

»Freut mich zu hören. Bei aller Freundschaft – ich hab schließlich auch meine Interessen zu wahren.«

»Beschaffen Sie mir nur den Mann auf dem Foto. Sie werden es nicht bereuen, das verspreche ich Ihnen. Jetzt muß ich allerdings gehen. Wir hören voneinander.«

»Wir bleiben in Verbindung. Sie sagten, Sie fliegen über Paris zurück?«

»Ja. Kurz bevor ich Tel Aviv verließ, bekam ich einen Anruf von einem meiner Verbindungsoffiziere in unserem Pariser Büro. Wie es scheint, hat sich ein Agent gemeldet, den wir vor einiger Zeit aus dem Libanon abgeschoben haben. Er will uns eine Information verkaufen, durch die wir Abu Nabil in die Hände kriegen können. Wahrscheinlich steckt nichts dahinter, aber man weiß ja nie. Ich habe Anweisung gegeben, den Mann herbeizuschaffen, damit wir mit ihm reden können.«

»Wie interessant«, sagte Edgeworth und begleitete Amos zur Tür. »Lassen Sie's mich wissen, wenn dabei etwas herauskommt.«

»Ich sage immer: Eine Hand wäscht die andere, Edgeworth. Finden Sie mir meinen Mann, dann kann ich Ihnen vielleicht Abu Nabil liefern.«

Kapitel 30

Paris, 29. September, 14.00 Uhr

Natan wußte, daß er, mit dem Kidon-Team auf den Fersen, in Bewegung bleiben mußte. Mit Gamil und dem wenigen Gepäck, das sie hatten, bestieg er ein Taxi, das sie zu einem kleinen Flughafen außerhalb von Paris brachte. Ihr Bestimmungsort war Athen.

Gamil hatte den Flug durch einen Freund arrangieren lassen, der ihm aus der »guten alten Zeit« verpflichtet war. So nannte Gamil die Jahre, in denen er ein einträgliches Drogengeschäft betrieben hatte. Er verfluchte die Politiker, die ihn daraus verdrängt hatten.

»Die Dreckskerle wollten nur selbst das Geschäft übernehmen. Der Libanon war ihnen scheißegal. Sie haben genauso Geld damit verdient wie ich, aber sie ließen es nicht im Lande. Sie spielten sich als Patrioten auf und füllten ungeniert ihre Schweizer Konten.«

Am Abend erreichten sie ihr Athener Hotel.

»Es gibt morgen viel zu tun«, sagte Natan zu Gamil, als dieser auf sein Zimmer ging. »Versuchen Sie, etwas Schlaf zu bekommen.«

Er selbst hatte große Schwierigkeiten, Schlaf zu finden. Es war nicht der Streß oder die Ungewißheit; er war schon unter viel widrigeren Umständen eingeschlafen. Ein guter Soldat kann überall schlafen. Heute abend quälte ihn etwas anderes: Sobald er die Augen schloß, sah er Nadins Gesicht vor sich. Er machte sich Sorgen um sie, fühlte sich für sie verantwortlich, ja mehr noch – er vermißte sie. Und das, obwohl er bisher nur wenige Stunden in ihrer Gegenwart verbracht hatte.

30. September, 7.15 Uhr

»In wenigen Stunden«, sagte Natan zu dem noch müden Gamil, »sitzen Sie in einem kleinen Restaurant, das sich Fatso's nennt, zwei Häuserblocks vom Hilton entfernt. Sie bestellen sich dort etwas zu essen.« Natan lächelte. »Aber das brauche ich Ihnen wohl nicht extra zu sagen.«

»Nein.« Gamil gähnte. »Solange es ums Essen geht, können Sie die Sache getrost mir überlassen. Ich sitze also im Restaurant. Ich esse. Was habe ich sonst noch zu tun? Sie haben mich doch nicht aus Beirut einfliegen lassen, damit ich mir in Athen den Bauch vollschlage.« Wenn er lachte, wirkte er direkt sympathisch.

»Das stimmt. Sie werden im Restaurant eine Dame treffen.

Sie erkennen sie daran, daß sie eine grüne Einkaufstasche in der Hand hat, etwa so groß wie ein Telefonbuch. Die Dame kommt aus dem Libanon. Sie können sie also in jeder Ihnen geläufigen Sprache anreden.«

»Ich würde Englisch bevorzugen, wenn Sie nichts dagegen haben.«

»Meinetwegen. Sie fragen sie, wie Sie zur Amerikanischen Botschaft kommen. Wenn sie erwidert, sie wisse es nicht, könne Ihnen aber den Weg zur Britischen Botschaft zeigen, haben Sie das richtige Mädchen vor sich. Sie sagen ihr dann, daß Natan Sie geschickt hat und daß sie mich unter dieser Nummer aus dem Hauptpostamt am Omoniaplatz anrufen soll. Ist das soweit klar, mein Freund?«

»Für wie blöd halten Sie mich eigentlich?«

Natan fand die Frage deplaziert. »Wenn ich Sie für blöd hielte, würden Sie nicht für mich arbeiten«, sagte er.

Gamil hob eine Augenbraue und beugte sich vor. »Handelt es sich bei dem Mädchen zufällig um Nadin, die Sie kürzlich in jenem Haus am Strand besucht haben?«

»Sie verdammter Hurensohn, Gamil! Das haben Sie die ganze Zeit gewußt?«

»Selbstverständlich. Wie sollte mir auch entgehen, daß Sie das Haus der Tochter eines der berüchtigtsten Terroristen der Welt betraten? Das war mir schon klar, als Sie mit dem Beiboot an Land ruderten.«

»Dann wissen Sie ja auch, wie sie aussieht, und werden keine Schwierigkeit haben, sie zu identifizieren. Fragen Sie sie trotzdem nach der Amerikanischen Botschaft. Haben Sie mir noch etwas zu offenbaren?«

»Nein, nein. Aber besonders brisant kann die Sache ja nicht sein, in die wir verwickelt sind. Ich meine, wenn Sie es riskieren, Nadin mit einzubeziehen ...«

»Was wollen Sie damit sagen?«

»Wenn ich die Tochter von Abu Nabil bitten würde, etwas

für mich zu tun, würde ich mich hüten, sie auch nur der geringsten Gefahr auszusetzen, das können Sie mir glauben. Worum, im Namen Allahs, geht es denn überhaupt?«

»Wenn ich mich richtig erinnere, habe ich Ihnen den Paß nicht besorgt, damit Sie mir Fragen stellen, sondern damit Sie mir helfen, oder?«

»Richtig.«

Gamil verließ gegen 11.30 Uhr das Hotel. Natan folgte ihm kurz darauf und rief ein Taxi. Der Fahrer des gelben Wagens hatte seine eigenen Verkehrsregeln. Natan wünschte, er könnte ihn immer für sich fahren lassen, wenn es galt, jemanden abzuschütteln.

Am anderen Ende der Stadt betrat er ein kleines Restaurant. Nachdem er seine Bestellung aufgegeben hatte, sagte er dem Kellner, sein Name sei Frank, und er erwarte einen Anruf. Der Mann schien nicht nur das bemühte Griechisch des freundlichen Touristen zu schätzen, sondern auch den Zehn-Dollar-Schein, der ihm als Trinkgeld zugesteckt wurde. In fast akzentfreiem Englisch antwortete er: »Es wird mir ein Vergnügen sein, Mr. Frank.«

»Sie sprechen englisch? Warum haben Sie mir das nicht gleich gesagt?«

»Sie schienen soviel Spaß daran zu haben, unsere Sprache zu verunstalten, daß ich Sie nicht daran hindern wollte.« Der Kellner lächelte freundlich, verbeugte sich und ging zu einem anderen Tisch.

Der Anruf kam eine halbe Stunde später. Es war Nadin, die sich mit zitternder Stimme meldete. Natan spürte sofort, daß etwas nicht stimmte.

»Nadin, was ist los?« fragte er.

»Ich muß Sie sehen«, sagte sie. »Morgen kommt jemand mit den entscheidenden Instruktionen für die Operation. Sie wird in den nächsten beiden Tagen stattfinden. Ich muß mit Ihnen reden.«

»Wann werden Sie zurückerwartet?«

»Erst am späten Abend. Ich hab Halim gesagt, daß ich mich heute abend im Plaka amüsieren will. Er soll nicht auf mich warten.«

»Sind Sie im Postamt am Omoniaplatz?«

»Ja. Ihr Bote sagte, ich sollte Sie von hier aus anrufen.«

»Gut. Können Sie von dort, wo Sie stehen, nach draußen schauen?«

»Nicht sehr gut. Warten Sie einen Augenblick.« Es wurde still in der Leitung. »Ja, okay.«

»In Ordnung. Sie müßten jetzt eine große Coca-Cola-Reklame an einer Hauswand sehen. Sie ist fast so groß wie das ganze Gebäude.«

»Ja, ich sehe sie. Genau gegenüber.«

»Ich möchte, daß Sie in etwa einer halben Stunde zu diesem Gebäude gehen. Bis dahin stöbern Sie in dem Kosmetikgeschäft herum, das sich links vom Postamt befindet.«

»Ja. In Ordnung.«

»Wenn Sie das Geschäft verlassen, gehen Sie im Uhrzeigersinn um den Platz herum – bitte, überqueren Sie ihn nicht! – und stellen sich vor dem Gebäude auf. Sollte ich nach zehn Minuten noch nicht da sein, gehen Sie wieder in den Kosmetikladen. Ich rufe Sie dann dort an.«

»Was ist los? Warum kommen Sie nicht einfach und holen mich ab?«

»Ich möchte nur sicherstellen, daß Sie nicht verfolgt werden.«

»Keine Sorge. Ich kenne die Leute, mit denen ich arbeite, und weiß, daß sie mich nicht verfolgt haben. Also beruhigen Sie sich.«

»Sie kennen nicht alle. Vertrauen Sie mir, okay?«

»Ja, gut. Bis bald.«

Natan hatte keine Zeit, sein Mittagessen zu beenden. Er drückte dem Kellner zwei Zwanzig-Dollar-Noten in die Hand.

»Das sollte reichen. Ich muß mich beeilen. Der Rest ist für Sie.«

Er verließ das Lokal und fand sofort ein Taxi. »Syntagma Omonia«, sagte er zu dem Fahrer und legte einen Zwanziger auf den Sitz neben sich.

Der Fahrer verstand den Hinweis – zumal Natan einen zweiten Schein offen in der Hand hielt. Die Fahrt, die gewöhnlich fast eine halbe Stunde in Anspruch nahm, endete nach knapp fünfzehn Minuten. Nach einer riskanten Kurverei durch enge Nebenstraßen kam der Wagen am Omoniaplatz zum Stehen.

Zu seinem Verdruß stellte Natan fest, daß er sich auf der Ostseite des Platzes befand. Er konnte den Platz nicht überqueren, ohne zu riskieren, einem möglichen Verfolger Nadins in die Arme zu laufen. Ein paar Schritte weiter stand ein Gebäude, von dessen Galerie im zweiten Stockwerk der ganze Platz überblickt werden konnte.

Er hatte noch ein wenig Zeit, wollte aber unbedingt dort sein, bevor Nadin das Geschäft verließ. Er rannte die Treppe zum zweiten Stockwerk hinauf und gelangte gerade noch rechtzeitig zu einer Stelle, von der aus er sehen konnte, wie Nadin das Geschäft verließ. Niemand verfolgte sie. Mit ihren langen, wohlgeformten Beinen unter dem kurzen, engen Rock und den wehenden dunklen Haaren war sie in der Menge gut zu erkennen. Es war jetzt Mittagspause, und viele Büroangestellte waren auf dem Weg nach Hause oder suchten die Restaurants auf.

Natan wartete, bis Nadin um eine Ecke bog und seinen Blicken entschwand. Wenn jemand sie beschattete, mußte er jetzt auftauchen. Doch soweit er sehen konnte, war sie sauber. Er konnte es nicht mehr erwarten, ihr nahe zu sein. Zwei Stufen auf einmal nehmend, lief er die Treppe hinunter.

»Nadin!« rief er und winkte ihr aus dem offenen Eingang zu. Sie lächelte, ging auf ihn zu und blieb dicht vor ihm stehen.

Er unterdrückte den Wunsch, sie in die Arme zu schließen, und nahm ihre Hand. »Sie sehen phantastisch aus. Wie kommen Sie zurecht?«

»Danke. Gut, denke ich.« Ihre großen grünen Augen schimmerten wie Smaragde. Ich könnte in ihnen versinken, dachte Natan. Die Fehlzündung eines Autos auf dem Platz ließ ihn erschrocken zusammenfahren.

»Machen wir, daß wir hier wegkommen«, sagte er.

»Wohin sollen wir gehen?«

»Ich kenne einen Platz, wo wir garantiert unter uns sind.« Er rief ein Taxi.

Natan hatte immer den Lykabettos-Hügel für den schönsten Aussichtspunkt der Stadt gehalten. In jenen Tagen, da Athen am Tage noch nicht von Dunst und Smog eingehüllt wurde, war der Blick auf die Stadt atemberaubend gewesen.

Er half ihr beim Aussteigen und kam sich vor wie ein Schuljunge bei der ersten Verabredung mit einem Mädchen. Reiß dich zusammen, dachte er. Sie ist nur eine Schachfigur bei dieser Operation. Wenn du dir jetzt Gefühle erlaubst, kannst du einpacken ...

Sie betraten den Park. Abgesehen von einigen Pärchen, die eng umschlungen auf dem Rasen lagen, war kein Mensch zu sehen. Sie setzten sich auf eine Bank unter einem mächtigen, alten Feigenbaum. Der Schatten vermittelte ihnen die Illusion von Kühle, und der Geruch der verfaulenden Feigen auf dem Boden war süß. Als Nadin sich umblickte, errötete sie: Der Boden hinter der Bank war übersät mit gebrauchten Kondomen.

Natan sah sie lächelnd an. »Es tut mir leid, aber hier sind wir sicher. Die meisten Leute hier scheinen Wert auf Sicherheit zu legen.« Sie lachten beide, und er fuhr fort: »Hier finden abends und nachts wahre Orgien statt.«

»Na, dann ist es nur gut, daß wir am Tage hergekommen sind.«

Unvermittelt war Natan wieder ernst. »Was geht vor in der Wohnung?« fragte er.

»Nichts im Augenblick. Aber wie ich Ihnen schon am Telefon sagte, soll morgen der Mann mit den Instruktionen eintreffen – und dann treten wir in Aktion, um was immer es sich dabei auch handeln mag. Sie haben mir gesagt, daß wir äußerst vorsichtig sein müssen. Aber all die Leute ...«

»Die Wohnung ist verwanzt und steht rund um die Uhr unter Beobachtung. Der Mossad ist der Gruppe dicht auf den Fersen.«

»Das ist also die Gruppe, die das Attentat ausführen soll?«

»Ich dachte, das wüßten Sie.«

»Ich hab es mir gedacht, aber es fällt mir immer noch schwer, daran zu glauben.«

Natan fragte sie über die Gruppe aus. Er wollte wissen, wie die Männer aussahen und welche Waffen sie benutzten. Was taten sie in der Freizeit? Wer sollte die Aktion leiten? Ein endloser Strom von Fragen, auf die er fast ausnahmslos befriedigende Antworten erhielt. Am Ende hatte er das Gefühl, jeden der Terroristen persönlich zu kennen.

Als ein junger Mann und seine Freundin das andere Ende ihrer Bank besetzten und anfingen, ungeniert zu schmusen, sagte Natan: »Kommen Sie. Vielleicht können wir irgendwo zu Mittag essen.«

Am Ende eines gewundenen Pfades gelangten sie zu einem Restaurant mit einer breiten Treppe, von der aus man die ganze Stadt überblicken konnte. Sie setzten sich an einen kleinen, runden Tisch unmittelbar neben der die Terrasse umfassenden Brüstung und bestellten zweimal das Tagesmenü. Ein frischer Westwind begann den Smog über der Stadt aufzureißen.

»Was haben Sie vor, wenn Sie alle erforderlichen Informationen haben?« fragte Nadin.

»Ich werde mein Bestes tun, um die Aktion zu verhindern.

Mehr kann ich Ihnen im Augenblick noch nicht sagen.« Natan zog ein Foto aus der Tasche und zeigte es Nadin. »Haben Sie diesen Mann schon einmal gesehen?«

Sie betrachtete das Bild. »Nein, ich glaube nicht.«

»Macht nichts. Es war nur ein Schuß ins Blaue.«

»Wer ist es?«

»Ich vermute, es ist der Mann, der hinter allem steht, aber ich bin mir noch nicht sicher. Im Augenblick habe ich auch keine Möglichkeit, der Sache nachzugehen. Vergessen Sie's.«

Der Kellner trug das Essen auf, gegrillten Fisch und Salat. Dann schenkte er den Wein ein. Natan lächelte Nadin zärtlich an. Als der Kellner gegangen war, beugte er sich vor und sagte: »Wir können uns nicht mehr sehen, da Sie ständig beobachtet werden. Überdies ist man hinter mir her. Wir werden also weiterhin Gamil als Mittelsmann benutzen, wenn Sie nichts dagegen haben.«

»Keineswegs. Er scheint in Ordnung zu sein. Trauen Sie ihm?«

»Nicht bis zur nächsten Ecke. Aber im Augenblick habe ich keine andere Wahl. Ich brauche jemanden, und er ist dieser jemand.«

»Warum haben Sie mir das nicht vorher gesagt? Ich hätte jemanden für Sie auftreiben können.«

»Es hat sich mancherlei verändert, seitdem wir uns das letzte Mal gesehen haben. Aber seien Sie unbesorgt. Wir schaffen es schon.«

»Sie brauchen keine Helfer, sondern einen Schutzengel«, sagte Nadin.

Er lächelte. »Das stimmt. Doch Schutzengel sind schwer zu finden, und der, den ich gerne hätte, ist gerade anderweitig engagiert.«

Das Telefon läutete. Nur Nadin wußte, daß Natan unter dem Namen Frank Douglas im Hilton abgestiegen war. Er griff nach dem Hörer.

»Wir verlassen in wenigen Stunden die Stadt und fliegen nach Frankreich«, sagte sie ihm. »Es soll irgendein Ort außerhalb von Paris sein. Das ist alles, was ich im Augenblick weiß.«

»Woher haben Sie die Information?«

»Halim hat gerade seine Anweisungen erhalten. Wir sollen alles zurücklassen, Waffen und so weiter.«

»Sind Sie okay?«

»Ja. Wie steht's mit Ihnen?«

»Keine Probleme. Sie wissen, was Sie zu tun haben?«

»Ja. Ich rufe Sie an, sobald ich was Neues weiß.«

»Mit wem hat Halim sich getroffen?«

»Ich weiß es nicht.«

»Gibt es so etwas wie einen Zeitplan?«

»Halim sagte nur, daß die Aktion demnächst stattfindet. Wir wissen immer noch nicht, wem sie eigentlich gilt.«

»Hat er Ihnen das innerhalb der Wohnung mitgeteilt?«

»Ja. Ich weiß, was Sie denken. Jeder, der uns abhört, weiß jetzt genausoviel wie wir.«

»Wissen die Männer, daß sich die Operation gegen Palästinenser richtet?«

»Sicher. Das haben sie fast von Anfang an gewußt. Aber denken Sie daran, daß sie diese ›Gemäßigten‹ als Verräter ansehen, als Leute, die Palästina an den Feind verkaufen.«

»Und was glauben Sie?«

»Für mich ist es ganz einfach: Wenn auch der Mossad diese Leute lieber tot als lebendig sieht, kann es für die palästinensische Sache nicht gut sein.«

Sie hatten einander nichts mehr zu sagen, doch keiner von ihnen wollte auflegen. Es war, als ob sie sich aneinander festhielten. Natan brach die Stille. »Ich warte also auf Ihren Anruf. Wie so oft in der letzten Zeit.«

»Ich muß jetzt zurück«, sagte Nadin. »Ich gehöre zu denen, die heute noch abfliegen. Die anderen folgen morgen früh.«

Natan wollte sie nicht gehen lassen. Wenn ihr etwas zustößt, verzeihst du dir das nie, dachte er. »Hören Sie, Nadin«, sagte er, nachdem er sich geräuspert hatte. »Wäre es nicht besser, wenn Sie sich aus der Sache raushielten? Das Risiko ist zu groß. Ich werde mir etwas überlegen ...«

»Ich weiß Ihre Sorge um mich zu schätzen«, unterbrach sie ihn hastig. »Aber dazu ist es jetzt zu spät. Ich kann Ihnen übrigens versichern, daß ich weit weniger gefährdet bin, als Sie glauben.«

»Was soll das heißen?«

»Sagen wir einfach, daß ich einen Schutzengel habe, der seine Hand über mich hält.«

»Wovon reden Sie?« Aber noch während er sprach, wurde Natan plötzlich alles klar. »Sieht dieser Schutzengel zufällig aus wie der Geist aus Aladins Lampe?«

»Ich kann mich dazu nicht äußern. Passen Sie auf sich auf. Ich hoffe, Sie bald zu sehen.« Sie legte auf.

Kurz nach einem weiteren Anruf Nadins, in dem sie den Zielort Paris bestätigte, verließ Natan das Hotel und nahm ein Taxi zum Flughafen. Da die Gruppe erst am Abend abflog, hatte er noch genügend Zeit, Athen zu verlassen, bevor die Terroristen oder einer ihrer Verfolger auf dem Flughafen eintrafen.

Natan kam am frühen Abend in Paris an und tätigte mehrere Anrufe aus einer Telefonzelle am Ende der Avenue de la Grande Armée.

Gamil zeigte sich höchst überrascht und versicherte ihm, daß er sich sofort auf den Weg nach Paris machen würde, um im selben Hotel wie zuvor abzusteigen. Das hieß, daß er frühestens am nächsten Morgen eintreffen und Natan erst gegen Mittag zur Verfügung stehen würde.

Von der Avenue de la Grande Armée ging Natan zu Fuß in Claudettes Wohnung an der Avenue Foch. Sie hatte ihm am Telefon verraten, wo der Schlüssel für ihn bereit lag. Sie fuhr für einige Tage mit einem Mann, den sie »Apollo« nannte, in die Provence; Natan konnte ihre Wohnung benutzen so lange, wie er wollte.

So vieles kann schiefgehen, dachte er. Kleinigkeiten können die größten Pläne durchkreuzen. Angenommen, ich hätte Claudette nicht erreicht – unter welcher Nummer sollte Nadin mit mir Kontakt aufnehmen? Du bist nachlässig gewesen, schalt er sich, aber bisher ist dir das Glück treu geblieben. Fragt sich bloß, wie lange noch.

Kapitel 31

Amerikanische Botschaft, Paris. 1. Oktober, 21.00 Uhr

Ich hoffe«, sagte Major Dennis West, »daß noch nicht durchgesickert ist, wo das Treffen stattfindet. Natürlich besteht immer die Gefahr, daß es eine undichte Stelle gibt, aber bisher ist es uns, glaube ich, gelungen, die Sache geheimzuhalten.«

Dem fünfundvierzigjährigen Major der Marine-Infanterie war der Sicherheitsdienst unterstellt. Er verschränkte die Hände auf dem Tisch. Offensichtlich fühlte er sich unbehaglich in dem Straßenanzug, den er in seiner Funktion tragen mußte.

»Das können wir nur vermuten«, sagte der rundliche kleine Herr, der ihm gegenübersaß. Gilbert Duval – unter Freunden als »Aschenbecher« bekannt – war der mit den Amerikanern zusammenarbeitende französische Verbindungsoffizier.

Seine langjährigen Erfahrungen in arabischen Ländern hatten sich schon des öfteren als äußerst wertvoll erwiesen.

»Könnten Sie sich etwas genauer ausdrücken?« Major West war nicht begeistert von dieser Zusammenarbeit. Er hätte eine amerikanische Operation vorgezogen, bei der die Franzosen nur Hilfe leisteten, wenn sie gerufen wurden. Aber die besonderen Umstände der Angelegenheit ließen das nicht zu. West war verantwortlich für die Sicherheit der israelischen Delegation, während Aschenbecher sich um die Belange der Palästinenser zu kümmern hatte. Die Verhandlungen fanden außerhalb des offiziellen Friedensprozesses statt. Daß sie nicht lange geheim bleiben konnten, war den meisten Beteiligten klar. Zwar wußten nur wenige Leute die genaue Zeit und den Ort der Gespräche, doch *daß* sie stattfanden, war längst kein Geheimnis mehr.

Keine der beiden Delegationen handelte im offiziellen Auftrag, und beide setzten sich zusammen aus ausgewählten Gemäßigten, die bereit waren, trotz der unvermeidlichen Feindseligkeiten und des enormen Mißtrauens eine pragmatische Lösung des Nahostproblems zu finden. Nach erfolgreichem Abschluß der Verhandlungen sollten die Vorschläge zusammengefaßt werden, um dem amerikanischen Präsidenten und der Europäischen Gemeinschaft ein Druckmittel gegen die unversöhnlichen Friedensfeinde auf beiden Seiten in die Hand zu geben.

Es lag auf der Hand, daß maßgebliche Kreise in beiden Lagern von einer solchen Aktion alles andere als begeistert waren, erhielten doch die Großmächte dadurch intime Kenntnis von den eigentlichen Problemen.

»Lassen Sie's mich erklären, Major«, sagte der Franzose und ließ eine dichte Rauchwolke aus seiner Gauloise aufsteigen, die den Offizier zwang, die Augen zuzukneifen. »Wir müssen von der Annahme ausgehen, daß wenigstens einige der Delegationsmitglieder gegenüber Freunden die bevorstehenden Gespräche erwähnt haben. Wie wir wissen, genießen die sogenannten Tauben – die knieweichen Liberalen, wie ihr sie in den Vereinigten Staaten nennt – in den meisten Ländern der Region kein gutes Ansehen. Deshalb wird jeder Nachrichtendienst, der etwas auf sich hält – und die meisten Länder in dieser Region haben recht gute Dienste –, versuchen, zumindest ein Mitglied der entsprechenden Delegation für sich zu gewinnen. Es läßt sich also mit einiger Sicherheit sagen, daß das Geheimnis kein Geheimnis mehr ist – abgesehen natürlich von den Informationen, die wir noch nicht an die Delegation weitergeleitet haben. Und selbst diese Informationen sind nur unter der Annahme geheim, daß unsere eigenen Organisationen absolut dicht sind. Doch wer kann das mit gutem Gewissen behaupten?« Der Franzose zuckte mit den Schultern und lächelte traurig.

»Ich kann Ihnen versichern, daß unsere Leute *keine* Spione sind«, gab Major West in scharfem Ton zurück.

»Ich sage nur, daß wir mit dem Schlimmsten rechnen müssen. Ich persönlich hätte es vorgezogen, wenn die Verhandlungen in einem anderen Land angesetzt worden wären, meinetwegen in Belgien.«

»Gut, daß ich das weiß, Duval. Aber da sie nun einmal hier stattfinden, muß ich mich auf Ihre Sicherheitsvorkehrungen verlassen können. Wo soll die Delegation untergebracht werden?« West versuchte, das Gespräch wieder auf den Punkt zu bringen.

Der Franzose zündete sich eine weitere Gauloise an, räusperte sich und fuhr fort: »Wir geben Ihnen alles, was Sie brauchen. Am besten bringen Sie Ihre Leute in einem sicheren Haus hier in Paris unter, wo wir gegebenenfalls genügend Kräfte zusammenziehen können. Die Palästinenser werden in einem Haus auf dem Land einquartiert, in der Nähe einer unserer Militärbasen. Leider sind unsere finanziellen Mittel für derartige Spezialoperationen sehr beschränkt, so daß wir jeden Franc zweimal umdrehen müssen, bevor wir ihn ausgeben.«

Die Delegationen sollten am 3. Oktober in Paris eintreffen. Es gab noch viel zu tun. Jeder wußte, daß eine Panne katastrophale Folgen nach sich ziehen konnte.

Einige Verantwortliche im State Department hatten dem Präsidenten geraten, daß es besser sei, die Dinge so zu lassen, wie sie waren, da jede falsche Entscheidung die Büchse der Pandora öffnen konnte. Aber der Präsident blieb hart: Eine Lösung der politisch brisanten Nahostfrage garantierte ihm bleibenden Nachruhm.

Die Konferenz zog sich in die Länge. Duval verabschiedete sich erst in den frühen Morgenstunden. Erschöpft betrat Major West den Nachrichtenraum im Untergeschoß.

»Sir?« Der junge Marine-Infanterist nahm Haltung an. Mit seinem stämmigen Körperbau und dem kurzgeschorenen braunen Haar hätte er ein Zwillingsbruder Wests sein können.

»Lassen Sie das kodieren und schicken Sie es sofort in die Staaten«, sagte der Major. »Die Nachricht wird dringend erwartet.«

Kapitel 32

Mossad-Hauptquartier, Tel Aviv. 2. Oktober, 9.00 Uhr

Es ist mir scheißegal, wo er ist«, sagte der Soldat. »Ich habe Befehl, ihm die Papiere persönlich zu übergeben. Wenn wir den Wunsch hätten, dich als Boten einzusetzen, wäre ich nicht hier.«

»Was soll ich also tun?« fragte der Wachtposten am Tor des Mossad-Hauptquartiers.

»Du? Nichts. Es sei denn, du weißt, wie man ein Telefon

bedient. Wenn das der Fall sein sollte, ruf den diensthabenden Offizier an.«

Der Mann war eine derart rüde Behandlung nicht gewohnt, wollte sich jedoch keinen Ärger schaffen.

»Oded?« Er hatte den Hörer des Telefonapparats hinter dem Eingangstor abgenommen und eine Nummer gewählt. »Hier ist Tsvika. Da ist ein Kerl von Acht Zweihundert, der etwas für Mark Heller hat. Er will es mir nicht geben und besteht darauf, daß ich den diensthabenden Offizier rufe. Könntest du mal runterkommen und dich darum kümmern?«

»Kannst du ihn ans Telefon holen? Ich geb ihm grünes Licht. Bin im Augenblick leider nicht passend angezogen.«

»Tut mir leid, aber solche Genehmigungen dürfen nicht telefonisch erteilt werden. Verstößt gegen die Bestimmungen.«

»Okay, okay, ich komm ja schon!« sagte Oded, offensichtlich verärgert. »Ich hab aber vorher noch etwas zu erledigen.« Er hatte vor weniger als einer Stunde die Frau eines Kameraden aufgegabelt, der im Fernen Osten im Einsatz stand. Sie hatte den Swimmingpool in der Akademie benutzt und nach einigem Zureden eingewilligt, sich nach dem Bad im Sicherheitsbereich mit ihm zu treffen. Als das Telefon klingelte, war er gerade dabei sich abzutrocknen.

»Dauert es lange?« fragte der Wachtposten mit einem unsicheren Seitenblick auf den arroganten Soldaten.

»Es geht um etwas, das man nicht übereilen darf«, erwiderte Oded und starrte auf die Brüste der Frau, die sich deutlich unter dem Badeanzug abzeichneten. Sie hatte sich abgetrocknet und aufs Bett gelegt. »Bis dann. Und sag dem Mann, er soll warten.« Bevor er sich wieder der reizenden Frau seines Kameraden zuwandte, rief er Mark an.

Als Mark das Eingangstor erreichte, kurbelte er das Wagenfenster hinunter. »Wo ist der Kerl mit den Papieren?« fragte er den Posten.

»Dort drüben«, sagte der Mann und wies auf den Soldaten, der in seinem stickigen kleinen Renault eingeschlafen war.

Mark trat an den Wagen. »Was haben Sie denn da? Ist es wirklich so eilig, daß man mich am Sonnabend aus dem Bett holen muß?«

Der Soldat schreckte aus dem Schlaf auf. »Wer sind Sie?« wollte er wissen.

»Ich bin Mark Heller. Der Mann, dem Sie die Dokumente übergeben sollen.«

»Tut mir leid, aber können Sie sich ausweisen?«

Mark zog seinen Ausweis aus der Tasche. »Genügt Ihnen das, oder müssen Sie noch genetische Tests anstellen, um sich von meiner Identität zu überzeugen?«

»Ich tue nur meine Pflicht. Mein Gott, ist das ein Aufwand, ehe man hier an den richtigen Mann gerät!«

»Das kann man wohl sagen. Jetzt, bitte, die Papiere.«

Wenige Minuten später öffnete Mark in seinem Büro den Umschlag. Er enthielt zwei Blätter, darunter den Brief eines Freundes, der bei Acht Zweihundert arbeitete. Unter der Überschrift »Die fortschrittlichste Dechiffrier- und elektronische Informationsabfangeinheit der Welt« hieß es:

»Lieber Mark, du wirst überglücklich darüber sein, daß man dich an einem Sonnabend aus dem Bett geklingelt hat – aber wie du sehen wirst, ließ es sich nicht vermeiden.

Das beiliegende Blatt ist die Kopie eines Dokuments, das vor wenigen Stunden aus der Amerikanischen Botschaft in Paris nach Washington übermittelt wurde. Es scheint äußerst wichtig zu sein und bezieht sich auf deine Firma, so daß ich keine andere Wahl hatte, als dich zu benachrichtigen.

Heikel ist das Dokument nicht nur seines Inhalts wegen, sondern vor allem auch aufgrund der Tatsache, daß wir es abgefangen haben. Es enthält Informationen über eine in Paris stattfindende Geheimkonferenz, einschließlich der Namen aller Delegationsmitglieder und ihrer Zuständigkeiten. Unterzeichner ist Major Dennis West, U.S. Marine-Infanterie. Er ist verantwortlich für die Sicherheit der Botschaft und damit verbundener Bereiche.«

Mark entschloß sich, selbst Abschriften des kurzen Textes anzufertigen. Nach einer knappen Stunde war er fertig. Er gab Anweisung, die Abschriften an das Pariser Büro und alle Abteilungen zu schicken, die an der Information interessiert sein konnten. Er verwahrte eine Kopie in seiner Ablage und rief dann Mousa an, der zufällig zu Hause war.

Als Chef der Operation Sicherheit war Mousa einer der wenigen Mossad-Angehörigen, deren Privattelefon mit einem Verwürfelungsgerät ausgestattet war. Wichtige Informationen mußten ihm sofort übermittelt werden.

Mousa war nicht überrascht, daß die Konferenz stattfinden sollte. Er wunderte sich lediglich über Marks Ahnungslosigkeit. »Was haben Sie denn gedacht, auf wen es die Terroristen abgesehen haben?«

»Aus irgendeinem Grund habe ich sie nicht mit diesen Verhandlungen in Verbindung gebracht«, räumte Mark ein.

»Achten Sie darauf, daß Sie die Nachricht auf dem üblichen Weg weiterleiten. Sie können sich vorstellen, was passiert, wenn Franzosen und Amerikaner Wind davon bekämen, daß wir über eine terroristische Operation auf französischem Boden informiert sind und sie nicht gewarnt haben?«

»Ich wage nicht, daran zu denken.« Mark versprach Mousa die korrekte Weiterleitung der Nachricht und beendete das Gespräch.

»Israelische Botschaft«, sagte das Mädchen in der Vermittlung. Sie klang gelangweilt – verständlich an einem sonnigen Herbsttag in Paris und einer Tätigkeit, die nicht gerade zu ihren Lieblingsbeschäftigungen zählte.

»Hier ist Isa. Ich möchte David sprechen.«

»Es tut mir leid, Sir, aber die Botschaft ist geschlossen. Es ist niemand hier.«

»Ich glaube, Sie haben mich nicht verstanden«, sagte der Mann und hob die Stimme. »Hier ist Isa, und ich möchte David sprechen.«

Das Mädchen erkannte, daß es sich um einen Kode handeln mußte. »Einen Augenblick«, sagte sie und tippte den Namen in ihren Computer. Nach einem Blick auf den Bildschirm, meldete sie über die Gegensprechanlage: »Da ist ein Anruf für Sie. Nach dem Schlüssel verlangt er Nummer Drei Zwei Neun Sieben Fünf. Soll ich ihn durchstellen?«

»Einen Augenblick.« Sie hörte, wie ihr Gesprächspartner seinen eigenen Computer betätigte. »Okay. Stellen Sie durch«, sagte er schließlich.

»Mr. Isa, ich verbinde Sie jetzt mit David.« Nachdem sie die Verbindung hergestellt hatte, legte sie abrupt den Hörer auf. Sie mochte die Burschen vom Shaback nicht, die diese kodierten Anrufe erhielten. Ihr gefiel die Art nicht, wie sie die Mädchen im Büro behandelten. Sie litten offenbar unter der Zwangsvorstellung, jedes weibliche Wesen, das in ihre Nähe kam, begrapschen zu müssen.

Gill saß in seinem Büro im zweiten Stock. »Von wo aus rufen Sie an?« fragte er.

»Was ist los? Können Sie nicht ›Hallo‹ oder ›Wie geht's Ihnen‹ sagen?«

Widerstrebend brummte Gill: »Also wie geht's Ihnen? Von wo aus rufen sie an?«

»Paris. Ich bin gerade zurückgekommen.«

»Wann können Sie in die Botschaft kommen?«

»Das soll wohl ein Witz sein. Warum sagen Sie mir nicht gleich, daß ich mir eine Kugel durch den Kopf schießen soll?«

»Hören Sie, mir ist nicht nach dummen Witzen zumute. Die Person, die sich mit Ihnen treffen will, hat mich gebeten, ein Treffen in der Botschaft zu arrangieren.«

»Und wenn mich jemand sieht?«

»Wir sorgen schon dafür, daß niemand Sie sieht. Was ist also? Ich hab nicht den ganzen Tag Zeit.«

»Ich muß darüber nachdenken. Außerdem habe ich noch etwas zu erledigen, bevor ich kommen kann.«

»Wir erwarten Ihren Anruf.«

Gill legte erleichtert den Hörer auf. Der Mann klang irgendwie seltsam. Der Computer half auch nicht weiter, doch das war nicht ungewöhnlich: In der allgemeinen Datei pflegte der Shaback nur selten etwas über solche »Kode-Anrufer« zu speichern. Man mußte die Dateien im Untergeschoß durchsehen und mit dem diensthabenden Offizier sprechen. Gill benachrichtigte die Vermittlung, daß er unter Nummer 55 zu erreichen sei, falls jemand nach ihm verlangte.

Nach den Morden in Den Haag waren die meisten Stationen und Botschaften in Alarmbereitschaft versetzt worden. Es war nicht leicht, diese Bereitschaft aufrechtzuerhalten. Das ohnehin schon knappe Personal mußte zwei oder sogar drei Schichten hintereinander arbeiten.

Roly, der Stationschef, war heute diensthabender Offizier. Mit fünf ihm unterstellten Verbindungsoffizieren und einem Stab von fast zehn Leuten leitete er die größte Mossad-Außenstelle überhaupt.

Roly war nicht allein, wie Gill entdeckte. »Entschuldigung«, sagte er. »Ich wußte nicht, daß Sie beschäftigt sind.«

»Das macht nichts«, sagte Roly. »Kommen Sie rein! Das ist Amos, ein Freund von mir aus Israel.«

»Sehr erfreut. Ich hoffe, es gefällt Ihnen bei uns.«

»Phantastisch. Bei diesem Gastgeber ...«

»Wollten Sie etwas von mir?« fragte Roly.

»Ja. Es ist eine Nachricht für Sie gekommen ...« Gill zögerte. Er wußte nicht, ob er in Anwesenheit des Fremden offen reden durfte.

»Schießen Sie los«, sagte Roly. »Ich hab Ihnen ja gesagt, er ist ein Freund von mir. Er gehört auch zur Firma.«

»Nun, der Bursche, der in der Stadt war und sich mit jemandem von uns treffen wollte – er hat gerade angerufen. Er ist wieder zurück.«

Roly beugte sich interessiert vor. »Und?«

»Ich hab ihm gesagt, daß das Treffen in der Botschaft stattfinden müßte und daß ich für seine Sicherheit sorgen würde.«

»Was hat er geantwortet?«

»Er hat gesagt, daß er es sich überlegen will und uns zurückruft.«

»Das ist der Agent, von dem wir gerade gesprochen haben«, sagte Roly, an Amos gewandt. »Danke, Gill. Wenn er wieder anruft, leiten Sie bitte den Anruf an mich oder, wenn ich nicht da bin, an den diensthabenden Offizier weiter.«

»Nach den Bestimmungen muß ich den Fall übernehmen, bis der Kontakt wieder aufgenommen und die Sicherheitseinstufung neu bestimmt worden ist. Zur Zeit gilt er noch als sehr gefährlich.«

»Wir wollen uns hier nicht über Vorschriften streiten, Gill. Ich sage Ihnen, daß Sie ihn zur Station durchstellen sollen, wenn er wieder anruft.«

»Aber ich ...«

»Was ist los mit Ihnen?« Roly war aufgestanden. »Okay, ich sage es noch einmal klar und deutlich: Wenn der verdammte Scheißkerl anruft, stellen Sie den verdammten Scheißanruf zu mir durch, oder ich reiße Ihnen den Arsch auf, daß Sie nicht mehr wissen, wo vorne und hinten ist.« Er lächelte. »Ist das jetzt klar?«

Roly konnte höchst unangenehm werden, wenn seine Anordnungen nicht befolgt wurden.

»Gut, gut. Ganz wie Sie wollen.«

Roly lächelte immer noch. Seine Schneidezähne waren gelblich und bedurften dringend der Behandlung. »Ich wußte, daß ich mich auf Sie verlassen kann. Wie sagen wir in der Firma immer? Eine Hand wäscht die andere.«

Als Gill gegangen war, zog sich Roly mit Amos in sein eigenes Büro zurück. Bei Zigaretten und schwarzem Kaffee setzten sie ihre Unterhaltung fort.

Amos hatte eine Kopie des Berichtes mitgenommen, der gerade aus Israel eingetroffen war und die Konferenz in Paris betraf. Es verstieß gegen die Vorschriften, Dokumente so geheimen Inhalts aus dem Gebäude zu entfernen, aber als hochrangiger Abteilungsleiter hatte er einen großen Ermessensspielraum.

Kapitel 33

Paris, 2. Oktober, 14.00 Uhr

Natan hob beim ersten Läuten den Hörer ab. Mit wachsender Spannung hatte er auf den Anruf gewartet. »Ja, bitte«, sagte er und bemühte sich, seine Stimme ruhig klingen zu lassen. Er wollte auf keinen Fall den Eindruck von Unsicherheit erwekken.

»Wir haben Quartier bezogen, aber ich kann Ihnen nicht genau sagen wo.«

»Von wo aus rufen Sie an?«

»Von einer kleinen Einkaufspassage etwa fünf Minuten von

dem Bauernhaus entfernt, in dem wir wohnen. Im Norden von Paris. Ich kenne die Gegend nicht, deshalb kann ich Ihnen keinen genauen Hinweis geben.«

»Können Sie ohne Schwierigkeiten in die Ladenpassage gelangen?«

»Einer der Männer hat mich hergefahren. Ich erledige die Einkäufe. Er wartet im Wagen auf mich.«

»Können Sie später noch einmal hinfahren?«

»Ich denke schon. Ich kann etwas Wichtiges vergessen haben. Dann muß ich noch einmal herkommen.«

»Vielleicht sagen Sie besser, Sie hätten in einem Geschäft etwas liegengelassen. Sonst fährt man Sie in ein anderes Einkaufszentrum.«

»Okay. Was habe ich zu tun?«

»Ich muß wissen, wo Sie jetzt sind und wo Sie wohnen. Ich bin überzeugt, daß Sie verfolgt werden. Wählen sie nach dem Auflegen vorsichtshalber eine andere Nummer, damit die meine aus dem Speicher gelöscht wird. Und noch etwas: Bevor Sie zurückkommen, fertigen Sie bitte eine Skizze an, auf der der Weg vom Haus zur Ladenpassage zu erkennen ist. Außerdem sollten Sie den Namen der Passage in Erfahrung bringen.«

»Das dürfte nicht schwer sein«, antwortete Nadin. Sie hatte bereits das Gefühl, beobachtet zu werden, und begann sich umzuschauen. »Wissen Sie, wie die Leute aussehen, die mich verfolgen?«

»Drehen Sie sich nicht um, sonst merken sie, daß Sie Verdacht geschöpft haben. Das müssen wir auf jeden Fall vermeiden. Und, sagen Sie, gibt es in der Zelle, in der Sie sich jetzt befinden, ein Schild, auf dem eine Telefonnummer steht?«

»Ja. Genau vor mir.«

»Lesen Sie sie mir vor«, sagte er. Sie tat es.

Natan schärfte ihr noch einmal ein, am Nachmittag in die Passage zurückzukehren. Gamil würde sie dort erwarten, um die Skizze in Empfang zu nehmen und ihr eine Anstecknadel zu geben, mit deren Hilfe sie jederzeit geortet werden konnte. Bevor er auflegte, beschrieb ihm Nadin, so gut sie konnte, das kleine Einkaufszentrum und nannte ihm den Namen von zwei Geschäften in der Passage. Eines war ein Schallplattenladen. Dort würde Gamil sie treffen.

Gegen 16 Uhr traf Gamil in der Ladenpassage ein, die Natan über die Adressen der beiden Geschäfte lokalisiert hatte. Sie lag in einer kleinen Vorstadt namens Marines, nordwestlich von Paris.

Natan hatte Gamil angewiesen, in dem Schallplattengeschäft auf Nadin zu warten und ihr ein kleines Paket zu überreichen. Sie würde ihm dafür die Skizze geben. Nach dem Treffen, das nicht länger als ein, zwei Minuten in Anspruch nehmen durfte, sollte Gamil unter einer bestimmten Telefonnummer eine Nachricht hinterlassen, zurückfahren und in seinem Hotel auf weitere Instruktionen warten.

Nadin betrat den Laden um 16.14 Uhr. Sie begann, sich verschiedene Plattenalben anzuschauen und kam dabei Gamil langsam näher. Als sie neben ihm stand, lächelte sie ihn hilfesuchend an.

»Kann ich Ihnen helfen, Madame?« fragte er höflich auf französisch.

»Ja«, sagte sie. »Ich suche eine Platte von Adamo mit dem Lied ›Tombe la neige‹. Haben Sie davon gehört?« Sie reichte ihm einen Zettel, auf dem anscheinend der gesuchte Titel verzeichnet war. Gamil betrachtete ihn interessiert und zog dann eine Platte aus dem Regal, die er ihr mit einem kleinen, darunter verborgenen Umschlag übergab. Sie dankte ihm, trat mit der Platte an die Kasse und ließ Gamils Kuvert in der Manteltasche verschwinden.

Er verließ vor ihr das Geschäft und setzte sich in seinen geliehenen Renault 5, um nach Paris zurückzufahren. Unterwegs hielt er an einer Tankstelle, um ein Telefongespräch zu führen und sich eine Coca Cola aus dem Verkaufsautomaten zu ziehen. Er brauchte im dichten Verkehr über eine Stunde, bis er die Innenstadt erreichte.

Israelische Botschaft, Paris. 16.40 Uhr

»Hier ist Isa. Könnte ich bitte David sprechen?« Die Stimme kenne ich doch, dachte das Mädchen in der Vermittlung und stellte den Anruf zu Gill durch.

Gill bat den Anrufer, einen Augenblick zu warten und wählte Rolys Nummer. »Ihr Mann ist auf der anderen Leitung. Ich hab ihn gebeten, einen Augenblick zu warten. Wollen Sie ihn sprechen?«

»Versuchen Sie, ihn in die Botschaft zu locken.«

»Ich rufe Sie gleich zurück.«

Gill drückte die leuchtende Taste auf seinem Telefonapparat und wiederholte, was Roly gesagt hatte.

Der Mann reagierte nervös und ungehalten: »Ich hab Ihnen doch gesagt, daß es für mich lebensgefährlich ist, zu Ihnen zu kommen. Wenn mich jemand sieht, bin ich geliefert.«

»Von wo sprechen Sie?«

»Ich bin in einer Telefonzelle, Warum?«

»Haben Sie Grund zu der Annahme, daß der Apparat angezapft ist?«

»Warum sollte jemand mitten in der Stadt ein öffentliches Telefon anzapfen?«

»Gut. Unsere Leitung ist ebenfalls sauber, das kann ich Ihnen garantieren. Wenn Sie tun, was ich Ihnen sage, haben Sie nicht das Geringste zu befürchten.«

»Warum holen Sie mich hier nicht ab?«

»Es tut mir leid, aber das ist gegen die Vorschriften.«

»Was soll ich also tun?«

»Ich möchte, daß Sie in die Metro steigen und bis zur Station

Franklin Roosevelt fahren. Sie nehmen den Ausgang Avenue Montaigne. Überqueren Sie die Champs-Elysées und gehen Sie die Avenue Matignon hoch. Nach vier Minuten kommen Sie an eine kleine Straße, die Rabelais. Dort liegt die Botschaft. Sie können sie nicht verfehlen. Kümmern Sie sich nicht um die französischen Polizisten vor dem Eingang. Sie werden Sie nicht anhalten, sie stehen da nur zur Dekoration. Haben Sie alles verstanden?«

»Ja, ja. Aber woher wollen Sie wissen, daß ich sauber bin? Jeder kann mich sehen, wenn ich die Botschaft betrete.«

»Seien Sie unbesorgt. Wir werden uns vergewissern, daß Sie sauber sind. Wann können Sie hier sein?«

»In etwa anderthalb Stunden.«

»Bis dann also, mein Freund.«

Gill legte auf und verständigte über die Gegensprechanlage die Leute von der Sicherheit. Dann ließ er Roly wissen, wann der Mann in der Botschaft sein würde.

»Gut«. sagte Roly. »Bringen Sie ihn in den stillen Raum und rufen Sie mich dann an. Ich treffe Sie dort.«

»Kein Problem.« Gill ließ seine Leute auf der Straße vor der Botschaft in Position gehen. Wenn der Agent nicht sauber war, würden sie ihn verständigen.

Der Mann schien sauber zu sein. Er mußte noch zwei Sicherheitsprüfungen über sich ergehen lassen, bevor man ihn in das kleine Zimmer im zweiten Stock geführt hatte. Es hatte keine Fenster, und das einzige Mobiliar bestand aus einem hölzernen Tisch und drei Stühlen. Das Zimmer wurde der ›stille Raum‹ genannt, weil es – obwohl mit Überwachungsgeräten ausgestattet – von fremder Seite nicht abgehört werden konnte und schalldicht abgedämmt war. Wenn der Shaback einen Verdächtigen vernahm, geschah es gewöhnlich in diesem Zimmer. Es ähnelte den Räumen, in denen in Israel Verhöre angestellt wurden, und löste schon allein dadurch manchem die Zunge.

Als Gill eintrat, wartete der Mann bereits seit einigen Minuten auf ihn.

»Ist alles in Ordnung?« fragte Gill.

»Ich nehme es an, aber genau sagen kann ich Ihnen das erst, wenn ich wieder draußen bin, ohne daß man mir eine Kugel durch den Kopf schießt.«

»Keine Angst, Sie sind jetzt in sicheren Händen.«

»Die Hände mögen sicher sein, aber wie steht's mit mir?«

Gill drückte auf die Taste der Gegensprechanlage. »Wir sind soweit«, sagte er in das Mikrofon.

»Bin schon unterwegs«, antwortete Roly. Er war in weniger als zwei Minuten bei ihnen. »Hallo, Mr. Gamil«, sagte er, nachdem er eingetreten war. »Ich bin David. Wir sind Ihnen sehr dankbar, daß Sie kommen konnten.«

Gamil stand auf und schüttelte dem großen Mann die Hand. »Es scheint hier mehr als einen David zu geben.« Er lächelte. »Ich bin froh, daß ich nicht Goliath heiße.«

Alle lachten. »Würden Sie uns jetzt bitte allein lassen?« sagte Roly zu Gill und den Wachtposten.

Gill nickte und gab den anderen ein Zeichen, ihm zu folgen. Mehrere versteckt angebrachte Videokameras überwachten den Raum.

»Also mein Freund, kann ich Ihnen etwas anbieten? Möchten Sie etwas essen oder trinken?« Roly spielte die Rolle des aufmerksamen Gastgebers.

»Nein, danke.«

»Wie lange wird unser Gespräch dauern?«

»Ich bin mit einer dringenden Angelegenheit beschäftigt«, entgegnete Gamil. »Ich habe also nicht viel Zeit.«

»Hat Ihre Tätigkeit etwas mit terroristischen Aktivitäten zu tun? Ich meine, geht es um etwas, bei dem wir sofort eingreifen müßten, wenn Sie verstehen, was ich meine?«

»Ja, ich verstehe, was Sie meinen. Aber es ist keine unmittelbare Gefahr gegeben. Ich habe etwas anderes für Sie.«

»Und das wäre?« Zum ersten Mal empfand Gamil so etwas wie Angst. Er spürte Rolys Macht, und es wurde ihm bewußt, daß er sich auf feindlichem Territorium befand. Ich hoffe nur, daß ich hier wieder heil herauskomme, dachte er. Nach außen hin gab er sich gelassen, aber seine Handflächen waren feucht.

»Ich möchte Ihnen einen Handel vorschlagen«, sagte er zu Roly. »Aber zuerst muß ich wissen, ob Sie mir das geben können, was ich von Ihnen will.«

»Schießen Sie los! Was wollen Sie?«

»Ich möchte Staatsbürger eines europäischen Landes werden. Ich meine, echter Staatsangehöriger, nicht nur jemand, der mit gefälschten Papieren irgendwo einreist und hofft, daß man ihn nicht erwischt. Außerdem brauche ich natürlich Geld.«

»Ich verstehe. Ja, ich glaube schon, das läßt sich machen. Es hängt natürlich davon ab, was Sie mir zu bieten haben.«

Gamil beugte sich vor und senkte seine Stimme. »Ich kann Ihnen die Tochter von Abu Nabil bieten. Der beste Köder, um an den Mann selbst ranzukommen. Er liebt seine Tochter abgöttisch, das ist allgemein bekannt.«

Rolys Gesichtsausdruck blieb unverändert. »Wo ist sie?«

»Sagen wir, nicht weit von hier.«

»Was macht sie hier?«

»Sie gehört zu einer Terroristengruppe, die in Paris eine Operation vorbereitet.«

Roly sprang unvermittelt auf. Sein Stuhl fiel krachend zu Boden. Gamil starrte ihn überrascht an.

»Was ist denn?« fragte er nervös.

»Sie haben mir eben gesagt, es bestehe keine unmittelbare Gefahr – und jetzt behaupten Sie, daß Abu Nabils Tochter und ihre Freunde einen Terroranschlag planen. Was für ein Spiel treiben Sie mit mir, Gamil? Hören Sie auf, mich an der Nase herumzuführen! Ich habe keine Zeit für solche Späße.«

»Beruhigen Sie sich, *ya sidy*. Die Gruppe hat es nicht auf Sie und Ihre Leute abgesehen, sondern auf Palästinenser.«

»Wovon reden Sie, verdammt noch mal?«

»Ich arbeite mit einem Mann zusammen, den ich in Beirut kennengelernt habe. Ich glaube, er ist der Kontaktmann dieser Gruppe, und er benutzt mich, um Verschiedenes für ihn zu erledigen. Aus irgendeinem Grund kann er selbst keine direkte Verbindung mit der Gruppe aufnehmen. Er hat mir versprochen, mir einen Paß und eine Staatsbürgerschaft zu beschaffen. Aber wie der Mann sich aufführt, habe ich inzwischen große Zweifel, ob er wirklich dazu in der Lage ist. Er ist ein Einzelgänger. Und jetzt, wo ich für ihn arbeite, für ihn und Abu Nabils Tochter, mache ich mir Gedanken darüber, in was ich mich da eigentlich eingelassen habe. Deshalb bin ich zu Ihnen gekommen. Wenn Sie die ganze Gruppe haben wollen – ich hab nichts dagegen. Der Preis bleibt derselbe. Ich biete Ihnen den Mann aus Beirut als Zugabe, wenn Sie wollen.«

»So leicht verraten Sie Ihre Freunde? Sie würden uns wahrscheinlich genauso verraten.«

»Nun, ich bin nicht zu Ihnen gekommen, weil ich ein guter Zionist bin. Ich bin nicht einmal Jude.« Er zog eine Packung Zigaretten aus der Tasche. »Haben Sie was dagegen, wenn ich rauche?«

»Nur zu. Was sind Ihre nächsten Aufgaben?«

»Ich muß ein Telefongespräch führen und dann in meinem Hotelzimmer auf weitere Instruktionen warten.«

Roly stand auf. »Augenblick, ich bin gleich wieder da. Dann werden wir weitersehen. Ich bin nicht der Mann, der hier die Entscheidungen trifft.«

»Okay.« Gamil blickte ihn an. »Ich verlange außerdem zweihunderttausend Dollar in kleinen Scheinen.«

Roly lächelte ihm zu und ging zur Tür. »Soll ich Ihnen eine Tasse Kaffee bringen lassen?«

»Ja, bitte. Mit Kardamom bitte, wenn's geht.«

»Ich werde sehen, was sich tun läßt«, sagte Roly und verließ den Raum.

Gill erwartete ihn bereits. »Es gibt da etwas, das Sie wissen müssen«, sagte er.

»Was?«

»Der Mann wurde *doch* verfolgt, offensichtlich von sehr erfahrenen Leuten. Sie haben sich davongemacht, als sie unsere Sicherheitskräfte gesehen haben.«

»Haben Sie eine Ahnung, um wen es sich handelt?«

»Nein. Aber nach ihrem Arbeitsstil hätten sie sogar von uns sein können.«

»Scheiße. Das verkompliziert die Sache. Wenn seine eigenen Leute hinter ihm her sind, ist er wahrscheinlich ein toter Mann, sobald er die Straße betritt. Hören Sie, ich ziehe noch jemanden zu Rate. Ich bin in ein paar Minuten wieder hier.«

Roly ging in sein Büro und rief Amos an, um ihn von dem Besucher und seinem Angebot zu unterrichten. Amos versprach, in etwa einer Stunde in der Botschaft zu sein, und befahl Roly, Gamil gegenüber mit keinem Wort zu erwähnen, daß man hinter ihm hergewesen war.

19.10 Uhr

Vor dem stillen Raum flüsterten Amos und Roly miteinander.

»Sie sind sich also ganz sicher, daß er verfolgt wurde?« fragte Amos.

»Das hat der Mann vom Shaback mir gesagt.«

»Gut. Dann müssen wir jetzt so viel wie irgend möglich aus ihm rausholen. Später werden wir keine Gelegenheit mehr dazu haben. Er ist ein toter Mann, sobald er das Gebäude verläßt, daran besteht nicht mehr der geringste Zweifel.«

»Sollten wir ihm nicht doch lieber sagen, daß er verfolgt wurde? Das jagt ihm Angst ein und macht ihn kooperativer, da er dann auf unseren Schutz angewiesen ist.«

»Nein«, erwiderte Amos. »Er wird nur anfangen, seine persönliche Sicherheit ins Spiel zu bringen und alle möglichen Garantien von uns zu verlangen. Nein. Er soll ruhig seine bereits erhobenen Forderungen wiederholen. Wir werden natürlich ein bißchen mit ihm feilschen, aber es ihm nicht allzu schwer machen. Und wenn wir die Informationen haben, die wir brauchen, schicken wir ihn nach Haus.«

»Aber dann bringen sie ihn um.«

»Na und? Wollen Sie ihn in Ihre Familie aufnehmen, diesen verdammten Araber? Sie können ihn gerne haben, wenn Sie wollen, aber mein Rat ist: Wir quetschen ihn aus – und dann fort mit ihm. Ex und hopp!«

Gamil erwies sich als äußerst kooperativ. Er wußte, was er wollte, und war bereit, zur Durchsetzung seiner Ziele alles und jeden zu verraten. In wenig mehr als einer Stunde hatte er alles mitgeteilt, was er wußte, einschließlich der Tatsache, daß die Terroristengruppe dem Mossad bekannt war und von ihm beschattet wurde.

Gegen Ende des Verhörs bat Amos Roly, den Raum für zwei Minuten zu verlassen. Er zeigte Gamil ein Foto und hielt es so, daß es von den Kameras, die den Raum überwachten, nicht erfaßt werden konnte. »Kennen Sie diesen Mann?«

»Sicher. Das ist er. Der Mann, den ich in Beirut kennengelernt habe.«

»Danke, mein Freund«, sagte Amos und lächelte zufrieden. »Sie haben sich soeben eine Prämie verdient. Wo werden Sie ihn treffen?«

»Ich soll ihn erst anrufen.« Gamil gab Amos einen Zettel, auf dem eine Pariser Telefonnummer stand. »Er ruft mich dann in meinem Hotelzimmer zurück.«

»Gut. Wir wollen Sie nicht länger aufhalten. David wird Ihnen den vereinbarten Vorschuß geben. Ich lasse Sie mit einem Wagen aus der Botschaft bringen. Sie rufen mich auf jeden Fall an, wenn Sie mit Ihrem Mann gesprochen haben?«

»Sie können sich darauf verlassen, *ya sidy*.«

Gamil wurde zu einem Parkplatz hinter dem Gebäude geführt und aufgefordert, sich auf die Rücksitze einer bereitstehenden Limousine zu legen, so daß er beim Verlassen des Botschaftsgeländes nicht gesehen werden konnte. Ein zweiter Mann mit einer Pistole in der Hand nahm neben dem Fahrer Platz. Für einen Augenblick dachte Gamil, die beiden hätten den Auftrag, ihn zu töten und ihm sein Geld abzunehmen.

Der Gedanke kehrte wieder, als der Wagen nach kürzerer Fahrt anhielt. Aber dann stieg der Fahrer aus und öffnete ihm die Tür.

»Endstation, mein Freund«, sagte er.

Gamil starrte mit leerem Blick auf die Straße. »Wo sind wir?« fragte er.

»Saint-Denis, bei den Huren«, sagte der Fahrer, und der Mann auf dem Beifahrersitz fügte hinzu: »Richtig. Hier kannst du dich ganz wie zu Hause fühlen.«

Gamil hörte sie lachen, und wenige Sekunden später waren sie verschwunden.

Kapitel 34

Mossad-Hauptquartier, Tel Aviv. 2. Oktober, 21.10 Uhr

Das Telefon auf Mousas Schreibtisch hatte mehrmals geläutet, bevor er den Hörer abnahm. Die Dinge entwickelten sich rasch, weshalb er länger im Büro aufgehalten wurde, als er erwartet hatte.

In der Annahme, daß zu dieser späten Stunde nur seine Frau anrufen konnte, meldete er sich mit einem kurzen »Ja«.

»Mousa?« fragte die Stimme eines Mannes.

»Nein, hier spricht der Papst.«

»Hier ist Rony vom Yarid. Ich muß Sie dringend sprechen. Kann ich in Ihr Büro kommen?«

»Sicher. Mein Terminkalender lechzt nach Eintragungen. Wann?«

»Ich bin augenblicklich in unserem Labor, im Untergeschoß. Nur ein paar Minuten, okay?«

Der junge Mann betrat wenig später das Zimmer.

»Also«, sagte Mousa. »Wo brennt's denn? Was ist so dringend, daß Sie mich jetzt noch sprechen müssen?«

»Wie Sie wissen«, begann Rony, »beschatten wir die Terroristen in Paris, seitdem sie Griechenland verlassen haben.«

»Kommen Sie zur Sache.«

»Nun, das Mädchen aus Beirut, das sich der Gruppe angeschlossen hat ...«

»Die Nichte von ... Wie heißt er noch?«

»Ja, genau. Sie hat heute das Bauernhaus mit einem der Männer verlassen, um in einer kleinen Ladenpassage in der Nähe der Stadt Einkäufe zu erledigen.«

»Und?«

»Ihr Begleiter blieb im Wagen sitzen. Der Leiter des Überwachungsteams hat sie von vier Männern verfolgen lassen. In der Ladenpassage hat sie ein Telefongespräch geführt und ein paar Sachen eingekauft. Dann ist sie zurück ins Bauernhaus gefahren.«

»Hochinteressant. Hat die Geschichte noch eine Pointe oder geht sie ewig so weiter?«

»Bitte, haben Sie einen Augenblick Geduld! Zwei Stunden später verließ sie abermals das Haus. Diesmal wurde sie von sechs Leuten beschattet, da anzunehmen war, daß sie Kontakt mit jemandem aufnehmen wollte. Sie betrat ein Schallplattengeschäft in derselben Ladenpassage und traf dort einen Mann, der ihr einen Umschlag übergab. Unsere Leute sagen, die beiden hätten sich dabei wie Amateure verhalten. Zwei Mitglieder des Teams übernahmen ihre Verfolgung, während die übrigen vier den Mann beschatteten. Er fuhr zurück nach Paris und hielt einmal an, um zu telefonieren. Die Nummer konnte nicht ermittelt werden.« Rony machte eine Pause. Mousa hörte ihm jetzt aufmerksam zu. »In Paris parkte er seinen Wagen in der Nähe der Metrostation Clichy. Alle vier blieben ihm auf den Fersen, verloren ihn allerdings fast aus den Augen. Zweien gelang es jedoch, denselben Zug zu erwischen wie er. Er stieg einmal um und verließ die Metro an der Station Roosevelt. Von dort begab er sich geradewegs in die Israelische Botschaft.«

Mousa beugte sich interessiert vor. »Was haben Sie gesagt?«

»Er ging in die Israelische Botschaft.«

»Soll das ein Witz sein oder was? Wovon reden Sie da? Die Israelische Botschaft? Wer, zum Teufel, ist dieser Bursche? Woher kommt er?«

»Wir haben keine Ahnung. Ich kann Ihnen nur sagen, daß er erwartet wurde, da ein Komitee zu seinem Empfang bereitstand. Unsere Beobachter glauben, daß sie erkannt wurden, doch es gelang ihnen, sich rechtzeitig zu verkrümeln.«

»Mit wem hat er dort gesprochen? Was hat er gemacht?« Mousa war völlig verblüfft. Was er gerade gehört hatte, war so unglaublich, daß er es nur mit Mühe verarbeiten konnte.

»Ich weiß es nicht. Wir waren auch nicht die einzigen, die ihn verfolgten. Es war ihm noch jemand anders auf den Fersen, ein raffinierter Bursche, aber nicht raffiniert genug. Er hatte übrigens zuerst das Mädchen beschattet.«

»Haben die Idioten von der Botschaft ihn gesehen?«

»Ich bezweifle es.«

»Es ist also möglich, daß der andere Verfolger am Mann blieb und die Leute von der Botschaft nichts davon wissen?«

»Das ist mehr als möglich. Ich wette darum, daß sie keine Ahnung davon haben.«

Mousa dachte nach und griff kurz darauf zum Telefon.

»Verbinden Sie mich mit Paris«, rief er in den Hörer. Dann, als die Verbindung hergestellt war: »Wer ist am Apparat?«

»Können sie nicht mal ›Guten Abend‹ sagen?« entgegnete eine metallische Stimme. »Wer spricht denn?«

»Ich stelle hier die Fragen«, sagte Mousa.

»Hier ist Roly. Wer sind Sie?«

»Mousa. Wer war der Mann, den Sie heute nachmittag ohne Absprache mit der Operativen Sicherheit in die Botschaft bestellt haben?«

»Ein aus dem Verkehr gezogener Agent, der sich wieder gemeldet hat. Was soll dieses Theater? Wir sind streng nach Vorschrift vorgegangen. Außerdem geht Sie das nichts an.«

»Wußten Sie, daß er beschattet wurde?«

»Ja.«

»Gott sei Dank! Er ist also noch bei Ihnen?«

»Nein. Er hat vor einiger Zeit das Gebäude verlassen.«

»Was? Wissen Sie, wer ihn beschattet hat?«

»Nein. Aber ich vermute, es waren Ihre Leute. Sonst würden Sie ja jetzt nicht anrufen, stimmt's?«

»Richtig. Aber ist Ihnen auch klar, daß Ihr interessanter Gast auch noch von einem zweiten Mann verfolgt wurde?«

»Nein. Aber das werden Sie mit meinem Chef ausmachen müssen. Er war hier und hat die Operation genehmigt.«

»Amos ist in Paris?«

»Ja, mein Freund. Ich nehme an, das beruhigt Sie. Wir wissen schon, was wir tun.«

Mousa hielt es für sinnlos, sich mit einem Untergebenen zu streiten, der mit ausdrücklicher Billigung seines Chefs gehandelt hatte. »Gab es einen besonderen Grund, daß dieser aus dem Verkehr gezogene Agent sich wieder gemeldet hat?« fragte er.

»Ja. Er brachte uns etwas zur Kenntnis, wovon wir keine Ahnung hatten. Hier in Paris treibt sich eine Terroristenbande herum, die einen Angriff plant, allerdings nicht gegen eine israelische Einrichtung. Zu den Terroristen gehört eine Frau, die die Verbindung mit jemandem außerhalb der Gruppe aufrechterhält.«

»Ist das alles?« fragte Mousa zwischen zusammengepreßten Zähnen.

»Ich denke doch, daß Ihnen da drüben im Wunderland dies alles längst bekannt ist. Sie hielten es bloß nicht für nötig, uns hier draußen in der realen Welt darüber zu informieren. Stimmt's?«

»Wovon reden Sie?«

»Kommen Sie, Mousa! Sie wissen doch, daß diese Terroristen unter Abu Nabil eine Operation gegen gemäßigte Palästinenser planen, aber Sie ...«

»*Was* haben Sie da über Abu Nabil gesagt?«

»Bitte, spielen Sie nicht den Ahnungslosen! Amos schien bestens im Bilde zu sein – und da wollen Sie nichts gewußt haben?« Er ließ Mousa nicht zu Worte kommen. »Am besten halten Sie sich aus der Sache raus. Ich teile Ihnen nur mit, was für Ihre eigene Arbeit unbedingt erforderlich ist und kein bißchen mehr. Also: Das Mädchen, das als Mittlerin fungiert, ist die Tochter von Abu Nabil. Ihr Name ist Nadin. So, das wär's. Und wenn ich noch mal erfahre, daß Sie oder Ihre Leute in Frankreich Operationen unternehmen, über die ich nicht informiert bin, erhalten Sie von mir nicht mehr die geringste Unterstützung. Dann können Sie die Sache mit den Franzosen allein durchziehen.«

»Roly!« fauchte Mousa wütend. »Sie gehen zu weit, Sie Idiot, hören Sie? Ich rufe sofort meine Einheiten zurück. Wenn Sie dann eine Observation durchführen wollen, können Ihre geschätzten Katsas das tun.«

»Das dürfen Sie nicht! Sie haben hier doch keine Privatarmee.«

»Warten Sie's nur ab!« Mousa warf den Hörer auf die Gabel.

Rony, der Mann vom Yarid, rührte sich nicht. Noch nie

hatte er erlebt, daß ein Mossad-Offizier so rücksichtslos von seiner Macht Gebrauch machte. Mousa blickte ihn an. »Sie gehen jetzt in Ihr Büro zurück und bringen mir die Unterlagen für alle aktuellen Operationen in Frankreich sowie die Pläne für den nächsten Monat. Auch möchte ich wissen, welche anderen Stationen Einheiten angefordert haben. Setzen Sie bis auf weiteres keine Einheiten mehr in Frankreich ein, abgesehen von dem Team, das zur Zeit die Terroristen observiert. Bereiten Sie einen Brief an alle Stationen vor, daß sie aufgrund akuter Sicherheitsprobleme in der nächsten Zeit keine Unterstützung in Frankreich mehr erwarten dürfen. Und erstellen Sie eine Liste aller laufenden Rekrutierungsmaßnahmen in Frankreich, die unsere Einheiten betreffen. Benachrichtigen Sie die entsprechenden Offiziere, daß wir ihnen bis auf weiteres unsere Unterstützung entziehen.«

»Aber ...«

»Hab ich Sie nach Ihrer Meinung gefragt?«

»Nein.«

»Dann machen Sie sich an die Arbeit. Ich habe nicht die ganze Nacht Zeit.« Rony verließ den Raum so schnell, wie er ihn betreten hatte.

Mousa schlug mit der Faust auf den Tisch. »Scheiße«, murmelte er, griff nach dem Telefon, und als sich am anderen Ende der Leitung jemand meldete, sagte er nur ein einziges Wort: »Rom.«

Nach wenigen Augenblicken war der Chef am Apparat. »Worum geht es?«

»Wir haben ein Problem. Jemand stört unsere Pläne am falschen Ort und zur falschen Zeit, ohne daß ich einen Sinn darin erkennen könnte.«

»Reden Sie.«

»Nun, Sie wissen von der Sache, die wir in Paris in die Wege geleitet haben?«

»Ja.«

»Also, wie es scheint, ist die Frau, die aus Beirut eingeflogen wurde, nicht die, für die wir sie hielten. Sie ist die Tochter von Abu Nabil.«

»*Dem* Abu Nabil?«

»Offensichtlich ja. Das bedeutet höchstwahrscheinlich, daß er selbst nicht hinter der Operation steckt. Ich bezweifle, daß er seine eigene Tochter daran beteiligen würde. Sicher sind wir uns dessen allerdings noch nicht. Vielleicht ist sie ohne sein Wissen dabei.«

»Das ergibt noch weniger Sinn.«

»Ich weiß nicht, was ich Ihnen sagen soll. Ich werde Amir und seine Metsada-Leute auf die Sache ansetzen, aber zunächst blase ich alle in Frankreich laufenden Operationen ab.«

»Glauben Sie, daß das nötig ist?«

»Ja. Ich habe bereits den Rückzugsbefehl erteilt.«

»Es ist Ihr Arsch, der bei einem Rohrkrepierer auf Grundeis geht.« Die Stimme des Chefs klang leidenschaftslos und sonor. »Sie handeln auf eigene Verantwortung.«

»Ich weiß. Irgend etwas ist faul an der ganzen Geschichte. Ich habe das Gefühl, daß die Syrer etwas im Schilde führen.«

»Ich hab noch eine Konferenz heute abend. Reden wir morgen darüber. Ich rufe Sie an, wenn ich im Büro bin.« Er legte auf.

Mousa hatte bekommen, was er wollte – grünes Licht für die Maßnahmen, die er hinsichtlich der Pariser Station getroffen hatte. Sollte es nicht zu umgehen sein, so würde er die Station auflösen.

Er verbrachte den größten Teil der Nacht damit, neue Operationspläne zu erstellen und Briefe zu unterzeichnen. Als Amir eintrat, unterrichtete er ihn über das, was vorgefallen war. Auch dieser konnte sich keinen Reim auf die Ereignisse machen.

»Da steckt noch etwas anderes dahinter«, meinte er.

»Was denn?«

»Mir fällt auf, daß der syrische Rundfunk gerade mal wieder die Trommel rührt und permanent die Forderung wiederholt, den Libanon einem großsyrischen Reich einzuverleiben.«

»Das ist doch nichts Neues.«

»Das Merkwürdige ist nur, daß einige Monate lang nichts davon zu hören war. Ich frage mich, was sie veranlaßt, jetzt wieder damit anzufangen.«

Kapitel 35

Paris. 2. Oktober, 20.40 Uhr

Natan hatte mehrmals versucht, Gamil zu erreichen. Endlich meldete er sich, schien jedoch sehr nervös zu sein.

Der Libanese weigerte sich, Natan mitzuteilen, was geschehen war. Alles, was er ihm über das Telefon sagen wollte, war, daß er Nadin getroffen, die Skizze erhalten und ihr das Kuvert übergeben hatte. Nein, verfolgt habe ihn offenbar keiner, da sei er sich ziemlich sicher.

Sie verabredeten, sich in einer Stunde zu treffen. Natan verließ, nachdem er aufgelegt hatte, sofort die Wohnung, um Gamil zu beschatten. Er hatte nicht die Absicht, am vereinbarten Treffpunkt mit ihm Kontakt aufzunehmen.

Gamil kam fünfzehn Minuten zu spät. Es gab zwar eine alternative Vereinbarung drei Stunden später an einem anderen Treffpunkt, aber Natan wollte sich nicht so lange auf offener Straße aufhalten. Er ging in die Wohnung zurück und vergewisserte sich unterwegs, daß er nicht beschattet wurde. Ich glaube, ich bekomme langsam Verfolgungswahn, dachte er.

Da er genügend Zeit hatte, kaufte er sich in einem Café ein wenig Gebäck und nahm es mit in Claudettes Wohnung.

Im gleichen Augenblick, da er die Wohnung betrat, merkte er, daß etwas nicht stimmte. Als er den Lichtschalter betätigen wollte, spürte er, wie etwas Kalt-Metallisches sich gegen seinen Hinterkopf preßte. Dann wurde die Tür hinter ihm zugeschlagen.

»Bitte unternehmen Sie nichts, was mich zwingen würde, diese Pistole zu gebrauchen«, sagte eine Stimme auf englisch mit schwerem arabischen Akzent.

»Wer sind Sie? Was wollen Sie?«

»Machen Sie das Licht an. Aber keine unnötigen Bewegungen!«

Natan spürte den Pistolenlauf nicht mehr im Nacken. Er drückte den Schalter herunter, und das Licht des Kronleuchters erhellte den Flur.

»Jetzt können Sie sich umdrehen«, sagte die Stimme. Natan tat, was ihm gesagt worden war, und atmete erleichtert auf, als er sah, wer vor ihm stand. Es war Bassam.

»Es tut mir leid, daß ich Sie erschreckt habe«, sagte er. »Aber es ging nicht anders. Man muß in diesen Zeiten große Vorsicht walten lassen.« Der kräftig gebaute Mann legte die Pistole auf einen Tisch neben dem Telefon.

»Wie, zum Teufel, sind Sie hier reingekommen? Und seit wann sprechen Sie Englisch?«

»Ich spreche Englisch seit meiner Kindheit. Und was die Wohnung betrifft, so habe ich die Adresse von Nadin bekommen. Sie meinte, daß Sie einen Schutzengel benötigten.«

Natan ging ins Wohnzimmer, und Bassam folgte ihm. »Für einen Mossad-Mann sind Sie sehr leichtsinnig, mein Freund. Aber vielleicht haben wir alle viel zu großen Respekt vor Ihrer Organisation.«

»Wovon reden Sie?« Natan setzte sich auf das Sofa.

»Sie beschäftigen einen Mann namens Gamil?«

»Was hat Nadin Ihnen sonst noch erzählt?« Natans Unruhe wuchs.

»Ich habe es nicht von ihr, obwohl sie mich hätte informieren sollen. Lassen Sie's mich erklären: Nadins Vater ist ein enger Freund von mir, doch ich lehne, so seltsam es klingen mag, ebenso wie seine Tochter die Methoden, mit denen er arbeitet, ab. Ich habe mein Leben den Kindern dieses Mannes geweiht, den ich für einen Helden halte. Und was geschieht? Zum ersten Mal in ihrem Leben läßt Nadin sich mit einem Israeli ein und gerät sogleich in höchste Lebensgefahr. Ist Ihnen bekannt, daß Gamil nach der Begegnung mit Nadin im Plattenladen die Israelische Botschaft aufgesucht hat?«

Natan sprang auf. »Was sagen Sie da?«

Bassam fuhr mit ruhiger Stimme fort: »Ich sagte, daß er sich direkt in die Israelische Botschaft begab. Dort hielt er sich mehrere Stunden lang auf. Er wurde schließlich von zwei Sicherheitsbeamten mit einem Wagen aus der Botschaft gefahren und an einer anderen Stelle in Paris abgesetzt. Danach hat er Sie angerufen und ist in sein Hotel zurückgekehrt.«

»Woher wissen Sie das alles?« Natan hatte sich wieder gesetzt. Er zündete sich eine Zigarette an und versuchte, den Schaden abzuschätzen, den Gamil angerichtet haben konnte. War Nadin jetzt überhaupt noch zu retten?

»Ich bin dem Hund gefolgt.«

»Wir müssen ihn erwischen und herausfinden, was er verraten hat.«

»Das ist nicht schwer. Er hat ihnen alles verraten, was er wußte, und dann noch einiges mehr. Er hat sie über Nadins Identität aufgeklärt, und als jemand ihm ein Foto von Ihnen zeigte, hat er Sie als den Mann identifiziert, für den er arbeitet.«

»Wo ist er?«

»Im Badezimmer.«

Natan sprang auf, um ins Badezimmer zu eilen, aber Bassam sagte: »Wenn Sie ihm Fragen stellen wollen, kommen Sie zu spät. Er ist vor kurzem in der Wanne ertrunken.«

Natan öffnete die Badezimmertür und drehte das Licht an. Gamil lag halb untergetaucht in der Wanne. Seine Augen standen weit offen. Sein Mund schien nach Luft zu schnappen. Im Blick der starren, etwas hervortretenden Augen stand noch die Angst. Sein riesiger Schnurrbart ragte mit den Spitzen aus dem Wasser, und die Hände umklammerten die Seitengriffe der großen Marmorwanne. Das Wasser war trübe und leicht rosa gefärbt.

»Sie sollten sich ein wenig zurückhalten«, sagte Natan, über den Leichnam gebeugt. »Ich dachte, Sie lehnen Gewalt ab.«

»Da haben Sie mich offenbar nicht richtig verstanden. Ich bin keineswegs gegen Gewalt, wenn sie dazu dient, mich und die Meinen zu schützen. Allerdings bin ich entschieden dagegen, an x-beliebigen Stellen Bomben zu legen, die lauter Unbeteiligte treffen. Ich denke da auch an eure Armee, die wahllos Bomben auf unsere Flüchtlingslager wirft.«

»Wozu haben Sie ihn getötet? Ich hätte ihn noch gebrauchen können – zur Ablenkung oder so.«

»Das war einer der Gründe, weshalb ich ihn loswerden wollte. Sie denken immer noch wie früher, als Ihnen ein mächtiger Apparat zur Verfügung stand. Jetzt, mein Freund, sind Sie allein auf sich gestellt. Obgleich ich mich glücklich schätzen würde, für Sie zu arbeiten, wenn Sie es wollen.«

Bassam erklärte, daß noch weitere Männer für ihn tätig waren. Von ihnen werde Nadin rund um die Uhr bewacht. Er wußte, daß der Mossad die Terroristen observierte. Aber er und seine Leute waren der Aufmerksamkeit der Israelis bisher entgangen. Wie sich herausstellte, waren sowohl Bassam selbst als auch seine Helfer in der Sowjetunion durch die Sektion Sechs des KGB und in Ostdeutschland durch eine subversive Einheit der Stasi geschult worden.

»In Ostdeutschland?« Natan wurde hellhörig. »Sagten Sie Ostdeutschland?«

»Ja.« Bassam hob seine buschigen Augenbrauen.

Natan zog einen Umschlag aus der Brieftasche und entnahm ihm zwei Fotos. »Haben Sie schon mal von einem Mann namens Karl Reinhart gehört?« fragte er.

»O ja«, sagte Bassam. »Er hat unsere Ausbildungs- und Logistiksysteme koordiniert.«

»Ist das der Mann?« Natan gab ihm das Foto, das er aus Karls Personalakte entfernt hatte.

»Nein. Diesen Mann habe ich noch nie gesehen.«

Natan reichte ihm das andere Foto. Es war ein Bild des Mannes im weißen Anzug. »Und dieser hier?«

»Ja. Das ist Karl.«

»Ich wußte es! Ich wußte es!« Natan konnte seine Erregung nicht verbergen. »Sie sind sich Ihrer Sache ganz sicher? Es ist von äußerster Wichtigkeit.«

»Das ist Karl, ohne jeden Zweifel. Er ist der Meister – oder besser, er war es. Der arme Bursche hat sich kürzlich umgebracht.«

»Warum nennen Sie ihn den ›Meister‹?«

»Ich hab eine Zeitlang für ihn gearbeitet«, sagte Bassam. »Das war damals, als wir die Grundlage für die Weltbefreiungsfront legten. Es war seine Idee. Er war damals noch ein rangniedriger Stasi-Offizier, aber er hatte Phantasie. Jeder wollte mit ihm arbeiten, und jeder hatte Angst vor ihm. Ich meine jeder – von der Baader-Meinhof-Gruppe in Westdeutschland bis zu den Weathermen in den Vereinigten Staaten. Und alle Angehörigen unserer radikalen Splittergruppen.«

»Woher wissen Sie, daß er tot ist?«

»Ich war vor einiger Zeit in China, um ein Waffengeschäft für Abu Nabil vorzubereiten, als ich auf einige Leute stieß, die ich von der Stasi her kannte. Sie arbeiten jetzt für die Chinesen. Einer von ihnen sagte mir, daß Karls Frau, kurz bevor die Berliner Mauer fiel, ihren Mann verlassen habe. Sie war einmal Gefangene der Stasi gewesen. Als Schauspielerin hatte sie in einem Theaterstück mitgewirkt, in dem das Regime lächerlich gemacht worden war. Karl mußte sie vernehmen – und so hatten sie sich kennengelernt. Er scheint regelrecht verrückt nach ihr gewesen zu sein. Jedenfalls hat er sie rausgebracht und geheiratet. Doch die Ehe ging nicht lange gut. Karls Frau gehörte zu den ersten Flüchtlingen, die nach Öffnung der ungarischen Grenze in den Westen gingen. Sie nahm ihren fünfjährigen Jungen mit, und das hat ihn völlig fertiggemacht. Als nach dem Fall der Mauer überall die Jagd auf alte Stasi-Leute begann, schloß er sich in seine Wohnung ein und jagte sich eine Kugel in den Kopf. Man fand ihn mit zertrümmertem Schädel auf dem Sofa liegen.«

Noch einmal legte Natan Bassam das Foto vor. »Das ist also der Mann, von dem wir sprechen?«

»Ohne jede Frage.«

»Und wenn ich Ihnen jetzt sage, daß das Foto vor weniger als einem Monat in Damaskus aufgenommen wurde?«

Bassam starrte auf das Bild und nickte. »Du alter Schuft.« Er sprach mit dem Mann auf dem Foto. »Du hast es tatsächlich geschafft.« Seine Augen bildeten einen schmalen Schlitz. Er blickte auf und sah Natan an. »Was hat er mit der ganzen Sache zu tun?«

»Ich kann Ihnen nicht viel sagen, aber ich weiß, daß er mit der Quelle in Verbindung steht, von der wir die Information über die terroristische Operation erhalten haben.«

»Und diese Quelle gibt es nicht mehr? Ich meine, der Mann ist tot?«

»Ja.«

»Abu Nabil hatte recht. Ihr Leute vom Mossad haltet euch für Gott weiß wie schlau, aber in Wirklichkeit ... Ich sehe besser zu, daß ich Nadin in Sicherheit bringe. Das Team, für das sie arbeitet, dient wahrscheinlich nur als Ablenkung. Es wird geopfert, während ein zweites Team – sicher einige von Karls alten Freunden aus dem europäischen Netz – die Sache übernimmt und zu Ende führt. Ich hätte es voraussehen müssen.« Er ging auf die Tür zu und wiederholte: »Ich muß Nadin in Sicherheit bringen.«

Natan versperrte ihm den Weg. »Warten Sie, Bassam! Wenn Sie jetzt voreilig handeln, bringen Sie sie vielleicht um! Wir müssen sorgfältig überlegen. Es besteht durchaus die Möglichkeit, daß der Mossad, jetzt, da ihre wahre Identität bekannt ist, versuchen wird, sie zu kidnappen, um an ihren Vater ranzukommen. In diesem Fall können wir gar nichts tun.«

»Wir sollen also hier sitzen bleiben und Däumchen drehen?«

»Nein. Wir müssen den Mossad hinhalten.«

»Und wie wollen Sie das bewerkstelligen?« fragte Bassam skeptisch.

»Indem ich meinen ehrenwerten Kollegen eine noch größere Scheibe des Kuchens anbiete. Passen Sie auf: Sie werden die Israelische Botschaft anrufen. Haben Sie Gamils Kode für die Kontaktaufnahme?«

»Nein«, sagte Bassam. »Ich weiß nur, daß er morgen noch einmal einen der Bosse treffen sollte.«

»Hat er gesagt wen?«

»Er hat gesagt, daß sie sich alle David nennen und daß dieser besondere David ihn sehen wollte, ohne daß die anderen davon Wind kriegen. Er hat auch gesagt, daß dieser David wahrscheinlich der Boss ist. Übrigens hat er mir auch Ort und Zeit des Treffens mitgeteilt. Er versuchte, mich davon zu überzeugen, daß er wertvoll für mich sein könnte.«

»Wir werden folgendes tun: Sie rufen die Botschaft an und sagen, daß Sie Gamil sind und mit jemandem von der Sicherheit sprechen müssen. Sagen Sie, daß Sie nicht viel Zeit haben. Daß Sie das Land verlassen, weil Ihnen die Sache zu heiß wird, aber daß Sie wegen des Geldes noch einmal zurückkommen werden.«

»Wegen welchen Geldes?«

»Man muß ihm Geld versprochen haben, hat ihm aber bestimmt nicht alles auf einmal ausbezahlt. Sagen Sie ihnen, daß Abu Nabil in ein, zwei Tagen eintrifft. Lassen Sie sich auf keine lange Diskussion ein. Am besten sagen Sie, daß sie verfolgt werden und legen einfach auf. Gehen Sie zu dem Treffen und versuchen Sie, sich den Mann zu schnappen. Wenn es Ihnen gelingt, bringen Sie ihn her. Und sorgen Sie dafür, daß Gamils Leiche morgen früh irgendwo in der Seine gefunden wird.«

»Und wozu das Ganze?«

»Sie werden Nadin nicht anrühren, wenn sie überzeugt sind, daß ihr Vater nach Paris kommt. *Er* ist derjenige, hinter dem sie her sind.«

Bassam lächelte. »Ich gehe. Wo kann ich Sie erreichen?«

»Sie können mich hier anrufen. Sprechen Sie auf den Anrufbeantworter, wenn ich nicht hier sein sollte.«

Bassam nickte. »Wenn ich zurückkomme, wird mich jemand begleiten, der den Platz Ihres Freundes Gamil in der Badewanne einnehmen kann.« Er schloß die Tür hinter sich.

Kapitel 36

Tel Aviv, 3. Oktober, 09.00 Uhr

Oren war außer Atem, als er Avrahams Büro betrat. »Irgendwas stimmt nicht«, stieß er hervor. »Wir wissen jetzt mit Sicherheit, daß Natan das Attentat auf die Gemäßigten verhindern will. Amos hat es mir bestätigt, aber es gelingt uns einfach nicht, den Kerl zu fassen.«

»Wovon reden Sie, verdammt noch mal?« Avraham war wütend.

»Natan Stone ist dabei, die Operation der Terroristen zu vereiteln.«

»Was haben Sie sonst noch?«

»Nicht viel. Jemand hat Natan identifiziert und versichert, daß er sich in Paris aufhält. Er hat gedacht, daß Natan mit den Terroristen zusammenarbeitet und daß seine Kontaktperson Abu Nabils Tochter sei. Er wußte nicht, daß Natan auf eigene Faust handelt und versucht, den Anschlag zu verhindern.«

»Wir müssen ihn stoppen«, sagte Avraham. »Wenn es uns nicht gelingt, ihm Einhalt zu gebieten, ist die ganze Operation gefährdet.«

»Ich glaube, Sie brauchen sich um Natan keine Sorgen zu machen«, sagte Oren. »Soweit ich weiß, hält Mousa ihn für den Maulwurf. Amir hat ihm sein bestes Kidon-Team zur Verfügung gestellt, um ihn zur Strecke zu bringen. Der Mann ist so gut wie tot. Es ist lediglich eine Frage der Zeit.«

»Halten Sie mich auf dem laufenden. Ich möchte unverzüglich über alle neuen Entwicklungen informiert werden.«

Paris, 3. Oktober, 11.15 Uhr

Bassam kam einige Minuten zu früh zu dem Rendezvous, das Gamil mit David verabredet hatte. Da er selbst nicht als der den Israelis ja persönlich bekannte Libanese auftreten konnte, hatte er einen Plan ausgearbeitet.

Das Treffen sollte in einem kleinen Café unweit des Eiffelturms stattfinden. Bassam hatte einen seiner beiden Helfer auf das Café angesetzt. Wenn der Mann, auf den Gamils Beschreibung zutraf, erschien, würden sie ihn beschatten. Kehrte er dann tatsächlich zur Israelischen Botschaft zurück, so stand fest, daß er der Richtige war. Sie konnten dann versuchen, ihn nach dem Verlassen der Botschaft in ihre Gewalt zu bringen. Es war ein riskantes Unterfangen, aber Bassam sah darin die einzige Möglichkeit, des Mannes habhaft zu werden.

Um Punkt 11.30 Uhr betrat ein Mann, der der Beschreibung entsprach, das Café. Er wartete zehn Minuten, dann ging er wieder hinaus. Bassam und sein Helfer folgten ihm die kurze Strecke bis zum Hilton Hotel, in dem er sich über eine Stunde lang aufhielt. Als er wieder herauskam, war er nicht allein.

Ein aufschlußreiches Gespräch war zu Ende. Amos schüttelte Edgeworth die Hand. »Ich danke Ihnen nochmals, daß Sie nach Paris gekommen sind«, sagte er.

»Keine Ursache, mein Freund«, sagte Edgeworth. »Die Information über Abu Nabils Tochter wird uns weiterhelfen. Ich danke Ihnen.« Die beiden Männer trennten sich vor dem Haupteingang, und Edgeworth kehrte in das Hotel zurück.

Amos entfernte sich zu Fuß. Nach etwa zweihundert Metern hielt kurz vor ihm eine schwarze Limousine mit getönten Scheiben. Ein gutgekleideter Herr, Anfang dreißig, stieg aus und stand im Begriff, ein Geschäft zu betreten, als er unvermittelt noch einmal kehrtmachte, um einige Worte mit einem auf dem Rücksitz wartenden Mann zu wechseln. Inzwischen hatte Bassams Mitarbeiter die Distanz, die ihn von Amos trennte, ständig verringert, so daß er sich jetzt unmittelbar hinter ihm befand. Als Amos an der offenen Wagentür vorbeikam, trat der gutgekleidete Mann einen Schritt beiseite. Amos wurde gegen die Tür gedrängt. Der Mann hinter ihm stieß ihn in den Wagen und stieg rasch nach ihm ein. Der gutgekleidete Herr warf die Tür hinter ihnen zu und setzte sich ans Steuer. Der Wagen raste sofort davon.

Amos sah sich mit der Mündung eines großen, metallisch schimmernden Revolvers konfrontiert und versuchte erst gar nicht, sich zu wehren. Kurz darauf fuhr der Wagen in eine Tiefgarage. Über die Hintertreppe führte man ihn in Claudettes Wohnung. Bassam fesselte ihm Hände und Füße und wikkelte ihn in Segeltuchbahnen ein, wobei er nur einen schmalen Schlitz für Nase und Augen offenließ. Dann schleppte er den wie eine Mumie verpackten Mossad-Mann ins Badezimmer, ließ ihn einen kurzen Blick auf Gamils Leiche werfen und legte ihn auf den Boden. Bassams Helfer wurden wieder auf ihren Posten geschickt, um Nadin zu bewachen. Sie sollten am Abend zurückkehren und Gamil aus der Wohnung schaffen. »Kann sein, daß ihr euch auch um zwei Leichen kümmern müßt«, meinte Bassam lakonisch.

Kurz nachdem die Männer gegangen waren, hörte er, wie die Wohnungstür aufgeschlossen wurde. Er zog sofort seine Pistole.

»Was soll das?« sagte Natan, als er die Tür öffnete. »Ist das die Art, einen Freund zu begrüßen?«

»Ich habe Ihren Mann. Er ist im Badezimmer.«

»Tatsächlich? Ist er noch am Leben?«

»Natürlich. Gut verschnürt, nach libanesischer Art.«

»Sind Sie sicher, daß er das übersteht?«

»Völlig. Er kann sich nicht einmal selbst verletzen.«

»Dann wollen wir ihn uns einmal anschauen«, sagte Natan.

Als er sah, daß Gamils Leiche noch in der Wanne lag, warf er Bassam einen kurzen Blick zu. Der Riese schüttelte den Kopf. »Ich konnte ihn noch nicht wegschaffen lassen. Ich brauchte meine Männer, um diesen Schurken hier zu kassieren.«

Der Anblick des Gefangenen ließ Natan erschaudern.

»Woher wissen Sie, daß Sie den Richtigen erwischt haben?«

»Ich wußte es anfangs nicht, aber wir folgten ihm von dem Café bis zum Hilton. Als er das Hotel nach einer Weile verließ, befand er sich in Begleitung eines Mannes, den ich kenne.«

»Wer war das?«

»Karl. Sie verabschiedeten sich voneinander, und Karl kehrte wieder ins Hotel zurück. Unser Freund hier machte einen kleinen Spaziergang, bevor wir ihn baten, zu mir und meinen Leuten in den Wagen zu steigen.«

»Ich möchte sein Gesicht sehen«, sagte Natan und wies auf die Mumie. Es mußte der langgesuchte Maulwurf sein: Ein Mossad-Anhänger, der sich konspirativ mit Karl Reinhart traf...

»Sollen wir ihm nicht einfach eine Kugel verpassen und ihn mit Gamil aus der Wohnung schaffen?«

»Nein!« fuhr Natan ihn an. »Ich brauche ihn!«

Bassam begann, das Gesicht des Gefangenen von den Segeltuchbahnen zu befreien.

Natan glaubte seinen Augen nicht zu trauen, als er Amos erkannte. Minutenlang starrten sich die beiden nur an, ohne ein Wort zu sprechen. Dann sagte Natan: »Was, zum Teufel, haben Sie mit der Stasi zu schaffen?«

»Lassen Sie mich auf der Stelle frei, Sie Verräter! Ich breche Ihnen jeden Knochen im Leib. Wie lange arbeiten Sie schon für diesen verdammten Abu Nabil?«

Bassam holte aus, um Amos einen Schlag auf den Schädel zu versetzen, aber Natan hielt ihn zurück.

»Reden Sie keinen Unsinn. *Sie* sind doch derjenige, der für die andere Seite arbeitet!«

»Und diese Scheißkerle, die mich überfallen haben, sind eine neuformierte Einheit des Mossad, was?« Amos' Stimme überschlug sich. Er war wütend. »Sie machen einen großen Fehler, Natan. Sie werden nicht ungeschoren davonkommen. Wollen Sie mich genauso töten, wie Sie den armen Kerl in Den Haag getötet haben?«

»Wovon reden Sie da?« Natan begann, den Körper des Gefangenen auszuwickeln. Amos hörte nicht auf, ihn zu beschimpfen. Aus dem, was er sagte, gewann Natan allmählich ein anderes Bild der Ereignisse. Er erkannte, daß jemand versucht hatte, ihn ans Messer zu liefern. Und wer immer hinter der Operation gegen die gemäßigten Palästinenser stand, wollte den Mossad im Kreis herumlaufen lassen, um zu verhindern, daß er in das Geschehen eingriff.

Natan zeigte Amos das Foto von Karl Reinhart in Damaskus. »Kennen Sie diesen Mann?« fragte er.

»Natürlich. Das ist Edgeworth vom MI 5. Ich kenne ihn seit Jahren.«

»Wissen Sie, wo dieses Foto aufgenommen wurde?«

»Woher soll ich das wissen?«

»In Damaskus, vor weniger als einem Monat. Dieser Mann ist ein ehemaliger Stasi-Offizier in syrischen Diensten. Er ist derjenige, von dem Foul-play gesprochen hat. Und Sie sind der Maulwurf im Mossad.«

Amos, dem schlagartig ein Licht aufging, begann auf eigenartig gebrochene Weise zu lachen. Dann brach er in Tränen aus.

Natan tat der Mann leid. Er war offensichtlich jahrelang an der Nase herumgeführt worden. Amos hatte gar nicht gewußt, daß er für die andere Seite arbeitete – einer der Gründe, weshalb er die Lügendetektortests in den letzten Jahren immer problemlos bestanden hatte. Doch jetzt kam es darauf an zu erfahren, was Amos Karl bei dem Treffen im Hilton mitgeteilt hatte.

»Ich habe ihm alles gesagt«, sagte Amos. »Selbst das, was ich von Gamil erfahren habe.«

»Was meinen Sie damit? Was haben Sie von Gamil erfahren?« Natans Stimme war kalt.

Amos berichtete von der Information, die er über Nadin erhalten hatte. Natan erschrak. Wenn Karl der Mann hinter den Terroristen war, woran jetzt kaum noch Zweifel bestehen konnten, dann wußte er, daß Nadin in die Gruppe eingeschleust worden war und für jemanden arbeitete, der die Operation torpedieren wollte. Sie war daher in großer Gefahr. Im Augenblick schützte sie nur noch der Ruf ihres Vaters.

Als das Telefon läutete, hob Bassam den Hörer ab.

Das Gespräch wurde auf arabisch geführt. Natan bekam jedoch mit, daß mehrfach der Name Nadin fiel. Schließlich legte Bassam auf. »Es tut mir leid, daß ich die Telefonnummer weitergegeben habe«, sagte er, »aber ich mußte wissen, was mit Nadin geschieht. Wie es scheint, wurde sie zu einem Treffen ins Hilton geholt. Meine treuen Helfer folgten ihr und sahen, wie sie das Hotel in Begleitung eines Mannes verließ, bei dem es sich – was Wunder? – um Karl handelte. Sie versuchten, mögliche Verfolger abzuschütteln. Einem meiner Männer gelang es jedoch, ihnen auf den Fersen zu bleiben. Sie betraten ein mehrstöckiges Wohnhaus. Es ist jedoch nicht klar, in welche Wohnung sie gingen. Nadin hat das Gebäude seitdem nicht mehr verlassen, wohl aber ihr Begleiter. Außerdem plant das Team offenbar irgendwelche Aktivitäten. Sie haben Koffer und verschiedene unidentifizierbare Gegenstände in mehrere Wagen geladen.«

»Sie schlagen jetzt zu«, sagte Natan. »Die Operation hat begonnen. Wir müssen Nadin aus der Wohnung schaffen, bevor es zu spät ist.«

Er blieb mehrere Sekunden bewegungslos stehen. Die Stunde X war gekommen, aber er war nicht bereit. Er konnte nicht an mehreren Stellen gleichzeitig sein. Es galt, Nadin zu befreien, aber er mußte auch den geplanten Anschlag verhindern.

»Wie lautet die Adresse der Wohnung, in der sich Nadin befindet?« rief er Bassam zu, bevor er das Haus verließ. Es war eine Nebenstraße der Grande Armée, weniger als zehn Minuten von ihnen entfernt. Natan zog ein kleines Gerät aus seiner Reisetasche. »Ich hoffe, daß sie die Anstecknadel trägt, die Gamil ihr gebracht hat. Sonst haben wir keine Chance, sie rasch zu finden. Sie« – er wandte sich an Bassam – »werden sofort die französische Polizei verständigen. Sie soll die Bande ausheben, falls sie noch in ihrem Unterschlupf hockt.«

»Das kann ich nicht. Man wird mir nicht glauben.« Bassam schüttelte energisch den Kopf. »Sie wissen, wie Araber hierzulande behandelt werden. Außerdem kennt man mich. Wenn ich zur Polizei gehe, wird man mich dort festhalten.«

»Ich kann es übernehmen«, sagte Amos. »Bitte, lassen Sie mich Ihnen helfen.« Er hatte Tränen in den Augen. »Ich hatte nicht die geringste Ahnung, daß die andere Seite mich angezapft hat. Sie wissen das. Ich liebe Israel und bin doch jetzt schon ein toter Mann. Was hab ich zu verlieren?« In hastigem Hebräisch redete er auf Natan ein. »Geben Sie mir eine Chance! Ich hab mein Leben für unser Land aufs Spiel gesetzt. Ich hab in allen Kriegen gekämpft. Ich bin keiner Gefahr aus dem Wege gegangen. Bitte, geben Sie mir die Möglichkeit, den unermeßlichen Schaden, den ich angerichtet habe, wenigstens teilweise wiedergutzumachen.«

Natan stand an der Tür. Der Mann war getäuscht worden. Er wollte sich rehabilitieren – dasselbe, was Natan selbst wollte. Er brauchte jemanden, dem die Franzosen vertrauten. Amos war wahrscheinlich der einzige, der ihm jetzt helfen konnte.

»Ich bring ihn um«, sagte Bassam und näherte sich dem noch immer an Händen und Füßen gefesselten Mann.

»Nein. Binden Sie ihn los«, sagte Natan.

»Was sagen Sie da?«

»Ich hab gesagt, Sie sollen ihn losbinden. Geben Sie ihm die Adresse der Terroristen.«

»Sie sind verrückt!« rief Bassam.

»Tun Sie, was ich gesagt habe, Mann!«

»Okay, okay. Aber denken Sie an meine Worte: Es wird Ihnen noch leid tun.« Der große Mann murmelte arabische Verwünschungen vor sich hin und band Amos los. Zuletzt gab er ihm einen Zettel. »Da ist die Adresse.«

»Sie werden es nicht bereuen«, sagte Amos zu Natan und fügte, an Bassam gewandt, hinzu: »Es ist in Ordnung. Ich weiß, wo sie sind. Seien Sie unbesorgt, ich mach das schon.«

»Wenn Sie die Sache erledigt haben«, sagte Natan zu Amos, »warten Sie auf mich unter dem Arc de Triomphe. Und zwar genau in der Mitte der Metrotunnel, die dort in alle Richtungen führen.«

Natan und Bassam machten sich auf den Weg.

Fluchend entfernte Amos die letzte Segeltuchbahn von seinen Füßen. Dann ging er zum Telefon und wählte die Nummer der Israelischen Botschaft in der Absicht, über einen Verbindungsmann die französische Polizei zu verständigen. Seine Gedanken überstürzten sich.

Dies war das Ende seiner Laufbahn im Mossad, das Ende all seiner Träume, einmal dessen Chef zu werden. Wahrscheinlich würde er den Rest seines Lebens wegen Landesverrats im Gefängnis verbringen. Er wußte, daß er kein Verräter war – aber wer würde ihm glauben? Natan? Der Mann, der mit Abu Nabils Leuten gemeinsame Sache machte? Ein schrecklicher Gedanke!

»Israelische Botschaft. Kann ich Ihnen helfen?«

»Bitte Apparat Einundsiebzig.«

»Hallo«, meldete sich nach zweimaligem Läuten eine flache Stimme.

»Schwarz Eins, Eins, Neun, Fünf«, sagte Amos.

»Einen Augenblick, bitte.« Der Mann in der Botschaft tippte etwas in seinen Computer ein. Dann fragte er: »Mit wem wollen Sie sprechen?«

»Verbinden Sie mich mit der Eule. Mit der, die im großen Baum sitzt.«

»Sofort.« Er wartete einige Sekunden.

»Worum geht's?« sagte eine ungeduldige Stimme.

»Mousa?«

»Wer spricht?«

»Amos. Ich glaube, ich hab gefunden, was Sie suchen.«

»Wovon reden Sie?«

»Tun Sie nicht so, als wüßten Sie's nicht, Mousa. Sind Sie nicht hinter Natan her, diesem verdammten kleinen Maulwurf?«

»Woher Ihre plötzliche Kooperationsbereitschaft?«

»Wir sitzen schließlich im selben Boot. Wollen Sie nun den Mann oder nicht? Ich kann ihn auch selbst zur Strecke bringen, aber da Sie bereits ein Team auf ihn angesetzt haben, können Sie es eigentlich für mich erledigen.«

»Woher wissen Sie das?«

»Vielleicht habe ich eine zuverlässige Quelle bei Diamant angezapft ...«

»Wo ist er jetzt?«

»Ich weiß nicht, wo er sich im Augenblick aufhält. Aber in Kürze wird er im Metroschacht unter dem Arc de Triomphe sein. Ist Ihr Team in Paris?«

»Das geht Sie nichts an.« Mousas Stimme klang geschäftsmäßig. »Wie haben Sie ihn gefunden?«

»Das, mein Freund, geht *Sie* nichts an.« Amos lächelte, als er den Hörer auflegte.

Es war für alles gesorgt. Er brauchte nur noch abzuwarten, bis es soweit war. Dann wollte er sich zur Metrostation Arc de Triomphe begeben, um zu sehen, was mit Natan geschah, wenn sie ihn fanden.

Irgend etwas in Mousas Stimme hatte ihm überhaupt nicht gefallen. Sie waren nie gut miteinander ausgekommen. Jahrelang hatten sie – mit wechselndem Erfolg – versucht, einander zu übervorteilen.

Er konnte kein Risiko eingehen. Noch einmal rief er die Botschaft an und ließ sich mit Amir von der Metsada verbinden.

Amos kam sofort zur Sache. »Haben Ihre Leute den Auftrag, Kid zu eliminieren, wenn sie ihn finden?«

»Ja«, sagte Amir, »auf Mousas Befehl.« Er sah keinen Grund, ihm die Antwort zu verweigern. Amos war einer der mächtigsten Männer im Mossad.

»Also hören Sie: Wenn jemand sich entschließen sollte, den Befehl zu widerrufen und Kid lebend gefangenzunehmen, ermächtige ich Sie offiziell, den Widerruf zu mißachten. Der Mann muß eliminiert werden.«

»Das Team ist ohnehin schon auf dem Weg«, sagte Amir. »Die Befehle sind eben erst erlassen worden und können nicht mehr rückgängig gemacht werden. Da Kid einer von uns ist und die Kommunikationswege kennt, ist die Verbindung zum Team gesperrt worden.«

Amos nickte zufrieden und legte auf.

Das Kidon-Team hatte unter dem Arc de Triomphe Aufstellung genommen. Nummer Eins überlegte, wie er mit Natan verfahren sollte. An Ort und Stelle konnten sie ihn nicht eliminieren. Es waren zu viele Touristen da. Sie schienen in Wellen durch die Metrotunnel zu strömen.

Er wandte sich an Nummer Fünf. »Wir müssen ihn hier rausschaffen und ihn irgendwo anders erledigen.« Nummer Fünf nickte. Schweigend warteten sie auf den Fisch, der ihnen ins Netz gehen sollte.

Natan, Bassam und zwei seiner Helfer fuhren an dem Wohnhaus vorbei und parkten an der nächsten Ecke. Ein junger, schlanker Mann in einem kurzärmeligen khakifarbenen Hemd und schwarzen Hosen näherte sich dem Wagen an der Fahrerseite. Nachdem er auf dem Rücksitz neben Natan Bassam erkannt hatte, begann er zu sprechen.

»Mehrere Leute haben das Gebäude vor etwa fünf Minuten verlassen. Einer von ihnen war ein Mann, den ich zusammen mit dem Kerl gesehen habe, der Nadin herbrachte. Da ich allein bin, konnte ich meinen Posten nicht verlassen. Ich weiß also nicht, wohin sie fuhren. Sie sind in einen weißen Peugeot-Lieferwagen gestiegen.«

»Gut gemacht«, sagte Bassam. »Warten Sie im Hauseingang auf uns. Ist es schwer, ins Gebäude zu kommen?«

»Man braucht einen Schlüssel. Aber ich kann warten, bis jemand das Haus verläßt.«

Sie blieben im Wagen sitzen, bis der junge Mann das Haus betrat.

»Wie kommt es, daß er englisch mit Ihnen spricht?« fragte Natan.

»Weil er kein Arabisch kann. Er kommt aus New York. Auch wir haben eine Diaspora, die für uns sorgt, wissen Sie.«

Bassam gab dem Fahrer ein Zeichen und sagte etwas auf arabisch zu ihm. Während die anderen auf das Gebäude zugingen, öffnete der Mann den Kofferraum und holte eine große schwarze Reisetasche heraus, die er sich über die Schulter warf. Sie schien sehr schwer zu sein. Dann folgte er den anderen.

Der junge Mann öffnete ihnen die Tür.

»Ich muß zuerst die Wohnung finden«, sagte Natan mit leiser Stimme. Er stellte das kleine Gerät an, das er aus seiner Tasche gezogen hatte. Eine Reihe von Leuchtdioden blinkte auf, und Natan drückte eine gelbe Taste. Ein leises Summen war zu hören. »Gut«, sagte er. »Sie ist im Gebäude – oder wenigstens der Minisender, den ich ihr geschickt habe.«

Bassam wies auf eine Tür, die neben dem Fahrstuhl in ein enges Treppenhaus führte. »Wir warten dort auf Sie. Wenn Sie die Wohnung gefunden haben, holen Sie uns.«

Natan nickte und ging langsam durch den Flur des Erdgeschosses. Das Gerät zeigte keine Reaktion. Natan kehrte ins Treppenhaus zurück, und gemeinsam stiegen sie ein Stockwerk höher. Auch dort blieb der Summton unverändert. Die nächsten zwanzig Minuten verbrachten sie damit, ein Stockwerk nach dem anderen abzusuchen. Allmählich wurde das Summen stärker.

»Ich hab's gefunden«, flüsterte Natan schließlich, nachdem er den letzten Flur abgeschritten hatte. »Es ist die vierte Tür auf der rechten Seite. Wir müssen blitzschnell vorgehen. Wir nehmen jeden aufs Korn, der sich in der Wohnung befindet. Aber paßt auf, daß ihr Nadin nicht gefährdet.«

Natan schwor sich, jeden zu töten, der ihr etwas angetan hatte. Seine Hoffnung bestand in dem Wissen, daß sie den Terroristen nur lebendig von Nutzen sein konnte.

Bassam sagte etwas zu dem großen Mann mit der schwarzen

Reisetasche. Der Angesprochene stellte die Tasche auf den Boden und entnahm ihr ein beachtliches Waffenarsenal. Jeder erhielt eine Schußwaffe. Natan nahm die mit einem Schalldämpfer versehene Uzi-Pistole und zwei Magazine mit insgesamt siebzig Patronen. Das ist mehr als genug, dachte er. Die anderen bewaffneten sich mit Ingrams und schweren Pistolen.

Nach einer letzten Absprache trat Natan mit einem harten Fußstoß die Tür ein und stürmte in die Wohnung, wo er sich sofort zu Boden fallen ließ. Die anderen Männer folgten ihm mit vorgehaltenen Waffen und stellten sich mit dem Rücken gegen die Wand. Der Raum war leer, ebenso wie das nächste Zimmer.

Natan öffnete die Tür zum dritten Zimmer – und dort fand er Nadin, mit ausgestreckten Armen und Beinen auf ein Bett gefesselt. Ihr Mund war mit einem Heftpflaster verschlossen. Als sie ihn sah, leuchteten ihre Augen auf. Er trat auf sie zu, noch immer vorsichtig nach allen Seiten sichernd. Aber alles blieb ruhig.

Natan entfernte behutsam das Pflaster von ihrem Mund. Er roch den Duft ihrer Haut und spürte den starken Wunsch, sich niederzubeugen und sie zu küssen. Aber er beherrschte sich. Bassam war neben ihm und löste die Fesseln an ihren Händen und Füßen. Obwohl es ihr zunächst schwerfiel, begann sie zu sprechen:

»Der Mann, den sie Karl nennen – es ist der, dessen Foto Sie mir gezeigt haben.«

»Wir wissen es«, sagte Natan.

»Er hat Halim angerufen und ihm gesagt, daß der Angriff morgen stattfinden soll.«

»Morgen?« fragte Natan. »Ich dachte, sie wollten schon heute zuschlagen.«

»Das tun sie auch.«

»Nadin, was reden Sie da?« Natan zweifelte für einen Augenblick an ihrem Verstand.

»Hören Sie zu.« Sie sprach jetzt sehr langsam. »Der Angriff findet heute statt. Trotzdem hat er Halim und den anderen Mitgliedern der Gruppe gesagt, daß er erst morgen stattfindet. Verstehen Sie jetzt?«

»Okay. Und weiter?« fragte Natan.

»Dann sagte er zu Halim, daß sie mit einem Überfall rechnen müßten und sich auf dessen Abwehr einstellen sollten. Der Mossad, so meinte er, würde in der Uniform französischer Polizisten kommen. Er hat auch gesagt, daß er es aus bester Quelle weiß und daß sie sich auf keinen Fall gefangennehmen lassen sollten. Das Mossad-Team habe Anweisungen, sie zu töten, und würde es auch tun.« Natan setzte sich neben Nadin aufs Bett. »Hinter Halims Rücken hat dieser Karl eine zweite Gruppe aufgestellt, die heute nach Einbruch der Dunkelheit das Attentat auf die Gemäßigten durchführen wird.«

Es klang unfaßbar.

»Ich hab selbst gehört, wie er dort im Nebenzimmer dieser zweiten Gruppe seine Instruktionen gab«, fuhr Nadin fort. »Mich hielten Sie hier fest, um von meinem Vater ein Lösegeld zu erpressen. Sie haben Tonbänder mit hebräischen Befehlen abgehört und versucht, sie nachzuahmen. Dann hat Karl sie diese Befehle üben lassen, und sie schrien wie wild aufeinander ein. Sie hörten sich wirklich an wie israelische Soldaten. Soweit ich verstanden habe, sollen die Gemäßigten in der Villa, in der sie wohnen, überfallen und umgebracht werden, während die Polizei mit den ›Scheißarabern‹ beschäftigt ist. Damit meinte er Halim und seine Leute.«

»Es könnte eine Falle sein.« Natan war noch immer skeptisch. »Wieso planen sie den Anschlag ohne jede Vorsicht in Ihrer unmittelbaren Gegenwart?«

»Vergessen Sie nicht, daß Karl keine Ahnung davon hat, daß ich Deutsch spreche. Wie dem auch sei, ich habe Ihnen alles gesagt, was ich weiß. Der Überfall findet heute abend um zehn Uhr statt.«

»Ich frage mich nur, wo diese Villa ist.« Natan dachte einen Augenblick nach. »Ich weiß! Amos soll Mousa informieren. Er kann sie noch aufhalten. Wenn eine Gruppe von Palästinensern eine andere umbringt, kann ihm das gleichgültig sein. Doch wenn eine dieser Mörderbanden sich als Israelis tarnt, sieht die Geschichte ganz anders aus.«

»Sie haben immerzu von irgendeiner Sache gesprochen, die sie außerdem noch in petto hätten. Und was ist eigentlich mit Felix?«

»Wer ist Felix?«

»Der Mann, den Karl zu meiner Bewachung hierließ. Haben Sie ihn nicht gesehen? Er kann doch nicht einfach verschwunden sein.«

Natan beschlich ein unbehagliches Gefühl. Doch wo sollte sich dieser Felix verborgen halten? Natan entschloß sich, die Wohnung zu verlassen. Zwar kannte er den Aufenthaltsort der Delegation noch nicht, aber diesen herauszufinden konnte man ruhig Mousa und Amos überlassen.

Bassam befahl seinen Leuten, sich zurückzuziehen, und hatte selbst den großen Außenraum fast durchquert, als Natan die ersten Schüsse hörte. Der Fahrer, der immer noch die leere Reisetasche trug, wurde getroffen, als er die Tür öffnete. Dem Mann hinter ihm gelang es, zur Seite zu springen. Er lag jetzt mit dem Gesicht nach unten auf dem Boden und versuchte, aus dem Zimmer zu kriechen.

Bassam stand mit dem Rücken zur Tür. Ein Ausdruck der Überraschung lag auf seinem Gesicht. Das Maschinengewehrfeuer kam aus dem Flur, traf Bassam in den Rücken und zerfetzte ihm Brust und Bauch. Fleisch- und Knochenteile spritzten in den Raum. Bassam hielt sich noch immer auf den Beinen, aber seine Brust schien zu explodieren.

Ehe Natan das Feuer auf den Mann im Flur eröffnen konnte, richtete dieser seine Maschinenpistole auf den am Boden liegenden jungen Mann. In diesem Augenblick sank

Bassams gewaltiger Körper in sich zusammen und öffnete Natan den Blick auf den Terroristen. Er stieß Nadin, die ihm gefolgt war, zurück. Alles lief auf einmal wie in Zeitlupe ab. Natans verzögerte Reaktion ermöglichte dem Terroristen, noch eine weitere Salve abzufeuern. Sie traf den jungen Mann in den Rücken.

Natan preßte die Uzi gegen die Schulter und richtete sie direkt auf das Gesicht seines Gegners. Die Sieben-Millimeter-Kugeln trafen ihr Ziel und zertrümmerten den Hinterkopf des Mannes, so daß Teile seines Hirns gegen die Wand spritzten. Natan sprang über den zusammengesunkenen Körper und öffnete mit einem Fußtritt die gegenüberliegende Tür. Tief gebückt, um weiteren Mitgliedern der Terroristengruppe eine möglichst geringe Angriffsfläche zu bieten, drang er in die Wohnung ein. Kein Mensch war zu sehen; Natan fand nur eine Videoausrüstung und einen Stapel von Papieren. Hier also hatte Felix sich versteckt. Karl würde nun seinen Zeitplan ändern müssen. Zweifellos nahm er in regelmäßigen Abständen mit Felix Kontakt auf, um sicherzustellen, daß alles in Ordnung war. Daß seine Anrufe von nun an unbeantwortet blieben, mußte ihn stutzig machen. Nadin betrat die Wohnung einige Augenblicke später mit den anderen beiden Männern, die den Angriff überlebt hatten.

»Bassam ist tot«, sagte sie und kämpfte mit den Tränen. Ihre Stimme zitterte.

»Es tut mir sehr leid«, sagte Natan. »Aber jetzt müssen wir weg. Alle.« Er gab ihnen seine Uzi. »Die Waffen wieder in die Tasche! Die Polizei kann jede Minute hier sein.«

Nadin hob eine zusammengefaltete Karte vom Boden auf und entfaltete sie. Es war ein Stadtplan von Paris, auf dem mehrere Pfeile eingezeichnet waren, die aus drei Richtungen auf einen bestimmten Ort wiesen.

»Das muß es sein«, sagte Natan und faltete die Karte wieder zusammen. »Gehen wir.«

Sie waren gerade in ihren Wagen gestiegen, als die ersten Polizeifahrzeuge vorfuhren.

Im dichten Verkehr kamen sie nur langsam voran. Natan studierte den Stadtplan und versuchte, eine Erklärung für die darauf befindlichen Markierungen zu finden. Nadin saß neben ihm auf dem Rücksitz. Tränen liefen ihr über das Gesicht.

»Wahrscheinlich ist die Delegation dort untergebracht«, sagte sie schließlich und wies auf ein kleines Kreuz. »Sehen Sie, da steht auf deutsch ›Schlag‹.« Sie deutete auf mehrere andere Markierungen. »Und die Terroristen kommen vermutlich von hier.«

»Irgendwas stimmt da nicht«, sagte Natan. »Die Orte, von denen die Attentäter Ihrer Meinung nach kommen sollen, liegen zu weit vom Zielort entfernt. Sehen Sie hier: Wenn der Zielort tatsächlich dieser kleine Punkt hier ist – St. Remy –, dann kommt das Team von drei Stellen auf der anderen Seite von Paris: Chavenay im Westen, Coubro im Osten und Cordon im Süden.«

Nadin beugte sich vor, um die Karte noch einmal zu betrachten. »Alle diese Nester haben einen kleinen Flugplatz.«

Natan starrte auf die Karte. »Sie haben recht, ja! Karl läßt die Attentäter in letzter Minute einfliegen. Halten Sie an!« Der Wagen bog mit quietschenden Reifen nach rechts ab und hielt an. Ein hinter ihnen fahrender Pkw scherte mit lautem Hupen nach links aus, um einen Zusammenstoß zu vermeiden. Als Natan aus dem Wagen sprang, machte er Bekanntschaft mit dem reichen Repertoire französischer Verwünschungen, die ihm von allen Seiten entgegengellten.

»Was haben Sie vor?« fragte Nadin.

»Fahren Sie zum Flugplatz Orly und warten Sie dort auf mich«, sagte er. »Sie sind dort sicher. Wenn ich bis Mitternacht nicht da bin oder mit Ihnen Verbindung aufgenommen habe, verlassen Sie unverzüglich das Land. Fliegen Sie irgendwohin.«

»Aber was wollen Sie ...«

»Beeilen Sie sich! Wenn ich Ihre Hilfe brauche, melde ich mich. Halten Sie sich in der Nähe des Abfertigungsschalters der Air France auf. Und hier« – er gab ihr seinen Aktenkoffer – »bewahren Sie das für mich auf. Wenn ich nicht kommen kann, haben Sie mehr als genug, um die nächsten Wochen zu überstehen. Sie werden verfolgt, vergessen Sie das nicht.«

Ihre Stimme war sehr leise, als sie sagte: »Okay. Aber seien Sie vorsichtig. Ich möchte Sie nicht auch noch verlieren.«

Sie war schön, hinreißend schön. Aber Natan wußte, daß seine Chance, sie je wiederzusehen, sehr gering war. Wahrscheinlich bin ich um Mitternacht ein toter Mann, dachte er. Trotzdem brachte er es nicht über sich, seinem Verlangen nachzugeben und sie auf die Lippen zu küssen. Er drehte sich um und ging fort. Einige Minuten später war er im Labyrinth des Pariser Metrosystems verschwunden.

Umgeben von seinen Komplizen, saß Karl in einem kleinen Haus am Ende einer mit Kies bestreuten Zufahrt. Vor dem Haus stand ein blauweiß lackierter Dufin-Hubschrauber mit den Insignien der französischen Polizei. Mit Ausnahme Karls trugen die Männer die hellbraunen Uniformen der Anti-Terror-Spezialeinheit der französischen Polizei.

»Also, gehen wir alles noch einmal durch«, sagte Karl. »Sie, Toller, sagen uns noch einmal, wie die Sache abläuft. Und denken Sie daran: Sie werden die Operation koordinieren, da ich nicht dabei sein werde. Vielleicht müssen wir die Aktion sogar vorziehen. Ich hab immer noch keine Nachricht von Felix.«

Toller, ein Mann von fünfundvierzig Jahren mit gut gestutztem Bart und hartem bayerischem Akzent, war in Terroristenkreisen als der ›Sergeant‹ bekannt. Er hatte eine Zeitlang im Kongo gedient.

»Zunächst«, sagte er, die Hände hinter dem Rücken, »warten wir ab, was mit den Terroristen drüben im Bauernhaus geschieht. Die Polizei wird dort jede Minute eintreffen, und da man sie für Leute vom Mossad hält, wird es zu einem Kampf bis aufs Messer kommen. Mehrere Radio- und Fernsehsender sind informiert worden und werden darüber berichten. Wir wissen aus einer unserer Quellen, daß eine Hubschrauberstaffel eingreifen wird, um die palästinensische Delegation an einen sicheren Ort zu bringen. Die Hubschrauber werden aus drei Richtungen anfliegen.«

»Wie zuverlässig ist die Quelle?« fragte einer der Männer. »Ich meine, das ist doch von entscheidender Bedeutung, oder?«

»Die Quelle ist erstklassig«, sagte Karl. »Es handelt sich um einen Mann, der in der Polizeizentrale sitzt und schon seit über zehn Jahren für uns arbeitet.« Er warf dem Zwischenrufer einen strafenden Blick zu. »Keine weiteren Fragen, bitte!«

Toller fuhr fort: »Die Hubschrauber, wie gesagt, kommen aus drei Richtungen, jeweils einzeln oder zu zweien. Genug, um alle Mitglieder der Delegation auszufliegen. Unsere eigenen Hubschrauber sind auf halbem Weg zum Zielort postiert. Sobald die Anforderung zum Ausfliegen der Delegation erfolgt, werden unsere Hubschrauber startklar gemacht. Zuvor müssen wir jedoch die französischen Polizeihubschrauber eliminieren. Das geschieht durch diese Raketen.« Karl zog eine Segeltuchplane von einer Holzkiste. Sie enthielt vier als »Frogs« bezeichnete Flugabwehrraketen sowjetischer Bauart. »Weitere Frogs stehen an unseren Basen bereit. Wir kennen natürlich die Frequenz, auf der die Rettungshubschrauber senden und können folglich deren Funkverkehr abhören.

Sobald wir die französischen Helikopter zerstört haben, starten unsere Hubschrauber und steuern auf gleichem Kurs das Ziel an. Wir nehmen Funkkontakt mit der Polizeizentrale auf, die den Austausch der Maschinen gar nicht bemerken wird. Was das ›Freund-Feind‹-Erkennungssystem betrifft, das alle Luftfahrzeuge haben, so brauchen wir es nicht. Wir haben nicht die Absicht, auf einem Flughafen zu landen. Ehe die Meldung vom Absturz der Rettungshubschrauber die entsprechenden Stellen erreicht hat, ist die ganze Operation vorüber.«

Karl wandte sich an einen kleinen Mann, der neben ihm auf einem Klappstuhl saß. »Jetzt sind Sie dran, Topo«, sagte er.

Der Mann war ein führendes Mitglied der Roten Brigaden. Er war hier, um Karl einen persönlichen Gefallen zu erweisen. Dieser hatte ihm in früheren Jahren bei der Entführung und Ermordung Aldo Moros und ähnlichen Aktivitäten geholfen.

»Also.« Topo machte sich nicht die Mühe aufzustehen. »Sobald wir in der Luft sind und die Funkverbindung aufgenommen haben, nähern wir uns dem Ziel aus drei Richtungen. Wir werden den Sicherheitskräften auf dem Gelände Befehl geben, die Grenzen des Grundstücks zu sichern; dann umstellen sie nicht mehr unmittelbar das Hauptgebäude. Wir setzen unsere Leute ab, lassen die Hubschrauber aber knapp über dem Boden schweben, um ihnen eine schnelle Flucht zu ermöglichen. Wir dringen in die Villa ein und töten alles, was sich rührt – mit Ausnahme einiger Wachen, die später bezeugen können, daß wir hebräisch gesprochen haben.«

»Großartig«, sagte Karl. »Nach der Erledigung des Auftrages fliegen Sie zu den Sammelstellen zurück, und wir sehen uns in sechsunddreißig Stunden in Damaskus wieder. Viel Glück und eine erfolgreiche Jagd!«

Metrostation Charles de Gaulle/Etoile

Natan bestieg den Zug zum Arc de Triomphe. Die Befreiung Nadins hatte ihm eine schwere Last von der Seele genommen. Obgleich noch viel Arbeit vor ihm lag, war er überzeugt, daß er mit Amos' Hilfe das verhindern konnte, was der Mossad nicht verhindern wollte.

Als der Zug zum Stehen kam, stieg Natan aus und begann zu laufen. Obgleich der Bahnsteig voller Menschen war, gelang es ihm ziemlich schnell, die Straße zu erreichen. Vor ihm erhob sich der vom Flutlicht angestrahlte Triumphbogen, wie immer umbrandet von tosendem Verkehr. Natan überquerte die Straße, rannte zwischen den hupenden Autos hindurch wie ein Matador in einer Arena voller Stiere.

Nummer Eins entdeckte ihn als erster. »Der Idiot nimmt uns die Arbeit ab«, sagte er zu Nummer Neun, die hinter ihm, wie er in Schwarz gekleidet, auf einem schweren Motorrad saß.

Es war das erste Mal, daß sie den Auftrag hatten, einen Mann, den sie persönlich kannten, zu liquidieren – und noch dazu einen Israeli. Es würde ihnen nicht leichtfallen, obwohl man ihnen gesagt hatte, es handele sich um einen Verräter.

Das Unternehmen war gut vorbereitet worden. Natan eilte auf den Metro-Eingang zu, als sie ihn umringten. Nummer Eins hatte fünf Männer dafür bereitgestellt. In weniger als zwei Minuten hatten sie ihn in ihre Gewalt gebracht und trugen ihn zum Straßenrand. Nummer Neun und ein weiterer Motorradfahrer bahnten ihnen den Weg zu einem schwarzen Renault-Kombi, der mit offener Seitentür vorfuhr. Sie stießen ihn hinein und drängten sich hinter ihm in den Wagen. Zwei Männer wurden von den Motorradfahrern mitgenommen. Über die Avenue de la Grande Armée ging die Fahrt in Richtung Bois de Boulogne. Erst als sie tief im Wald waren und sich vergewissert hatten, daß niemand sie verfolgte, verringerte der Wagen seine Geschwindigkeit. Nummer Eins hatte unterwegs Funkverbindung auf der einzigen Frequenz aufgenommen, die ihm eingeräumt worden war. Er erhielt die Bestätigung, wie geplant zu verfahren und stellte das Radio ab. »Tot. Ich wiederhole – tot«, lautete der Befehl.

Natan war gefesselt und geknebelt worden. Er schüttelte jetzt den Kopf und versuchte, sich von dem schmutzigen

Tuchfetzen zwischen seinen Zähnen zu befreien. Nummer Eins riß ihm das Tuch aus dem Mund. Natan spie aus.

»Würden Sie mir mal sagen, was hier eigentlich vorgeht?« fragte er. »Mir wurde Hilfe versprochen, um eine Katastrophe zu verhindern, und jetzt behandeln Sie mich wie einen Verbrecher. Was soll das heißen?«

»Es tut mir leid, mein Freund, aber wir führen nur Befehle aus, verstehen Sie?«

»Ich verstehe gar nichts. Binden Sie mich gefälligst los.«

Die Wagentür wurde geöffnet. Alle Mitglieder des Teams schienen inzwischen eingetroffen zu sein. Natan wußte, daß sie nur Befehlsempfänger waren, und machte sich keine Illusion über den Ernst seiner Lage.

»Kann ich noch etwas sagen, bevor Sie ...?«

»Reden Sie«, sagte Nummer Eins.

»Ich hab keine Ahnung, was man euch über mich erzählt hat. Aber da ihr mich kennt und ich ein Israeli bin, muß es schon etwas Schlimmes sein. Ich weiß, daß ihr nicht nur Nummern seid und daß ihr euer Land liebt, und ich möchte nicht, daß ihr einmal bedauert, was ihr tut. Vor allem solltet ihr eines wissen ...«

»Was kann das schon sein?« sagte Nummer Vier. »Er ist ein Verräter, verdammt noch mal. Bringen wir's hinter uns, ehe wir so schnell wie möglich von hier verschwinden.«

»Der Mann hat recht«, sagte Nummer Zwei. »Die Polizei kann jeden Augenblick hier sein.«

»Was ist in euch gefahren?« fragte Nummer Eins in scharfem Ton. »*Ich* habe hier das Kommando, und ich habe gesagt, der Mann kann reden. Hört zu oder verpißt euch. Aber unterbrecht ihn nicht wieder.«

Natan fuhr fort: »Was ich euch sagen will, ist, daß ihr drauf und dran seid, die Zukunft des Landes, das ihr so liebt, zu zerstören. In diesem Augenblick findet eine Verschwörung statt ...«

»Das reicht«, sagte Nummer Eins. »Eine Verschwörung, wenn ich das schon höre! Tut mir leid, mein Freund, Sie sitzen im falschen Zug.«

»Du hast gesagt, daß er reden kann«, unterbrach ihn Nummer Neun und trat einen Schritt vor. »Wir sind auf dem Motorrad hinter euch hergefahren, und ich weiß, daß niemand uns verfolgt. Laß ihn sagen, was er zu sagen hat.«

Natan nutzte seine Chance. »Man spielt ein falsches Spiel mit euch«, sagte er. »Ihr werdet mißbraucht. Nur, weil man euch Nummern gegeben hat und euch wie Roboter behandelt, müssen nicht auch eure Kinder ins Unglück gestürzt werden. Heute abend soll die letzte Möglichkeit für eine vernünftige Friedensregelung ein für allemal zerstört werden...«

Nummer Eins unterbrach ihn. »Wovon reden Sie? Sie haben uns verraten. Hören Sie auf, uns auf die moralische Tour zu kommen. Die nimmt Ihnen keiner mehr ab.«

»Wenn ich ein Verräter bin – warum bringt man mich nicht nach Israel? Dort kann man mich vor ein Kriegsgericht stellen und erschießen. Ihr könntet mich ohne weiteres lebend nach Hause schaffen, aber nein, man will meinen Tod. Habt ihr einmal darüber nachgedacht? Merkt ihr nicht, was hier gespielt wird? Ihr habt Terroristen verfolgt, nicht wahr? Warum hat niemand sie aufgehalten? Warum laufen sie noch immer unbehelligt durch die Gegend? Denkt nach! Um unseres Landes, um unserer Zukunft willen – denkt nach!«

Niemand sprach ein Wort. Nummer Drei starrte auf den Boden und bohrte mit der Hacke Löcher in den Kies. Natans Worte verfehlten ihre Wirkung nicht.

»Wo liegt das Problem? Ihr könnt mich immer noch umbringen. Ich bin in eurer Gewalt. Aber warum versucht ihr nicht, das zu retten, was euch wirklich am Herzen liegt – das Land, für das ihr diese Drecksarbeit auf euch genommen habt? Bevor ihr Nummern wurdet, wart ihr Israelis – stolze, echte, aufrechte Idealisten. Aber aus einem Volk von Gelehrten und Philosophen ist ein Volk von Robotern geworden. Wir haderten mit Gott, als wir den Nazis ausgeliefert waren, und beteten am Altar, den wir unseren Toten errichtet hatten. Wir verehren die Toten mehr als die Lebenden. Doch jetzt ist die Zeit für einen Neubeginn gekommen. Wir haben die Möglichkeit, Frieden zu schließen. Die Marmormonumente haben keinen Platz mehr für neue Namen. Die Zeit ist gekommen, die Angst vor dem Frieden zu überwinden. Ihr werdet mißbraucht von Menschen, die sich den Teufel um euch und eure Träume scheren. Schlimmer noch – sie vergehen sich gegen euer Land. Sie träumen von einem anderen Israel, zu dem weite Landstriche gehören, die wir gar nicht brauchen. Nichts anderes haben sie im Sinn, und wir nähren ihren Wahnsinn mit unserem Blut. Hört mir gut zu: In diesen Stunden sollen hier in Paris die gemäßigten Palästinenserführer ermordet werden. Auf ihnen ruht unsere einzige Hoffnung, die Probleme mit unseren arabischen Nachbarn auf friedliche Weise zu lösen. Die Operation – sie wird von einem ehemaligen Stasi-Offizier geleitet – ist von unseren höchsten Bossen abgesegnet worden, von der Spitze des Mossad! Und wer, glaubt ihr wohl, wird für den Anschlag verantwortlich gemacht? Ich sage es euch: Israel.« Natan hielt inne und atmete tief durch. Dann fuhr er fort: »Ich weiß nicht, was man euch erzählt hat und warum ihr mich töten sollt. Wie dem auch sei – ihr bekommt jetzt eine große Chance, etwas für euer Land zu tun: Helft mir, den wahnsinnigen Plan zu unterbinden!«

Natan hatte alles gesagt, was zu sagen war. Entweder ich bin in fünf Minuten tot – oder ich verfüge über das beste Einsatzteam, das weit und breit zu finden ist, dachte er.

Er sah die Mitglieder des Kidon-Teams nacheinander an. Er wußte, daß er einige von ihnen überzeugt hatte, aber er brauchte sie alle. Sie waren gewohnt, Befehlen blindlings zu gehorchen. Natan senkte den Kopf und wartete.

Plötzlich fühlte er, wie ihm eine Hand durch sein Haar

strich. Nummer Neun stand neben ihm. »Mein Name ist Tamara. Ich vertraue Ihnen.«

Nummer Drei drängte sich vor. »Verbiete ihr, so was zu sagen, Nummer Eins! Das ist lächerlich. Was denkt sie sich dabei?«

Nummer Eins sah ihn an. »Mein Name ist Eli«, sagte er. »Ich vertraue ihm ebenfalls. Irgend etwas an dieser Operation hat mir von Anfang an mißfallen. Und was haben wir zu verlieren? Wenn er lügt, gewinnt er höchstens ein, zwei Stunden. Also geben wir ihm eine Chance. Ich halte es nicht für richtig, ihn zu töten. Ich darf euch nicht zur Befehlsverweigerung auffordern. Diese Entscheidung muß jeder selber treffen.«

Nummer Fünf lehnte sich über die offene Tür des Lieferwagens. »Ich halte es auch für besser, ihn in Israel vor ein Gericht zu stellen. Warum bestehen sie darauf, ihn umzubringen?« Er wandte sich an Natan. »Mein Name ist Yegal.«

Kurz darauf beugten sich alle über die Karte und planten ihre letzte gemeinsame Operation. Selbst Nummer Drei hatte sich ihnen angeschlossen. »Ich bin nicht eurer Meinung«, knurrte er. »Aber ich stelle mich nicht gegen euch. Wir haben soviel zusammen durchgemacht. Ich behalte jedoch diesen Verräter im Auge.«

Natan lächelte ihn verständnisvoll an. Sie alle wußten, daß sie wegen Befehlsverweigerung vor ein Kriegsgericht gestellt werden würden und daß dieses Gericht nicht öffentlich tagte. Aber Natan hatte bereits eine Lösung gefunden.

Wenn es ihnen gelang, die Attentäter zu eliminieren, würden sie sich der französischen Polizei ergeben und somit den Mossad daran hindern, unter Ausschluß der Öffentlichkeit mit ihnen abzurechnen. Nach Klärung des Sachverhalts würden sie als Helden nach Israel zurückkehren, denn keine Regierung in Jerusalem konnte es sich leisten zuzugeben, stillschweigend die Ermordung gemäßigter Palästinenser geduldet zu haben.

Kapitel 37

Tel Aviv, 3. Oktober

Das Telefon auf Avrahams Schreibtisch läutete, und als er den Hörer abnahm, verlangte eine metallische Stimme das Losungswort. Dann sagte sie: »Die Arbeit in Paris ist erledigt. Das Team hat sich aufgelöst.«

Der Chef des Mossad legte auf und trat ans Fenster. Die letzte Hürde war genommen. Als Antwort auf den Überfall würden die Syrer mobil machen. Doch wenn der Staub sich gelegt hatte, würde sich herausstellen, daß Israel nicht der Angreifer gewesen war.

Statt dessen würden die Leute, die hinter der Operation standen, als militante, fundamentalistische Splittergruppe der Palästinenser bloßgestellt werden – als dieselben, die für das neuerliche Aufflackern des Bürgerkriegs im Libanon verantwortlich waren. Das wiederum würde eine Säuberungsaktion der Syrer auslösen und in der Annexion des Libanon enden – mit Ausnahme der von den Israelis besetzten Sicherheitszone, die sich später Israel einverleiben würde.

Alles geschah nach Plan. Der Traum seines Lebens verwirklichte sich, und kein Politiker würde ihn jetzt noch aufhalten können. Die Bildschirme hinter ihm zeigten die Nachrichtensendungen aus sechs europäischen Ländern. Er wartete geduldig. ENN würde wahrscheinlich der erste Sender sein, der von den Ereignissen berichtete.

Tel Aviv, 22.00 Uhr Pariser Zeit, 21.00 Uhr israelischer Zeit

Eine Stunde später saß Avraham in seinem hohen Ledersessel, neben sich Oren, der soeben hereingekommen war. Beide betrachteten gespannt den oberen Bildschirm.

Ein Polizeiwagen nach dem anderen fuhr vor einem Bauernhaus vor. Das Rattern von Maschinenpistolen übertönte die aufgeregte Stimme des Reporters.

Ein ähnliches Bild erschien auch auf einem zweiten, dann auf einem dritten Bildschirm. Schließlich unterbrach ENN das reguläre Programm mit einer sensationellen Meldung: Eine palästinensische Terroristengruppe war auf einem kleinen Bauernhof vor Paris von Polizeistreitkräften überrascht worden. Sie plante, die israelische Delegation einer geheimgehaltenen Friedenskonferenz zu überfallen. Die Kommentatoren äußerten sich kaum über die Konferenz selbst, da über diese nur wenig bekannt war, doch wiesen alle darauf hin, daß die Geheimgespräche in unterrichteten Kreisen schon lange kein Geheimnis mehr waren. Wenn sie wenig Aufmerksamkeit auf sich gezogen hatten, dann vor allem deswegen, weil die Delegationsmitglieder durchwegs nur untergeordnete Ränge bekleideten.

Wenige Minuten später begann offenbar die französische Spezialeinheit, das Haus zu stürmen. Es gab mehrere Explosionen, und dann loderte ein Feuer auf. Das Haus brannte wie eine Fackel. Zwei Gestalten rannten aus dem Haus und wurden von Polizisten zu Boden geworfen. Weitere Explosionen folgten. Die Situation war unübersichtlich.

»Soll ich die Einsatzführer benachrichtigen, sich bereitzuhalten?« fragte Oren.

»Nein, noch nicht. Wir brauchen erst die Bestätigung, daß die Palästinenser eliminiert worden sind. Wenn die Syrer das nicht erledigen, geschieht gar nichts. Sie müssen mobilmachen, aber die Nachricht darüber muß vom militärischen Geheimdienst kommen, nachdem alle Fakten verifiziert worden sind. Dann werden wir den Befehl zum Einsatz geben. Wenn etwas schiefläuft – was Gott verhüten möge –, darf unter keinen Umständen der Verdacht aufkommen, daß wir die Hand im Spiel hatten. Wir können erst handeln, wenn die Mobilmachung der Syrer bestätigt worden ist.«

»Kannst du was hören?« fragte der Mann, die Frog-Rakete abschußbereit auf der Schulter.

»Sie sollten in etwa zehn Sekunden über euch sein«, rief Toller, den Lärm der Rotoren überschreiend, in das in seinem Kopfhörer befestigte Mikrofon. »Macht euch bereit!« Schon tauchten blinkende Lichter am dunklen Himmel auf.

»Da ist er!« rief Toller und wies nach oben. »Feuer! Feuer!«

Zwei Raketen zischten fast gleichzeitig mit glühender Rauchfahne in die Luft. Sie stiegen langsam auf und gewannen an Geschwindigkeit, als sie den am niedrigsten fliegenden Hubschrauber suchten. Wie zwei leuchtende Finger berührten sie die blinkenden Lichter unter der Kanzel der Maschine. Für den Bruchteil einer Sekunde schienen sie mit dem schwarzen Rumpf zu verschmelzen. Ein Feuerball erhellte den dunkelblauen Himmel und erlosch. Dann war eine Detonation zu hören, und glühende Trümmer regneten auf das Weizenfeld nieder. Innerhalb von Sekunden war der Ersatz-Hubschrauber in der Luft. Das gleiche Szenario wiederholte sich an zwei anderen Stellen an der Peripherie von Paris.

Die Fluglotsen der Polizei, die einen eigenen Sprechfunkkanal zu den Rettungshubschraubern eingerichtet hatten, bemerkten etwas Ungewöhnliches: Die Verbindung riß für ein, zwei Sekunden ab, ehe sie wiederhergestellt war. Da dasselbe mit allen drei Maschinen geschah, schrieben sie es einer atmosphärischen Störung zu.

Wenige Minuten später näherten sich drei Hubschrauber dem Villengrundstück. Die Piloten nahmen unter Verwendung des Kodes, den Karl ihnen gegeben hatte, Kontakt mit den Polizeikräften auf, die das Gelände bewachten und unterrichteten sie von ihrer Absicht, die Palästinenser auszufliegen. Der Führer der Hubschrauberstaffel befahl ihnen, die Grenzen des Grundstücks zu sichern.

Die Bodeneinheit bezog unverzüglich Stellung. Nachdem der Kommandant gemeldet hatte, daß der Befehl ausgeführt sei, gingen die drei Hubschrauber nieder, um knapp einen Meter über dem Boden schweben zu bleiben.

Die Männer in den Hubschraubern sprangen heraus. Vor jedem der drei Eingänge der Villa formierte sich eine Gruppe. Während die Scheinwerfer der Hubschrauber nicht nur die Villa, sondern auch die Grenzen des Grundstücks taghell erleuchteten und die Wachen blendeten, stürmten sie das Gebäude. Die Eindringlinge riefen hebräische Befehle.

Das war das Zeichen, auf das Nummer Eins gewartet hatte. Jetzt wußte er, daß Natan die Wahrheit gesagt hatte. Nummer Eins eröffnete mit seinem Team zuerst das Feuer. Der Geschoßhagel war tödlich, der Kampf kurz, die Überraschung gelungen. Die Terroristen hatten erwartet, die Palästinenser ohne Gegenwehr eliminieren und dann sofort verschwinden zu können. Sie hatten nicht damit gerechnet, sich auf ein Gefecht einrichten zu müssen. Als die ersten beiden Männer die Eingangshalle erreichten, wurden sie mit einer kurzen Salve niedergemäht. Die anderen entdeckten zu ihrer Überraschung, daß es nicht ihre Kameraden waren, die feuerten. Die zwei auf dem Boden liegenden Toten und die auf sie gerichteten Mündungen der Maschinenpistolen genügten, um sie davon zu überzeugen, daß Widerstand zwecklos war. Söldner haben selten dieselbe Kampfmoral wie Patrioten.

Die Angreifer wurden gezwungen, sich auf den Boden zu legen. Nummer Eins forderte zwei seiner Leute auf, ihm zu folgen. Geduckt näherten sie sich den beiden vor der Villa schwebenden Hubschraubern und richteten ihre Maschinenpistolen auf die Köpfe der Piloten, bevor diese Zeit hatten, sich von ihrer Überraschung zu erholen. Nur der Pilot des dritten Hubschraubers hatte ihr Kommen bemerkt, und als Nummer Eins auf ihn zulief, ließ er seine Maschine steigen.

Im gleichen Augenblick erschienen die Männer, die die Grundstücksgrenzen bewacht hatten, auf der Bildfläche.

Nummer Eins wies mit seiner Maschinenpistole auf den Hubschrauber und wurde von den Wachen, die seine Geste mißverstanden, mit einer Salve niedergestreckt. Er war tot, bevor er auf den Boden schlug.

Als die Wachen das Gebäude erreichten, hatte der dritte Hubschrauber abgehoben. Zwei Männer kümmerten sich um den Mann, den sie gerade erschossen hatten, die übrigen stürmten das Haus. Das Kidon-Team stand mit erhobenen Händen in der Eingangshalle, den Blick auf die Mitglieder der palästinensischen Delegation gerichtet, die langsam die Treppe herunterkam. Es bedurfte geduldiger Erklärungen, ehe den Polizeikräften klar wurde, daß die »Polizisten« auf dem Boden Terroristen und die mit erhobenen Händen dastehenden Männer Israelis waren, die ein Attentat vereitelt hatten.

Sie wurden dennoch vorläufig festgenommen. Zum Erstaunen der französischen Polizei schienen sie überaus glücklich mit ihrem Schicksal zu sein.

Natan hatte den Fernseher im Zimmer des auf halbem Wege nach Orly gelegenen Hotels angestellt. Es war fast Mitternacht, als die ersten Bilder übertragen wurden. Die Villa wurde von Scheinwerfern angestrahlt; die rotierenden roten und blauen Lichter der Polizei- und Krankenwagen erhellten Teile des Grundstücks. Die Szene erinnerte an einen surrealistischen Film.

»Eine terroristische Einheit, die sich, wie die Polizei berichtet, aus mehreren steckbrieflich gesuchten Europäern zusammensetzte, wurde bei dem Versuch, die palästinensische Delegation zu ermorden, ausgehoben. Der Versuch wurde von einer israelischen Spezialeinheit vereitelt. Die Israelis haben sich widerstandslos den französischen Polizeikräften ergeben und werden zur Zeit verhört. Ein Israeli wurde getötet. Sein Name ist, wie wir erfahren haben, Eli Shalom.« Der Ansager fuhr fort, die Ereignisse zu schildern.

Natan nahm den Telefonhörer ab und rief den Abfertigungsschalter der Air France in Orly an. »Könnten Sie bitte eine Dame ausrufen lassen. Ihr Name ist Nadin.«

»Einen Augenblick, Monsieur«, sagte die Bodenstewardeß. »Sie wartet bereits hier.«

»Hallo?« Nadins Stimme war sehr leise.

»Wir haben es geschafft. Ich bin in einer halben Stunde bei Ihnen. Buchen Sie den nächsten Flug nach New York für uns. Das heißt, wenn Sie mit mir kommen wollen.«

»Wohin du auch willst. Solange ich nur bei dir bin.« Es war das erste Mal, daß sie du zu ihm sagte.

»Bis bald.« Er mußte noch ein anderes Telefongespräch führen.

»Hallo«, meldete sich die vertraute Stimme.

»He, Mousa. Wie fühlen Sie sich?«

»Was, zum Teufel, soll das? Ist das ein Scherz? Wer spricht da?«

»Ihr alter Freund Natan. Tut mir leid, daß ich nicht tot bin. Doch nun hören Sie mir gut zu. Ich werde Sie nicht mehr belästigen. Aber Sie können mir glauben: Wenn Sie oder jemand anders in Ihrem verdammten Verein versuchen sollte, mich zu verfolgen, wird es Ihnen eines Tages leidtun, daß Sie mich je gekannt haben. Ich meine es ernst. Und lassen Sie ja die armen Kerle in Ruhe, die Sie ausgeschickt haben, um mich zu töten. Sie sind nicht mehr Ihr Eigentum.«

Mousa schwieg.

»Ach, und ehe ich es vergesse: Der Maulwurf ist Amos. Sagen Sie ihm nicht, daß ich noch am Leben bin. Testen Sie ihn mit dem Lügendetektor. Er hat jahrelang für einen Stasi-Mann gearbeitet. Den Mann aus Damaskus. Erinnern Sie sich?«

»Warum kommen Sie nicht her, wenn Sie so sauber sind?«

»Weil Ihre Leute es nicht sind.«

Natan legte auf. Er blieb vor dem Telefon stehen. Er wußte, daß es vorbei war. Er hatte gewonnen, fühlte sich aber nicht als Sieger. Er mußte sich beeilen. Es hatte keinen Zweck, sich selbst etwas vorzumachen. Sie würden ihn erbarmungslos verfolgen. Es war nur eine Frage der Zeit, bis sie ihn ausfindig machten. Aber dann würde er wissen, was er zu tun hatte.

Anmerkungen

1 »General Security Service«, (Allgemeiner Sicherheitsdienst) nach seinem hebräischen Akronym auch SHABACK genannt. Das israelische Gegenstück zum FBI. Arbeitet innerhalb Israels und der besetzten Gebiete und ist verantwortlich für die Sicherheit israelischer Einrichtungen.

2 Tsomet, auch als Meluckha bekannt, ist die Abteilung im Mossad, die für die Rekrutierung von Agenten verantwortlich ist. Unter Agenten sind fremde Staatsbürger zu verstehen, die Geheimnisse ihres eigenen Landes ausspionieren.

3 Kodename für die geheime Kommunikationsabteilung.

4 Akronym für Pailut Hablanit Oyenet, die Analyse-Einheit terroristischer Aktivitäten.

5 Abkürzung für einen Einsatzoffizier im Mossad. Äquivalent zu den Verbindungsoffizieren anderer Geheimdienste.

6 Kodename für eine Spezialeinheit, die für Exekutionen und Sonderaufgaben verantwortlich ist. Eine Unterabteilung der Metsada.

7 Ein Angehöriger der Metsada, der auf feindlichem Territorium arbeitet.

8 Abkürzung für die Operationen der Sicherheitsabteilung. Eine Methode, Operationen durch Beobachtung der Umgebung abzusichern.

9 Übersetzt bedeutet Duvshan »Honigkuchen«. Kodename für Angehörige der UNO-Friedenstruppen, die als Mittelsmänner für grenzüberschreitenden Nachrichtenverkehr oder für Botendienste eingesetzt werden.

10 Acht Zweihundert ist der Name für Elint- und Sigint-Einheiten des israelischen militärischen Geheimdienstes.

11 Yom Kippur ist der jüdische Versöhnungstag. Die Juden betrachten diesen Tag als den heiligsten Tag des Jahres. Arbeit ist an diesem Tag nicht gestattet, der Mossad kann jedoch eine Sondergenehmigung durch das militärische Rabbinat erhalten.

12 Yarid-Teams sind für die Sicherheitsmaßnahmen bei Aktivitäten in Europa zuständig.

13 Bodel bedeutet soviel wie »Bote« oder »Kurier« zwischen der Botschaft und sicheren Häusern bzw. zwischen sicheren Häusern untereinander.